Chen Dong Mei

陈冬梅 著

《诗经·国风》地域风格研究

以《豳风》、『二南』、《王风》为例

中国社会科学出版社

图书在版编目(CIP)数据

《诗经·国风》地域风格研究：以《豳风》、"二南"、《王风》为例／陈冬梅著．—北京：中国社会科学出版社，2018.12
ISBN 978-7-5203-2952-1

Ⅰ.①诗… Ⅱ.①陈… Ⅲ.①《诗经》—诗歌研究 Ⅳ.①I207.222

中国版本图书馆 CIP 数据核字（2018）第 180627 号

出 版 人	赵剑英
责任编辑	陈肖静
责任校对	王　龙
责任印制	戴　宽

出　　版	中国社会科学出版社
社　　址	北京鼓楼西大街甲 158 号
邮　　编	100720
网　　址	http://www.csspw.cn
发 行 部	010-84083685
门 市 部	010-84029450
经　　销	新华书店及其他书店

印　　刷	北京明恒达印务有限公司
装　　订	廊坊市广阳区广增装订厂
版　　次	2018 年 12 月第 1 版
印　　次	2018 年 12 月第 1 次印刷

开　　本	710×1000　1/16
印　　张	20.5
插　　页	2
字　　数	285 千字
定　　价	88.00 元

凡购买中国社会科学出版社图书，如有质量问题请与本社营销中心联系调换
电话：010-84083683
版权所有　侵权必究

目　　录

绪论 …………………………………………………………………（1）
 一　选题的意义和研究综述 ……………………………………（2）
 二　需要强调的几个问题 ………………………………………（12）
 三　引用《诗经》文本的说明 …………………………………（23）

第一章　《豳风》地域风格研究 ………………………………（24）
第一节　《豳风》相关问题辨析 ………………………………（25）
 一　周公与《豳风》 ……………………………………………（25）
 二　《七月》与"豳诗、豳雅、豳颂" …………………………（28）
 三　《豳风》为鲁诗、晋诗说辨析 ……………………………（33）
第二节　《豳风》地望及自然、人文地理环境辨析 …………（35）
 一　豳地地望考 …………………………………………………（36）
 二　豳地自然地理环境 …………………………………………（40）
 三　豳地人文地理环境 …………………………………………（45）
第三节　《豳风》诗旨辨析 ……………………………………（49）
 一　农事诗 ………………………………………………………（49）
 二　战争诗 ………………………………………………………（70）
 三　周公赞美诗 …………………………………………………（82）
 四　豳地婚俗诗 …………………………………………………（102）
第四节　《豳风》题材风格、人物形象塑造、名物特色辨析 ……（106）

一　《豳风》多样化的题材风格 ································ (106)
　　二　《豳风》英雄颂美诗里的人物形象 ···················· (111)
　　三　《豳风》名物展示的豳地周人生活场景 ············ (114)
小结 ·· (119)

第二章　"二南"地域风格研究 ································ (121)
第一节　"二南"地望、作时辨析 ··································· (122)
　　一　"二南"地望考 ·· (122)
　　二　"二南"作时考 ·· (138)
第二节　"二南"地区地理环境辨析 ······························· (141)
　　一　"二南"地区自然地理环境 ·································· (141)
　　二　"二南"地区人文地理环境 ·································· (144)
第三节　"二南"诗旨辨析 ·· (150)
　　一　"二南"诗异于其他风诗的特殊地位 ···················· (150)
　　二　"二南"诗旨辨析 ·· (153)
第四节　"二南"题材风格、人物形象塑造、名物特色辨析 ··· (210)
　　一　"二南"表现的周人婚姻道德观念 ························ (211)
　　二　"二南"塑造的符合礼制的人物群像 ···················· (212)
　　三　"二南"名物展示的周礼贯穿始终的周人生活场景 ··· (220)
小结 ·· (231)

第三章　《王风》地域风格研究 ································ (233)
第一节　《王风》地望、作时辨析 ··································· (234)
　　一　《王风》得名考 ·· (234)
　　二　《王风》地望考 ·· (238)
　　三　《王风》作时考 ·· (239)
第二节　中原地区地理环境辨析 ····································· (240)
　　一　中原地区自然地理环境 ······································ (241)

二　中原地区人文地理环境 ……………………………………（246）
　　三　周王室东迁前后动荡的社会局势 …………………………（253）
第三节　《王风》诗旨辨析 …………………………………………（258）
　　一　乱离诗 ………………………………………………………（258）
　　二　婚姻爱情诗 …………………………………………………（267）
　　三　其他 …………………………………………………………（289）
第四节　《王风》题材风格、人物形象塑造、名物特色辨析 ………（293）
　　一　《王风》"风衰俗怨"的题材风格 ……………………………（294）
　　二　《王风》塑造的众多人物形象 ………………………………（299）
　　三　《王风》名物展示的"风衰俗怨"的周人生活场景 ………（304）
　　四　《王风》对后世诗歌的影响 …………………………………（308）
小结 ……………………………………………………………………（311）

总论 …………………………………………………………………（312）
主要参考文献 ………………………………………………………（315）

绪　　论

作为一种研究视角，文学的地域风格特征或地域文学，是对文学与地理关系的研究。将文学视为发生在一定空间场域中的现象，使文学研究走出从时间维度考察的限制，扩大了文学研究的视野。"地域文学研究或者文学的地域性研究，其根本目的是要从地域的角度来讨论文学，研究地域及地域文化对文学的影响，研究在地域及地域文化的影响下文学的发展规律，从而丰富、深化文学和文学史的研究。"①

地域风格对文学而言是一种客观存在。在我国最早的诗歌总集《诗经》中，地域风格特征已经体现出来，尤其以《国风》体现得最为显著。一是用诗歌的产生地域命名，十五国风除《周南》《召南》（以下简称为"二南"）《王风》《豳风》，其余均以诸侯国名称命名。二是《国风》"采诗"②制的采集成书方式所体现的按地域搜集诗歌的特点。前人论诗很早已经关注到了《诗经》的地域性。《孔子诗论》简文"邦风纳物"，意味着风诗博纳十五个地区的风俗人情，从《诗》中，能

---

① 王祥：《试论地域、地域文化与文学》，《社会科学辑刊》2004年第4期。
② 周代是否有"采诗"制、《国风》是否采自民间是《诗经》学界的一大公案，几千年聚讼纷纭。但《孔子诗论》的出土，证明了周代"采诗"制的存在。第三简"邦（国）风，其内（纳）物也尃（博），观人俗，大敛材焉。其言文，其声善"，李学勤释"尃"为"博"，"纳物，即包容各种事物"，"观人"指"普观民风民俗"，"敛材"之"材"指邦风佳作，"敛材"即为"采风"。意谓"《邦风》博纳十五个邦（地区）的风诗，包含着周天子治下众多地区之风。"（李学勤：《〈诗论〉与〈诗〉》，《中国哲学》第二十四辑，辽宁教育出版社2002年版。）廖群通过论证，认为"'大敛材'（广泛采集土风歌谣），应该说的确为周代采风之制、为《国风》为采风所得，提供了更为可靠的证明。……已经可以很肯定地说，'采风'之制在先秦典籍中已有提及了。"（廖群：《先秦两汉文学考古研究》，学习出版社2007年版，第203—208页。）

"观风俗之盛衰"。季札观乐时，也有对《国风》地域风格的概括。

《诗经》是承载我国地域风格特征最早、最可信的文本之一，对《诗经》尤其是十五《国风》进行地域风格特征的研究，不仅是《诗经》研究的重要课题，也是我国地域文化研究的起点和基础。

一　选题的意义和研究综述

（一）选题的意义

从文学史来看，地域因素一直是影响文学创作的一个重要因素。不同的地域空间，不仅制约着人们的经济文化生活，也同样深刻地影响着文学的风貌，使文学表现出鲜明的地域色彩。

一般而言，这里的地域因素包括自然地理因素和人文地理因素。因此，对文学地域风格的研究，既要关注文学产生地域的自然地理因素的差异和影响，更要关注与地域相关的包括精神文化、制度文化、民风民俗等的人文社会因素。自然地理因素对于文学地域风格的影响是显而易见的。当不同地域的气候、水土、植被、草木、鸟兽等标志性地理要素成为诗歌的表现对象，在诗中得以直观体现时，自然形成诗歌独特的地域风貌，这是构成其地域风格的基本要素。因此，每一个地区的《国风》地域风格都是独特的，不可替代的。但这只是表象。地域不仅塑造了人的体质，而且塑造了人们的性情，并且决定人们适应环境和社会交往的方式，而人的性情和社会交往方式等人文社会地理因素则是影响文学风格的决定性因素，这是文学地域风格的本质所在。

班固《汉书·地理志》曰：

> 凡民函五常之性，而其刚柔缓急，音声不同，系水土之风气，故谓之风；好恶取舍，动静亡常，随君上之情欲，故谓之俗。[①]

[①]（汉）班固撰，（唐）颜师古注：《地理志》，《汉书》，中华书局1962年版，第1640页。

现代学者们认为:"风俗是一个地区和民族长期形成的社会风尚和民众习惯的合称。它是人类社会普遍存在而又非常独特的一种文化现象,像一面镜子,生动而具体地反映了一个国家、一个民族、一个地区各个历史时期的社会风貌,具有地缘性、民族性、传承性、社会性和自发性的特征。"①

人类的经济和文化活动无疑极大地受制于自然地理环境,但更受制于人文地理环境。因此,产生了"一方水土养一方人"现象,《礼记·王制》曰:"凡居民材,必因天地寒暖燥湿,广谷大川异制,民生其间者异俗,刚柔轻重,迟速异齐,五味异和,器械异制,衣服异宜。"②曹植《赠丁翼诗》:"秦筝发西气,齐瑟扬东讴。"张华《上巳篇》:"妙舞起齐赵,悲歌出三秦。"不同地域的人文风俗导致艺术风格各有不同。所以说,包括风土、人情、文物和传说等人文因素在内的地域文化是塑造文学地域风格的真正力量。探讨地域文化,既要重视自然地理因素,更要重视人文地理因素与文学地域风格之间更为深刻的内在关系。

这样的研究之所以被重视,是因为以往的文学研究中,考察文学及其发展,普遍注意时间因素,偏重考察发展过程,忽略文学生成的空间因素。③ 而"空间因素对我们考察文学的发生和变异,对于我们解释文学的深层文化意义,提供了丰富的材料依据和智慧源泉"。④ 所以金克木先生、杨义先生都提出要进行文艺的地域学研究。金克木先生在《文艺的地域学研究设想》中很早就提出这个问题:"在这样的历史背景上来考察文学艺术,不能忽视地域性的因素。不仅是非汉族的民族文艺有地域性,汉族文艺也不能只顾历史而不顾地理。地理不只是指地区,而是兼指自然、社会、经济、政治、文化。文艺也要包括作者、作

---

① 陈绍棣:《中国风俗通史》(两周卷),上海文艺出版社2003年版。
② (汉)郑玄注,(唐)孔颖达等正义:《礼记正义》,《十三经注疏》,上海古籍出版社1997年版,第1338页。
③ 李伯齐:《地域文化与文学小议》,《聊城大学学报》2002年第6期。
④ 杨义:《重绘中国文学地图——杨义学术讲演集》,中国社会科学出版社2003年版。

品、风格、主题、读者（如作序跋者、评点者、收藏者等）。"但"地理学并不是只讲山水、土壤，看风水，是连地面上的人一起研究的。自然地理学之外还有经济地理学、人文地理学等等。从地域学角度研究文艺的情况和变化，既可分析其静态，也可考察其动态。这样，文艺活动的社会现象就仿佛是名副其实的一个'场'，可以进行一些新的科学的探索了。"① 其后杨义的研究取得突破性进展，"重绘中国文学地图的目的就是强化文学研究的空间维度"，"我所说的文学地理学一方面接受了历史地理学的部分观点，另一方面又在地理的变革中加上了人的体温，所以它是一种有体温的地理学。"② "文学的地理学，首先关注地域文化的问题。……地域文化因素长久地影响着历代文学的素质和气质。……考察一种地域文化，应把握住潜在地影响其全局的关键性文化要素。"③

因此，要探讨《诗经·国风》地域风格特征，必须要综合考量风诗产生的自然地理环境和人文社会地理环境，尤其是起到决定性作用的人文社会环境因素。

这样的研究视角具有重要意义。

第一，从《诗经》本身的研究来说，这个课题是对《诗经》进行深入研究的重要切入点，是一个具有较高学术研究价值的重要领域。

第二，《国风》具有显著的地域风格特征，显示了它作为源头奠定的文学地域性特征，这个特征深刻地影响着秦汉之后文学样式的产生、文学风格的多样和文学流派的发展。所以课题的研究对中国古代诗歌地域风格的研究具有借鉴意义。

第三，《国风》地域风格研究已取得一些可喜的成果，但也存在很多问题，缺乏关于地域环境对《诗经·国风》地域风格生成影响的考

---

① 金克木：《文艺的地域学研究设想》，《读书》1986年第4期。
② 杨义：《重绘中国文学地图的方法论问题》，《学术研究》2007年第9期。
③ 杨义：《重绘中国文学地图与中国文学的民族学、地理学问题》，《文学评论》2005年第3期。

察，更缺乏对地域文化与《国风》地域风格之间互动关系全面、深入的探究。

对文学的地域性研究中，先秦以后的研究取得很大成就，出版了很多以地域风格研究为主的专著，如刘跃进《秦汉文学地理及文人流布》（中国社会科学出版社2012年版）、王子今《秦汉地域文化研究》（四川人民出版社1998年版）、卢云《汉晋文化地理》（陕西人民教育出版社1991年版）、胡阿祥《魏晋本土文学地理研究》（南京大学出版社2001年版）、李浩《唐代三大地域文学士族研究》（中国社会科学出版社2003年版）、王祥《宋代地域文学研究》（2003—2004年度辽宁省社科重点资助项目）等，都是各个历史时期文学地域风格研究的代表作。而《国风》的地域性研究成果要远远落后于后世文学地域风格的研究。① 所以，研究《国风》地域风格特征是非常有必要且需亟待加强的。

本书仅选取十五《国风》之《豳风》、"二南"、《王风》四地风诗作为研究对象，探讨其丰富、鲜明的地域风格特征。原因在于：第一，研究《国风》的地域风格特征，理应将十五国风全部列为研究对象，才全面客观，但限于篇幅及精力，仅选取具有代表性和说服力的四地风诗进行研究，即能说明问题，论证观点。从诗文本以及季札、孔子等论诗可以看出，四地风诗都具有鲜明的地域风格特征。虽然这四地风诗产生的地域、时代不同，但均产生于周王畿之地或周王室故地，为周王室之诗。《诗经》产生的时代，大致伴随着周王朝的建立、兴盛而至衰微的过程，也与周礼的建立、成熟到衰落的历程相始终。这四地风诗，从其创作年代来看，《豳风》最早，其次是"二南"，《王风》最晚，作时与所体现的精神风貌恰与周王朝以及周礼的兴衰史相对应。因此，本书结构也将现存诗文本《国风》中排在最后的《豳风》作为第一章，原来位列第一的"二南"作为第二章，依次，《王风》作为第三章。这样

---

① 邵炳军：《〈国风〉地域风格与周代文化生态地域性研究述评——关于〈诗〉"国风"地域风格与周代文化生态地域性研究的回顾与思考之一》，《诗经研究丛刊》2008年第十六辑。

的结构安排所体现的空间差异和时间差异具有其他风诗不具备的典型性。第二，四地的自然地理环境会影响风诗地域风格的形成，但起到决定性作用的还是以精神文化、制度文化、民风民俗为主的人文地理因素。因此，即使地域相近的风诗，其地域风格也会表现出显著差异。四地风诗均涉及的婚恋题材，"二南"表现为"乐而不淫"，《豳风》表现为"勤而不怨"，呈现出不同的风貌，揭示了人文地理因素对诗地域风格形成的主导作用。四地风诗地域风格具有多样性和典型性。第三，四地风诗均为周王室之诗，因其产生时代背景不同，即使是共同影响它们的周代礼乐文化对诗的影响程度也是有区别的。《豳风》产生于西周初期，"二南"产生于西周中期礼乐文化兴盛时期，而《王风》产生于礼乐文化受到严重冲击、礼崩乐坏的背景之下，各自表现出了正中平和、温柔敦厚和风衰俗怨的风格。所以，对地域风格的研究，在关注其产生的自然地理和人文地理因素时，也不能忽视诗产生的时代背景的差异。这是本书仅选取四地风诗并将四地风诗顺序重新安排的主要原因。

本书在对诗产生地域的自然地理环境、人文地理环境进行考察以及对诗旨辨析基础上，着重从诗歌的题材、人物形象塑造以及名物等方面展开对其地域风格特征的研究。

(二) 研究综述

对于《诗经·国风》的地域风格特征，早在《诗经》文本产生时就已经被关注，而在20世纪80年代文化热的潮流中成为一个研究热点重新被关注，这是个既古老又新颖的研究课题。

春秋时期吴公子季札聘鲁观乐时就已经论及《国风》地域风格特征。他依次对除《桧风》《曹风》之外的十三《国风》的地域风格进行评点，并谈论了地域风格产生的社会文化渊源。[①] 这是最早较为全面评价《国风》地域风格特征的文献记载。

孔子也关注到了《国风》的地域风格特征。战国楚竹书《孔子诗

[①] (晋) 杜预注，(唐) 孔颖达等正义：《春秋左传正义》，《十三经注疏》，上海古籍出版社1997年版，第2006页。

论》第三简曰:"邦(国)风,其内(纳)物也尃(博),观人俗,大敛财焉。其言文,其声善。"① 李学勤释"尃"为"博","纳物,即包容各种事物","观人"指"普观民风民俗","敛材"之"材"指邦风佳作,"敛材"即为"采风"。意谓"《邦风》博纳十五个邦(地区)的风诗,包含着周天子治下众多地区之风"。②

司马迁的《史记·货殖列传》将西汉初年的中国划分为4个大的经济文化区域(山西、山东、江南和龙门、碣石北)和18个小区,并总结了各个经济文化区域的经济特色和民风民俗。如关中之地,"其民犹有先王遗风,好稼穑,殖五谷"。③

班固对《国风》的地域风格有比较明确的阐述。《汉书·地理志》曰:"凡民函五常之性,而其刚柔缓急音声不同,系水土之风气。"④ 指出由于地理环境不同,人的性格具有区域化特点。《地理志》对《诗经》各国风诗的地理位置、风俗习惯、诗歌的特点和风格,都有简明扼要的论述。除《地理志》外,《五行志》《沟洫志》《食货志》等也有较多篇幅言及其地域风格。

东汉郑玄《诗谱》,根据《毛诗》和三家诗的说法,参照《史记年表》和《春秋》中有关历史事实,不仅详细叙述周王朝的时世兴衰,而且分别列出十五国风、大小雅、颂的谱系,介绍十五国风及雅、颂所处地域的历史沿革,解释不同地域诗风的不同。

宋代朱熹对《国风》的研究中运用了大量的地域文化学材料与方法,就"风诗"作品的背景、主题和艺术特色等进行解读,形成了有效的研究方法。《国风解题》曰:"国者,诸侯所封之域;而风者,民俗歌谣之诗也;谓之风者,以其被上之化,以有言而其言又足以感人,如物因风之动以有声,而其声又足以动物也。是以诸侯采之以贡于天

---

① 马承源:《上海博物馆藏战国楚竹书》(一),上海古籍出版社2001年版,第15页。
② 李学勤:《〈诗论〉与〈诗〉》,《中国哲学》第二十四辑,辽宁教育出版社2002年版。
③ (汉)司马迁撰,(宋)裴骃集解,(唐)司马贞索隐,(唐)张守节正义:《史记》,中华书局2008年版,第3261页。
④ 班固:《汉书》,中华书局1962年版,第1640页。

子，天子受之而列于乐官。于以考其俗尚之美恶，而知其政治之得失焉。"①《诗经集传》（以下简称《集传》）在谈到《唐风》时，突出了地理环境对文学风格的巨大影响："其地土瘠民贫，勤俭质朴，忧深思远，有尧之遗风焉。其诗不谓之晋而谓之唐，盖仍其始封之旧号耳。"②

南宋王应麟是第一位提出实践《诗经》地理学观点的学者，《诗地理考》也是第一部系统研究《诗经》地理学的专著。他提出地理环境与风俗习惯、文学作品之间的关系，从地名、山川、疆域及风俗方面研究《诗经》中的地理因素。

他的做法为后世学者重视并效法，清人焦循《毛诗地理释》、朱右曾《诗地理徵》、桂文燦《毛诗释地》、尹继美《诗地理考略》等地理学著作在清代兴盛一时，成为专门之学。

20世纪初由古史辨派发起的"整理国故"运动，清算被胡适称为"烂账薄"③的《诗经》研究史，清除遮盖了《诗经》文学本质的"重重叠叠的注疏的瓦砾"④，力图还原《诗经》的文学面目。闻一多更明确提出："明明一部歌谣集，为什么没人认真的把它当文艺看呢！"⑤古史辨派的研究颠覆了传统经学研究，开启了《诗经》的文学研究。这一时期，进行《国风》地域风格研究比较有成就的是谢无量和傅斯年。谢无量《诗经研究》考证十五国风产生地与当今地理位置的对应，如"至于就地理上考究《诗经》……《周南》、《召南》、《豳风》之诗，同出于周室王畿，在《禹贡》雍州，即今陕西、甘肃，及河南、湖北之一部分地方。"⑥傅斯年《诗经讲义稿》按照南、北、西、东"四方之音"将《诗经》国风划分为四大地域文化板块。

其后朱东润的研究有针对性，且颇有建树。《大小雅说臆》在辩驳

---

① （宋）朱熹著，朱杰人、严佐之、刘永翔等编译：《朱子语类》，《朱子全书》，上海古籍出版社、安徽教育出版社2002年版，第401页。
② （宋）朱熹：《诗经集传》，上海古籍出版社1980年版，第45页。
③ 胡适：《国学季刊发刊宣言》，《现代中国学术阅读文选》，1934年，第51页。
④ 郑振铎：《读毛诗序》，《古史辨》第三册，上海古籍出版社1982年版，第385页。
⑤ 闻一多：《匡斋尺牍》，《闻一多全集》，湖北人民出版社1993年版，第214页。
⑥ 谢无量：《诗经研究》，商务印书馆1924年版，第58页。

时人"《风》《雅》《颂》皆为乐调名"之说时，征引《诗经》和《国语》《左传》《礼记》等文献中的相关资料，论证"自《周南》至《豳》十五国，重以《小雅》、《大雅》、《周》、《鲁》、《商》，此二十者要皆因地得名。……《风》、《雅》之别，以地论，不以朝廷、风土、体制、腔调论，其间界划显然可见，不必更为惝恍无稽之说也。"① 他认为风、雅、颂是按照地域分类而得名。

新时期以来伴随着文学理论和文学方法的创新，从地理学角度研究文学，孙作云、赵沛霖、叶舒宪等学者的研究取得突破性进展。20世纪80年代后期，学术界出现了从文化角度研究文学的研究模式，在这样的背景下，《诗经·国风》的地域文化研究取得可喜成果。

游国恩《中国文学史讲义》，把《国风》按照诗歌产地分为"王郑陈邶""邶鄘卫魏唐""秦豳""齐曹"和"二南"五个区域。② 袁行霈主编的《中国文学概论》第三章专门讨论"中国文学的地域性与文学家的地理分布"。③ 严家炎主编的《二十世纪中国文学与地域文化丛书》，对我国文学的地域性进行了实质性探讨。他认为："地域对文学的影响，实际上通过区域文化这个中间环节而起作用，即使自然条件，后来也是越发与本区域的人文因素紧密联结，透过区域文化的中间环节才影响和制约着文学的。"④ 傅璇琮、蒋寅任总主编的《中国古代文学史通论·先秦两汉卷》也专列一章，认为从地域文化的视角研究《诗经》，古已有之，而探讨《诗经》所表现出来的一些显著的地域文化现象则成为进一步研究《诗经》的一个切入点。其中详论《诗经》国风中的中州文化、三秦文化、齐文化和宗周文化等若干鲜明的文化现象。⑤ 张启成《诗经的审美观念》是较早全面阐述国风地域风格的文章，认为《诗经》十五国风因国家不同、区域不同，所反映的社会背

---

① 朱东润：《诗三百篇探故》，云南人民出版社2007年版，第52页。
② 游国恩：《中国文学史讲义》，天津古籍出版社2005年版，第50页。
③ 袁行霈：《中国文学概论》，高等教育出版社1990年版。
④ 严家炎：《二十世纪中国文学与区域文化丛书·总序》，湖南教育出版社1995年版。
⑤ 傅璇琮、蒋寅总主编：《中国古代文学通论》，辽宁人民出版社2005年版。

景也就有所不同。① 李旦初在《〈国风〉的地域性流派》中，从地域文化和艺术流派角度对《诗经·国风》的地域风格进行了阐述。按照地域相邻、诗风相近的原则，将十五国风归纳为"郑卫派""二南派""秦豳派""魏唐派""齐曹派"五派，并就各派的构成、主要特点及其代表性作品，进行了简明扼要的阐释和评价。② 王洲明《周代地域文化与〈国风〉的风格》也是较早进行国风地域风格研究的文章。十五国风应该都有各自不同的风格特点，有的确实不明显，所以作者只探讨了《周南》《召南》《豳风》《秦风》和《齐风》的地域风格特征。③ 刘毓庆《〈诗经〉地理生态背景之考察》则考察了《诗经》产生与现存迥然不同的地理生态环境，这种生态环境直接影响着先民的生活方式与性格、心理、情感，形成了《诗经》温柔敦厚的风格。④ 朱金发《试说"风"诗的地域特色》认为，国风起源于古代的歌谣，不同的原始歌谣的音乐带有明显的地方特色，同时歌谣的内容又歌唱的是不同地域生活习俗。所以诗经国风，不仅其音乐声调有鲜明的地方特色，诗歌所歌咏的也是地域特色鲜明的民间生活习俗。⑤

当今，更多的学者从理论上探讨地域文化与文学的关系，并对当前的研究现状进行了分析和批评。杨义提出"重绘中国文学地图"的主张，认为文学研究应回归文学生存的原本状态，"这些早期经籍的编纂，存在或隐或显的地理情结或地理模式。这是一个古老的农耕社会带根本意义的情结和模式，因而不讲其地理渊源是不能讲到这些文学经典的根的。文学地理学的研究在展示学术的坚实性和开拓性的同时，实际上借用地理空间的形态，展示文学丰富层面的时间进程。"⑥ 2003 年，李浩发表《古代文学研究的困境与学术突围》，明确提出用

---

① 张启成：《诗经的审美观念》，《常州工业技术学院学报》1992 年第 1 期。
② 李旦初：《〈国风〉的地域性流派》，《山西大学学报》1994 年第 3 期。
③ 王洲明：《周代地域文化与〈国风〉的风格》，《山东大学学报》1998 年第 3 期。
④ 刘毓庆：《〈诗经〉地理生态背景之考察》，《南京师大学报》2004 年第 2 期。
⑤ 朱金发：《试说"风"诗的地域特色》，《名作欣赏》2006 年第 10 期。
⑥ 杨义：《重绘中国文学地图与中国文学的民族学、地理学问题》，《文学评论》2005 年第 3 期。

"文学地理学"研究来突围我国古代文学研究的困境。①《地域空间与文学的古今演变》，强调文学古今演变研究应重视地域空间因素。② 2004年，王祥《试论地域、地域文化与文学》，强调"地域既是个空间概念，更是个文化概念"。③ 周晓琳《古代文学地域性研究的回顾与前瞻》对我国古代地域文学研究的学术意义、价值及存在问题进行了分析与反思。④ 2009年，胡建次《20世纪90年代以来我国古代地域诗学研究综述》，从三个方面探讨总结了20世纪90年代以来古代地域诗学研究取得的成绩：地域诗学研究的理论性探讨、对不同历史时期地域诗学的宏观性论说与比较、对古代不同历史时期地域诗学个案的具体考察。⑤ 这些理论探讨对于古代文学地域性研究具有重要的启发意义和开拓价值。

目前，很多硕博论文以《国风》地域风格特征为研究对象，如上海大学邵炳军教授⑥、曲阜师范大学赵东栓教授⑦、西北师范大学韩高年教授以及其他高校教师⑧指导自己的博士、硕士研究生开展了这方面研究⑨，他们成为《诗经》地域风格研究的生力军。

前人丰富的研究成果为本书进一步的研究提供了必要的研究资料，

---

① 李浩：《古代文学研究的困境与学术突围》，《河南社会科学》2003年第5期。
② 李浩：《地域空间与文学的古今演变》，《陕西师范大学学报》2005年第3期。
③ 王祥：《试论地域、地域文化与文学》，《社会科学辑刊》2004年第4期。
④ 周晓琳：《古代文学地域性研究的回顾与前瞻》，《文学遗产》2006年第1期。
⑤ 胡建次：《20世纪90年代以来我国古代地域诗学研究综述》，《中州学刊》2009年第5期。
⑥ 郝建杰：《思深忧远显令德，谨严质朴见情愫——〈诗·唐风〉地域风格研究》，硕士学位论文，上海大学，2007年；邱奎：《美哉渊乎，忧而不困——〈诗·邶风〉、〈鄘风〉、〈卫风〉地域风格研究》，硕士学位论文，上海大学，2007年；郝建杰：《〈诗经·国风〉地域性考论——以〈豳风〉、〈秦风〉为中心》，博士学位论文，上海大学，2011年；等等。
⑦ 范瑞红：《殷商王畿故地〈诗经〉"风诗"与殷商文化》，硕士学位论文，曲阜师范大学，2005年；王培臣：《〈诗经〉与先周部族文化》，硕士学位论文，曲阜师范大学，2007年；陈艳霞：《地域文化与〈诗经〉邶、鄘、卫三风研究》，硕士学位论文，曲阜师范大学，2008年；等等。
⑧ 米玉婷：《春秋秦地文化与地域文学研究》，硕士学位论文，西北师范大学，2007年；刘薇薇：《〈齐风〉与齐文化研究》，硕士学位论文，西北师范大学，2009年；司昌晶：《中原三国风诗研究》，硕士学位论文，西北师范大学，2012年；等等。
⑨ 郑丽娟：《〈诗经〉"二南"与周代礼乐文化》，硕士学位论文，河南大学，2007年；杨智：《〈诗经·国风〉与中州地域文化》，硕士学位论文，华中师范大学，2010年；安珊珊：《地域审美视野下的秦文化》，硕士学位论文，四川师范大学，2010年；等等。

给下一步的研究奠定了坚实基础。

二　需要强调的几个问题

（一）《毛诗序》存废问题对于本课题的重要意义

《诗经》是我国的第一部诗集，是实践了"诗言志"的先民的歌唱。但从它结集到现在，经历了一个复杂的从经学走向文学的过程。在汉代形成齐、鲁、韩、毛等不同学派，但毛诗独存，被称为"经"得以广泛传播。到了唐代，孔颖达《毛诗正义》，把毛公《传》、郑玄《笺》当作经文，《毛诗》"大序"和"小序"便成为对诗义的权威性解说。他们解《诗》时以礼教为先，把《诗经》解读成政治文本或社会文本，忽视或遮蔽了诗性或文学性，导致《诗经》只具有经学的属义而少文学性质。虽然从朱熹始"初步用文学的观点来研究《诗经》"[①]了，但《毛诗序》依然处于权威地位。朱熹虽然赞成废《序》，主张去《序》言《诗》，不可否认的是，他在《集传》中对《诗经》诗旨的阐释和字句的训释，很多与《诗序》相同或相近。这表明，《诗序》并非全部不可取。

《毛诗序》是研究《诗经》非常重要的资料，相对于齐、鲁、韩三家而言，得到很好的保存和流传。而《毛诗序》的存废问题，尤其关于《毛诗序》究竟出于何时、何人之手，自汉代以来一直是聚讼纷纭的一段公案，被称为"说经之家第一争诟之端"，争论至今它依然是诗经学研究的热点和难点。

自古史辨派提出"整理国故"口号，整理被胡适称为"烂账簿"的《诗经》研究史，对《毛诗序》的批判亦随之进行。《古史辨》第三册讨论了《诗经》和《毛诗序》的问题。郑振铎的观点比较具有代表性："毛诗序是没有根据的，是后汉的人杂采经传，以附会诗文的。……诗序的释诗是没有一首可通的。他的美刺又是自相矛盾的。"[②]

---

① 夏传才：《诗经研究史概要》，（台北）万卷楼图书有限公司1993年版，第174页。
② 郑振铎：《古史辨》第三册，上海古籍出版社1982年版，第400—401页。

张西堂《诗经六论·关于毛诗序的一些问题》，彻底否定毛序，并归纳了十条"谬妄"：杂取传记、叠见重复、随文生义、附经为说、曲解诗意、不合情理、妄生美刺、自相矛盾、附会书史、误解传记。①

由于《毛诗序》去周已远，加上《诗经》的经学研究史历时两千余年，产生了丰硕的研究成果，不可否认的是，"重重叠叠的注疏的瓦砾"②的确遮蔽了《诗经》在周代的历史真相，《毛诗序》在提供重要史料价值的同时，存在一些以上学者总结的问题。但完全否认《毛诗序》的价值，不是我们应有的客观公正态度。

《毛诗序》分大序、小序，小序中首两句为首序，其他为续序或申序。《诗大序》出自汉代，是汉初的儒家诗论，已是《诗经》研究者的共识。争论最多的是小序中的续序。张西堂文中概括的谬妄都在续序中存在。

理学思想是《毛诗序》注释《诗经》的理论基础。清代姚际恒、崔述、方玉润等主张从诗本义去探求诗旨，方玉润说："自来说《诗》，唐以前悉遵古《序》，宋以后独宗朱《传》，近日又将反而趋《序》，均两失道也。"并发出这样的慨叹："《诗》遇汉儒而一厄，遇宋儒又一厄，遇明儒又一厄，不知何时始能拨云雾而见青天也？"他力主把《诗经》作为文学作品进行研究，倡导"以诗读《诗》"，"乃不揣固陋，反复涵泳，参论其间，务求得古人作诗本意而止，不顾《传》，亦不顾《论》，唯其是者从而非者正，名之曰《原始》，盖欲原诗人始意也。虽不知其于诗人本意何如，而循文按义，则古人作诗大旨要亦不外乎是。"③这样的研究至五四新文化运动的洗礼之后更加明朗。郑振铎先生慨叹说："要研究《诗经》，便非先把这一切压盖在《诗经》上面的重重叠叠的注疏的瓦砾爬扫开来而另起炉灶不可。……《毛诗序》算

---

① 张西堂：《诗经六论》，商务印书馆1957年版，第133—138页。
② 郑振铎：《读毛诗序》，《古史辨》第三册，上海古籍出版社1982年版，第385页。
③ （清）方玉润：《诗经原始》，中华书局1986年版，第3页。

是一堆最沉重、最难扫除，而又必须最先扫除的瓦砾。"① 闻一多更是旗帜鲜明地指出："你只记住，在今天要看到《诗经》的真面目，是颇不容易的，尤其那圣人或'圣人们'赐给它的点化，最是我们的障碍。当儒家道统面前的香火正盛时，自然《诗经》的面目正因其不是真的，才更庄严，更神圣。但在今天，我们要的恐怕是真，不是神圣。……明明一部歌谣集，为什么没人认真的把它当文艺看呢！"② 他们都坚决主张把《诗经》从经学的束缚中解放出来，从文学的角度对其进行研究。

近现代学者的观点相较而言显得客观，有创建。夏传才认为："(《毛诗序》)不是一时一人之作，而是在汉代《毛诗》流传的几百年过程中，经过许多传授者陆续增修完成的，其中有毛亨、毛苌、卫宏，还有其他人，卫宏对现在流传下来的《毛诗序》的编纂起了较大的作用。"③ 他认为《诗序》不是一时一人的观点非常客观，比较准确地描述了《毛诗序》的发展过程。但其不足之处是把《诗序》产生的最高上限放在了汉代，这与事实不符。

当前对《毛诗序》的研究，比较系统的有王承略和马银琴两位学者。王承略的研究开展得较早，他用系列论文形式，以扎实的考据功底，考证出《毛诗序》最晚出自战国时期。马银琴的系列研究有很高的学术价值。她的系列论文从新的研究角度充分论证了《毛诗序》首序的产生时代和作者。《从汉四家诗说之异同看〈诗序〉的时代》通过比对汉四家诗说异同，认为《毛诗》首序建立的诗说系统，与《仪礼》关于仪式用乐的记载以及《左传》《国语》关于春秋时代人们引诗、赋诗记载所反映的解诗精神完全相通，相传两千多年的《毛诗》首序应是周代礼乐制度的直接产物，产生年代至晚在周代礼乐制度尚未崩坏的春秋末期以前。作者经过进一步的研究认为，《毛诗》首序解诗模式与

---

① 郑振铎：《读毛诗序》，《古史辨》第三册，上海古籍出版社1982年版，第385页。
② 闻一多：《匡斋尺牍》，《闻一多全集》，湖北人民出版社1993年版，第199—214页。
③ 夏传才：《〈毛诗大序〉论析》，《山西大学学报》1985年第4期。

周代礼乐制度之间存在着内在对应关系，是周王室乐官在记录仪式乐歌、讽谏之辞以及那些为"观风俗、正得失"的政治目的采集于王室的各地风诗，对诗歌功能、目的以及性质的简要说明，因此，《毛诗序》首序是周代礼乐制度的直接产物，其产生时间与诗被采辑、编录同时。① 她对《毛诗序》中被后世攻击的所谓"附会""妄生美刺""不合情理"等批评，也给出了合理的解释："《毛诗序》解诗中的确存在这些问题。这是现实存在。但这个问题的存在是由于没有区分《毛诗》首序和续序在时代上的差异，没有看到《毛诗》首序'附会'之说与周代社会礼乐制度之间内在的对应统一，没有深究《毛诗》首序产生的历史根源，废序论者的批评不免流于浮泛。《毛诗》首序是礼乐制度的直接产物，尽管首序在近两千年的流传过程中，不可避免地出现一些讹误，但其应有的史料价值是不容低估的。产生时间不晚于春秋末期之前，传授经历了孔子、子夏及其后学。"②

借助王承略和马银琴两位学者的观点，通过《左传》《国语》和《周礼》《仪礼》《礼记》等文献互证，可以认为，《毛诗序》提供了很多《诗经》在周代的生存状态的信息，能够以此来确定大部分诗的诗旨、作年、地域等，进一步凸显《诗经》文本的独立价值。

因此，关于《诗序》的存废问题，要采取客观的态度。当代学者对《诗序》中总论全诗大义的《诗大序》比较重视，认为它系统阐述了先秦儒家的文艺观，是先秦到汉代这一历史时期我国诗歌理论的总结。③ 古今学者都曾指出《诗序》存在明显谬误。而且，这些谬误或者附会的存在是事实，需要对其进行详尽的辨析。总之，对《毛诗序》粗暴的否定和不加分析地全面肯定，这两个极端都是不可取的。我们不能忽视的一个重要事实就是《诗经》是周代礼乐制度的产物，在当时承担了非常多的社会功能。还应该看到，《诗序》中一些与史

---

① 龙文玲：《读马银琴〈两周诗史〉》，《文学评论》2007年第6期。
② 马银琴：《〈毛诗〉首序产生的时代》，《文学遗产》2002年第2期。
③ 洪湛侯：《诗经学史》，中华书局2004年版，第175—176页。

传记载相符的阐释，有助于我们正确认识《诗经》产生、存在的真实历史状况。因此，正确态度应该是以《诗经》文本为依据，借助其他相关的可靠文献，将《毛诗序》中合理的部分拿来帮助我们进行深入研究。

（二）典礼仪式乐歌功能对《诗经》的影响

今天我们看到的《诗经》是可读可诵的文学作品。但在周代，《诗经》是为了典礼仪式上演唱的目的编订的，作为乐歌，《诗经》由乐工以歌、乐、舞多种艺术表现形式在各种典礼仪式上表演，仪典乐歌是诗的主要功能。《礼记·祭统》："夫大尝禘，升歌《清庙》，下而管《象》，朱干玉戚以舞《大武》，八佾以舞《大夏》，此天子之乐也。"[1]《左传·襄公四年》："穆叔如晋，……晋侯享之，金奏《肆夏》之三，不拜，工歌《文王》之三，又不拜，歌《鹿鸣》之三，三拜。"[2]《左传·襄公二十九年》吴季札在鲁国"遍观周乐"[3]，这些都是西周、春秋时期《诗经》作为仪典乐歌的生动记载。表一是《周礼》《礼记》《仪礼》《左传》《国语》等文献中出现的《诗经》在不同典礼仪式上的使用情况：

表一

类别	篇名	典礼仪式	表演形式	表演人员
颂	清庙、大武	祭宗庙、郊祀、大飨	堂上大乐舞之歌：歌、奏、舞	天子、诸侯、国子、乐工
大雅	文王、大明、绵	大飨	堂上乐舞之歌：歌、奏、舞	乐工
小雅	鹿鸣、四牡、皇皇者华、鱼丽、南有嘉鱼、南山有台	燕礼、乡饮酒礼、投壶礼	堂上弦歌、间歌：歌、奏	乐工
小雅	南陔、白华、华黍、由庚、崇丘、由仪	燕礼、乡饮酒礼、投壶礼	堂下笙奏：笙	乐工

---

[1] 《礼记正义》，《十三经注疏》，上海古籍出版社1997年版，第1607页。
[2] 《春秋左传正义》，《十三经注疏》，上海古籍出版社1997年版，第1931页。
[3] 同上书，第2006—2008页。

续表

类别	篇名	典礼仪式	表演形式	表演人员
国风	"二南":关雎、葛覃、卷耳、鹊巢、采蘩、采蘋、驺虞	燕礼、乡饮酒礼、射礼	堂下合乐之歌、乡乐:歌、奏	乐工
	十三国风		无算乐:歌、奏	

上述资料表明,在周代,不同类别的《诗经》对应不同的典礼仪式,演奏过程和使用《诗经》篇目都有严格规定,是周代"礼有定制、乐有定章"的形象体现。正是基于其典礼仪式乐歌功能,产生了"诵诗三百,弦诗三百,歌诗三百,舞诗三百"①的独特文化景观和"三百五篇,孔子皆弦歌之"②以及《毛诗序》"古者教以诗乐,诵之,弦之,歌之,舞之"③的教育方法。

《诗经》作为一部具有实用功能的乐歌,它是艺术的,但更是政治的、伦理的、道德的。正如闻一多所言:"《诗》似乎也没有在第二个国度里,像它在这里发挥过的那样大的社会功能。在我们这里,一出世,它就是宗教,是政治,是教育,是社交,它是全面的生活。维系封建精神的是礼乐,阐发礼乐意义的是诗,所以诗支持了那整个封建时代的文化。"④

《国风》虽然产生时间相对较晚,但是,也依然具有典礼仪式乐歌功能,尤其"二南",呈现出与其他十三国风不一样的特殊地位。

同属乡乐,同属于国风,"二南"在燕礼、乡饮酒礼和射礼上用在"正歌"环节。而其他国风则用于"正歌"之后的"无算乐",或歌或奏,没有明确要求,甚至没有出现一首诗的具体运用。

"二南"作为采自周王畿地区的音乐,与雅颂的正声雅乐不同,被

---

① 吴毓江撰,孙启治点校:《墨子校注》,《新编诸子集成》,中华书局1993年版,第705页。
② 司马迁:《史记》,中华书局2008年版,第1936页。
③ (汉)郑玄笺,(唐)孔颖达等正义:《毛诗正义》,《十三经注疏》,上海古籍出版社1997年版,第345页。
④ 闻一多:《文学的历史动向》,《闻一多全集》,读书·生活·新知三联书店1982年版,第17页。

称为乡乐。《仪礼·燕礼》"遂歌乡乐《周南》：《关雎》、《葛覃》、《卷耳》，《召南》：《鹊巢》、《采蘩》、《采蘋》"，郑玄注曰："《周南》、《召南》，国风篇也……乡乐者，风也。小雅为诸侯之乐，大雅、颂为天子之乐。乡饮酒升歌小雅，礼盛者可以进取。燕合乡乐者，礼轻者可以逮下也。"① "二南"本为乡乐，异于雅正声曲。《仪礼·乡饮酒礼》有"乃合乐《周南·关雎》、《葛覃》、《卷耳》；《召南·鹊巢》、《采蘩》、《采蘋》。工告于乐正曰：'正歌备。'"郑玄《注》合乐"谓歌乐与众声俱作"，贾公彦《疏》"合乐"为"歌乐众声俱作者，谓堂上有歌瑟、堂下有笙磬合奏此诗，故云众声俱作"。② 燕礼称"二南"为"乡乐"，乡饮酒礼称为"合乐"。孙诒让《周礼正义》释"杂声合乐"："杂声者，谓其非雅乐声曲，散杂不名一调，而可以和正乐，故曰杂声合乐。杂之云者，异于雅正之谓。杂声虽非正乐，然尚非淫过凶慢之声，则亦礼所不废。"③

"二南"和其他国风一样是异于雅乐正声的乡乐，具有杂声和乐的特征。但是从其使用的场合以及孔子的评价看，二者有显著区别。

"二南"还被称为"房中之乐"。郑玄注《仪礼·燕礼》中"乡乐"："《周南》、《召南》，《国风》篇也，王后国君夫人房中之乐歌也。《关雎》言后妃之德，《葛覃》言后妃之职，《卷耳》言后妃之志，《鹊巢》言国君夫人之德，《采蘩》言国君夫人不失职也，《采蘋》言卿大夫之妻能修其法度也。"④ 郑玄注《仪礼·燕礼》"若与四方之宾燕，……有房中之乐"："弦歌《周南》、《召南》之诗，而不用钟磬之节也。谓之房中者，后夫人之所讽诵，以事其君子。"⑤ 郑玄注《周南召南谱》曰："二国之诗，以后妃夫人之德为首，……或谓之房

---

① （汉）郑玄注，（唐）贾公彦疏：《仪礼注疏》，《十三经注疏》，上海古籍出版社1997年版，第1021页。
② 同上书，第986—987页。
③ （清）孙诒让：《周礼正义》，《十三经清人注疏》，中华书局1998年版，第331页。
④ 《仪礼注疏》，《十三经注疏》，上海古籍出版社1997年版，第1021页。
⑤ 同上书，第1025页。

中之乐者，后妃夫人侍御于其君子，女史歌之，以节义序故耳。"①《周礼·磬师》郑玄注"燕乐"为"房中之乐，所谓阴声也"②。孙诒让正义《周礼·磬师》："燕乐用'二南'，即乡乐，亦即房中之乐。盖乡人用之谓之乡乐，后夫人用之谓之房中之乐，王之燕居用之谓之燕乐，名异而实同。"③

从上述文献记载可知，"二南"被用于乡乐、房中之乐，这两种音乐别于雅颂正声，称为"缦乐"。

随着《诗》在典礼仪式上的使用，产生了所谓的乐章义，就是毛诗小序。很显然，同一首诗的乐章义和诗本义应该一致，但其实大多是疏离的。如《小雅·四牡》，表现诗人为王事到处奔走，抱怨"岂不怀归，王事靡盬，我心伤悲"。由此，《毛诗序》释为"劳使臣之来也。有功而见知，则说矣"④。《左传·襄公四年》载穆叔云："《四牡》，君所以劳使臣也。"⑤《毛传》曰："思归者，私恩也。靡盬者，公义也。"郑《笺》曰："无私恩，非孝子也。无公义，非忠臣也。"⑥ 所以《仪礼》中这首诗被用于天子慰劳使臣的燕礼和乡饮酒礼中。

典型乐章义的例子出现在"二南"中。"二南"与《雅》诗都用于仪式正歌，或称为乡乐。其他国风也用于仪式，但是用在正歌之后的无算乐部分。《毛诗序》赋予《周南》非常统一的主旨为"后妃之德""后妃之本""后妃之志""后妃逮下"等，《召南》14 首则系之"夫人之德""夫人不失职""大夫妻能以礼自防""大夫妻能循法度"等。这样的含义根本与诗本义无涉。但产生这种现象并不表示《毛诗序》无端杜撰出这样的含义，而是与其对应的典礼仪式有密切关系，尤其二南最早是"房中之乐"——后妃和卿大夫之妻的仪式音乐。这些乐章

---

① 《毛诗正义》，《十三经注疏》，上海古籍出版社 1997 年版，第 265 页。
② （汉）郑玄注，（唐）贾公彦疏：《周礼注疏》，《十三经注疏》，上海古籍出版社 1997 年版，第 800 页。
③ 孙诒让：《周礼正义》，《十三经清人注疏》，中华书局 1998 年版，第 321 页。
④ 《毛诗正义》，《十三经注疏》，上海古籍出版社 1997 年版，第 406 页。
⑤ 《春秋左传正义》，《十三经注疏》，上海古籍出版社 1997 年版，第 1932 页。
⑥ 《毛诗正义》，《十三经注疏》，上海古籍出版社 1997 年版，第 406 页。

义的产生源于《诗》的典礼仪式功能。郑玄注《仪礼·燕礼》中"乡乐"："《周南》、《召南》，《国风》篇也，王后国君夫人房中之乐歌也。《关雎》言后妃之德，《葛覃》言后妃之职，《卷耳》言后妃之志，《鹊巢》言国君夫人之德，《采蘩》言国君夫人不失职也，《采蘋》言卿大夫之妻能修其法度也。"① 郑玄注《仪礼·燕礼》"若与四方之宾燕，……有房中之乐"："弦歌《周南》、《召南》之诗，而不用钟磬之节也。谓之房中者，后夫人之所讽诵以事其君子。"② 孙诒让正义《周礼·春官·磬师》："燕乐用'二南'，即乡乐，亦即房中之乐。盖乡人用之谓之乡乐，后夫人用之谓之房中之乐，王之燕居用之谓之燕乐，名异而实同。……房中乐，其奏之或于路寝房中，故《诗·王风》云：'君子阳阳，左执簧，右招我由房。'……《诗》著'由房'之文，亦止云'执簧'，明在房者唯琴、瑟、簧矣。……至《燕礼》之有房中乐，盖当合乐无算乐时；祭飨无无算乐，则唯合乐时奏之，虽与乡乐同用'二南'，而其音节当小异也。"③ 可见，"二南"之乐章义与其作为仪式上的乡乐、房中之乐密切相关。

其他十三国风也是典礼仪式上的乐歌。《左传·襄公二十九年》季札观乐，鲁国乐官为之歌"周乐"，从国风开始，然后是雅、颂，这条记载不仅证明《诗》文本是仪式乐歌，其演唱顺序也表明，在春秋中期，已经产生了与今本《诗经》顺序基本一致（《国风》的排序与今本《诗经》有次序上的差异）的定本。不过，除"二南"之外的十三国风主要用于燕享等典礼仪式正式宴饮礼仪正歌结束后，伴随主客开怀畅饮，按其所好，不拘正规的"无算乐"环节，也是不可缺少的环节。所谓"正歌"，郑玄《注》曰："正歌者，声歌及笙各三终，间歌三终，合乐三终，为一备。备亦成也。"④ "无算乐"与正歌相对而言，郑玄

---

① 《仪礼注疏》，《十三经注疏》，上海古籍出版社1997年版，第1021页。
② 同上书，第1025页。
③ 孙诒让：《周礼正义》，《十三经清人注疏》，中华书局1998年版，第500页。
④ 《仪礼注疏》，《十三经注疏》，上海古籍出版社1997年版，第1021页。

《注》《燕礼》"无算乐"曰:"升、歌、间、合无数也,取欢而已,其乐章亦然。"贾公彦疏解郑注曰:"此无算对上升歌笙间合,各依次第而三终,有次有数。此则任君之情,无次无数,其《诗》乐章亦然,亦无次无数。"①"无算乐"没有正歌中繁琐的规程,而以主客所好,尽情欢乐。

顾颉刚也对《仪礼·乡饮酒礼》中出现的正歌、乡乐、无算乐进行了探讨:"正歌是在行礼时用的;无算乐是在礼毕坐燕时用的;乡乐是在慰劳司正时用的。正歌义取严重;无算乐则多量的演奏,期于尽欢,犹之乎'无算爵'的期于'无不醉';乡乐则随便,犹之乎'羞惟所有',有什么是什么了。"②

因此,可以明确地说,"无算乐所歌多《诗三百》中的国风篇章,其主要功能是侑酒娱情"③。宴会上由乐工演唱的《国风》,因其丰富的内容和灵活的曲调,营造了宴会欢快气氛,将宴会的欢乐气氛推向高潮。

《孔子诗论》中也有《国风》"其言文,其声善"④说,"声善"就是对其音乐功能的阐述。

《诗》文本本身也表现出明显的典礼仪式内容。

《周颂》《大雅》和《小雅》中的郊庙祭祀诗、天子朝会典礼诗、贵族宴飨诗,多表达记诵、祝祷和颂赞等内容,表现了典礼仪式的内容。《清庙》《维天之命》《维青》祭祀文王,《思文》《天作》分别祭祀后稷、太王、文王。《周颂·有瞽》是最早描写周代祭祀典礼上歌、奏壮观场面的诗:"应田县鼓,鞉磬柷圉。既备乃奏,箫管备举。喤喤厥声,肃雍和鸣。"典礼仪式上用"应、田、鞉、磬、柷、圉、箫

---

① 《仪礼注疏》,《十三经注疏》,上海古籍出版社 1997 年版,第 1023—1024 页。
② 顾颉刚:《论诗经所录全为乐歌》,《古史辨》第三册,上海古籍出版社 1982 年版,第 652 页。
③ 汪祚民:《从〈仪礼〉"无算乐"看〈诗经〉作品的娱情功能》,《陕西师范大学继续教育学报》2003 年第 3 期。
④ 马承源:《上海博物馆藏战国楚竹书》(一),上海古籍出版社 2001 年版,第 129 页。

管"等乐器，演奏出"喤喤厥声，肃雝和鸣"的美妙乐声。《毛诗序》曰："始作乐而合乎祖也。"郑《笺》曰："王者治定制礼，功成作乐。合者，大合诸乐而奏之。"①《商颂·那》则描述了殷商祭祀仪式上奏和舞的盛况：先是奏乐场面，有鞀鼓，"奏鼓简简"，有管乐，"嘒嘒管声"，有磬，"既和且平"，有庸，"庸鼓有斁"，可谓钟鼓齐鸣。然后是舞蹈场面，"万舞有奕"。《周颂·噫嘻》《载芟》《臣工》表现籍田礼，《大雅·行苇》描述射礼，《既醉》记述燕乐。《小雅·鹿鸣》"我有嘉宾，鼓瑟吹笙。吹笙鼓簧，承筐是将"，《毛诗序》释"燕群臣嘉宾"②，《蓼萧》"燕笑语兮""寿考不忘"明显是燕饮时的祝颂之词。

在《国风》中，也保留有很多关于乐舞、乐器演奏的记录。《邶风·简兮》"简兮简兮，方将《万舞》……公庭《万舞》……左手执籥，右手秉翟"，有震天的大鼓，有手持籥和羽毛进行的规模庞大的舞蹈。《鄘风·定之方中》"树之榛栗，椅桐梓漆，爰伐琴瑟"，《郑风·女曰鸡鸣》"琴瑟在御，莫不静好"，《唐风·山有枢》"子有钟鼓，弗鼓弗考""子有酒食，何不日鼓瑟？"《陈风·宛丘》"坎其击鼓，宛丘之下"，《秦风·车邻》"既见君子，并坐鼓瑟""既见君子，并坐鼓簧"，这些诗都形象、生动地记录了典礼仪式乐歌功能对《诗经》内容的影响。

《诗经》作为典礼仪式乐歌的功能影响了诗的内容、结构，尤其对《周颂》《大雅》《小雅》的影响非常显著，多祝祷祭祀诗、燕饮诗。结构上，多复沓形式。《国风》除"二南"之外的诗也多复沓结构和整齐句式。仪式乐歌功能也造成了《国风》乐章义和诗本义的疏离，在《毛诗序》中有更多的体现。

为典礼仪式服务的功能一方面深深地遮盖了诗歌的艺术性，使得《诗经》从诞生之日起就被政治、伦理色彩笼罩，这似乎是《诗经》的不幸。但另一方面，《诗经》所具有的这种待遇，确立了《诗经》的经

---

① 《毛诗正义》，《十三经注疏》，上海古籍出版社1997年版，第594页。
② 同上书，第405页。

典地位，促进了《诗经》的传播和使用，这似乎又是《诗经》的幸运。所以，20世纪初古史辨派学者提出"整理国故"口号，力图还原《诗经》的文学面目。古史辨派的研究颠覆了传统经学研究，开启了《诗经》的文学研究。古史辨派及后继者的纯文学研究在取得突破性进展的同时，也走入了另一误区，忽视了《诗经》在周代产生和生存的历史及文化背景。从文学角度研究《诗经》，忽视作为仪典乐歌功能及其产生的社会背景，会导致研究与历史事实的背道而驰。很多学者已经意识到这个问题，"一旦注意到音乐成分，则理解这些诗歌的可能性也增加了。""从乐歌的角度入手而不是从诗的角度入手，是我们重新认识《诗经》文体特征及其艺术成就的重要一环。"① 正视《诗经》基于礼乐制度而产生的乐歌功能，是今天进行《诗经》研究必须坚持的客观态度。研究《国风》的地域风格特征，《诗经》为仪式乐歌的功能也是不可忽视的。

三 引用《诗经》文本的说明

文中出现的《诗经》诗文本，全部出自程俊英《诗经译注》，上海古籍出版社1985年版，不再标注。

---

① 赵敏俐：《乐歌传统与〈诗经〉的文体特征》，《学术研究》2005年第9期。

第一章 《豳风》地域风格研究

豳地对于周人来说，具有特别重要的意义，这是周族的发源地，是周人先祖公刘至太王所居之处。《豳风》是用豳地曲调演唱的乐歌，是豳地之风。因其产地和内容的特殊性，《周礼·春官·籥章》中有"吹豳诗、豳雅、豳颂"①记载，《豳风》虽位列《国风》，实际具有雅颂诗的性质。余继登《典故纪闻》："宣宗览《豳风·七月》图，谓侍臣曰：'此足以见周家立国之本，周公辅成王之心，其先王教民耕桑，以御饥寒，皆豫为之计，委曲详尽，必收成然后役之，所以当时军民相亲如父子，周之王业由于此，所以传世历年之永也。'"②

《豳风》共有 7 首诗。从创作时间考察，《豳风》应该是十五国风中产生最早的诗，体现了周人早期的政治经济、文化风俗、精神面貌、价值观和生命观，其中以其独特的农耕文化和礼仪为代表。班固《汉书·地理志》曰："其民有先王遗风，好稼穑，务本业，故《豳诗》言农桑衣食之本甚备。"③ 虽在现存《诗经》文本中《豳风》位列国风第十五位，因其产生时间最早，且很形象地表现了周人重农思想，也将融会到周人生活中的周礼以诗的形式表现出来，这是周公制礼作乐的重要基础。

《豳风》题材内容非常丰富，既有农事诗，也有战争诗还有对周公的赞美诗以及表现豳地婚俗的诗，展示了当时豳地周人的日常生活。

---

① 《周礼注疏》，《十三经注疏》，上海古籍出版社 1997 年版，第 801 页。
② （明）余继登：《典故纪闻》卷九，中华书局 1997 年版，第 158 页。
③ （汉）班固：《汉书》，中华书局 1962 年版，第 1642 页。

第一节 《豳风》相关问题辨析

《豳风》产生于周人发祥地,且其产生时间在十五《国风》中是最早的,按说其地位应该是最高的,但位列十五《国风》最后。其命名也异于《国风》除"二南"、《王风》均以诸侯国的地望命名的规律。其诗尤其《七月》从题材、篇幅也呈现出与其他国风不同的风格。"豳"的特殊性注定它不仅仅包含地理本身的意义,《豳风》所表现的内容以及与周公的关系,使得《豳风》比其他风诗多了一些独特的因素。在探讨《豳风》地域风格之前,首先就相关问题进行简要辨析。

一 周公与《豳风》

周公与《诗经》关系可谓密切。首先,《诗经》是周公制礼作乐的产物。当然这是间接的关系。其次,是周公与《诗经》直接的关系。《国风》之《周南》以周公采地命名,虽然《周南》诗中并没有出现周公形象或与之相关的行动。而《豳风》却与周公的关系非同寻常。《豳风》共有7首诗,从其内容来看,基本都与周公有关,因此产生了周公作《豳风》的说法。

《左传·襄公二十九年》记载吴公子季札聘鲁观周乐时对《豳风》进行的评价,最早将《豳风》与周公联系起来:"为之歌《豳》,曰:'美哉!荡乎!乐而不淫,其周公之东乎?'"[①]他认为豳诗美妙动听且博大坦荡,欢乐而有节制,并明确地将诗系之周公。在表明《豳风》与周公关系的同时,也明确了豳诗的作年。《毛诗序》说《七月》是"陈王业也。周公遭变,故陈后稷先公风化之所由,致王业之艰难也。"郑玄《笺》曰:"周公遭变者,管蔡流言,辟居东都。"[②]确认周公为诗

[①] 《春秋左传正义》,《十三经注疏》,上海古籍出版社1997年版,第2006页。
[②] 《毛诗正义》,《十三经注疏》,上海古籍出版社1997年版,第388页。

的作者。

胡承珙《毛诗后笺》认为《豳风》皆周公作：

> 此（《汉书·地理志》）因言周秦风俗而连类及之，非以《七月》一篇兼有文武时事。《孔丛子》引孔子曰："于《七月》见豳公之所以造周也。"此实周公上述豳俗，以明农桑为王业之本，与《大雅·公刘》、《尚书·无逸》同义，而其后创制周礼，遂以播之《籥章》，专官守之。若非追陈"豳"俗，何以名之为《豳》？若非周公所作，又何以《鸱鸮》以下六篇皆周公之诗而附于其后邪？①

朱熹认为《七月》为周公作，其他的诗则既有周公作，也有他人为周公作：

> 武王崩，成王立，年幼不能莅阼，周公旦以冢宰摄政，乃述后稷、公刘之化，作诗一篇以戒成王。谓之《豳风》。而后人又取周公所作，及凡为周公而作之诗以附焉。②

方玉润认为《豳风》中诗均与周公有关，但仅《鸱鸮》《东山》作者为周公。《七月》在周公之前已经产生，周公用之劝诫成王，但不是作者。另外几首则是为赞美周公而作，作者另有其人：

> 《豳》仅《七月》一篇，所言皆农桑稼穑之事，非躬亲陇亩久于其道者，不能言之亲切有味也如是。周公生长世胄，位居冢宰，岂暇为此？且公刘世远，亦难代言。此必古有其诗，自公始陈王前，俾知稼穑艰难并王业所自始，而后人遂以为公作也。至《鸱鸮》、《东山》二诗，乃为公作。《伐柯》、《破斧》、《九罭》、《狼

---

① （清）胡承珙撰，郭全芝校点：《毛诗后笺》，黄山书社1999年版，第671页。
② （宋）朱熹：《诗经集传》，上海古籍出版社1980年版，第60页。

跋》则又众人为公而作之诗。以其无所系属，故并附《七月》后，而统而名之曰《豳》，凡以为公故也。当季札请观周乐时，篇次本居《齐》后《秦》前，不知何时移殿诸国之末。①

崔述《丰镐考信录》认为《七月》也非周公作，《鸱鸮》以下诗亦与周公有关而非周公作：

> 读《七月》，如入桃源之中，衣冠朴古，天真烂熳，熙熙乎太古也。然则此诗当为大王以前豳之旧诗；盖周公述之以戒成王而后世因误为周公所作耳。窃疑《豳》之旧诗当不止此，此篇因周公识之传之而独存，犹《商颂》当时亦必多，而正考父独得其十二篇也。至于《鸱鸮》以下，则以其诗皆为周公而作而音节亦近豳俗故附之于《豳风》之后，而此一篇则《豳》之正风也。②

对于这个问题，可以肯定的是，《豳风》均与周公有关，但不能确定周公就是诗的作者。《七月》从内容上看，应早于周初，极有可能是周公以此劝诫成王诗，与周公有密切关系。朱熹认为《豳风》只此1首是周公所作，其他6首乃后人所附《豳风》之中而成。不论其说如何，指出了《豳风》诗均与周公有关的事实。《豳风》中《破斧》《东山》反映了周公东征平定三监叛乱之事，《鸱鸮》旧注为周公作，《伐柯》为成王迎周公国中而作，《九罭》东人挽留周公而作，《狼跋》有美刺两说，或为美公孙，或为刺公孙，难以定论。但很明确的是与周公的后人有密切关系。7首诗均应产生于西周，内容基本涉及王业兴衰，表现出的风格与其他《国风》常见的轻松欢快或幽怨哀伤相异，多古朴、质实而厚重。尤其是《七月》，展示了周先人在黄土高原上春耕夏耘、秋收冬藏的一年四季的农桑生活，"读《七月》诗，我们似乎看到

---

① （清）方玉润：《诗经原始》，中华书局1986年版，第303—304页。
② （清）崔述：《丰镐考信录》，《崔东壁遗书》，上海古籍出版社1983年版，第202页。

了整个华夏民族几千年来农业生活的缩影。"①

确认《豳风》是西周时期的诗,除了文献记载和诗文本内容上表达出来的信息,更重要的一点是因为豳地在平王东迁后,封赐给了秦国,可以推断,其诗的产生时间必当在东迁之前。但很多学者认为《豳风》中的诗有些产生于东周时期。傅斯年、徐中舒认为是春秋时期的"鲁诗",②陆侃如、冯沅君也持"春秋说",③郭沫若在《由周代农事诗论到周代社会》中更明确表示:"这(《七月》)不是王室的诗,并也不是周人的诗。诗的时代当在春秋末年或以后。"④其说均为一家之言,不足为信。《豳风》作年辨析详见本章第三节。

二 《七月》与"豳诗、豳雅、豳颂"

《七月》是《豳风》第一首诗,是产生于周先祖豳地的土风,也是《国风》中产生时间最早、篇幅最长的诗。《七月》记载的是豳地的农事,但在《周礼·春官·籥师》中,《七月》被称为"豳诗、豳雅、豳颂",这样的表述在整本《诗经》中仅此一例:

> 籥章掌土鼓豳籥。中春,昼击土鼓,吹《豳诗》,以逆暑。……凡国祈年于田祖,吹《豳雅》,击土鼓,以乐田畯。国祭蜡,则吹《豳颂》,击土鼓,以息老物。⑤

郑玄《注》曰:

> 《豳诗》,《豳风·七月》也。吹之者以籥为之声,《七月》言

---

① 王洲明:《周代地域文化与〈国风〉的风格》,《山东大学学报》1998年第1期。
② 傅斯年:《诗经讲义稿》,中国人民大学出版社2004年版,第32页;徐中舒、常正光:《论〈豳风〉应为鲁诗——兼论〈七月〉诗中所见的生产关系》,《历史教学》1980年第4期。
③ 陆侃如、冯沅君:《中国诗史》,百花文艺出版社1999年版,第58—61页。
④ 郭沫若:《由周代农事诗论到周代社会》,《青铜时代》,科学出版社1957年版,第114页。
⑤ 《周礼注疏》,《十三经注疏》,上海古籍出版社1997年版,第801—802页。

寒暑之事，迎气歌其类也。此风也，而言《诗》，诗总名也。《豳雅》，亦《七月》也。……是亦歌其类。谓之《雅》者，以其言男女之正。《豳颂》，亦《七月》也，《七月》又有获稻作酒、跻彼公堂、称彼兕觥、万寿无疆之事，是亦歌其类也。谓之《颂》者，以其岁终人功之成。①

郑玄《注》《周礼》时，也对这个现象进行了阐发，认为《七月》一诗备风、雅、颂三体，分别对应诗中的章节。郑玄笺《七月》再次阐发了他的观点：

春女感阳气而思男，秋士感阴气而思女，是其物化所以悲也。悲则始有与公子同归之志，欲嫁焉。女感事苦而生此志，是谓《豳风》。……既以郁下及枣助男功，又获稻而酿酒以助其养老之具，是谓《豳雅》。……于乡而正齿位，故因时而誓焉。饮酒既乐，欲大寿无竟，是谓《豳颂》。②

孔颖达《正义》继承了郑玄一诗中按内容分段阐释一诗三体的观点，更多地从教化角度阐述：

诸诗未有一篇之内备有风、雅、颂，而此篇独有三体者，《周》、《召》陈王化之基，未有雅、颂成功，故为风也。《鹿鸣》陈燕劳伐事之事，《文王》陈祖考天命之美，虽是天子之政，未得功成道洽，故为雅。天下太平，成功告神，然后谓之为颂。然则始为"风"，中为"雅"，成为"颂"，言其自始至成，别故为三体。周公陈豳公之教，亦自始至成。述其政教之始，则为《豳风》，述其政教之中则为《豳雅》，述其政教之成则为《豳颂》，故今一篇

---

① 《周礼注疏》，《十三经注疏》，上海古籍出版社1997年版，第801—802页。
② 《毛诗正义》，《十三经注疏》，上海古籍出版社1997年版，第389—392页。

之内备有"风""雅""颂"也。①

但也有很多人反对始自郑玄的《七月》一诗备三体说。欧阳修《诗本义》认为：

> 经以为《风》，而郑氏以为《雅》、《颂》，岂不戾哉？夫一国之事谓之《风》，天下之政谓之《雅》，以其成功告于神明谓之《颂》，此毛郑之说也。然则《风》，诸侯之事；《雅》，天子之事也。今所谓《七月》者，谓之《风》可矣，谓之《雅》、《颂》，则非天子之事，又非告成功于神明者，此又其戾者也。《风》、《雅》、《颂》之为名，未必然然于其所自为说有不能通也。②

王安石《周官新义·春官·籥章》也对此进行了更具体的阐述：

> 所击者土鼓，所吹者豳籥，其章用《豳诗》焉。《豳雅》《豳颂》，谓之《雅》《颂》，则非《七月》之诗。盖若《九夏》，亡之矣。③

王氏认为《周礼》中的《豳雅》《豳颂》是类似已经消亡了的《九夏》，而不是《豳风》中的《七月》。两人均否定之前传统的一诗备三体的观点。

郭沫若将《豳诗》释为"豳风"，即《七月》，《豳雅》包括《楚茨》《信南山》《莆田》《大田》，《豳颂》则包括《思文》《臣工》《噫嘻》《丰年》《载》《良耜》。④

对于这种特殊的现象以及由此导致的分歧，笔者认为，首先，《七

---

① 《毛诗正义》，《十三经注疏》，上海古籍出版社1997年版，第390页。
② （宋）欧阳修：《诗本义》，世界书局1985年版，第121页。
③ （宋）王安石：《周官新义·附考工记解》，《丛书集成本》，商务印书馆1937年版，第144页。
④ 郭沫若：《历史篇》，《郭沫若全集》，人民出版社1982年版，第111页。

月》是一首完整的诗，将其按内容对应其中的章节分风、雅、颂，显然不符合常理。另外，《诗经》的格局是风、雅、颂三分，最早作为典礼仪式乐歌时是有严格、明确的使用规格规定的，不能违例。在一首诗中按其内容分述为风、雅、颂，不仅没有先例，且分析也是机械的截取其中的内容强行贴标签。

《豳风》的确因为地域、与周公的关系，本身在《国风》中就很特殊。《七月》作为其中最长的一首诗不仅内容丰富，且艺术成就非常高，更显示出独特的一面。而《周礼·春官·籥师》中的记载又是客观的存在，那么如何合理解释这种现象呢？

王昆吾《诗六义原始》认为，《周礼》的"六诗"与《毛诗序》的"六义"所指是一样的，但这是两个有时代差异的概念："《周礼》的'六诗'，代表的是《诗》成型之前的风、赋、比、兴、雅、颂观念；毛诗的'六义'，代表的是《诗》成型之后的风、赋、比、兴、雅、颂观念。"① 毛诗"六义"来源于《周礼》"六诗"。周代"六诗"的实质则是西周乐教体制中大师掌教瞽矇的六种传述诗的方式：风、赋是用言语传述诗的两种方式，分别指方言诵和雅言诵；比和兴是用歌唱传述诗的方式，分别指庚歌与和歌；雅和颂则是加入器乐因素传述诗的方式，分别指乐歌与舞歌。②

刘茜则认为，"《周礼》中的'吹豳雅'即可解为用'豳龠'与'雅'合奏'豳地'的诗歌，'吹豳颂'也可解为用'豳龠'与'颂'合奏'豳地'的诗歌。……'豳诗'即为'豳风'，因'风'为徒歌之意。'吹豳颂'即可解为用豳龠吹奏豳地之诗。……《周礼·春官·籥章》中'吹豳诗、豳雅、豳颂'之意应为用豳龠吹奏《豳风·七月》，用豳龠与雅合奏《豳风·七月》以及用豳龠与颂合奏《豳风·七月》。"③

---

① 王昆吾：《诗六义原始》，《中国早期艺术与宗教》，东方出版中心1998年版，第216页。
② 同上书，第216—219页。
③ 刘茜：《〈诗·豳风·七月〉与〈周礼〉"豳诗、豳雅、豳颂"之关系考述》，《中华文化论坛》2006年第3期。

关于此处何以"豳诗"就是指《豳风》的问题，马银琴经过论证给出了合理的解释。她认为，"歌"是音乐文学最早的存在样式，本指认定一种行为，后引申为系诸唇吻的口头歌唱。由于仪式乐歌的编订和流传，西周早期，"歌"被用为以颂赞、祝祷为基本内容的仪式之歌的《雅》《颂》的代名词。也就是说，早期的《雅》《颂》并不称为"诗"，而是称为"歌"。"诗"是一个产生较晚的概念，原本只是讽谏怨刺之辞的专名，在其产生之初，并不包括用于仪式、纪功颂德的《雅》《颂》之歌在内。曾在一段历史时期内，"歌"与"诗"别类分立，彼此之间并无联系。宣王重修礼乐之时，产生于厉王时代的讽谏之诗被用于仪式歌奏。由此开始，原本不相干的"歌"与"诗"走向合流，其间不再有颂赞与讽谏的内容上的区别。一种以《诗》命名的包括风、雅、颂在内的诗文本产生。①

这样的诗、雅、颂名称并存的客观事实，不仅在《周礼》中出现，在《孔丛子·记义第三》中也出现过："孔子读《诗》及《小雅》，喟然而叹曰：'吾于《周南》、《召南》见周道之所以盛也，于《柏舟》见匹夫执志之不可易也，于《淇奥》见学之可以为君子也，于《考槃》……于《木瓜》……于《缁衣》……于《鸡鸣》……于《伐檀》……于《蟋蟀》……于《下泉》……于《七月》……于《东山》……于《狼跋》……于《鹿鸣》……于《彤弓》……于《羔羊》……于《节南山》……于《蓼莪》……于《楚茨》……于《裳裳者华》……于《采菽》……。'"②上面提到的孔子喟然而叹的诗，尽在《国风》和《小雅》中。显然，孔子所说的与《小雅》相对应的《诗》指的是《国风》。这样就表明《诗》与《小雅》并立存在被传播的事实。由此，能够解释何以《周礼》中的《豳诗》指的是《豳风》，豳诗、豳雅、豳颂在一首诗中并存，不是内容上的三分，仅是演奏形式的区别，是早在西周时期诗用于典礼仪式乐歌的反映。这样的例子在《诗经》

---

① 马银琴：《两周诗史》，社会科学文献出版社2006年版，第481页。
② 王钧林、周海生译注：《孔丛子》，中华书局2009年版，第45页。

中仅此一例，显示了《七月》一诗的独特地位。

三 《豳风》为鲁诗、晋诗说辨析

对于《豳风》为豳地土风乐歌，也出现不同声音，有称《豳风》为鲁诗、为晋诗的说法。

称《豳风》为鲁诗始自清人张履祥。《杨园先生全集·〈豳风〉说》曰："鲁无风，《豳风》犹鲁风也。周公治鲁，尊尊而亲亲，故鲁虽弱，有先王遗风。他日，夫子曰：'鲁一变至于道。'又曰：'吾舍鲁何适矣？'盖此志也。以《周南》始，以《豳风》终，始终以周公也。"① 顾炎武也认为《鲁颂》本为"鲁风"："《风》，何以无鲁？大师陈之，固曰鲁诗，不谓之颂矣。孔子，鲁人也，从鲁而谓之颂，此如鲁史之书公也，然而《泮水》之文则固曰'鲁侯'也。"② 傅斯年也提出《豳风》出于鲁国的观点："《诗》中可疑为鲁者，为《豳风》。我一向相信豳应在岐周，但有三事使我不得不改信《豳风》是鲁传出。……有此三证，则《豳风》非出于豳，乃出于宗周在东方殖民之新豳。"③ 徐中舒也主此说，提出"《豳风》乃是春秋时期鲁国的诗"④。在其《豳风说——兼论诗经为鲁国师工歌诗之底本》中，有"《豳风》宜为春秋时之鲁诗"⑤的观点。杨朝明也力主此说，认为："虽然《豳风》的成诗年代及其具体内容还是有待进一步探讨的问题，但徐中舒先生之《豳风》应为鲁诗的结论却是不可移易的。"⑥

的确，鲁国在周代分封的众多邦国中有特殊的地位，乃姬姓"宗

---

① （清）张履祥：《杨园先生全集》，同治十年江苏书局本。
② （清）顾炎武、黄汝成集释，栾保群、吕宗力校点：《日知录集释》，上海古籍出版社2006年版，第176页。
③ 傅斯年：《诗经讲义稿》，中国人民大学出版社2004年版，第32页。
④ 徐中舒、常正光：《论〈豳风〉应为鲁诗——兼论〈七月〉诗中所见的生产关系》，《历史教学》1980年第4期。
⑤ 徐中舒：《豳风说——兼论诗经为鲁国师工歌诗之底本》，《徐中舒历史论文选辑》，中华书局1998年版，第606—634页。
⑥ 杨朝明：《鲁国与〈诗经〉》，《中国史研究》1994年第2期。

邦"。鲁国是周公的封国，周公未到任，其子伯禽就任被称为鲁公。鲁国具有与周王朝异于其他诸侯国的亲密关系，"周之最亲莫如鲁，而鲁所宜翼戴者莫如周也"。① 从文献记载中也可见出这种密切关系。《礼记·明堂位》："命鲁公世世祀周公以天子之礼乐。"②《史记·鲁周公世家》："鲁有天子礼乐。"③《左传·襄公二十九年》："鲁有禘乐，宾祭用之。"杜预《注》曰："禘，三年大祭则作四代之乐。别祭群公，则用诸侯乐。"孔颖达《疏》曰："禘是三年大祭，礼无过者，知禘祭于太庙，则作四代之乐也。礼，唯周公之庙得用天子之礼。知其别祭群公，则用诸侯之乐。诸侯之乐谓时王所制之乐，《大武》是也。然则禘是礼之大者，群公不得与同，而与宾得同禘者。禘者，敬邻国之宾，故得用大祭之乐也。"④ 因此有"周礼尽在鲁矣"⑤的观点。对于鲁国与周王室这种关系，可谓"是宗周礼乐文明的嫡传""鲁国实为宗周文化之正统"⑥。但其地位的尊贵、特殊并不能就此视《豳风》为鲁诗的理由。

金景芳明确表示反对。他认为："周公既未封鲁，则张履祥'周公治鲁'之说，自不能成立。审观《豳诗》，不但《七月》与鲁无涉，即《鸱鸮》、《东山》诸篇，亦俱与鲁无涉。因此，说《豳风》犹鲁风是毫无根据的。"⑦

其实，仅从徐中舒说"豳风为春秋时鲁诗"的时间上，就足以证明徐说的不合理。首先能够确认的是，豳地因为周平王东迁时秦襄公护送有功赐与他，秦国由此位列诸侯，且占据了周西都畿内之地和豳地。所以，"豳"之名在春秋时期已经不存。徐说"《豳风》是用豳地的调子歌唱鲁国的诗"的说法更是缺乏事实依据："'周公之东'就是说的

---

① 高士奇：《左传纪事本末》，中华书局1979年版，第5页。
② 《礼记正义》，《十三经注疏》，上海古籍出版社1997年版，第1488页。
③ 司马迁：《史记》，中华书局2008年版，第1523页。
④ 《春秋左传正义》，《十三经注疏》，上海古籍出版社1997年版，第1947页。
⑤ 同上书，第2029页。
⑥ 杨向奎：《宗周社会与礼乐文明》，人民出版社1992年版，第279页。
⑦ 金景芳：《〈豳风〉说》，《学术月刊》1983年第11期。

周公之子伯禽封于鲁国时,把周乐带来,后人用豳地的调子和土鼓歌唱春秋时期鲁国的诗,就是《诗经》中的《豳风》。"① 鲁国拥有周乐是事实,所以春秋时期的季札能在鲁"遍观周乐"。但《豳风》在内的"周乐"并不是如徐所言伯禽封于鲁国时带来的,而是周公卒后,成王为褒周公之德而准其有周乐。《史记·鲁周公世家》:"周公卒……于是成王乃命鲁得郊,祭文王。鲁有天子礼乐者,以褒周公之德也。"② 以此论《豳风》为鲁风明显论证不足。

张平辙则认为"《豳风·七月》应为晋诗",且"《豳风·七月》应产生于春秋时代"。③ 此说仅为一家之言,郝建杰在他的博士论文中已经逐条进行批驳。④ 其实仅从已成定论的《豳风·七月》产生年代一点就能证明张论"《豳风·七月》应产生于春秋时代"的结论不确。因为文章本身存在的不足,他的观点在学术界没有产生影响。

《豳风》为鲁风、晋风的说法证据不充分,因此,并未动摇《豳风》为豳地土风的观点。

第二节 《豳风》地望及自然、人文地理环境辨析

历史上,《豳风》产生过独特的"一诗备三体"的风格纷争以及由其命名导致的产生地的纷争。豳地地望的确定是首先要解决的问题。其次,要探讨《豳风》产生地的自然地理环境与周人在这块土地上创造的农业文明和礼乐文明,这是影响并形成《豳风》独特风格的主要因素。

---

① 徐中舒:《豳风说——兼论诗经为鲁国师工歌诗之底本》,《徐中舒历史论文选辑》,中华书局1998年版,第634页。
② 司马迁:《史记》,中华书局2008年版,第1522—1523页。
③ 张平辙:《〈诗经·豳风·七月〉应为晋诗——兼论夏正就是晋正》,《教学研究》1980年第1期。
④ 郝建杰:《〈诗经·国风〉地域性考论——以〈豳风〉、〈秦风〉为中心》,博士学位论文,上海大学,2011年。

一 豳地地望考

豳地是周人的发源地,自公刘始迁到豳地,历经十世,至太王迁于岐山周原。《大雅·公刘》被称为周族史诗,从多方面歌颂了公刘及其居豳的伟大业绩,也提供了比较可信的有关豳地的信息。《史记·周本纪》中对周人在豳地的迁徙进行了概述:"不窋卒,子鞠立。鞠卒,子公刘立。公刘虽在戎狄之间,复修后稷之业,务耕种,行地宜,自漆、沮度渭,取材用,行者有资,居者有畜积,民赖其庆。百姓怀之,多徙而保归焉。周道之兴自此始,故诗人歌乐思其德。公刘卒、子庆节立,国于豳。"①

豳地曾经被周人和戎狄交替占据。公刘先据有豳地,《大雅·公刘》有"笃公刘,于胥斯原""豳居允荒""笃公刘,于豳斯馆";后古公亶父为避戎狄,去豳迁岐,《史记·周本纪》曰:"(古公亶父)乃与私属遂去豳,度漆、沮,逾梁山,止于岐下。豳人举国扶老携幼,尽复归古公于岐下。"②《大雅·绵》有"古公亶父,来朝走马。率西水浒,至于岐下",其后豳地被戎狄据有。周人在武王克商灭纣前又复得豳地,《史记·周本纪》曰:"武王征九牧之君,登豳之阜,以望商邑。"③至平王东迁,周王赐其地为秦人所有。

关于"豳"的地望,历来歧说纷出。观点大致有以下几种:

一是在今陕西省旬邑、彬县一带说。班固最早提出此观点。《汉书·地理志》注"右扶风栒邑"曰:"有豳乡。《诗》豳国,公刘所都。"④杜预注《左传·襄公二十九年》"为之歌《豳》"曰:"豳,周之旧国。在新平漆县东北。"⑤汉代漆县即今陕西省彬县。裴骃集解《史记·周本纪》"公刘卒,子庆节立,国于豳":"徐广曰:'新平漆县

---

① 司马迁:《史记》,中华书局 2008 年版,第 112 页。
② 同上书,第 113—114 页。
③ 司马迁:《史记》,中华书局 2008 年版,第 128 页。
④ 班固:《汉书》,中华书局 1962 年版,第 1547 页。
⑤ 《春秋左传正义》,《十三经注疏》,上海古籍出版社 1997 年版,第 2006 页。

之东北有豳亭。'"张守节《正义》引《括地志》:"豳州新平县即汉漆县,诗豳国,公刘所邑之地也。"① 可知,豳地包括古栒邑、新平漆县,即今陕西旬邑、彬县一带。郑玄《诗谱·豳谱》曰:"豳者,后稷之曾孙也公刘者,自邰而出所徙戎狄之地名,今属右扶风栒邑。"② 西汉时栒邑县境内的豳乡就是豳邑。西晋张华《博物志》:"扶风郇邑豳乡,公刘所封。"③ 陆德明《经典释文》:"豳者,戎狄之地名也。夏道衰,后稷之曾孙公刘自邰而出居焉。其封域在雍州岐山之北,原隰之野,于汉属右扶风郇邑。"④ 李吉甫《元和郡县图志》:"栒邑故城,在县东二十五里,即汉栒邑县,属右扶风。……古豳城,在县西三十里,公刘始都之处。"⑤ 朱熹《集传》:"豳,国名。在禹贡雍州岐山之北,原隰之野。……豳,在今邠州三水县。"⑥ 三水县在宋代即今陕西旬邑县。

程俊英赞同此说。《诗经译注》曰:"豳地在今陕西栒邑、邠县一带地方,它原来是周的祖先公刘所开发的。"⑦ 此地古称为南豳。

二是今甘肃庆阳说。张守节正义《史记·秦本纪》"魏纳上郡十五县。十一年,县义渠"曰:"《地理志》云:'北地郡义渠道,秦县也。'《括地志》云:'宁、原、庆三州,秦北地郡,战国及春秋时为义渠戎国之地,周先公刘、不窋居之,古西戎也。'"⑧ 正义《史记·周本纪》"子不窋"曰:"不窋故城在庆州弘化县南三里。即不窋在戎狄所居之城也。"⑨ 庆州弘化县即今甘肃庆阳县。唐杜佑《通典·州郡三》:"宁州,夏之季公刘之邑,春秋时戎地(义渠戎国),战国时属,秦始皇初为北地郡。""庆州,周之先不窋所居,春秋时义渠戎之地,秦灭之,

---

① 司马迁:《史记》,中华书局2008年版,第113页。
② 《毛诗正义》,《十三经注疏》,上海古籍出版社1997年版,第387页。
③ (西晋)张华:《博物志》,中华书局1985年版。
④ (唐)陆德明:《经典释文》,第73页。
⑤ (唐)李吉甫:《元和郡县图志》,中华书局1983年版,第62页。
⑥ 朱熹:《诗经集传》,上海古籍出版社1980年版,第60页。
⑦ 程俊英:《诗经译注》,上海古籍出版社1985年版,第265页。
⑧ 司马迁:《史记》,中华书局2008年版,第206页。
⑨ 同上书,第113页。

始皇以属北地郡。"① 唐弘化县在今甘肃省庆阳市庆城县。明嘉靖成化十七年《庆阳府志·序》："庆阳古北豳之地……庆阳古兴周之地。"正德五年《庆阳府志·序》："庆阳《禹贡》雍州之地，周之先后稷子不窋所居，号北豳。"② 清人赵本植《庆阳府志》："不窋，后稷之后，值夏德衰乱，窜居北豳，即今庆阳也。子鞠陶，孙公刘，俱历世为兹人。"③《正宁县志》"正宁《禹贡》雍州之域，周为北豳地，公刘旧邑。……正宁为北豳旧地，公刘属邑。"④ 上述各种资料显示，甘肃庆阳为古豳地所在，称为北豳。

三是山西晋南说。此说虽然产生时间较晚，但钱穆先生力主此说，所以产生了重要影响。他在《周初地理考》中提出："以今考之，周人盖起自于冀州，在大河之东。后稷之封邰，公刘之居豳，皆今晋地。及太王避狄居岐山，始渡河而西，然亦在秦之东境，渭洛下游，自朝邑西至于富平。"⑤ "诗称公刘居豳，故与戎狄杂处，史所谓'公刘杂在戎狄之间，复修后稷之业也。'夫曰畎夷入居邠岐之间，则邠岐亦近夏邑，犹公刘居豳而曰避桀，不得远逾泾渭之外也。今考岐者晋山，……此岐为晋山也。"⑥ 后稷之封邰、公刘之居豳，都为今晋地，及大王避狄居岐山，亦在晋地。钱先生后来更进一步明确他的观点，《国史大纲》曰："则所谓太王去邠，……窃疑邠在山西汾城，逾梁山乃西避，非东迁，周人祖先之活动区域，亦在大河西部一隈之四围，稍后乃误以凤翔岐山说之。"⑦ 其实钱先生以晋释邠（豳）国地望，无法合理解释《大雅·公刘》及《史记·周本纪》中所言与豳相关的溥原、隰原、皇涧、百泉、南岗、漆、沮、渭、梁山、岐等地名，结论经不起推敲。齐社祥

---

① （唐）杜佑：《通典》，中华书局1988年版，第4519—4520页。
② 转引自傅学礼等撰《庆阳府志》，2001年。
③ 同上。
④ 同上。
⑤ 钱穆：《周初地理考》，《古史地理论丛》，（台北）东大图书股份有限公司1982年版，第5—6页。
⑥ 同上书，第30页。
⑦ 钱穆：《国史大纲》，商务印书馆1994年版，第36页。

《公刘旧邑考》通过考证否定了钱穆先生的观点。①

钱说也得到很多学者的赞同。翦伯赞《先秦史》认为"豳"在"陕甘边境""渭河河谷"。②吕思勉《先秦史》也从钱说,认为"钱氏之言衡以地理情势,固无不合矣"③。

可见,关于豳地地望的问题还需要进行进一步的探讨。

其实,豳地自古就有北豳、南豳之分。北豳为不窋失官窜居之地,在今甘肃庆阳市一带。"南豳"为公刘迁居之地,在陕西栒县、邠县一带。

《史记·周本纪》引《括地志》曰:"不窋故城在庆州弘化县南三里。即不窋在戎狄所居之城也。""宁、原、庆三州,秦北地郡,战国及春秋时为义渠戎国之地,周先公刘、不窋居之,古西戎也。"④可知,公刘之前三代曾出北豳。因此,南北豳均有称为豳的历史。

齐社祥认为:"征诸文献、参以民俗、证以考古,公刘旧邑之豳地不在山西,而在陕甘交界、子午岭西麓南段及东南,今甘肃省庆阳、合水、宁县、正宁等县(北豳)及陕西省旬邑、郇县、采寿、长武等县(南豳)。"⑤张剑认为,《豳风》之"豳"的称名源起与处于该地的子午岭大山多野猎有密切关系;豳的地域涵盖不但包括地处子午岭西麓南端传统解释的称为"南豳"的今陕西旬邑、邠县一带地区,而且还包括与南豳相连的地处子午岭西麓北端的周先祖不窋、鞠陶、公刘三代人活动经营的称为"北豳"的今甘肃庆阳一带地区。⑥郝建杰认为,认定庆阳地区即为豳都或豳地则有嫌武断,理由有三:"一是从文献上看,《国语》、《周本纪》均未明言'戎狄之间'即是豳地,而据《周本纪》,公刘显然是从不窋所在的'戎狄之间'迁到了另外一个叫做豳的

---

① 齐社祥:《公刘旧邑考》,《甘肃社会科学》2003年第3期。
② 翦伯赞:《先秦史》,北京大学出版社1990年版。
③ 吕思勉:《先秦史》,中国友谊出版公司2009年版。
④ 司马迁:《史记》,中华书局2008年版,第113、206页。
⑤ 齐社祥:《公刘旧邑考》,《甘肃社会科学》2003年第3期。
⑥ 张剑:《〈豳风〉与北豳》,《陇东学院学报》2005年第3期。

地方。二是庆阳一带称为'豳'的时间非常晚。以'豳'称庆阳一带始自北魏孝文帝时。……三是目前所知先周遗存的时代上限不足以证明庆阳一带是公刘等的活动地区。"①

依据已有的文献资料以及新的考古成果,认定甘肃庆阳为豳地的证据的确不充分。而依据传世文献资料的记载,周先祖自公刘及其子庆节至古公亶父大概三百年的时间居南豳。班固去古未远,其豳在西汉栒邑县境的说法为历代经史学者所认同。

依据考古发掘的成果,公刘居南豳之地是没有异议的。长武碾子坡遗址是古公迁岐之前先周文化遗存。这个遗址主要分布在彬县以上泾水上游地区,东界泾水,西到平凉一带,南界岐山。②李学勤认为:"目前已知的先周文化遗址分布,主要在陕西中部泾渭流域一带,大致范围,北界达甘肃庆阳地区,南界在秦岭山脉北侧,西界达六盘山和陇山,东侧在子午岭西侧至泾河沿岸一线。"③这个范围重点分布还是处于今陕西旬邑、彬县的南豳位置。

二 豳地自然地理环境

豳地是周人发祥地。周人之所以居留豳地也是经过了一番选择。

从历史看,周人是个历经多次迁徙的民族。郑玄《诗谱·豳谱》记载了周人的迁徙:

> 豳者,后稷之曾孙曰公刘者,自邰而出,所徙戎狄之地名,今属右扶风栒邑。公刘以夏后大康时失其官守,窜于此地,犹修后稷之业,勤恤爱民,民咸归之,而国成焉。至商之末世,大王又避戎狄之难,而入处于岐阳,民又归之。公刘之出,大王之入,虽有其

---

① 郝建杰:《〈诗经·国风〉地域性考论——以〈豳风〉、〈秦风〉为中心》,博士学位论文,上海大学,2011年。
② 中国社会科学院考古研究所泾渭工作队:《陕西长武碾子坡先周文化遗址发掘纪略》,《考古学集刊》第六集,中国社会科学出版社1989年版。
③ 李学勤:《中国古代文明与国家形成研究》,云南人民出版社1998年版,第483页。

异，由有事难之故，皆能守后稷之教，不失其德。成王之时，周公避流言之难，出居东都二年。思公刘、大王居豳之职，忧念民事至苦之功，以比序己志。后成王迎而反之，摄政，致太平。其出入也，一德不回，纯似于公刘、大王之所为。大师大述其志，主意于豳公之事，故别其诗以为豳国变风焉。①

先周时期，周人为了生存经常迁徙，据文献记载的大规模迁徙有很多次：后稷居邰、不窋窜戎狄、公刘居豳、古公亶父居岐、文王姬昌居丰、武王姬发居镐而有天下。邰是周人最早的居住地，《大雅·生民》"诞后稷之穑，有相之道，……即有邰家室"，邰即为今陕西武功西南。《大雅·公刘》"笃公刘……豳居允荒。……笃公刘，于豳斯馆"，豳，地名，"豳风"之"豳"，今陕西旬邑、彬县一代。《大雅·绵》"古公亶父，来朝走马，率西水浒，止于岐下"，岐，地名，一般认为在陕西岐山县。《大雅·文王有声》"文王受命，有此武功，既伐于崇，作邑于丰"，丰，地名，在今陕西长安西北沣水以西。《大雅·文王有声》"考卜维王，宅是镐京，维龟正之，武王成之"，镐京，西周国都，在今陕西西安市西南沣水东。

古代迁徙主要由于两个方面的原因，一是避战乱，二是寻找自然条件更为适宜的地方生存。公刘迁豳也基本基于以上两个原因。公刘迁豳之前周人生活在不窋所窜居的戎狄之间，其地大约在今甘肃庆阳。据《史记·周本纪》"不窋卒，子鞠立。鞠卒，子公刘立"，可知自不窋至公刘有三代居于此地。公刘率部族从邰迁徙到豳。《大雅·公刘》"笃公刘，匪居匪康。乃场乃疆，乃积乃仓。乃裹糇粮，于橐于囊，思辑用光。弓矢斯张，干戈戚扬，爰方启行"，赞颂公刘在邰时的功绩。从诗中"既庶既繁，既顺乃宣""陟则在巘，复降在原""逝彼百泉，瞻彼溥原，乃陟南冈，乃觏于京。京师之野，于时处处""豳居允荒"，可

---

① 《毛诗正义》，《十三经注疏》，上海古籍出版社1997年版，第387页。

以看出，豳地当时自然条件好于邰，所以就此定居下来，选定地方确立京师，修建宗庙，安居乐业。周人居于豳地至十代古公亶父。这些资料表明公刘迁豳是看重豳地优于邰的更优越的自然条件，同时还能够与戎狄分离而居，也是符合周人心愿的。豳地自古公亶父迁岐下，被戎狄侵占，直到武王灭商，周人收复失地，《史记·周本纪》："武王征九牧之君，登豳之阜，以望商邑。"① 豳地重新被周人控制。

之所以选择豳地，因为周族是一个以农耕为主的部族，而豳地有更优越的自然条件，非常适合农耕，《史记·周本纪》曰："取材用，行者有资，居者有畜积，民赖其庆……周道之兴自此始，故诗人歌乐思其德。"② 公刘因此选择豳地作为族人居住地。周人以豳地为基础创造了先进的农业文明，进而创造了灿烂的华夏文明。

先秦很多文献记载了当时豳地良好的自然地理环境。《尚书·禹贡》："弱水既西，泾属渭汭，漆沮既从，沣水攸同；荆、岐已旅，终南、敦物，至于鸟鼠。原隰厎绩，至于猪野。""黑水西河惟雍州……厥土惟黄壤，厥田惟上上，厥赋中下。"孔安国《传》曰："田第一，赋第六。"③《管子·地员》："渎田悉徙，五种无不宜，其立后而手实。其木宜蚖、菕与杜、松，其草宜楚棘。见是土也，命之曰五施，五七三十五尺而至于泉。"④ 是其中"九州之土，为九十物"中最肥沃的。《史记·货殖列传》详细记载了豳地的自然环境：

> 关中自汧、雍以东至河、华，膏壤沃野千里，自虞夏之贡以为上田，而公刘适邠，大王、王季在岐，文王作丰，武王治镐，故其民犹有先王之遗风，好稼穑，殖五谷，地重，重为邪。⑤

---

① 司马迁：《史记》，中华书局 2008 年版，第 128 页。
② 同上书，第 112 页。
③ 《尚书正义》，《十三经注疏》，上海古籍出版社 1997 年版，第 150 页。
④ 耿振东：《地员》，《管子译注》，上海三联书店 2014 年版。
⑤ 司马迁：《史记》，中华书局 2008 年版，第 3261 页。

《汉书·地理志》沿袭了《史记》的内容，进行更具体论述：

>　　故秦地于《禹贡》时跨雍、梁二州，《诗·风》兼秦、豳两国。昔后稷封邰，公刘处豳，大王徙岐，文王作丰，武王治镐，其民有先王遗风，好稼穑，务本业，故《豳诗》言农桑衣食之本甚备。有鄠、杜竹林，南山檀柘，号称陆海，为九州膏腴。①

从前面的分析可知，豳地的大体位置，大致包括今天陕西省咸阳市的旬邑、长武、彬县，属陕北黄土高原区。黄土高原海拔 800—1300 米，呈西北高东南低的阶梯形分布，地势平坦。历史上的黄土高原地貌特征最突出的是地表组成物质以黄土为主，而黄土是一种比较肥沃的土壤，而且土层深厚，《尚书·禹贡》："厥土惟黄壤，厥田惟上上，厥赋中下。"② 这种土壤条件，极为适宜农作物的生长。

黄土高原的光照充足，属西北内陆暖温带半湿润大陆性季风气候区。其气候条件，竺可桢《中国近五千年来气候变迁的初步研究》中，将近五千年的时间分为四个时期。③ 从时间划分看，公刘居豳地当在第一个时间段，西周时豳地在物候时期。从竺可桢划分的四次温暖气候时期和寒冷气候时期的交替变迁情况看，这是第一个温暖期，被称为"气候最宜时期"。在此期间，"周朝的气候，虽然最初温暖，但不久就恶化了。""周朝早期的寒冷情况没有延长多久，大约只一、二个世纪，到了春秋时期又和暖了……此外，像竹子、梅树这样的亚热带植物，在《左传》和《诗经》中，常常提到……一个地方的气候变化，一定要影响植物种类和动物种类……豳的地点据说是一个离西安不远，海拔 500 米高的地区。当时一年中的重要物候事件，我们可以从《豳风》中的下列诗句中看出来：'八月剥枣，十月获稻。为此春酒，以介眉寿。'

---

① 班固：《汉书》，中华书局 1962 年版，第 1642 页。
② 《尚书正义》，《十三经注疏》，上海古籍出版社 1997 年版，第 150 页。
③ 竺可桢：《中国近五千年来气候变迁的初步研究》，《考古学报》1972 年第 1 期。

接着又说：'二之日凿冰冲冲，三之日纳于凌阴。四之日其蚤，献羔祭韭。九月肃霜，十月涤场。'这些诗句，可以作为周朝早期，即公元前十世纪和十一世纪时代邠地的物候日历。如果我们把《豳风》里的物候和《诗经》其他国风的物候如《召南》或《卫风》里的物候比较一下，就会觉得邠地的严寒。"[1] 在竺可桢的结论中，他认为，"在近五千年中的最初二千年，即从仰韶文化到安阳殷墟，大部分时间的年平均温度高于现在2℃左右。一月温度大约比现在高3—5℃。"[2] 适宜的温度为农业耕作提供了充分的条件。

地域内除了适宜的温度，还有众多河湖水系分布，为周人生存提供了良好的灌溉条件。《大雅·公刘》中有描述豳地水利情况的诗句："笃公刘，逝彼百泉，瞻彼溥原。""相其阴阳，观其流泉。""止旅乃密，芮鞫之即。"据谭其骧《中国历史地图集》之《西周时期全图》，西周时期自西向东分布有渭水、泾水、洛水，其间还有很多小的支流。[3]《大雅·绵》中有"自土沮漆"，朱熹释"沮漆"为"二水名，在豳地"[4]。《秦风·蒹葭》"蒹葭苍苍，白露为霜"，均表明曾经的豳地水源非常充足。丰富的水资源不仅为农业生产提供充足条件，也意味着充分的渔业资源，《周颂·潜》"猗与漆沮，潜有多鱼。有鳣有鲔，鲦鲿鰋鲤"，富饶的渔业资源可以"以享以祀，以介景福"。

黄土高原的肥沃土壤、适宜的气温和充足的水源，为周代产生先进的农业文明奠定了坚实基础。所以钱穆认为："中国文化发生，精密言之，并不赖于黄河本身，他所依凭的是黄河的各条支流。每一条支流之两岸和其流进黄河时两水相交的那一个角落里，却是中国文化之摇篮。"[5]

周人不仅享有大自然赋予的优越的自然条件，自身还有非常进步的

---

[1] 竺可桢：《中国近五千年来气候变迁的初步研究》，《考古学报》1972年第1期。
[2] 同上。
[3] 谭其骧：《中国历史地图集》，中国地图出版社1982年版，第15—16页。
[4] 朱熹：《诗经集传》，上海古籍出版社1980年版，第122页。
[5] 钱穆：《中国文化史导论》，商务印书馆1994年版，第2页。

生态环保意识。虽然那时的生态环护意识还不是很自觉、很系统,但周人已经在实践中采取了很多相关措施,如设立相应的官职,《周礼·地官》中的山虞、林衡、川衡就是管理山林的官员,其职责分别是"掌山林之政令,物为之厉,而为之守禁""掌巡林麓之禁令,而平其守,以时计林麓而赏罚之""掌巡川泽之禁令,而平其守,以时舍其守。犯禁者执而诛罚之。"① 还颁布相关禁令,保护自然环境。《逸周书·文传》曰:"文王授命之九年,时维暮春,在鄗,太子发曰:'山林非时不升斧斤,以成草木之长;川泽非时不入网罟,以成鱼鳖之长;不麛不卵,以成鸟兽之长。'"②

良好的自然环境为周人在豳地的生存、发展提供了充足的条件,周人在此创造了辉煌的农业文明,也使国势日强,为灭商奠定了基础。

此地与"二南"诗产生地岐山之南相距不远,虽然诗的创作时代略有不同,但其自然地理条件几乎没有太大差距。这是"二南"与《豳风》诗风共同呈现"乐而不淫"中和之美的一个重要因素。

三 豳地人文地理环境

周人凭借豳地适宜的自然地理条件创造了灿烂的农业文明,而且在这块土地上开创了蕴含丰富、深厚的周文化,塑造了周人中正平和的个性,奠定了周人克商的坚实基础。

(一) 周人重农观念的影响

农事在周人心目中的地位非常高,《国语·周语上》有"民之大事在农"③ 的表述。《史记·周本纪》记载周始祖后稷的事迹:"其游戏,好种树麻、菽、麻、菽美。及为成人,遂好耕农,相地之宜,宜谷者稼穑焉,民皆法则之。"④ 周始祖弃擅长种植,被尧举为"农师",以后稷

---

① 《周礼注疏》,《十三经注疏》,上海古籍出版社1997年版,第747页。
② 黄怀信:《逸周书校补注译》,三秦出版社2006年版,第112—113页。
③ 上海师范学院古籍整理组校点:《国语》,上海古籍出版社1982年版,第15页。
④ 司马迁:《史记》,中华书局2008年版,第112页。

命名。其后公刘虽在戎狄之间,"复修后稷之业,务耕种,行地宜,自漆、沮度渭,取材用。行者有资,居者有畜积,民赖其庆。"① 不仅重振后稷之业,且掌握了丰富的农耕知识,为民众提供了必需的物质生活条件。"古公亶父复修后稷、公刘之业"②,迁居岐山下的周原,此地的自然条件比豳地还要优越,《大雅·绵》曰"周原膴膴,堇荼如饴"。所以,在古公亶父的带领下,周人"乃疆乃理,乃宣乃亩",很快站住脚跟,兴建宗庙,安居乐业。周公也是一位重视农耕和民本的政治家。

历代周王都继承和发扬周先祖确立的重农原则。《国语·周语》记虢文公谏宣王不籍千亩事:"夫民之大事在农,上帝之粢盛于是乎出,民之蕃庶于是乎生,事之供给于是乎在,和协辑睦于是乎兴,财用蕃殖于是乎始,敦庬纯固于是乎成,是故稷为大官。"③ 虢文公反对周宣王不兴"籍田",他认为农业是礼乐兴废、人口繁衍、国家富强的重要基础和条件,他所阐述农业的功能和重要性,是周代具有代表性的观点。

周代公刘时期周人已经掌握了丰富的农作耕种知识,且收成可观。周人已经可以种植荏菽、禾、麻、麦、瓞、黄茂、秬、秠、穈、芑等十余种农作物,还掌握了除杂草以节约土壤肥力及优选种子的技能。《大雅·公刘》有具体形象的记录,"乃场乃疆,乃积乃仓",表明有很好的收获,粮食不仅要露天堆积,还要建粮仓储存;"既景乃冈,相其阴阳,观其流泉",能够考察地形,根据地形的高低、背阴朝阳、水源等特点,选择适当的耕种方法;"度其隰原。彻田为粮,度其夕阳",掌握了丈量土地的方法,即使是低平不整的地块也能丈量。更为可贵的是当时创立了管理田亩的制度"彻田"。朱熹《集传》曰:"彻,通也。一井之田九百亩,八家皆私百亩,同养公田,耕则通力而作,收则计亩而分也。周之彻法自此始。"④ 是"务耕种,行地宜"的体现。

---

① 司马迁:《史记》,中华书局2008年版,第112页。
② 同上书,第113页。
③ 《国语》,上海古籍出版社1982年版,第15页。
④ 朱熹:《诗经集传》,上海古籍出版社1980年版,第134页。

《豳风·七月》是一首描写豳地农业的农事诗,以诗歌的形式记录了当时周人已经掌握的丰富农业生产知识。崔述根据诗的内容总结归纳了豳地农人在土地上获得的成就:"《七月》一诗,资用尽取之于国中,不待于外求也。五谷取之于田,不待言矣。其次莫如衣,而帛取之于桑,布取之于麻,裘取之于猎。又其次莫如室,而亦不过茅索以供其用。乃至酒取于稻,薪取于樗,无非国中所自有。……是以其民各自安于耕凿之天,无求于人,无慕于外;不待捐金于山而固无所用于金也,不待沈珠于渊而固无所用于珠也。夫惟不贪,是以无争。夫惟无争,是以宗族和谐,乡里姻睦。美哉俗乎!"[①]方玉润更进一步阐述了本诗精髓:"此诗之佳,尽人能言。其大旨所关,则王氏云:'仰观星日霜露之变,俯察昆虫草木之化,以知天时,以授民事。女服事乎内,男服事乎外。上以诚爱下,下以忠利上。父父子子,夫夫妇妇,养老而慈幼,食力而助弱。其祭祀也时,其燕飨也简。'数语已尽其义。"[②]《七月》中所涉及的包括历法、物候等知识,不仅揭示了那个时期周人在农业方面取得的成就,而且成为后世研究当时农业状况的可信赖的资料。

可以说,优越的自然环境造就了周人居豳时农业的发达。自后稷到公刘几代人的努力,确立了农业为立国之本的原则,农业成为周人基本生存方式和社会经济发展的主要途径,开启了中国社会以农业为主的历史,并在此基础上,周人创造了当时非常先进的农业文明和灿烂的文化。

(二)周公制礼作乐的影响

周人建国后,为了维护社会秩序,以周公为首的政治家开始制礼作乐,开了周代有别于殷商的礼教先河,对中国文化的发展产生深远影响。

武王克商建周后,为了巩固和加强周王朝统治,周人实行了分封制

---

① 崔述:《读风偶识》,《崔东壁遗书》,上海古籍出版社1983年版,第574—575页。
② 方玉润:《诗经原始》,中华书局1986年版,第304页。

和宗法制。其间,周公为配合这些制度的实施,开始了制礼作乐,使得冷冰冰的制度显示出温和的一面。制礼作乐,其实就是用礼的形式约束人的行为,形成规范的社会秩序。周公制礼作乐,既是对前代礼仪的继承,更是开了具有周代特色的有别于前代礼的先河,形成了在中国历史上影响深远的礼乐文化。

夏、殷、周三代之礼,因革相沿,正如孔子所言:"殷因于夏礼,所损益可知也。周因于殷礼,所损益可知也。"[①]《礼记·乐记》曰:"五帝殊时,不相沿乐。三代异世,不相袭礼。"[②]《礼记·表记》又曰:"夏道尊命,事鬼敬神而远之,近人而忠焉,先禄而后威,先赏而后罚,亲而不尊。……殷人尊神,率民以事神,先鬼神而后礼,先罚而后赏,尊而不亲。……周人尊礼尚施,事鬼敬神而远之,近人而忠焉。其赏罚用爵列,尊而不亲。"[③] 夏、商、周三代之区别,夏人"尊命",殷人"尊神",周人则"尊礼"。《左传·隐公十一年》中有这样的表述:"礼经国家,定社稷,序民人,利后嗣者也。"[④] 出于周公之手的礼与前两代迥然不同。《孟子·离娄下》描述了周公制礼的状态:"周公思兼三王,以施四事。其有不合者,仰而思之,夜以继日,幸而得之,坐以待旦。"[⑤] 关于周公制礼作乐,很多文献都有记载,《逸周书·明堂解》曰:"周公摄政君天下……制礼作乐,颁度量,而天下大服,万国各政其方贿。"[⑥]《礼记·明堂位》曰:"周公践天子之位,以治天下。六年,朝诸侯于明堂,制礼作乐,颁度量,而天下大服。"[⑦] 周公制礼作乐从根本上确立了周礼"尊尊亲亲"的精髓,奠定了中国文化礼乐相须为用的基本特征,也开辟了西周初年典礼仪式乐歌产生的文

---

① 《论语注疏》,《十三经注疏》,上海古籍出版社1997年版,第2463页。
② 《礼记正义》,《十三经注疏》,上海古籍出版社1997年版,第1530页。
③ 同上书,第1642页。
④ 《春秋左传正义》,《十三经注疏》,上海古籍出版社1997年版,第2727页。
⑤ (汉)赵岐注,(宋)孙奭疏:《孟子注疏》,《十三经注疏》,上海古籍出版社1997年版,第2727页。
⑥ 黄怀信:《逸周书校补注译》,三秦出版社2006年版,第289—291页。
⑦ 《礼记正义》,《十三经注疏》,上海古籍出版社1997年版,第1488页。

化土壤。

周人的礼并不是抽象的，而是贯穿在种种制度之中，普遍运用于日常生活的方方面面。"二南"中的诗，尤其是婚恋诗，就很生动地表现了周礼与日常生活融合在一起的事实，如婚姻的六礼、女子婚前教成和教成之祭，等等。产生于周人故地豳地、与周公有密切关系的《豳风》中也有许多关于礼制的生活内容，表现出周人对于礼的高度重视。或者说，《豳风》蕴含了丰富的周代礼乐文化的信息，成为十五国风中除"二南"外体现周代礼乐文化最深刻的风诗。

第三节 《豳风》诗旨辨析

与"二南"明显的以一组系列的表达同一主题的方式不同，《豳风》共7首，几乎每首各言一个主题，但历代解诗者都能把诗旨共同指向一个人：周公。且相比较其他国风，《豳风》作年较早，所以有些诗明显地体现异于风，呈现雅、颂的特征。本书解读《豳风》采取分类组合阐述的方式进行。按照《豳风》的内容，大致可将其分为几类：农事诗（《七月》）、战争诗（《东山》《破斧》）、赞美诗（《鸱鸮》《狼跋》《九罭》）和豳地婚俗诗（《伐柯》）。

一 农事诗

《豳风》蕴含了非常丰富的礼乐文化、农耕文化和地域文化信息，《七月》是其中的代表。《七月》不仅是《国风》中篇幅最长的周人农业史诗，而且因其产生于西周早期，较完整地保存了当时的社会生活信息，所以"（《七月》）无论从哪一方面说，它都是第一等史料。它不但是中国上古史中珍贵的史料，也是世界史上罕有的史料"[①]。

[①] 孙作云：《读七月》，《诗经与周代社会研究》，中华书局1979年版，第203页。

《七月》：

　　七月流火，九月授衣。一之日觱发，二之日栗烈。无衣无褐，何以卒岁？三之日于耜，四之日举趾。同我妇子，馌彼南亩；田畯至喜。

　　七月流火，九月授衣。春日载阳，有鸣仓庚。女执懿筐，遵彼微行，爰求柔桑。春日迟迟，采蘩祁祁。女心伤悲，殆及公子同归。

　　七月流火，八月萑苇。蚕月条桑，取彼斧斨，以伐远扬，猗彼女桑。七月鸣鵙，八月载绩。载玄载黄，我朱孔阳，为公子裳。

　　四月秀葽，五月鸣蜩。八月其获，十月陨萚。一之日于貉，取彼狐狸，为公子裘。二之日其同，载缵武功。言私其豵，献豜于公。

　　五月斯螽动股，六月莎鸡振羽。七月在野，八月在宇，九月在户，十月蟋蟀入我床下。穹窒熏鼠，塞向墐户，嗟我妇子，曰为改岁，入此室处。

　　六月食郁及薁，七月亨葵及菽。八月剥枣，十月获稻；为此春酒，以介眉寿。七月食瓜，八月断壶，九月叔苴。采荼薪樗，食我农夫。

　　九月筑场圃，十月纳禾稼，黍稷重穋，禾麻菽麦。嗟我农夫！我稼既同，

　　上入执宫功：昼尔于茅，宵尔索綯，亟其乘屋，其始播百谷。

　　二之日凿冰冲冲，三之日纳于凌阴。四之日其蚤，献羔祭韭。九月肃霜，十月涤场。朋酒斯飨，曰杀羔羊。跻彼公堂，称彼兕觥，万寿无疆！

（一）《七月》诗旨

《七月》虽是一首农事诗，因其包含了丰富的周代礼乐文化内涵和历史文化底蕴，姚际恒称其为周先族的"风俗书""五行志""庠序礼""典制书"，不仅如此，还"有似……食谱、谷谱、酒经"，为"天下之

至文"。① 诗全面而真实地表现了当时的社会风俗和风情,其历史价值和文学价值均非常突出。所以,孙作云认为:"假如对于《七月》篇能阐述得当,则可以为西周社会研究奠立一块基石。"② 的确,再现周人早期农耕生活,甚至扩大到整个周人的生活场景,《七月》都是非常可靠的可供研究的资料。

关于本诗诗旨及作者存在一些争议,但没有特别明显的分歧。

《毛诗序》最早做出评价:"《七月》,陈王业也。周公遭变故,陈后稷先公风化之所由,致王业之艰难也。"孔颖达《正义》曰:"作《七月》诗者,陈先公之风化,是王家之基业也。毛以为周公遭管蔡流言之变,举兵而东伐之,忧此王业之将坏,故陈后稷及居豳地之先公其风化之所由,缘致此王业之艰难之事。先公遭难,乃能勤行风化。已今遭难,亦欲勤修德教,所以陈此先公之事,将以比序己志。经八章,皆陈先公风化之事。此诗主意于豳之事,则所陈者处豳地之先公公刘、太王之等耳。不陈后稷之教,今辄言后稷者,以先公修行后稷之教,故以后稷冠之。"③ 认为此诗是周公戒勉成王体会祖宗创业之艰难而作。这种解说比较权威,影响较为深远。朱熹《集传》:"武王崩,成王立,年幼不能莅祚,周公旦以冢宰摄政。乃述后稷、公刘之化,作诗一篇,以戒成王。"④ 何楷《诗经世本古义》认为,"旧说皆本《序》,谓周公陈此诗以告成王,与《书·无逸篇》同意。《子贡传》、《申培说》亦皆以为周公陈农政之诗。"⑤

姚际恒则认为,《毛诗序》所言周公曾有陈述王业艰难之事,只是用诗之旨,而非诗本义。《诗经通论》曰:"《小序》谓'陈王业',《大序》谓'周公遭变,故陈后稷、先公风化之所由',皆非也。《豳

---

① (清)姚际恒著,顾颉刚标点:《诗经通论》,中华书局1958年版,第126页。
② 孙作云:《读七月》,《诗经与周代社会研究》,中华书局1979年版,第185页。
③ 《毛诗正义》,《十三经注疏》,上海古籍出版社1997年版,第388页。
④ 朱熹:《诗经集传》,上海古籍出版社1980年版,第60页。
⑤ (明)何楷:《诗经世本古义》,台湾商务印书馆影印文渊阁四库全书本,上海古籍出版社1985年版。

风》与周公何与！以下有周公诗及为周公咏之诗，遂以为周公作。此揣摩附会之说也。周公去公刘之世已远，岂能代写人民风俗如是之详且悉耶？篇中无言后稷事，《序》及之，尤无谓，《集传》皆误承之。"① 方玉润也认为："《豳》仅《七月》一篇，所言皆农桑稼穑之事，非躬耕陇亩久于其道者，不能言之亲切有味也如是。周公生长世胄，位居冢宰，岂暇为此？且公刘世远，亦难代言。此必古有其诗，自公始陈王前。俾知稼穑艰难并王业所自始，而后人遂以为公作也。"② 他们所持就是诗中的描写均是去周公很久远的时代，且是从农人的视角，若非亲身体验，其中的内容不会观察得如此细致、周全。而周公等贵族身居高位，即使持有重农思想，对农民有体恤怜悯的情感成分，如此细致了解农村生活可能性也非常小。

　　姚氏、方氏所言并非没有道理。史料记载的周公，从事的都是与他的身份相符的头等重要的大事。周文王去世后，与太公望、召公奭佐武王伐纣灭殷建周，武王去世后，摄政辅佐年幼成王。其间，平定"三监"叛乱，大行封建，营建东都，制礼作乐，还政成王。《尚书大传》概括为"一年救乱，二年克殷，三年践奄，四年建侯卫，五年营成周，六年制礼乐，七年致政成王。"但仅依此就判断周公非《七月》作者的理由也并不充分。周公除了上面的大功业，还总结借鉴商亡的教训，提出"敬德保民""明德配天""明德慎刑""力农无逸"等主张，也提出了农耕亲劳的必要性。

　　《尚书·无逸》曰：

　　　　呜呼！君子所，其无逸。先知稼穑之艰难，乃逸，则知小人之依。相小人，厥父母勤劳稼穑，厥子乃不知稼穑之艰难，乃逸乃谚……自时厥后立王，生则逸。生则逸，弗知稼穑之艰难，弗闻小人之劳，惟耽乐之从……厥亦惟我周太王、王季，克自抑畏。

---

① 姚际恒：《诗经通论》，中华书局1958年版，第160页。
② （清）方玉润撰，李先耕校点：《诗经原始》，中华书局1986年版，第303—304页。

文王卑服，即康功田功。徽柔懿恭，怀保小民，惠鲜鳏寡。自朝至于日中，昃，弗遑暇食，用咸和万民。①

《无逸》篇是周公所作，明确提出"君子所其无逸，知稼穑之艰难"，认为殷商衰败是由于立王"弗知稼穑之艰难，弗闻小人之劳，惟耽乐之从"，由此导致灭亡。而周自太王到本朝，都能"徽柔懿恭，怀保小民，惠鲜鳏寡"，能够通过"卑服，即康功田功"而"知稼穑之艰难"，体察"小人之劳"，避免重蹈商的覆辙。

《无逸》一方面是周公对成王的劝诫，另一方面也表明周代自先王起就有躬耕陇亩的传统，而这种上自天子下到百姓的农耕亲劳是维系和巩固周王朝统治地位的手段。周代举行"籍田礼"，周天子、王后都要亲自下田劳作。周公以此来劝诫成王，那么他必定会亲自参与农耕，当然对农耕生活非常熟悉和了解。由此，姚氏等以周公为贵胄无暇熟悉农耕而否定周公作《七月》的理由显然不充分。在没有确切证据能否认周公作《七月》的情形下，还是认同《毛诗序》的观点为宜。

其实，周公有没有作《七月》并不会影响我们对于这首诗诗旨的理解。

从《七月》文本看，诗以诗歌的形式描绘了一幅西周初年农村的生活画卷，反映了当时朴素的劳动生活和古老风习。里面既有农夫一年四季辛勤耕耘的艰辛，也有辛苦过后收获的喜悦，更有在这个过程中形成的与自然和谐融洽的"天人合一"的关系。

首先，是对农村生活的生动展现。从诗中出现的名物就可见出诗的这个特点。诗中出现了种类繁多的名物，因其来自周人的日常生活，本身就是社会生活的重要组成部分，保留着那个时代生活的印迹，更生动、更广泛地展现了当时的社会生活。这些名物不仅有助于还原诗人的活动场景，还有助于我们深入体会《诗经》所蕴含的文化精神。诗中

---

① （汉）孔安国传，（唐）孔颖达等正义：《尚书正义》，《十三经注疏》，上海古籍出版社1997年版，第221—222页。

的名物既有自然界中鸟兽草木虫鱼等自然名物,也有表现衣食居住劳作等生活中的名物,还包括官制车服、礼乐祭祀等典章制度类人工名物。《七月》中的名物,天文星宿如"火",动物有"貉、狐狸、貒、豵、稚、羔、羊、薪、鼠",鸟有"仓庚、鸣鵙",昆虫有"蜩、斯螽、斯螽、莎鸡、蟋蟀",植物有"桑、蘩、萑苇、樗、茅",农作物有"郁、薁、葵、菽、枣、稻、瓜、壶、苴、荼、黍、稷、重、穋、禾、麻、麦、韭"。以上是自然名物,还有很多人工名物,衣物有"衣、褐、裳、裘",农具有"耜、趾",工具有"斧、斨、索绹",建筑物有"向、凌阴、公堂",器皿有"觥觩"等。诗人以细致的笔调,通过对这些极富地域和农村生活特征名物的描写,全面展现了一年四季以农业为主的农人紧张、忙碌但又平和、恬静的日常生活。这是当时豳地周人普遍的生活写照。

诗用极大的篇幅来描述一年四季随时节的变化,豳地的百姓紧张而有序地从事着相应的劳作。诗从最冷的季节十一月开始,到最冷的季节十二月结束,形成一个圆形结构。首章"七月流火,九月授衣。一之日觱发,二之日栗烈。……三之日于耜,四之日举趾。"次章:"春日载阳,有鸣仓庚。女执懿筐,遵彼微行,爰求柔桑。春日迟迟,采蘩祁祁。"三章:"七月流火,八月萑苇。蚕月条桑,取彼斧斨。以伐远扬,猗彼女桑。七月鸣鵙,八月载绩。载玄载黄,我朱孔阳,为公子裳。"四章:"四月秀葽,五月鸣蜩。八月其获,十月陨萚。一之日于貉,取彼狐狸,为公子裘。二之日其同,载缵武功。"五章:"穹窒熏鼠,塞向墐户。"六章:"六月食郁及薁,七月亨葵及菽。八月剥枣,十月获稻。为此春酒,以介眉寿。七月食瓜,八月断壶,九月叔苴。采荼薪樗,食我农夫。"七章:"九月筑场圃,十月纳禾稼。黍稷重穋,禾麻菽麦。嗟我农夫,我稼既同,上入执宫功:昼尔于茅,宵尔索绹,亟其乘屋,其始播百谷。"卒章:"二之日凿冰冲冲,三之日纳于凌阴。四之日其蚤,献羔祭韭。九月肃霜,十月涤场。"

孙作云曾按照《七月》所反映的劳动,编制了一个劳动程序如表二。本章参考孙先生的表格，添加诗中出现与月份相对应的气候特征，以诗中物候为准，制作新的表格。其中四月到七月农夫农事栏中虽空缺，并非其间没有工作，恰恰相反，这正是农夫一年中最为忙碌的夏种时节，要从事浇水、除草、施肥等繁重事务。

表二

月份	气候特征	农夫农事	农妇农事	其他事务
一之日（十一月）	觱发		为公子裘	于貉 取彼狐狸
二之日（十二月）	栗烈			凿冰 载缵武功
三之日（一月）		于耜		藏冰
四之日（二月）	春日载阳 有鸣仓庚	举趾	馌彼南亩 爰求柔桑	
三月	春日迟迟	蚕月条桑	采桑 采蘩	
四月	秀葽			
五月	鸣蜩 斯螽动股			
六月	莎鸡振羽	食郁及薁		
七月	流火 鸣鵙 蟋蟀在野	亨葵及菽 食瓜		
八月	蟋蟀在宇	割萑苇 剥枣 断壶	载绩 为公子裳	
九月	蟋蟀在户	筑场圃 收叔苴		
十月	陨萚 蟋蟀入床下	获稻 纳禾稼：黍、稷、禾、麻、菽麦 涤场		酿春酒，穹窒熏鼠，塞向墐户，上入执宫功；昼尔于茅、宵尔索绹、亟其乘屋播百谷。朋酒斯飨，曰杀羔羊。跻彼公堂，称彼兕觥

从表二中可以看出，诗人按照时令，有层次地叙写了农人从春耕到秋收、养蚕、纺织、染缯、打猎、修房、酿酒、凿冰、祭祀等丰富的生产劳动的内容和浓郁的节气风俗，是一幅精彩的生活风俗画。诗所提供的信息，是研究西周时期气候、物候、农业状况、生产关系、种植、作

物、生物等领域不可多得的珍贵资料。虽然《七月》具有不可多得的民俗价值，作为诗歌，体现了较高的艺术水平，结构、语言、景物描写、人物形象塑造等，都达到很高的水准。

其次，表现了豳地百姓平实而丰富的情感。诗在展现农人一年四季的劳作生活时，描述了他们的忙碌、艰辛，但也展现了他们收获的喜悦。这种生活是有滋有味，其乐融融的。虽然辛苦付出所获得的收获并不全是自己的，要无偿的给贵族们，但也并不是如孙作云"正是由于这种过分的剥削，所以农夫吃不饱、穿不暖，过着啼饥号寒的生活。《七月》篇充满了这种啼饥号寒的声音"①。诗中既有对劳动艰辛的描写，也有展现生活乐趣的描写。第二章就描绘了一幅温馨的春日采桑采蘩图。在春光明媚阳光和煦的初春时节，年轻温柔的采桑女子挎着篮筐，俏皮地穿行在桑林中采摘桑叶；到了春末，她们开始采摘茂盛的蘩草。第五章"五月斯螽动股，六月莎鸡振羽。七月在野，八月在宇，九月在户，十月蟋蟀，入我床下"，农村夏日常见的知了、纺织娘、蟋蟀入诗，极富生活情趣。随后的"六月食郁及薁，七月亨葵及菽，八月剥枣，十月获稻。为此春酒，以介眉寿。七月食瓜，八月断壶，九月叔苴"，则表现了丰收的情景，充满着喜悦和满足。第六章"穹窒熏鼠，塞向墐户。嗟我妇子，曰为改岁，入此室处"，则描述为了过年而忙碌的情景，此时堵塞洞穴熏老鼠，用泥涂抹粉饰家室，并发出了对于新年的期盼。这些场景所展现出来的情感，并非奴隶们发出的怒号，而应是西周之时天下太平安乐、百姓生活平和的真实写照。

孙作云从"六月食郁及薁，七月亨葵及菽，……七月食瓜，八月断壶，九月叔苴"的描述，看到农夫们吃不饱主食，需要各种野菜来补充粮食的不足；从"无衣无褐，何以卒岁"，认为农夫穿不暖，到天冷的时候还无衣无褐，并推断出大概在天不冷的时候，总是光着脊梁。农夫除了在公田上的劳动之外，还要从事包括酿酒、为"公"修理房

---

① 孙作云：《诗经与周代社会研究》，中华书局1979年版，第196—197页。

屋、打猎、凿冰、藏冰等种种苦役，甚至从"女心伤悲：殆及公子同归"中解读出农妇的人身毫无自由，在妇女采桑的时候，领主老爷到野外春游，看见妇女还要逞其兽欲。① 袁梅也认为《七月》是"周代的奴隶们唱的农事诗。……具体描述了周代的农业奴隶们集体生产劳动情况和生活苦况。……奴隶们经年累月地辛辛苦苦地劳动，累断了筋骨，流尽了血汗，过着牛马不如的生活，遭受着残酷的蹂躏。……从这首长诗中，可以体认到古代劳动人民伟大的创造力，也可以看到他们血泪斑斑的生活惨象。……本诗虽没有直接喊出向剥削阶级坚决斗争的强烈呼声，但，字里行间却蕴蓄着劳动人民的阶级仇恨和对奴隶主阶级的愤怒控诉"②。诗描述了从事劳动的奴隶的悲惨生活，揭露了奴隶主的罪恶。认为这首诗揭示两个阶级尖锐对立矛盾的还有张西堂、游国恩、陈子展、褚斌杰等。袁行霈《中国文学史》评价《七月》："全面深刻、生动逼真地反映了西周农人的生活状况。诗中客观反映出农夫生活和贵族生活的悬殊，在对当时农业生产、农夫生活的平铺直叙中抒发了哀怨和不满，千百年后的读者，不仅能了解到当时的农业生产和农夫的生活状况，而且能真切感受到他们的不幸和痛苦。"③ 观点比之前的学者要平和一点，但依然不够客观。

对此，吴贤哲《〈诗经·七月〉思想主题新说》进行了认真的辨析。他认为，《七月》中反映的阶级关系是农奴与农奴主的关系，但诗中的农奴没有表现出对农奴主强烈的反抗和尖锐的对立，诗中虽然反映了农奴被剥削被压迫的事实，但并没有表现出他们因此而过着悲惨的、非人的生活。要之，《七月》所反映出的阶级矛盾并不十分突出，它如实地述说了当时当地农奴们一年间的生产劳动情况，反映了他们当时的日常生活水平，同时也表达了他们在生产力极低的条件下，虽然经过一年到头的辛苦劳动，仍然过着很低水准生活的哀叹，以及对剥削奴役他

---

① 孙作云：《诗经与周代社会研究》，中华书局1979年版，第196—198页。
② 袁梅：《诗经译注》，齐鲁书社1985年版，第384—385页。
③ 袁行霈：《中国文学史》，高等教育出版社1999年版，第65页。

们的那个不公平的社会的不满。这些就是《七月》对周初社会阶级关系、农奴劳动生活的真实写照的内涵所在。①

的确,从当时的状况看,周朝是在推翻腐败享乐的殷商王朝建立起来的,周人为了求得本阶级的长治久安,对商朝灭亡的教训进行了深刻总结,确立了敬德保民的立国思想。《周书·召诰》"我不可不监于有夏,亦不可不监于殷……惟不敬厥德,乃早坠厥命"②、《逸周书·酆保解》"商为无道,弃德刑范,欺侮群臣,辛苦百姓,忍辱诸侯,莫大之纲福其亡,亡人惟庸"③,都是周公总结的商纣灭国的原因。因此周公劝诫成王不要贪图安逸,要关心百姓疾苦:"呜呼!君子所其无逸,先知稼穑之艰难,乃逸,则知小人之依。相小人,厥父母勤劳稼穑,厥子乃不知稼穑之艰难,乃逸乃谚。既诞,否则侮厥父母曰:'昔之人无闻知。'"④ 从天子到周公,均提出并施行敬天保民、敬德慎刑、修文偃武、选贤纳谏等主张,在经济上制定和实施一系列重视和发展农业的制度和措施,使民众在一定程度上得到了休养生息,农业经济有了较大的发展。所以说在周初上层贵族和下层民众之间有对立冲突,但总体还是和谐的。

诗中的确没有表现出很强烈的抱怨和不满情绪,这与《魏风·葛屦》"纠纠葛屦,可以履霜?掺掺女手,可以缝裳?要之襋之,好人服之。好人提提,宛然左辟,佩其象揥。维是褊心,是以为刺"、《伐檀》"不稼不穑,胡取禾三百廛兮?不狩不猎,胡瞻尔庭有县貆兮?彼君子兮,不素餐兮"、《硕鼠》"硕鼠硕鼠,无食我苗!三岁贯女,莫我肯劳。逝将去女,适彼乐郊。乐郊乐郊,谁之永号"中表现出的强烈不满情感不同。

其实,这首诗是对农村生活的真实再现,农人们一方面经受着辛勤

---

① 吴贤哲:《〈诗经·七月〉思想主题新说》,《西南民族大学学报》(人文社会科学版) 2011 年第 6 期。
② 《尚书正义》,《十三经注疏》,上海古籍出版社 1997 年版,第 213 页。
③ 黄怀信:《逸周书校补注译》,三秦出版社 2006 年版,第 89 页。
④ 《尚书正义》,《十三经注疏》,上海古籍出版社 1997 年版,第 221 页。

劳作之苦，但另一方面也享受着丰足和平之乐。朱熹阐释的《七月》诗旨比较客观："王氏曰：仰观星日霜露之变，俯察昆虫草木之化，以知天时，以授民事。女服事乎内，男服事乎外。上以诚爱下，下以忠利上。父父子子、夫夫妇妇，养老而慈幼，食力而助弱。其祭祀也时，其燕飨也节。此《七月》之义也。"① 崔述的论述也非常客观："《七月》一诗，资用尽取之于国中，不待于外求也。五谷取之于，不待言矣。其次莫如衣，而帛取之于桑，布取之于麻，裘取之于猎。又其次莫如室，而亦不过茅索以供其用。乃至酒取于稻，薪取于樗，无非国中所自有。……是以其民各自安于耕凿之天，无求于人，无慕于外；不待捐金于山而固无所用于金也，不待沈珠于渊而固无所用于珠也。夫惟不贪，是以无争。夫惟无争，是以宗族和谐，乡里姻睦。美哉俗乎！"② 诗中农夫的艰辛和农夫的喜悦都是显而易见的。艰辛是指要辛勤耕作，劳作一年的收获要上交，农闲之余要出劳役，修公室，打猎，猎获所得，小的归自己，大的归公。寒冷季节还要凿冰，等等。但是欢欣也相伴期间，如对收获的描述、收拾房子准备过年的期待、年末参加饮酒礼的喜悦等，两种情感的表达都是平和的，体现了周人中正平和的文化性格。所以，顾随认为："《七月》又写出中国人民之乐天性，……中国人易于满足现实，这就是乐天。乐天是保守，不长进；而乐天自有其伟大在，不是说它消极保守，是从积极上说，人必在自己职业中找到乐趣，才能做得好，有成就。《七月》写人民生活，不得不谓之勤劳，每年每月都有事，而他们总是高高兴兴的。"③

因此，《七月》虽然在一定程度上反映了周初农奴被剥削压迫的事实，但并未反映出尖锐的阶级矛盾和强烈的阶级仇恨。

《七月》以其对周人农村生活的生动描写，成为《诗经》以及中国诗歌的杰出代表。也因其对当时农村生活真实全面的再现，为后人提供

---

① 朱熹：《诗经集传》，上海古籍出版社1980年版，第62页。
② 崔述：《读风偶识》，《崔东壁遗书》，上海古籍出版社1983年版，第574—575页。
③ 顾随：《〈诗经〉谈片》，《大家国学》，天津人民出版社2008年版，第11—12页。

了珍贵的研究西周早期生产关系、农业发展、气候变化、礼俗等珍贵资料，被称为"信史"，具有重要的史料价值。

（二）《七月》体现了周人敬顺天时的哲学思想

顺应天时，对于以农业为主但生产力水平还比较低的周人而言具有非常重要的意义。"仰观星日霜露之变，俯察、昆虫草木之化，以知天时，以授民事。……其祭祀也时，其燕享也节。"① 将可观可感的有特点的季节性物候加以总结、归纳，以此表征时间，来安排一年的农事和祭祀等事宜。这种表现，不仅代表着古人对于天文历法知识的掌握，更是对自然界的一种敬畏，体现人与自然和谐共处的哲学思维，这种认识或者说能力我们的祖先在很早时就已经具备。顾炎武曰："三代以上，人人皆知天文。"②

司马迁《史记·五帝本纪》记述轩辕黄帝事迹时也有这方面的记载："顺天地之纪，幽明之占，死生之说，存亡之难。时播百谷草木，淳化鸟兽虫蛾，旁罗日月星辰水波土石金玉，劳勤心力耳目，节用水火材物。有土德之瑞，故号黄帝。"③ 所谓"时播百谷草木，淳化鸟兽虫蛾"，就是顺应自然原则的体现，还体现出与自然相亲和的倾向。早在黄帝时期，人们已经对顺应天时有了清楚的认识。

《尚书·尧典》：

> 乃命羲和，钦若昊天，历象日月星辰，敬授人时。分命羲仲，宅嵎夷，曰旸谷。寅宾出日，平秩东作。日中星鸟，以殷仲春。厥民析，鸟兽孳尾。申命羲叔，宅南交。平秩南讹，敬致。日永星火，以正仲夏。厥民因，鸟兽希革。分命和仲，宅西，曰昧谷。寅饯纳日，平秩西成。宵中星虚，以殷仲秋。厥民夷，鸟兽毛毨。申命和叔，宅朔方，曰幽都，平在朔易。日短星昴，以正仲冬。厥民

---

① 朱熹：《诗经集传》，上海出版社1980年版，第62页。
② 顾炎武：《日知录集释》，上海古籍出版社2006年版，第1673页。
③ 司马迁：《史记》，中华书局2008年版，第6页。

隩，鸟兽氄毛。帝曰："咨！汝羲暨和。期，三百有六旬有六日，以闰月定四时成岁。允厘百工，庶绩咸熙。"①

可以看出，尧帝时代人们对于天时的认识已经很精确，不仅设立掌管天地四时的官职"羲和""羲仲""羲叔""和叔"，各自有明确分工，还设闰月、定四时，确立了历法的基本框架，并且能够把这些知识用于指导农业生产和日常生活。

出自《大戴礼记》的《夏小正》，旧说是"夏时"之书，是夏朝实行的敬授民时的记录，"文句简奥，实三代之书"②，是我国最早的一部月令书。

周人接受了夏人的历法，并根据自己的认知和观察加以创新。《逸周书·周月解》曰："亦越我周王，致伐于商……至于敬授民时，巡狩祭享，犹自夏焉。是谓周月，以纪于政。"③《月令》是《礼记》中的一篇文章，记述了每年夏历十二个月的天象、物候，并将自然秩序与人类社会生活紧密联系在一起，记录了周王室在不同时令条件下的祭祀礼仪、法令、禁令及相关事物，也是研究上古时期农业星象以及物候历法的一部重要文献。

周代还有很多关于天时历法的记载，《周礼·冬官考工记》："天有时以生，有时以杀。草木有时以生，有时以死。石有时以泐。水有时以凝，有时以泽，此天时也。"④《礼记·乐记》："地气上齐，天气下降，阴阳相摩，天地相荡，鼓之以雷霆，奋之以风雨，动之以四时，暖之以日月，而百化兴焉。……化不时则不生。"⑤远古时代的人们就认识到，人类的活动顺从天时会得到保障，违背了天时则会受到惩罚。如仲春之

---

① 《尚书正义》，《十三经注疏》，上海古籍出版社1997年版，第119—120页。
② （清）李调元：《夏小正笺·序》，《丛书集成初编》，中华书局1985年版。
③ 黄怀信：《逸周书校补注译》，三秦出版社2006年版，第251页。
④ 《周礼注疏》，《十三经注疏》，上海古籍出版社1997年版，第906页。
⑤ 《礼记正义》，《十三经注疏》，上海古籍出版社1997年版，第1531页。

月"雷将发声,有不戒其容止者,生子不备,必有凶灾"①。周公提出"九纪":"一、辰以纪日;二、宿以纪月;三、日以纪德;四、月以纪刑;五、春以纪生;六、夏以纪长;七、秋以纪杀;八、冬以纪藏;九、岁以纪终。时候天视可监。时不失,以知吉凶。"②明确天时的重要性,所以他一再强调要顺天得时。所谓的"天人合一"就是周人敬顺天时思维最恰当的诠释。

对于《七月》与夏正、周正的关系,"《七月》等《诗经》中的农事诗与《夏小正》一样,在思维方式方面有着内在的同一性,均起源于远古农业社会的授时仪式。"③闻一多则看到了《七月》中的文学因素:"(《七月》)是一篇韵语的《夏小正》。"④《七月》比《夏小正》更诗意地描述一年之中耕作、女功、桑蚕、田猎、授衣、营建、酿酒、祭祀等事项,表现了周人顺应天时的思想。

姚际恒《诗经通论》也是从诗的文体特征入手对《七月》进行评价、阐述这种思想:

> 此篇首章言衣食之原,前段言衣,后段言食;二章至五章终前段言衣之意;六章至八章终后段言食之意……二章从春日鸟鸣,写女之采桑……鸟语虫鸣,草荣木实,似《月令》。妇子入室,茅绹升屋,似风俗书。流火寒风,似五行志。养老慈幼,跻堂称觥,似庠序礼。田官、染职、狩猎、藏冰、祭、献、执功,似国家典制书。其中又有似采桑图、田家乐图、食谱、谷谱、酒经。一诗之中无不具备,洵天下之至文也。⑤

---

① 《礼记正义》,《十三经注疏》,上海古籍出版社1997年版,第1362页。
② 黄怀信:《逸周书校补注译》,三秦出版社2006年版,第135页。
③ 韩高年:《上古授时仪式与农事诗——以〈夏小正〉、〈七月〉、彝族"根谱"为例》,《西北师大学报》(社会科学版)2006年第6期。
④ 闻一多:《闻一多全集》第9卷,湖北人民出版社1993年版。
⑤ 姚际恒:《诗经通论》,中华书局1958年版,第163页。

周人的敬顺天时与重农思想密切相关。农业是生产方式中对于天时依赖性最强的。因此，农业的发展水平伴随着周人对于天时的认识同步进行。前述周人敬顺天时的思想，已经融入了他们的日常生活中。《七月》在诗意的展现农事生活的同时，全面地表现了周人对于天时的认识以及由此而来的农事生活，每一月都有与物候变化相关的描述，并有与之相应的农事活动。因此姚际恒认为《七月》"鸟语虫鸣，草荣木实，似《月令》"。

诗各章起兴的诗句，"七月流火，九月授衣"，用的是夏历，而正文中"一之日、二之日"等则用的是周历。

诗从对一年中最寒冷季节的描写开始，"一之日觱发"，至"二之日凿冰冲冲，三之日纳于凌阴，四之日其蚤"，按照季节的先后，从年初写到年终，依次展开对一年中物候变化的描述和与物候紧密联系的应季的农耕和祭祀。从种田养蚕写到打猎凿冰，很明显地能够看出，周人在不同的季节有条不紊地安排相应的农事和祭祀。这是周人敬畏天时的真实记录和生动诠释。《七月》中，我们能深切感受到农人农耕实践中对人与天地自然关系的认知和敬畏。

（三）《七月》中蕴含的周礼

周礼是非常丰富、具体而繁琐的，涉及社会生活的各个领域，大致分为吉礼、凶礼、军礼、宾礼、嘉礼五个方面。《礼记·礼器》曰："经礼三百、曲礼三千。"郑玄《注》："经礼谓《周礼》，曲礼即《仪礼》。"①《礼记·曲礼》曰："夫礼者，所以定亲疏，决嫌疑，别同异，明是非也……道德仁义，非礼不成；教训正俗，非礼不备；分争辨讼，非礼不决；君臣、上下、父子、兄弟，非礼不定；宦学事师，非礼不亲；班朝治军，莅官行法，非礼威严不行；祷祠祭祀，供给鬼神，非礼不诚不庄。"②

礼的名目虽然繁多，其最终目的是规范人的行为，周人表现出了对

---

① 《礼记正义》，《十三经注疏》，上海古籍出版社1997年版，第1435页。
② 同上书，第1231页。

于礼的高度重视，将礼真正的融汇到日常生活中。《七月》形象的把周人贯穿于日常生活的礼表现出来。

1. 籍田礼

《七月》首章"三之日于耜，四之日举趾。同我妇子，馌彼南亩，田畯至喜"，这句诗表现的是行籍田礼的情形。籍田又称藉田，籍田礼属于古代吉礼的一种，在孟春正月、春耕之前，天子要率诸侯举行亲自耕田的典礼，又称"亲耕"，寓有重视农耕之意。这是周人除了祭祀祖先外非常重视的祭祀礼。《礼记·祭统》记载了天子籍田礼的一些情形，天子、王后、诸侯、夫人均要亲自参与劳作：

> 是故天子亲耕于南郊，以共齐盛。王后蚕于北郊，以共纯服。诸侯耕于东郊，亦以共齐盛。夫人蚕于北郊，以共冕服。天子诸侯，非莫耕也。王后夫人，非莫蚕也。①

《国语·周语》虢文公谏"宣王即位，不籍千亩"②，详尽记载了西周时期天子举行籍田礼的过程。

官方在举行籍田礼之前要进行认真的准备，具体到从距离举行籍田礼9天、5天，到当天各自的任务。典礼当天，先由听力非常突出的乐师瞽审听土风，称为稷的官员广泛动员百姓协力参加春耕，把土地全部翻遍，否则将有司寇治罪。其实是告诫百姓不要错过春耕。各级官员按照稷的命令按顺序下地，最后是天子亲自履行耕作仪式。杨宽《古史新探·籍礼新探》根据文献记载，认为"籍礼"的仪式包括五个环节："行礼前的准备""举行'飨礼'""正式举行'籍礼'""礼毕后的宴会"和"广泛的巡查和监督庶人耕作"。③

籍田礼有周天子亲耕的行为，其实更多的还是强调其象征意义，体

---

① 《礼记正义》，《十三经注疏》，上海古籍出版社1997年版，第594页。
② 《国语》，上海古籍出版社1982年版，第16—20页。
③ 杨宽：《古史新探》，中华书局1965年版，第218—220页。

现统治者以民为本和重视农业的思想。《诗经》的《颂》《雅》中很多应用于籍田礼的诗,如《噫嘻》《载芟》等。《周颂·载芟》,《毛诗序》曰:"《载芟》,春籍田而祈社稷也。"《毛传》曰:"籍田,甸师氏所掌,王载耒耜所耕之田,天子千亩,诸侯百亩。籍之言借也,借民力治之,故谓之籍田。"①

"田畯至喜"表现的是籍田礼的其中一个环节。"田畯",郑玄《注》为"田大夫"②,《周礼·春官·龠章》记载"凡国祈年于田祖,吹豳雅,击土鼓,以乐田畯",郑玄《注》引郑司农曰:"田畯,古之先教田者。"③朱熹《集传》释为"田大夫,劝农之官也"④。《国语》记载,太史要按时令察看土情,当"阳瘅愤盈,土气震发,农祥晨正,日月底于天庙,土乃脉发",便是要举行春季籍田礼的时节,于是进行典礼的准备。"田畯至喜"当是籍田礼所载的"毕,宰夫陈飧,膳宰监之。膳夫赞王,王歆太牢,班尝之,庶人终食",即杨宽总结的籍田礼环节中"礼毕后的宴会"和"广泛的巡查和监督庶人耕作"。

2. 制冰礼

《七月》"二之日凿冰冲冲,三之日纳于凌阴。四之日其蚤,献羔祭韭",表现的是豳人的藏冰开冰礼。朱熹《集传》释此句:"《周礼》,正岁十二月令斩冰,是也。纳,藏也,藏冰所以备暑也。凌阴,冰室也。豳土寒多,正月风未解冻,故冰犹可藏也。……《月令》仲春献羔开冰,先荐寝庙,是也。"⑤《周礼·天官冢宰·凌人》中有凌人职位,专管制冰:"凌人掌冰,正岁,十有二月,令斩冰,三其凌……祭祀共冰鉴,宾客共冰。大丧,共夷槃冰。"⑥《礼记·月令》有"仲春之月,……天子乃鲜羔开冰,先荐寝庙",郑玄《注》曰:"鲜,当为献,

---

① 《毛诗正义》,《十三经注疏》,上海古籍出版社1997年版,第601页。
② 同上书,第389页。
③ 《周礼注疏》,《十三经注疏》,上海古籍出版社1997年版,第801页。
④ 朱熹:《诗经集传》,上海古籍出版社1980年版,第60页。
⑤ 同上书,第62页。
⑥ 《周礼注疏》,《十三经注疏》,上海古籍出版社1997年版,第671页。

声之误也。献羔谓祭司寒也。"① 可见，藏冰、开冰礼也是非常重要的典礼，天子要亲自参加，且先要荐之于寝庙，然后供宾客。

《左传·昭公四年》记载了鲁人申丰阐述藏冰礼的使用范围和场合："大雨雹。季武子问于申丰曰：'雹可御乎？'对曰：'圣人在上，无雹，虽有，不为灾。古者，日在北陆而藏冰；西陆朝觌而出之。其藏冰也，深山穷谷，固阴沍寒，于是乎取之。其出之也，朝之禄位，宾食丧祭，于是乎用之。其藏之也，黑牡秬黍，以享司寒。其出之也，桃弧、棘矢，以除其灾。其出入也时。食肉之禄，冰皆与焉。大夫命妇，丧浴用冰。祭寒而藏之，献羔而启之，公始用之。火出而毕赋。自命夫、命妇，至于老疾，无不受冰。山人取之，县人传之，舆人纳之，隶人藏之。夫冰以风壮，而以风出。其藏之也周，其用之也遍，则冬无愆阳，夏无伏阴，春无凄风，秋无苦雨，雷不出震，无灾霜雹，疠疾不降，民不夭札。今藏川池之冰，弃而不用。风不越而杀，雷不发而震。雹之为灾，谁能御之？《七月》之卒章，藏冰之道也。'"②

藏冰、开冰礼在周代是天子参加的高规格的典礼，现在看来，在当时的条件下，能藏到夏季的冰，当属于奢侈品的行列。但从其用途和使用范围看，"其藏之也，黑牡秬黍，以享司寒。其出之也，桃弧、棘矢，以除其灾。其出入也时。食肉之禄，冰皆与焉。大夫命妇，丧浴用冰。祭寒而藏之，献羔而启之，公始用之。火出而毕赋。自命夫、命妇，至于老疾，无不受冰"，尤其"其藏之也周，其用之也遍"，有其超越典礼本身的深层意义，"这使人们在用冰的过程中可以体会到上层的关爱，有助于增进社会的和谐气氛，使人心在藏冰、开冰、用冰礼中得以凝聚。总之，祭冰礼上用于鬼神，下用于人民，对社会有着重要的影响。"③ 这种礼仪强调的是给参与者精神上的洗礼，因此，其象征意义

---

① 《礼记正义》，《十三经注疏》，上海古籍出版社1997年版，第1362页。
② 《春秋左传正义》，《十三经注疏》，上海古籍出版社1997年版，第2033—2034页。
③ 郝建杰：《〈诗经·国风〉地域性考论——以〈豳风〉、〈秦风〉为中心》，博士学位论文，上海大学，2011年。

要远远高于它的实际作用。

3. 乡饮酒礼

《国语·周语》有"饫以显物，宴以合好"①，可见，饮食不仅是人类最基本的生存方式，还是一项非常重要的增进各阶层情感的社会活动。《礼记·乐记》曰："先王之治礼乐也，非以极口腹耳目之欲也，将以教民平好恶，而反人道之正也。"②周公制礼作乐，不仅制定具体的规则，而且将这些规则与人们的日常生活融合在一起，尤其与传统习俗的融合，这种"援俗入礼"形式，使礼的规定性在各阶层能够得以贯彻，化为生活的常态。

周代不仅产生了以宴饮为内容的各种级别的宴饮仪式，如大飨礼、燕礼、乡饮酒礼等，还规定了各种典礼具体的规格和实施流程，每种典礼又具有特定的含义。《礼记·射义》曰："故燕礼者，所以明君臣之义也。乡饮酒之礼者，所以明长幼之序也。"③《礼记·乡饮酒义》曰："乡饮酒之礼，六十者坐，五十者立侍以听政役，所以明尊长也；六十者三豆，七十者四豆，八十者五豆，九十者六豆，所以明养老也。民知尊长养老，而后乃能入孝弟。民，入孝弟，出尊长养老，而后成教，成教而后国可安也。君子之所谓孝者，非家至而日见之也，合诸乡射，教之乡饮酒之礼，而孝弟之行立矣。"④乡饮酒礼的意义在于序长幼、别贵贱，以一场饮食的实践活动，成就孝弟、尊贤、敬长养老的道德风尚。宴饮的真正意义在于传递礼乐文明的精神内涵，实现"尊尊""亲亲"的宗法制观念。

《七月》卒章"九月肃霜，十月涤场。朋酒斯飨，曰杀羔羊。跻彼公堂，称彼兕觥：'万寿无疆'"，表现的是秋收之后举行乡饮酒礼。《毛传》曰："两尊曰朋。飨者，乡人以狗，大夫加以羔羊。公堂，学

---

① 《国语》，上海古籍出版社1982年版，第65页。
② 《礼记正义》，《十三经注疏》，上海古籍出版社1997年版，第1528页。
③ 同上书，第1686页。
④ 同上书，第1683页。

校也。觥，所以誓众也。"① 朱熹《集传》曰："涤场，农事毕而扫场地也。两尊曰朋，乡饮酒之礼。两尊壶于房户间，是也。"② 都是行乡饮酒礼礼俗。

"为此春酒，以介眉寿"，表现的是制作春酒祈寿和尊老的礼仪。《礼记·月令》曰："仲冬之月，……乃命大酋，秫稻必齐，曲蘖必时，湛炽必洁，水泉必香，陶器必良，火齐必得。兼用六物，大酋监之，毋有差贷。"郑玄《注》曰："酒孰曰酋。大酋者，酒官之长也，于周则为酒人。秫稻必齐，谓孰成也。湛，渍也。炽，炊也。火齐，腥孰之调也。物犹事也。差贷，谓失误。有善有恶也。古者，获稻而渍米曲，至春而为酒。《诗》云：'十月获稻，为此春酒，以介眉寿。'"③ 可知，到仲冬之月，酒官就会组织监制春酒，到十月获稻时，以春酒敬献老人。《毛传》释"眉寿，豪眉也"④，方玉润《诗经原始》具体阐释："眉寿，豪眉也。人年老者，必有豪眉秀出者，故知眉谓豪眉也。"⑤《大雅·行苇》有诗句"曾孙维主，酒醴维醹。酌以大斗，以祈黄耇"，"黄耇"，朱熹《集传》释为"老人之称。以祈黄耇，犹曰以介眉寿云耳"⑥。可见"黄耇""眉寿"都是指代老年人。

这些诗句均表现了周代尊老尚齿的礼俗。

4. "九月授衣"与"授衣制"

《七月》诗首章、次章首句皆有"七月流火，九月授衣"，《毛诗》解"授衣"："九月霜始降，妇功成，可以授冬衣矣。"郑笺释"褐，毛布也"，"此二正之月，人之贵者无衣，贱者无褐，将何以终岁乎？是故八月则当绩也。"⑦ 郑《笺》有"将言女功之始，故又本作此"⑧。朱

---

① 《毛诗正义》，《十三经注疏》，上海古籍出版社1997年版，第392页。
② 朱熹：《诗经集传》，上海古籍出版社1980年版，第62页。
③ 《礼记正义》，《十三经注疏》，上海古籍出版社1997年版，第1382—1383页。
④ 《毛诗正义》，《十三经注疏》，上海古籍出版社1997年版，第391页。
⑤ 方玉润：《诗经原始》，中华书局1986年版，第314—315页。
⑥ 朱熹：《诗经集传》，上海古籍出版社1980年版，第131页。
⑦ 《毛诗正义》，《十三经注疏》，上海古籍出版社1997年版，第389页。
⑧ 同上。

熹《集传》在《毛传》基础上,补充"故疫人以衣,使御寒也"①。余冠英认为:"授衣,将裁制冬衣的工作交给女工。九月丝麻等事结束,所以这时开始做冬衣。"②高亨则认为:"拿衣服给人穿。农奴的衣服由奴隶主发给。"③陈子展的观点是:"授衣,奴隶主命女奴为他们缝制冬装。……或谓'授衣',即奴隶主给奴隶发制服。"④

周代确有授衣制度。《周礼·天官冢宰·宫伯》:"宫伯掌王宫之士庶子凡在版者。掌其政令,行其秩叙,作其徒役之事,授八次、八舍之职事。若邦有大事作宫众,则令之。月终则均秩,岁终则均叙。以时颁其衣裘,掌其诛赏。"⑤《周礼·天官冢宰·典枲》:"典枲掌布缌缕纻之麻草之物,以待时颁功而授赍。及献功,受苦功,以其贾楬而藏之,以待时颁,颁衣服,授之。赐予亦如之。岁终,则各以其物会之。"⑥

出土文献也证明了这个制度的存在。1975年出土的湖北云梦睡虎地秦竹简(秦律十八种)记载,西周初的豳地推行过"授衣制":

> 受衣者,夏衣以四月尽六月禀之,冬衣以九月尽十一月禀之,过时者勿禀。后计冬衣来年。⑦

很多学者据此得出结论,"足证古有授衣制度","秦代授衣在九月,与《诗》'九月授衣'时令相合"⑧。黄新光认为"豳地,平王东迁后为秦地,豳地之习俗为秦所继承,可以推论秦的'授衣制',当与豳公所订的'授衣制'有承袭关系"⑨。授衣之制,可谓原始部族共产

---

① 朱熹:《诗经集传》,上海古籍出版社1980年版,第60页。
② 余冠英:《诗经选》,人民文学出版社1957年版,第155页。
③ 高亨:《诗经今注》,上海古籍出版社1980年版,第201页。
④ 陈子展:《诗经直解》,复旦大学出版社1983年版,第474—485页。
⑤ 《周礼注疏》,《十三经注疏》,上海古籍出版社1997年版,第685页。
⑥ 同上书,第691页。
⑦ 《云梦秦简研究》,中华书局1981年版,第66页。
⑧ 张震泽:《七月杂记》,《辽宁大学学报》(哲学社会科学版)1981年第3期。
⑨ 黄新光:《〈豳风·七月〉的名物训释与历史文化底蕴的发掘》,《南昌大学学报》(人文社会科学版)2002年第1期。

制的保留，同时也是周代《周礼·地官·大司徒》"以保息六养万民：一曰慈幼，二曰养老，三曰振穷，四曰恤贫，五曰宽疾，六曰安富"①礼制思想的体现，显示统治者对下层民众的慈惠爱惜。

《七月》中蕴含了很多周礼，显而易见，周人的日常生活中处处都有周礼的印记，诸如"籍礼"、制冰藏冰礼、飨礼等，周礼的制定源于深厚的生活基础，就是所谓的"援俗入礼"。"王者治订制礼，皆因民之风俗习惯而纳之轨物也。故礼制之雏形为礼俗。"②

二 战争诗

《豳风》共7首诗，其中《七月》展示了西周时期的农事，而《东山》《破斧》则以对战争的描写表现了周人的战争观。从诗文本内容看，这是真正与周公有关的诗。两首诗不仅详尽表现了周公东征的历史事实，且艺术地表现了周人的战争观，体现了周人"五节有度，守有序""乐而不淫"的中正平和文化性格。

（一）《东山》

> 我徂东山，慆慆不归。我来自东，零雨其濛。我东曰归，我心西悲。制彼裳衣，勿士行枚。蜎蜎者蠋，烝在桑野。敦彼独宿，亦在车下。
>
> 我徂东山，慆慆不归。我来自东，零雨其濛。果臝之实，亦施于宇。伊威在室，蠨蛸在户。町畽鹿场，熠燿宵行。不可畏也，伊可怀也！
>
> 我徂东山，慆慆不归。我来自东，零雨其濛。鹳鸣于垤，妇叹于室。洒扫穹窒，我征聿至。有敦瓜苦，烝在栗薪。自我不见，于今三年！
>
> 我徂东山，慆慆不归。我来自东，零雨其濛。仓庚于飞，熠燿

---

① 邱衍文：《中国上古礼考辨》，（台北）文津出版社中华民国七十九年版，第34页。
② 同上。

其羽。之子于归，皇驳其马。亲结其缡，九十其仪。其新孔嘉，其旧如之何？

关于《东山》诗旨，《毛诗序》曰："《东山》，周公东征也。周公东征，三年而归，劳归士，大夫美之，故作是诗也。"①《毛诗》认为是周大夫以周公东征为背景，赞美周公闵劳归士。郑玄、朱熹等认为此诗是周公亲作。郑《笺》曰："成王既得金縢之书，亲迎周公，周公归，摄政。三监及淮夷叛，周公乃东伐之，三年而后归耳。分别章意者，周公于是志伸，美而详之。"②朱熹《诗序辨说》曰："此周公劳归士之词，非大夫美之而作。"③方玉润也持同样观点："盖（周）公与士卒同甘苦者有年，故一旦归来，作此以慰劳之。因代述其归思之切如此，不啻出自征人肺腑，使劳者闻之，莫不泣下，则平日之能得士心而致其死力者，盖可想见。……呜乎！非公之作而孰作之乎？"④吴闿生《诗义会通》曰："此诗（《东山》）文词至高，与《七月》《鸱鸮》相伯仲，当为周公所作。"⑤

其实关于诗是否周公亲作的争论，与《七月》一样，并不影响我们评价这首诗的价值以及在我国诗歌史上的重要地位。

诗共分四章。朱熹将诗归为赋类。"我徂东山，慆慆不归。我来自东，零雨其濛"在全诗四章首句反复出现。"徂东山"，交代了随周公东征的事实。"慆慆"，《毛传》"言久也"，三年的时间可谓久矣。"我来自东"，交代东征得胜后返乡。"零雨其濛"，《毛传》"濛，雨貌"⑥，此句既交代了返乡时的天气状况，更是渲染了当时征人的情绪。按说离家三年的战斗生活要结束了，要返乡见到家人，心情应该是高兴的，但

---

① 《毛诗正义》，《十三经注疏》，上海古籍出版社1997年版，第395页。
② 同上。
③ 朱熹：《诗序辨说》，上海古籍出版社、安徽教育出版社2002年版，第381页。
④ 方玉润：《诗经原始》，中华书局1986年版，第320页。
⑤ （清）吴闿生：《诗义会通》，中华书局1962年版，第120页。
⑥ 《毛诗正义》，《十三经注疏》，上海古籍出版社1997年版，第396页。

"零雨其濛"的描述却给这种喜悦增添了哀伤的情感。所以郑《笺》曰："此四句者,序归士之情也。我往之东山既久劳矣,归又道遇雨濛濛然,是尤苦也。"① 要返乡应该欣喜反而悲伤的矛盾情感,表现出战士对于战争的态度,所以,"我东曰归,我心西悲"的诗句与这种情感非常契合。此种手法与《小雅·采薇》"昔我往矣,杨柳依依。今我来思,雨雪霏霏"情景交融的写作手法相似,得到后世诗人的继承并发扬光大,显示了高超的艺术创造力。诗的最后三句则表现远征战士的孤苦生活,其中"蜎蜎者蠋,烝在桑野"句,以描述蚕虫行走状来展现远征战士的孤苦。"蠋",《毛传》释为"桑虫也","蜎蜎,蠋貌。"② 朱熹更具体的释为"蜎蜎,动貌"③。以桑虫独行状喻远征战士"敦彼独宿,亦在车下"景况。"敦"朱熹释为"独处不移之貌"④,也可谓准确,但不如余冠英《诗经选》"敦,团。敦本是器名,形圆如球"⑤来得形象。夜晚来临,战士蜷成一团独宿于车下,其伶仃孤苦跃然纸上。孔颖达《正义》曰："蠋在桑野,是其常处,实非劳苦,故云似有劳苦军士独宿车下,则实有劳苦,故下笺云'诚有劳苦'。以不实喻实者,取其在桑野、在车下,其事相类故也。"⑥ 诗人在此用桑虫蜷缩独行比喻远征战士行役生活的孤苦艰辛,而这都是战争带来的后果,更进一步表现了战争的残酷。

《毛传》谓"二章言其思也"⑦。二章首四句是第一章的重复,再次表现当时阴雨蒙蒙的天气。在弥漫着悲凉的气氛中,战士的思绪回到了家乡,那个他最熟悉、最想念的地方。但出现在他脑海中的是异常荒芜的场景："果臝之实,亦施于宇。伊威在室,蟏蛸在户。町畽鹿场,熠耀宵行。"通过几个有代表性的名物描绘了一个荒芜凄凉的家的画面:

---

① 《毛诗正义》,《十三经注疏》,上海古籍出版社1997年版,第396页。
② 同上。
③ 朱熹:《诗经集传》,上海古籍出版社1980年版,第63页。
④ 同上。
⑤ 余冠英:《诗经选》,人民文学出版社1957年版,第100页。
⑥ 《毛诗正义》,《十三经注疏》,上海古籍出版社1997年版,第396页。
⑦ 同上。

瓜蒌结在藤蔓上，依然还攀附在房檐下，"伊威，鼠妇也，室不扫则有之。蟏蛸，小蜘蛛也，户无人出入，则结网当之。町畽，舍傍隙地也。无人焉，故鹿以为场也"①。屋子里到处是喜湿的伊威，窗户上则结满小蜘蛛的丝网；屋外空地上因久不打晒庄稼，成了野鹿嬉戏的地方；夜晚，萤火虫到处流动，显得一片寂然。这个场景完全不是《王风·君子于役》"君子于役，不知其期，曷至哉？鸡栖于埘，日之夕矣，羊牛下来""鸡栖于桀，日之夕矣，羊牛下括"中妻子思念在外服役丈夫的那幅乡村傍晚安谧恬淡的画面。尽管如此，战士却依然感觉"伊可怀也"，家园虽然破败，虽然荒芜，但那里依然是他最思念、最牵挂的地方。诗用这种方式表现战争给百姓生活带来的灾难。

第三章首四句仍是重复，后几句则是远征战士返乡时的真实情景："鹳鸣于垤，妇叹于室。洒扫穹窒，我征聿至。有敦瓜苦，烝在栗薪。"鹳鸟听到有人声喧闹，在水边的土堆上长鸣；妻子闻听丈夫回家，开始收拾平时疏于整理的屋子；瓜架上圆圆的瓠瓜，也似乎在等待主人品尝。这样温馨的家庭生活，已经三年没有了，"自我不见，于今三年"。这一章所描述的情景是真实的。其温馨的家庭生活与第一章战士远征在外"敦彼独宿，亦在车下"的孤苦形成对比。

第四章首四句依然重复。"仓庚于飞，熠燿其羽"，郑《笺》曰："仓庚仲春而鸣，嫁取之候也。"② 这与《周南·桃夭》以明媚的桃花喻漂亮的新娘，同时交代结婚的季节相类，表明在春光明媚的季节里迎娶新娘。扬之水认为"仓庚于飞，熠燿其羽"与《小雅·出车》"春日迟迟，卉木萋萋。仓庚喈喈，采蘩祁祁"有异曲同工之妙："与《出车》对看，《东山》是一个主题，一脉意绪——一脉意绪中一波三折；《出车》则从始至终两个旋律，一个主题——主题在两个旋律的不断转换中层层递进，旋律则依凭兴象的变幻从容转易。草虫、阜螽、仓庚、卉木，同属天地四时万物，诗人取象原本不避重复。……结末四句，由绰

---

① 朱熹：《诗经集传》，上海古籍出版社1980年版，第63页。
② 《毛诗正义》，《十三经注疏》，上海古籍出版社1997年版，第396页。

约春景又翻做奇矫纵横之语,扣回本题。"① "之子于归,皇驳其马。亲结其缡,九十其仪"描述了女子出嫁的画面,表现的是周人婚礼中的亲迎礼。周人非常重视婚礼仪式,陈顾远认为:"古视婚姻意义深远,礼仪遂以庄重为尚,故意纤其进行之程序,藉示民情之不读,于是六礼兴也。"② 郑笺《郑风·丰》曰:"婚姻之道,谓嫁娶之礼。"孔疏曰:"男以昏时迎女,女因男而来。……论其男女之身,谓之嫁娶。指其好合之际,谓之婚姻。嫁娶婚姻其事是一。故云婚姻之道,谓嫁娶之礼也。"③ 周人婚姻的"六礼",是指婚礼中六个非常重要的环节:纳采、问名、纳吉、纳征、请期、亲迎。

《诗经》中很多诗形象地表现了《礼记》等礼书中记载的"六礼"。

《大雅·大明》"文定厥祥,亲迎于渭",说明周初就已经有了亲迎礼。《大雅·韩奕》则非常详尽地描述周代诸侯婚礼上的亲迎礼,诗第四章"韩侯娶妻,汾王之甥,蹶父之子。韩侯迎止,于蹶之里。百两彭彭,八鸾锵锵,不显其光。诸娣从之,祁祁如云。韩侯顾之,烂其盈门",表现诸侯婚礼上非常壮观的亲迎礼场面。《东山》表现的亲迎礼上,有非常繁杂的仪式,"九十其仪"。"亲结其缡"是其中的一个环节,亲迎礼时,女子上车前,母亲要亲自为她系好佩巾,并叮咛嘱咐。具体内容见《士昏礼》:"父送女,命之曰:'戒之敬之,夙夜无违命。'母施衿结帨,曰:'勉之敬之,夙夜无违宫事。'庶母及门内施鞶,申之以父母之命,命之曰:'敬恭听宗尔父母之言,夙夜无愆。'"④《东山》中的"缡,妇人之袆也。母戒女而为之施衿结帨也"⑤。

诗最后的"其新孔佳,其旧如之何?"郑《笺》曰:"其新来时甚善。至今则久矣,不知其如何也。"⑥ 新旧的对比表现战士对家人的挂

---

① 扬之水:《诗经名物新证》,北京古籍出版社2000年版,第303—304页。
② 陈顾远:《中国婚姻史》,岳麓书社1998年版,第99页。
③ 《毛诗正义》,《十三经注疏》,上海古籍出版社1997年版,第344页。
④ 《仪礼注疏》,《十三经注疏》,上海古籍出版社1997年版,第972—973页。
⑤ 朱熹:《诗经集传》,上海古籍出版社1980年版,第64页。
⑥ 《毛诗正义》,《十三经注疏》,上海古籍出版社1997年版,第396页。

念，留在脑海中的是新婚时的热闹场面和美丽的新娘，而今，一别三年，不知妻子现在景况如何。其实是委婉表达对战争的控诉。郑《笺》曰："仓庚仲春而鸣，嫁取之侯也。'熠燿其羽'，羽鲜明也。归士始行之时，新合昏礼，今还，故极序其情以乐之。……'之子于归'，谓始嫁时也。'皇驳其马'，车服盛也。……女嫁，父母既戒之，庶母又申之，'九十其仪'，喻丁宁之多。……（其新孔嘉，其旧如之何），嘉，善也。其新来时甚善，至今则久矣，不知其如何也。又极序其情乐而戏之。"①所述非常贴切，"此从新婚时春鸟和媚及马色之良、结缡之诚、仪文之盛，铺张点缀而已。诗语极热闹，而诗情最闲冷，其妙趣全在'其旧如之何'五字。'如之何'者，欣慕赞叹，无可形容之词也。盖常人之情旧不如新，然别离重逢新不如故。诗人似以'其新孔嘉'句挑起下句，其实以'其旧如之何'点动上句，此古人笔端活泼处也。……'孔嘉'二字从上文'皇驳其马'三句说来，此句不言乐，乐处在'如之何'三字，想出妙甚。"②

诗以"我徂东山，慆慆不归。我来自东，零雨其濛"贯穿始终，表现远征返乡战士复杂的情感，本应欢欣鼓舞的情绪却始终笼罩在"零雨其濛"的氛围中，"每章俱用'零雨其濛'四字点缀，便耳情深，盖思家遇雨最是苦境，有此四字，不待终篇，已自黯然魂消矣。首章席班师遇雨也，次章长途遇雨也，三章抵家遇雨也，四章相聚遇雨也。车下独宿雨景也，鹳鸣、萤飞，雨候也，以及桑蠋、果实、伊威、蟏蛸、苦瓜、栗薪，雨中触目无一不搅人愁肠，步步有景，节节生情。真是千古绝调，汉魏诗人皆在下风矣。"③

诗用这种手法实际上表现了周人普遍对战争的厌倦和控诉。但是，诗人却是以一种非常委婉的方式表达这种情感，是周人中正平和性格的艺术体现。如崔述在《读风偶识》中所言："《东山》一诗叙

---

① 《毛诗正义》，《十三经注疏》，上海古籍出版社1997年版，第396页。
② 贺贻孙：《诗触》，辽宁省图书馆藏清咸丰二年敕书楼刻本影印原书，第566页。
③ 同上书，第565页。

室家离合之情沉挚真切，最足感人；而绝无怨尤之意，尤足以见盛世风俗之美。"①

的确，《东山》诗抒发的情感真挚深婉，平而不淡，感发人心，动人魂魄，在整本《诗经》中是非常独特的。牛运震《诗志》曰："一篇悲喜离合，都从室家男女生情。开端'敦彼独宿，亦在车下'，隐然动劳人久旷之感；后文'妇叹于室'、'其新孔嘉'，惓惓于此，三致意焉。夫人情所不能已，圣人弗禁。东征之士，谁无父母？岂鲜兄弟？而夫妇情艳之私尤所缱切。此诗曲体人情，无隐不透，直从三军肺腑，扪摭一过，而温挚婉恻感激动人。"② 扬之水这样评价："'诗三百'，最好是《东山》。诗不算长，也不算短，而句句都好。它如此真切细微地属于一个人，又如此博大宽厚地属于每一个人。《东山》恐怕也是《风》诗一百六中最少争议的一篇，大概最多是对诗作者各说几句推测的话。不知道它是不是可以融化人生中的一切冷漠，但总之多少板着面孔的经学家读到《东山》，好像一时间都变得'融融'也，'泄泄'也，于物理人情很是通达。……在《东山》面前，差不多所有的批评家都变得极富人情。"③

（二）《破斧》

《豳风》中，与周公东征有关的诗除了前面的《东山》，还有《鸱鸮》和《破斧》。三首诗各有不同的侧重点，《东山》通过意境营造和烘托手法表达远征战士对家乡和亲人的思念，传达了他们对战争的态度；《鸱鸮》是借一只母鸟之口，诉说失去幼雏、鸟巢面临被毁的危险，还有暴风雨的侵袭等对母鸟造成的困扰，表达周公在处理三监之乱和东征时的殚精竭虑；《破斧》则表达了与二者不同的主旨。

　　　　既破我斧，又缺我斨。周公东征，四国是皇。哀我人斯，亦孔

---

① 崔述：《读风偶识》，《崔东壁遗书》，上海古籍出版社1983年版，第575页。
② 牛运震：《诗志八卷》，《山东文献集成》第一辑，山东大学出版社2006年版，第67页。
③ 扬之水：《诗经别裁》，江西教育出版社2000年版，第141—142页。

之将！

　　既破我斧，又缺我锜。周公东征，四国是吪。哀我人斯，亦孔之嘉！

　　既破我斧，又缺我銶。周公东征，四国是遒。哀我人斯，亦孔之休！

　　传统解说大多为美周公。《毛诗序》曰："《破斧》，美周公也。周大夫以恶四国焉。"郑《笺》曰："恶四国者，恶其流言毁周公也。"① 朱熹《集传》曰："今观此诗，固足以见周公之心，大公至正，天下信其无有一毫自爱之私，抑又以见当是之时，虽被坚执锐之人，亦皆能以周公之心为心，而不自为一身一家之计。"②《诗序辨说》亦曰："此归士美周公之词，非大夫恶四国之诗也。"③ 方玉润《诗经原始》认同此说："美周公伐罪救民也。"④ 这是比较传统且权威的解说。

　　崔述则认为此诗是"东征之士自述其劳苦……劳而不怨……见周公之美"，《丰镐考信录》详尽地阐述了诗旨："'破斧缺斨'即叙东征之事；东征三年，为日久矣，斧破斨缺，则其人之辛勤可知，犹宋人词所云，'征衫着破，着衫人可知矣'之意；不得以'我'属之大夫，而谓'斧'为周公，'斨'为成王也。《朱传》以为从军之士所作，'破斧缺斨'，自言其劳，是已。又援'斩伐四国'之文，斥《序》以为'管、蔡、商、奄'之谬，其说尤正。然谓'答前篇周公之劳己，故作此诗美周公'，则尚似有未尽合者。详味此诗之意，乃东征之士自述其劳苦，绝无称美周公一语；惟其劳而不怨，由于周公勤劳王室，不自暇逸，是以其民皆悉周公之心，敌忾御侮，不辞况瘁，至于斧破斨缺而无异言，即此见周公之美耳。以为'美周公'，浅矣！以为'大夫所作以

---

① 《毛诗正义》，《十三经注疏》，上海古籍出版社1997年版，第398页。
② 朱熹：《诗经集传》，上海古籍出版社1980年版，第64页。
③ 朱熹：《诗序辨说》，《朱子全书》，上海古籍出版社、安徽教育出版社2002年版，第381页。
④ 方玉润：《诗经原始》，中华书局1986年版，第322页。

美周公而恶四国'，尤失之远矣！"① 吴闿生《诗义会通》："惟此诗亦慰劳征士之作，朱子谓归士美周公，其说亦不误。……言东征之劳可闵矣，而功亦大矣，往复委婉，用意深至，令人低徊不尽。"② 既有美周公之意，又是慰劳征士之作。

  以闻一多为代表的现代学者的解读与传统说法有很大区别。《风诗类钞》曰："《破斧》，东征士卒，喜生还也。"③ 陈子展《诗经直解》曰："《破斧》，周公东征胜利以后，兵卒庆幸生还之作。与上《东山》一诗主题性质略同。"④ 程俊英《诗经译注》曰："这是随周公东征的士卒喜获生还的诗。……《破斧》一诗，旧说是赞美周公之作。就诗论诗，并不足信。它只是东征士卒喜获生还而已。"⑤

  以上是对《破斧》的不同解读。要准确解读这首诗，还是要从对诗本义的分析入手。

  诗共三章，采用复沓形式。从每章首句"既破我斧，又缺我斨""既破我斧，又缺我锜""既破我斧，又缺我銶"可推知当时东征战争的残酷与激烈。朱熹曰："东征之役，既破我斧而缺我斨。其劳甚矣。"⑥ 斧、斨本是日常劳作的工具，此处是战士的武器。《毛诗》释"隋銎曰斧。斧斨，民之用也"⑦，《集传》曰："隋銎曰斧，方銎曰斨。征伐之用也。"⑧ 两说虽不一致，但皆不违背事实。的确，没有战事的时候，这些都是普通百姓家的常备工具。陈启源《毛诗稽古编》曰："二者皆斧耳，豳人用以取桑，非兵器也。"⑨ 胡承珙《毛诗后笺》认为："'既破我斧，又缺我戕。'《传》：'隋銎曰斧。'《稽古编》曰：

---

① 崔述：《丰镐考信录》，《崔东壁遗书》，上海古籍出版社1983年版，第208页。
② 吴闿生：《诗义会通》，中华书局1962年版，第122页。
③ 闻一多：《风诗类钞》，《闻一多全集》，湖北人民出版社1993年版，第541页。
④ 陈子展：《诗经直解》，复旦大学出版社1983年版，第499页。
⑤ 程俊英：《诗经译注》，上海古籍出版社1985年版，第279页。
⑥ 朱熹：《诗经集传》，上海古籍出版社1980年版，第64页。
⑦ 《毛诗正义》，《十三经注疏》，上海古籍出版社1997年版，第398页。
⑧ 朱熹：《诗经集传》，上海古籍出版社1980年版，第64页。
⑨ 陈启源：《毛诗稽古编》，上海古籍出版社1987年版。

'二者皆斧耳，豳人用以取桑，非兵器也。'《集传》谓为征伐所用，殆不然。承珙案，严《缉》已有此说，谓诗人言兵器必曰弓矢干戈矛戟，无专言斧戕锜銶者。然则破斧缺戕，非为战也。若以为杀戮之多，至于如此，则是与之血战而仅胜之，亦疲敝甚矣，与下文'哀我人斯'及'吪''遒''休'之意皆不相类。总之，斧戕锜銶，毛郑只以为兴，不必定属军中所用。若谓经言东征，不应别有取兴，则严氏云'行师有除道樵苏之事，斧戕所用为多。'义亦近之。"① 而这里，则作为征伐之用，既表明东征战士的身份，也表明战事的残酷和战士的英勇。

"周公东征，四国是皇""周公东征，四国是吪""周公东征，四国是遒"，周公东征，是诗发生的背景。而"四国"的解读，则存在很多争议。《毛传》曰："四国，管蔡商奄也。"郑《笺》曰："周公既反，摄政，东伐此四国，诛其君罪，正其民人而已也。"② 朱熹持不同意见，《诗序辨说》曰："《诗》所谓四国者，犹言斩伐四国耳。《序》说以为管蔡商奄，尤无理也。"③《集传》认为"四国，四方之国也"④。王先谦《诗三家义集疏》曰："周公东征后，遂兼行黜陟之典，非仅如《毛》说管蔡商奄也。……愚案：言天下皆正，则非独管蔡商奄，诗称'四国'，犹《鸤鸠》篇'正是四国'之比，非有实指东行述职。"⑤ 并据《逸周书·作雒解》"周公立相天子，三叔及殷东徐奄，及熊盈以略。凡所征熊盈族十有七国，俘维九邑。俘殷献民，迁于九毕。是'四国'不专指管蔡商奄之明证。"⑥《诗经》中"四国"也多次出现，《小雅·雨无正》"浩浩昊天，不骏其德。降丧饥馑，斩伐四国"、《曹风·鸤鸠》"淑人君人，其仪不忒。其仪不忒，正是四国"，都不是具体所指，概指四方或天下之意。所以，从严格意义上讲，毛序所言四国是当

---

① 胡承珙：《毛诗后笺》，黄山书社1999年版，第398页。
② 《毛诗正义》，《十三经注疏》，上海古籍出版社1997年版，第389页。
③ 朱熹：《诗序辨说》，《朱子全书》，上海古籍出版社、安徽教育出版社2002年版，第381页。
④ 朱熹：《诗经集传》，上海古籍出版社1980年版，第64页。
⑤ （清）王先谦撰，吴格点校：《诗三家义集疏》，中华书局2009年版，第538—539页。
⑥ 同上书，第539页。

时叛乱的殷商属国主力,也是周公东征的主要讨伐对象,但参与叛乱的还有其他如王氏所言的国家。所以,四国当指参与叛乱的以管、蔡、商、奄为主的东方诸国,而非仅指《毛序》言四国。

对"周公东征,四国是皇""周公东征,四国是吪""周公东征,四国是遒",诸说皆无异议,表示东征取得了对东方反叛国家的胜利,使他们匡服,周王室的地位得以稳固。

导致争议产生的还有每章"哀我人斯,亦孔之将""哀我人斯,亦孔之嘉""哀我人斯,亦孔之休"。郑《笺》曰:"此言周公之哀我民人,其德亦甚大也。"① 闻一多《诗经通义》释:"哀",叹词。同噫唉。"《篇义》曰:"言斧斯破缺,人则无恙。"因此为"东征士卒喜生还也"②。程俊英将"哀我人斯,亦孔之将"理解为"可怜我们这些人,总算命大能还乡"。③

可见,对"哀"的解读是导致分歧产生的关键原因。前人已经对此进行过考证。马瑞辰《毛诗传笺通释》曰:"哀字古有数义。有作悲哀解者,《诗》'哀哉为犹'、'亦孔之哀'之类是也。有作哀怜解者,此诗'哀我人斯'及《诗》'哀此鳏寡'、'哀我填寡'之类是也。有当训爱者,《吕氏春秋》'人主何可以不务哀士',高《注》:'哀,爱也。'《释名》:'哀,爱也,爱乃思念之也。'《关雎》诗《序》'哀窈窕'即爱窈窕也。《表记》'仁者,人也',《注》云:'人也,谓施以人恩也。古者相亲爱谓之相人偶。'《方言》:'凡言相怜哀,九疑湘潭之间谓之人兮。'人斯犹人兮也,'哀我人斯'谓怜我而人偶之也。故诗言'亦孔之将',将与下章嘉、休同义。《广雅》:'将,美也。'《传》训将为大,古大与美亦同义。"④ "哀"与"人"皆为动词,取哀怜、怜惜、仁爱义;"我"与"斯"同义,诗中指代东征士兵。诗各章

---

① 《毛诗正义》,《十三经注疏》,上海古籍出版社 1997 年版,第 398 页。
② 闻一多:《风诗类钞》,《闻一多全集》,湖北人民出版社 1993 年版,第 363 页。
③ 程俊英:《诗经译注》,上海古籍出版社 1985 年版,第 278 页。
④ 马瑞辰:《毛诗传笺通释》,《十三经清人注疏》,中华书局 1998 年版,第 484—485 页。

第一章 《豳风》地域风格研究

的最后两句，均表达周公对东征将士仁爱有加，这样的解读符合周公一贯奉行的德政爱民思想，也与孔颖达言"下四句美周公"一致。具体说，每章之"周公东征，四国是皇"是赞美周公东征功业，"哀我人斯，亦孔之将"，则是表现周公对将士的爱护。

闻一多先生等解说为将士庆幸生还，释"哀，叹词"，显然是从阶级论视角进行的解读，《篇义》"言斧斯破缺，人则无恙"也是望文生义，从"哀我人斯，亦孔之将"中解读出生还的庆幸显得非常生硬。"哀我人斯，亦孔之将"，"将，大也"；"哀我人斯，亦孔之嘉"，"嘉，善也"；哀我人斯，亦孔之休"，"休，美也"，① 均表示赞美的意思，而非庆幸之意。

《破斧》是通过描述东征战争的艰难和残酷，赞美周公东征战役匡服天下、稳固周室的功绩。同时东征过程中，周公对参与战事的将士表示出了怜惜之情，将士则对周公充满了感激之情，进行颂扬。

吴公子季札评价《豳风》有"其周公之东乎"，杨朝明在《鲁国与〈诗经〉》一文中论《豳风》为鲁诗时用了《吕氏春秋·音初篇》"夏后氏孔甲……乃作为《破斧》之歌，实始为东音"为例证："《吕氏春秋·音初篇》在论述东西南北各音调之始创时，以《破斧》为东音，《侯人》为南音，《燕燕》为北音，秦音为西音。今之《诗经》中，《破斧》即在《豳风》，《侯人》在《曹风》，《燕燕》属《邶风》。曹在成周东南，与二《南》之地相近，所以《吕氏春秋·音初篇》在说《侯人》'实始作为南音'后接着说：'周公、召公取风焉，以为《周南》、《召南》。'邶即当北，《邶风》多出于成周东北的河北易县之地。而秦与豳皆在成周之西的雍州，却一以为东音，一以为西音。"② 《破斧》在《豳风》是真，《吕氏春秋》说《破斧》为东音也是真。但《豳风》之《破斧》从诗中三次出现的"周公东征"句，可知诗作于西周初年周公东征之后。而夏孔甲之《破斧》，年代当远在夏朝后期，夏

---

① 朱熹：《诗经集传》，上海古籍出版社1980年版，第64页。
② 杨朝明：《鲁国与〈诗经〉》，《中国史研究》1994年第2期。

后氏孔甲因其养子长大后"幕动圻,斧斫斩其足",感而赋《破斧》之歌,此《破斧》非《豳风》之《破斧》。只因文字相同断定孔甲之《破斧》就是《豳风》之《破斧》,显然是经不起推敲的。《吕氏春秋》说的很明确,只是为"东音",音调而已。且夏朝后期主要地域在东方,所以,才有夏孔甲作《破斧》为东音说,这与《豳风》之《破斧》没有任何关系。

《诗经》里的战争诗的一个突出特点是,虽然以战争为题材,但并没有对于战争场面的正面或者残酷血腥描写,而是通过描述军队的赫赫声势以及参战士兵的"勤奋悲苦之情"来表现,描述了对来犯之敌的同仇敌忾和对战争的厌倦。前者的典型代表是《小雅·出车》和《小雅·采芑》,后者以《小雅·采薇》和《豳风·东山》《破斧》为代表。

三 周公赞美诗

《豳风》诗都与周公有密切联系,但侧重点不同,《鸱鸮》《狼跋》《九罭》这三首均为美周公之诗。

（一）《鸱鸮》

1.《鸱鸮》与周公东征

《鸱鸮》：

> 鸱鸮鸱鸮！既取我子,无毁我室。恩斯勤斯,鬻子之闵斯！
> 迨天之未阴雨,彻彼桑土,绸缪牖户。今女下民,或敢侮予！
> 予手拮据,予所捋荼,予所蓄租,予口卒瘏,曰予未有室家！
> 予羽谯谯,予尾翛翛,予室翘翘,风雨所漂摇,予维音哓哓！

《鸱鸮》被认为是最早的禽言诗。从文本来看,诗用拟人手法通过一只母鸟的口吻讲述了对被鸱鸮取子毁室进行的悲痛控诉,并痛陈自己的辛劳。其实是有很深寓意的。《毛诗序》曰:"《鸱鸮》,周公救乱也。

成王未知周公之志，公乃为诗以遗王。"① 《尚书·金縢》叙述了《鸱鸮》写作的政治背景，提供了周公亲作的证据："武王既丧，管叔及其群弟乃流言于国，曰：'公将不利于孺子。'周公乃告二公曰：'我之弗辟，我无以告我先王。'周公居东二年，则罪人斯得。于后，公乃为诗以贻王，名之曰《鸱鸮》。王亦未敢诮公。"孔《疏》："此《鸱鸮》诗者，周公所以救乱也。……成王信流言而疑周公，故周公既诛三监而作诗解所以宜诛之意以遗王，王犹未悟，故欲让公而未敢。"② 禽鸟的辛劳形象在这里同周公在当时周室的历史地位、形象非常吻合。齐诗和鲁诗亦持同样观点。鲁说曰："武王崩，周公当国，管蔡武庚等率淮夷而反，周公乃奉成王命兴师东伐，遂诛管叔，杀武庚，放蔡叔，宁淮夷东土，二年而毕定。周公归报成王，乃为诗贻王，命之曰《鸱鸮》。"③ 齐说曰："《鸱鸮》《破斧》，冲人危殆。赖旦忠德，转祸为福，倾危复立。又曰：鹬鸠鸱鸮，治成遇灾。绥德安家，周公勤劳。"④

《鸱鸮》中充满了强烈的愤怒和极度的担忧，"既取我子，无毁我室"，凶恶的鸱鸮掠去了大鸟呕心沥血养育的孩子，还要破坏它赖以藏身的巢穴。失子之痛加上还要被夺去安身立命之所，于是她愤怒地大声呵斥恶贯满盈的鸱鸮，责令它不要毁弃自己的家室，并沉痛地反复叙说自己建筑巢室的艰辛："予手拮据，予所捋荼。予所蓄租，予口卒瘏"，虽然已经竭尽全力，"予羽谯谯，予尾翛翛，予室翘翘"，翅膀已经稀落，尾羽也已枯槁，但是"予室翘翘，风雨所漂摇，予维音哓哓"，巢室依然处在危急状况之中，表达了深深的忧虑。而三监之乱前后，周公的心情可谓高度的紧张和忧虑，不亚于诗中大鸟的心境。关于三监之乱和周公东征的文献记载非常翔实。《史记·鲁世家》："武王克殷二年，天下未集，武王有疾，不豫，群臣惧，太公、召公乃缪卜。周

---

① 《毛诗正义》，《十三经注疏》，上海古籍出版社1997年版，第394页。
② 《尚书正义》，《十三经注疏》，上海古籍出版社1997年版，第197页。
③ 王先谦：《诗三家义集疏》，中华书局2009年版，第527页。
④ 同上。

公曰：'未可以戚我先王。'周公于是乃自以为质，设三坛，周公北面立，戴璧秉圭，告于太王、王季、文王。……其后武王既崩，成王少，在强葆之中。周公恐天下闻武王崩而畔，周公乃践阼代成王摄行政当国。"① 周公的举动是在当时形势危急的情况下所能采取的最有利措施。他的这个举动给了存心叛乱的三叔以借口，"管叔及其群弟流言于国曰：'周公将不利于成王。'"② 乘机编造流言，为自己争取舆论，并发动叛乱。周公此举与他日后的举动可谓殚精竭虑："我之所以弗辟而摄行政者，恐天下畔周，无以告我先王太王、王季、文王。三王之忧劳天下久矣，于今而后成。武王蚤终，成王少，将以成周，我所以为之若此。……我文王之子，武王之弟，成王之叔父，我于天下亦不贱矣。然我一沐三捉发，一饭三吐哺，起以待士，犹恐失天下之贤人。"③ 周是以小邦周打败大邑商而建国，其时周的势力并不是非常强大。殷人虽已失国，实力依然不容小觑。为加强对殷商故地的治理，周人经过认真思考，采取了两个措施：一是对殷民没有赶尽杀绝，而是施行安抚政策，赐纣子以诸侯地位，不绝殷祀。《逸周书·作雒解》曰："武王克殷，乃立王子禄父，俾守商祀。"④《克殷解》曰："立王子武庚，命管叔相。"⑤ 二是安排周的至亲对殷商进行监管。《逸周书·作雒解》曰："武王克殷，……建管叔于东，建蔡叔、霍叔于殷，俾监殷臣。"⑥《史记·周本纪》曰："封商纣子禄父殷之余民。武王为殷初定未集，乃使其弟管叔鲜、蔡叔度相禄父治殷。"⑦

周王室设置三监的意图，是要加强对殷商遗民的控制。但结果却是管叔、蔡叔、霍叔与武庚禄父联合反叛。当时事态非常严重。且不说这样的反叛对于尚未完全站稳脚跟、武王去世、成王年幼的局面而言是致

---

① 司马迁：《史记》，中华书局2008年版，第1516—1518页。
② 同上书，第1518页。
③ 同上。
④ 黄怀信：《逸周书校补注译》，三秦出版社2006年版，第234页。
⑤ 同上书，第169页。
⑥ 同上书，第234页。
⑦ 司马迁：《史记》，中华书局2008年版，第126页。

命的，更严重的是参与反叛的是殷商遗民和东方的殷人旧邑徐奄淮夷，还有同为文王之子、武王母弟、周公之兄、成王叔父的三叔。他们撕裂同宗之谊、手足亲情，挟异族作乱，侵害王室，给周王室和周公带来的危害远比殷人严重。为了稳固周王室根基，周公毅然东征。《逸周书·作雒解》："周公立，相天子，三叔及殷东徐、奄及熊盈以略。……二年，又作师旅，临卫政殷。"①

经过三年苦战，三监之乱最终得以平息。《作雒解》曰："殷大震溃，降辟三叔。王子禄父北奔，管叔经而卒，乃囚蔡叔于郭凌。凡所征熊盈族十有七国，俘维九邑。俘殷献民，迁于九里。俾康叔宇于殷，俾中旄父宇于东。"②《诗经》中《豳风·东山》《伐斧》，《小雅·采薇》等都表现了周公东征的事实。平息叛乱后，周公依然对殷人采取恩威并施措施，重封监守，营造成周，迁徙殷民，继续加强对殷商遗民的管理。《史记·殷本纪》曰："周武王崩，武庚与管叔、蔡叔作乱，成王命周公诛之，而立微子于宋，以续殷后焉。"③《史记·管蔡世家》曰："周公旦承成王命伐诛武庚，杀管叔，而放蔡叔，迁之，与车十乘，徒七十人从。而分殷余民为二：其二封微子启于宋，以续殷祀；其一封康叔为卫君，是为卫康叔。"④

周公对于武王去世后周王室面临的严峻形势的忧虑与《鸱鸮》诗中大鸟的愤怒和担忧极为相似。很多人认为这首诗是禽言诗，借自然界中禽鸟之口、之举动来表达现实世界中人的心声。这种表述极为贴切。

2. 关于禽言诗

《鸱鸮》借鸟之口抒情的表达方式非常特别，在《诗经》中比较少见。傅斯年《诗经讲义稿》曰："（《鸱鸮》）作鸟语者。此类人作鸟兽

---

① 黄怀信：《逸周书校补注译》，三秦出版社2006年版，第234—235页。
② 同上书，第235页。
③ 司马迁：《史记》，中华书局2008年版，第109页。
④ 同上书，第1565页。

语之诗,古代中国只有此一首遗后来。"① 余冠英《诗经选译》曰:"这是一首禽言诗。全篇作一只母鸟的哀诉,诉说她过去遭受的迫害、经营巢窠的辛劳和目前处境的艰苦危殆。"② 陈子展指出:"《鸱鸮》托为鸟言,控诉鸱鸮凶鸟于我取子毁室,并痛自警惕,赶筹善后之词。这是禽言诗之祖。"③ "《鸱鸮》一诗托为小鸟哀呼鸱鸮而告之,如物语、(寓言)如童话、如禽言诗。此在《诗》三百中风格独奇。"④ 程俊英《诗经译注》亦认为是禽言诗:"这是一首禽言诗。……这当然是一首有寄托的诗,但所指何人何事,不得而知。"⑤

其实,从诗的艺术表现形式来看,禽言诗应该归类于寓言诗之列。在先秦时期,以寓言的形式阐述某个道理的做法已经非常普遍。庄子散文就是典型的例子,其中充满了丰富瑰丽神奇的想象。

3. 《鸱鸮》诗旨

前面分析的三监之乱、周公东征等历史事实,是《鸱鸮》诗产生的重要背景。关于"鸱鸮"为何鸟是解读这首诗的关键。在两千多年的《诗经》研究史上,对"鸱鸮"身份的争议始终没有定论,致使《鸱鸮》诗旨解读产生分歧。

一种观点认为是鹡鸰。《尔雅·释鸟》:"鸱鸮,鹡鸰。"⑥《毛诗》曰:"鸱,鹡鸰也。"郑《笺》认为"鸱鸮"为鹡鸰。⑦ 第二种观点认为是雀类鹡鸰。陆玑《毛诗草木鸟兽虫鱼疏》曰:"鸱鸮,似黄雀而小,其喙尖如锥,取茅秀为窠,以麻紩之,如刺袜然,悬着树枝,或一房,或二房。幽州人谓之鹡鸰,或曰巧妇,或曰女匠;关东谓之工

---

① 傅斯年:《诗经讲义稿》,中国人民大学出版社2004年版,第70页。
② 余冠英:《诗经选译》,人民文学出版社1957年版,第102页。
③ 陈子展:《诗三百解题》,复旦大学出版社2001年版,第573页。
④ 陈子展:《诗经直解》,复旦大学出版社1983年版,第490页。
⑤ 程俊英:《诗经译注》,上海古籍出版社1985年版,第273—274页。
⑥ (晋)郭璞注,(宋)邢昺疏:《尔雅注疏》,《十三经注疏》,上海古籍出版社1997年版,第2648页。
⑦ 《毛诗正义》,《十三经注疏》,上海古籍出版社1997年版,第394页。

雀，或谓之过蠃；关西谓之桑飞，或谓之袜雀，或曰巧女。"① 第三种观点虽然认为鸱鸮是鹡鸠，但属于鸱类恶鸟。欧阳修《诗本义》曰："诸儒用《尔雅》谓鸱鸮为鹡鵙，又谓鹡鵙为巧妇，失之愈远。今鸱多攫鸟子而食。鸮，鸱类也。"② 苏辙《诗集传》亦曰："鸱鸮，恶鸟也。"③ 朱熹《集传》曰："鸱鸮，鸼鹡，恶鸟，攫鸟子而食者也。"④

由对"鸱鸮"为何鸟的争论导致了对诗旨解说的争议。《毛诗序》曰："《鸱鸮》，周公救乱也。成王未知周公之志，公乃为诗以遗王，名之曰《鸱鸮》焉。"郑《笺》认为"鸱鸮"为鹡鸠，"重言鸱鸮者，将述其意之所欲言，丁宁之也。室犹巢也，鸱鸮云已取我子者，幸无毁我巢也。"⑤ 唐人丘光庭对鸱鸮以及诗旨进行过详尽考证：

《豳风·鸱鸮》序云："周公救乱也。"经曰："鸱鸮鸱鸮，既取我子，无毁我室。"毛苌云："鸱鸮，鹡鸠也。"孔颖达曰："鸱鸮，巧妇，似黄雀而小，其喙尖如锥。"明曰："颖达之妄也。按郭璞注《尔雅》云：'鹡鵙，鸱之类也。'《鲁颂》曰：'翩彼飞鸮，集于泮林。'毛苌《传》曰：'鸮，恶声鸟也。'又贾谊《鵩鸟赋序》云：'鵩似鸮，不祥鸟也。'又《吊屈原赋》曰：'鸾凤伏窜兮，鸱鸮翱翔。'颜师古注曰：'鸱，鸼鹡，怪鸟也。鸮，恶声鸟也。'据毛苌、郭璞、颜师古诸儒之说，则鸱鸮、土枭之类，非巧妇矣。"无毁我室"，"我"，巧妇也。然则此诗之内有鸱鸮毁室之言，盖周公之意，以鸱鸮比管蔡，巧妇比己，言管叔、蔡叔流言，致成王疑我，罪我属党，不可更夺其土地。故云"既取我子，无毁我室"，如此则当是鸱鸮欲毁巧妇之室，巧妇哀鸣于鸱鸮，而康

---

① 陆玑：《毛诗草木鸟兽虫鱼疏》，《续修四库全书本》第71册，第452页。
② 欧阳修：《诗本义》第24册，世界书局1985年版，第48页。
③ 苏辙：《诗集传》，《续修四库全书本》第56册，第80页。
④ 朱熹：《诗经集传》，上海古籍出版社1980年版，第62页。
⑤ 《毛诗正义》，《十三经注疏》，上海古籍出版社1997年版，第394页。

成、颖达直以鸱鸮为巧妇,非也。①

他认为毛、郑说"我"为"鸋鴂",即孔颖达所说的"巧妇"是对的。但"鸱鸮"为反叛的管蔡之国则不确。

欧阳修在此基础上进一步解说《鸱鸮》:

> 毛、郑于《鸱鸮》失其大义者二……诗三百五篇皆据序以为义,唯《鸱鸮》一篇见于《书》之《金縢》,其作诗之本意最可据而易明,而康成之笺与《金縢》之书特异,此失其大义一也。但据诗义,鸟之爱其巢者呼鸱鸮而告之曰:"宁取我子,勿毁我室",毛郑不然,反谓鸱鸮自呼其名,此失其大义者二也……诸儒用《尔雅》谓鸱鸮为鸋鴂,《尔雅》非圣人之书不能无失,其又谓鸋鴂为巧妇,失之逾远。今鸱多攫鸟子而食,鸮,鸱类也。②

严正道《"鸱鸮"考辨》经过梳理总结,认为,依据诗本义,"鸱鸮"这种鸟具有以下特征:其一,恶鸟,既指声音之恶,又指行为之恶;其二,食肉性鸟类;其三,不善筑巢。依据诗歌所描绘,综合各家观点,分析各类考据材料,追根溯源,则"鸱鸮"实为今之猫头鹰。③在《〈豳风·鸱鸮〉中"我"商榷》中,他认为:"《豳风·鸱鸮》中的'我'应指麻雀一类小鸟,或名曰'鸋鴂',或名曰'巧妇',而决不是'鸱鸮'。"④田永涛《〈诗·豳风·鸱鸮〉"鸱鸮"释名与语指诸说辩证》指出:"鸱鸮,一名鸋鴂(一作'宁鴂'),别名鹠鶀(一作'忌欺')、鸟鸟暴、鸺鹠、鸲鹠、鸱鸺、茅鸱、角鸱、老菟、猫儿头、

---

① (唐)丘光庭:《兼明书》卷二,四库全书影印本,上海古籍出版社1989年版。
② 欧阳修:《诗本义》第24册,世界书局1985年版,第48—51页。
③ 严正道:《"鸱鸮"考辨》,《重庆社会科学》2007年第9期。
④ 严正道:《〈豳风·鸱鸮〉中"我"商榷》,《重庆工商大学学报》2007年第5期。

毂辘鹰、呼䨲鹰、夜食鹰、夜猫,单名鸮、鸋、鸺、狂,即今俗称之猫头鹰。"① 猫头鹰的特征非常符合诗中的形象。同时,在《诗经》中,鸱鸮也出现了很多次,均为贬义。《鲁颂·泮水》:"翩彼飞鸮,集于泮林",《毛诗》:"鸮"为"恶声之鸟也"②。《大雅·瞻卬》:"懿厥哲妇,为枭为鸱",郑《笺》释"枭鸱"为"声之鸟喻褒姒之言无善"③,鸱鸮明显是贬义。《陈风·墓门》:"墓门有梅,有鸮萃止",《毛诗》:"鸮,恶声之鸟也",孔颖达《正义》进行详解:"鸮,恶声之鸟,一名鹏,与枭一名鸱。《瞻卬》云'为枭为鸱',是也。俗说以为鸮即上枭,非也。陆玑《疏》云:'鸮大如班鸠,绿色,恶声之鸟也。入人家,凶。贾谊所赋鹏鸟是也。'"④《鸱鸮》中的鸱鸮既"取我子",又"毁我室",从情感上分析,此鸟显然为恶鸟无疑,与《诗经》中出现的鸱鸮一样均为贬义。上面两位学者释之为猫头鹰的观点可信。

关于诗中的鸱鸮所指,也有争议。一指武庚。《毛传》以"鸱鸮"指武庚,"我子"指管蔡。⑤ 朱熹《集传》曰:"托为鸟之爱巢者,呼鸱鸮而谓之曰:鸱鸮鸱鸮,尔既取我之子矣,无更毁我之室也。以我情爱之心、笃厚之意,鬻养此子,诚可怜悯。今既取之,其毒甚矣,况又毁我室乎?以比武庚既败管、蔡,不可更毁我王室也。"⑥ 马瑞辰《毛诗传笺通释》亦曰:"故《诗》以子喻管、蔡,以鸱鸮喻武庚,以鸱鸮取子喻武庚之诱管、蔡。……《孟子》言:'管叔以殷畔。'而《诗》以鸱鸮取子喻武庚诱管、蔡,所以末减管、蔡倡乱之罪,而不忍尽其词,亲亲之道也。"⑦ 二为周公。郑《笺》以"鸱鸮"为周公旦自称,"我子"指管叔、蔡叔,"鬻子"指周成王。"未知周公之志者,未知其

---

① 田永涛:《〈诗·豳风·鸱鸮〉"鸱鸮"释名与语指诸说辩证》,《清华大学学报》(哲学社会科学版) 2009 年第 S2 期。
② 《毛诗正义》,《十三经注疏》,上海古籍出版社 1997 年版,第 612 页。
③ 同上书,第 577 页。
④ 同上书,第 378 页。
⑤ 同上书,第 394 页。
⑥ 朱熹:《诗经集传》,上海古籍出版社 1980 年版,第 62 页。
⑦ 马瑞辰:《毛诗传笺通释》,《十三经清人注疏》,中华书局 1998 年版,第 471 页。

欲摄政之意。……重言鸱鸮者,将述其意欲言丁宁之也。室,犹巢也。鸱鸮言已取我子者,幸无毁我巢。我巢积日累功作之甚苦,故爱惜之也。时周公竟武王之丧,欲摄政,成周道,致太平之功。管叔、蔡叔等流言云:公将不利于孺子,成王不知其意,而多罪其属党。……鸱鸮之意殷勤于此,稚子当哀闵之。此取鸱鸮子者,言稚子也。以喻诸臣之先臣亦殷勤于此,成王亦宜哀闵之。"① 孙作云《说豳在西周时为北方军事重镇——兼论军监》也认为指周公:"今寻绎文义,知此诗为东征士兵的亲属所作,以鸱鸮指周公。"② 三是指管叔、蔡叔。唐丘光庭《兼明书》曰:"然则此诗之内有鸱鸮毁室之言,盖周公之意,以鸱鸮比管蔡,巧妇比己,言管叔、蔡叔流言,致成王疑我,罪我属党,不可更夺其土地。"③ 王质《诗总闻》卷八曰:"鸱鸮,谓管蔡也。子谓伯禽也。室谓成周也。当是周公在东,伯禽在西,父子隔绝,有不相保之势。言我子犹可,王室为重,忧王室将危也。下民,商徐奄淮夷也。"④

前面已经对三监之乱、周公东征的事实和鸱鸮的形象进行了分析,关于鸱鸮具体所指为谁尚需要通过对诗文本的分析确认。

诗共四章,首章"鸱鸮鸱鸮,既取我子,无毁我室!恩斯勤斯,鬻子之闵斯",一只被凶恶的鸱鸮捉去幼雏的母鸟,还面临着巢穴被毁的危险,于是它发出愤怒的声音,斥责鸱鸮不要再有毁巢的举动,并诉说自己养育幼雏的辛苦。"恩",郑《笺》"恩斯勤斯"为"殷勤于此,稚子当哀闵之"。⑤ 显然,此处的"鸱鸮"是一只取子、毁巢的恶鸟,严正道、田永涛等将鸱鸮释为猫头鹰应该说比较符合诗义。作为母鸟的"我"对鸱鸮取其幼雏虽然无奈,但很愤怒的呼号鸱鸮不许再毁坏自己的巢穴。

---

① 《毛诗正义》,《十三经注疏》,上海古籍出版社1997年版,第394页。
② 孙作云:《说豳在西周时代为北方军事重镇——兼论军监》,《河南师大学报》(社会科学版)1983年第1期。
③ 丘光庭:《兼明书》卷二,上海古籍出版社1989年版。
④ 王质:《诗总闻》,《丛书集成初编》,中华书局1985年版,第141—142页。
⑤ 《毛诗正义》,《十三经注疏》,上海古籍出版社1997年版,第394页。

二章"迨天之未阴雨,彻彼桑土,绸缪牖户。今女下民,或敢侮予",描述母鸟虽然面临失子之痛,还是能未雨绸缪,在暴风雨来临之前,剥取桑根等材料缠绵其牖户,使其巢穴稳固,以抵御风雨和下民侵袭。

三章、四章虽为两章,但表述同一个主题,就是母鸟修理巢穴的艰辛:"予手拮据,予所捋荼,予所蓄租;予口卒瘏。曰予未有室家。""予羽谯谯,予尾翛翛,予室翘翘,风雨所漂摇。予维音哓哓。"为修固巢穴,母鸟的手指虽然因为过度劳作已经僵硬,但还是坚持采来芦花、茅草垫巢。即便如此辛苦,嘴巴都累痛了,巢穴还未修固好。第四章表述的也是母鸟的艰辛,其羽毛已经枯焦,尾巴上的毛更是像干草。鸟巢虽然筑在又高又险的地方,但是依然在风雨侵袭下飘摇不稳,吓得自己连连惊叫。

从诗文本的字面意思看,是一只母鸟面对自己的孩子被猫头鹰抓取、鸟巢要被毁的时刻,发出愤怒的呼号。为保住巢穴,在暴风雨来临之前,母鸟辛辛苦苦加固巢穴,但是风雨的侵袭,依然吓得母鸟惊叫不已。

显而易见,这是一首极富寓意的诗。虽然有很多歧义,但根据前面提及的相关文献,诗所蕴含的寓意还是有迹可循。

《鸱鸮》诗中的"我"作为一只母鸟,在失去幼雏、鸟巢要被猫头鹰毁坏,同时还面临着在暴风雨到来之前辛苦的加固巢穴,依然在风雨中飘摇不定的危险,整首诗可谓充满了对夺子猫头鹰强烈的愤怒和对赖以生存的鸟巢极度的忧虑。

相关文献中对这首诗的作者和背景的记载在整本《诗经》中是极为罕见的,为我们正确解读这首诗提供了资料支撑。首先是《尚书·金縢》,《逸周书·作雒解》,《史记·殷本纪》《周本纪》等,《毛诗》的记载也给我们提供了很好的解读资料。"毛以为,周公既诛管、蔡,王意不悦,故作诗以遗王。假言人取鸱鸮子者,言鸱鸮鸱鸮,其意如何乎?其言人已取我子,我意宁亡此子,无能留此子以毁我巢室,以其巢室积日累功作之，攻坚故也。以兴周公之意如何乎？其意言：宁亡管、蔡，无能留管、蔡以毁我周室，以其周室自后稷以来，世修德教，有此王基，笃厚坚固故也。又言管、蔡罪重，不得不诛之意。周公言己甚爱此，甚惜此二子，但为我稚子成王之病，以此之故，不得不诛之也。"①诗中母鸟被夺子的愤怒和所处境地的危险与周初发生三监之乱及周公东征的事实及周公当时的心境极为吻合。所以"《鸱鸮》中'鸱鸮'象征武庚禄父，'我子'象征管叔鲜、蔡叔度，'我室'、'室家'、'予室'象征周王室，'鬻子'象征周成王，'予'——小鸟象征周公旦。正是这首'禽言诗'具有如此丰富的象征意义，使全诗通过'小鸟'的哀诉，精微细致地摹写了'鸱鸮'叛乱残暴行径对国家与民人的迫害，饱含深情地寄托了'鸱鸮''既取我子'后兄弟相争、同室操戈的慨叹，贴切而自然地描写了'小鸟'、'我室'、'室家'、'予室'所处的艰危社会环境，真实地再现了武庚禄父与管叔鲜、蔡叔度因殷商遗民叛乱这一重大的历史事件。"②

这首诗全诗都用兴法，均有所指。鸱鸮指参与叛乱的武庚等，风雨飘摇的巢穴指建国不久根基尚未稳固的周王室，而被夺子同时赖以生存的鸟巢要被毁坏的母鸟则指当时殚精竭虑而又忍辱负重的周公。"我文王之子，武王之弟，成王之叔父，我于天下亦不贱矣。然我一沐三捉发，一饭三吐哺，起以待士，犹恐失天下之贤人。子之鲁，慎无以国骄人。"③ 这是周公告诫其子伯禽的话，也准确地表达了周公当时强烈的责任感和使命感。其忧心忡忡与诗中大鸟的心思可谓如出一辙。方玉润质疑《毛诗序》"（成）王未知公志，公乃为诗以遗王"是"后人以私意测圣心而为此不经之谈者也"，他认为："周公之诛管、蔡，周公之不得已也。我知公心既伤且悔，唯有引咎自责，并望成王以戒将来。勿

---

① 《毛诗正义》，《十三经注疏》，上海古籍出版社1997年版，第394—395页。
② 田永涛：《〈诗·豳风·鸱鸮〉"鸱鸮"释名与语指诸说辩证》，《清华大学学报》（哲学社会科学版）2009年第S2期。
③ 司马迁：《史记》，中华书局2008年版，第1518页。

谓罪人斯得,遂可告无罪于先王也。盖骨肉相残,不祥孰甚;叛服无常,可虑方深。今此下民,或尚有能侮予如前日事者,予可不倍加忧惧,为未雨之绸缪耶?此《鸱鸮》之诗所由作也。故其词悲而志苦,情伤而戒切,托为鸟言,感人愈深。"[1] 方氏"词悲而志苦,情伤而戒切,托为鸟言,感人愈深"的评价非常恰当,使得诗本义和寓意完美融合,道出了诗的真谛。

所以,从上述文献记载的周初关于武王崩、成王年幼、周公摄政、三监之乱、周公东征等历史事件,结合《鸱鸮》诗文本,周公作《鸱鸮》是可信的,诗以寓言的形式借禽鸟之口表现周建国之初根基未稳面临危机时周公的殚精竭虑,周公的圣人形象更加生动立体。

(二)《狼跋》

> 狼跋其胡,载疐其尾。公孙硕肤,赤舄几几。
> 狼疐其尾,载跋其胡。公孙硕肤,德音不瑕?

与《豳风》中《七月》《东山》等诗相比,本诗篇幅可谓简短。成语"跋前疐后"(亦可"跋前踬后")由此产生,比喻人处于进退两难的境地。《狼跋》一诗虽字词精简,但历来对诗的解读存在美刺两种对立观点。

美诗说。《毛诗序》曰:"《狼跋》,美周公也。周公摄政,远则四国流言,近则王不知。周大夫美其不失其圣也。"孔《疏》曰:"作《狼跋》诗者,美周公也。"[2] 朱熹《集传》曰:"周公虽遭疑谤,然所以处之不失其常,故诗人美之,言'狼跋其胡,疐其尾矣'。公遭流言之变,而其安肆自得乃如此。盖其道隆德盛,而安土乐天,有不足言者,所以遭大变而不失其常也。夫公之被毁,以管蔡之流言也。而诗人以为此非四国之所为,乃公自让其大美而不居耳。……此可见其爱公之

---

[1] 方玉润:《诗经原始》,中华书局1986年版,第317—318页。
[2] 《毛诗正义》,《十三经注疏》,上海古籍出版社1997年版,第400页。

深，敬公之至，而其立言亦有法也。"① 朱熹一言"狼跋其胡，载疐其尾"，表现周公遭流言之变时左右为难、进退无着的困窘；二言"公孙硕肤，赤舄几几"，表现周公处困境而不失其常，故美之。欧阳修《诗本义》、姚际恒《诗经通论》、方玉润《诗经原始》、陈奂《诗毛诗传疏》、王先谦《三家诗义集疏》等皆持同样观点。

刺诗说。程颐在《河南程氏经说》卷《诗解》曰："若周公者，至公不私，进退以道，无利欲之弊，以谦退自处，不有其尊，不矜其德，故虽在危疑之地，安步舒泰，赤舄几几然也。……先儒以狼跋疐不失其猛，兴周公不失其圣。不失其猛，奚若虎豹，胡独取狼也？古之诗人，比兴以类也，长以香草比君子，恶鸟譬小人，岂有以豺狼兴圣人乎？"② 马瑞辰《毛诗传笺通释》曰："诗人美周公之处变不失其常，异于狼之跋疐，《序》所云'不失其圣'也。"③ 他认为以狼比兴周公不妥。牟庭《诗切》曰："狼喻管叔也，管叔狼子野心，豺虎之类，故诗人比之于狼，恶而绝之。"④

袁梅也认为是刺诗："这是讽刺公孙的诗。本诗表现了古代人民对剥削统治阶级的强烈仇恨与极度蔑视。"⑤ 高亨《诗经今注》不仅言此诗为刺诗，且有明确所指："硕肤，当读为石甫，公孙硕肤即虢石甫。虢石甫是虢君的孙子，虢君是公爵，所以称公孙石甫。"⑥

闻一多的观点比较特别，《匡斋尺牍》言此诗乃妻子对其夫调笑之语。⑦

要准确解读这首诗，需要对以下问题进行辨析：

首先，公孙为谁。

诗中"公孙"指周公，还是成王亦或公孙大夫？《毛传》谓"公

---

① 朱熹：《诗经集传》，上海古籍出版社1980年版，第65页。
② （宋）程颢、程颐：《二程集》，中华书局1981年版，第1069页。
③ 马瑞辰：《毛诗传笺通释》，《十三经清人注疏》，中华书局1998年版，第489页。
④ （清）牟庭：《诗切》，齐鲁书社1983年版，第1396页。
⑤ 袁梅：《诗经译注》，上海古籍出版社1985年版，第402页。
⑥ 高亨：《诗经今注》，上海古籍出版社1980年版，第215页。
⑦ 闻一多：《匡斋尺牍》，《闻一多全集》，湖北人民出版社1993年版，第358页。

孙"为成王，郑《笺》则谓："公，周公也。孙，读当如'公孙于齐'之孙。孙之言孙，遁也。"孔颖达《正义》"笺以上言公归皆谓周公，故以此公为周公"，并引《春秋》《尔雅》《尚书》等，证明"古之逊字借孙为之"，"逊"字意为遁，且周公逊遁避功确有其事。引孙毓言表明自己的观点："孙毓云：'《诗》《书》名例，未有称天子为公孙者。成王之去幽公，又已远矣。又此篇美周公，不美成王，何言成王之大美乎？公宜为周公，笺义为长。'"①

高亨认为"公孙"指周幽王之宠臣虢石甫。"公孙"解为"诸侯之孙"，"硕肤，当读为石甫"。此说于史无据。

季札的评论为我们提供了《豳风》与周公相关的依据。谓此诗美周公可信，公孙指周公也符合诗义。详解见下文。

其次，所用兴象之狼的含义。

此诗存在的最大争议就是用来起兴的狼的含义。程颐《诗解》中认为诗是美周公，但以狼喻周公不妥："先儒以狼跋疐不失其猛，兴周公不失其圣。不失其猛，奚若虎豹，胡独取狼也？古之诗人，比兴以类也，长以香草比君子，恶鸟譬小人，岂有以豺狼兴圣人乎？"②牟庭也认为："狼喻管叔也，管叔狼子野心，豺虎之类，故诗人比之于狼，恶而绝之。"③程俊英对此也有疑问："《毛序》以为'美周公'，但后人觉得章首以老狼跋胡疐尾的窘丑之态起兴，紧接着却歌颂周公的进退得宜，未免不伦不类。……从未见有以丑兴美者，《狼跋》何得例外？"④

之所以会出现这样的分歧，主要是对所用兴象狼的认识不同造成的。

一是狼性恶与吉兼具的观点自古就有。上古时代，狼性就有残忍贪婪之意。《孟子》："男女嫂溺不援，是豺狼也。"⑤《史记·天官书》：

---

① 《毛诗正义》，《十三经注疏》，上海古籍出版社1997年版，第400页。
② 程颢、程颐：《二程集》，中华书局1981年版，第1069页。
③ （清）牟庭：《诗切》，齐鲁书社1983年版，第1396页。
④ 程俊英、蒋见元：《诗经注析》，中华书局1991年版，第432页。
⑤ （汉）赵岐注，（宋）孙奭疏：《孟子注疏》，《十三经注疏》，上海古籍出版社1997年版，第2722页。

"其东有大星曰狼。狼角变色,多盗贼。下有四星曰弧,直狼。"张守节《正义》曰:"狼一星,参东南。狼为野将,主侵掠。"又曰:"弧九星,在狼东南,天之弓也。以伐叛怀远,又主备贼盗知奸邪者。弧矢向狼动移,多盗;明大变色,亦如之。矢不直狼,又多盗;引满,则天下尽兵也。"① 但是,早期狼性中也有吉祥的含义。《抱朴子·内篇》卷三有"白狼知殷家之兴",《注》曰:"五行家说白狼见,乃王者兴之瑞应。"② 唐欧阳询《艺文类聚·祥瑞部·白狼》曰:"《瑞应图》曰:'白狼,王者仁德明哲则见。'一本曰:'王者进退,动准法度则见。周宣王时,白狼见,犬戎灭。'《山海经》曰:'盖山,兽多白狼。'《尚书·中候》曰:'汤牵白狼,握禹策。'田俅子曰:'商汤为天子,都于亳,有神手牵白狼,口衔金钩,而入汤庭。'"③ 郭璞有《白狼赞》:"矫矫白狼,有道则游。应符变质,乃衔灵钩。惟德是适,出殷见周。"从这些记载看,狼并非恒为恶物,亦可为祥瑞之象征。

二是诗用兴的表现手法。这种手法的主要特点就是起兴之物要与诗义有共同之处,或取其意象内涵与诗义完全对等,或取其意象内涵与诗义某一点相似。由于意象内涵的多样性或者不确定性导致了解读的多样性。

《诗经》中很多用作比兴的名物具有这个特点。《周南·关雎》以雎鸠之雌雄和鸣喻夫妻和谐相处,可是关雎的外形与夫妻和谐的诗义并不相符。《毛传》曰:"雎鸠,王雎也,鸟挚而有别……后妃说乐君子之德,无不和谐又不淫其色。"郑《笺》曰:"王雎之鸟,雌雄情意至然而有别。"④ 强调雎鸠是贞鸟,是爱情专一的象征。朱熹《集传》曰:"雎鸠,水鸟。一名王雎。状类凫鹭,今江淮间有之。生有定偶而不相乱,偶常并游而不相狎。"⑤ 闻一多《诗经通义》亦认为关雎为王雎之

---

① 司马迁:《史记》,中华书局 2008 年版,第 1306—1308 页。
② 同上。
③ (唐)欧阳询:《艺文类聚》,上海古籍出版社 1982 年版,第 1717 页。
④ 《毛诗正义》,《十三经注疏》,上海古籍出版社 1997 年版,第 273 页。
⑤ 朱熹:《诗经集传》,上海古籍出版社 1980 年版,第 1 页。

鸟，雌雄情意专一。① 高亨《诗经今注》释"雎鸠"曰："雌雄有固定的配偶，古人称作贞鸟。"② 程俊英《诗经译注》"雎鸠"："相传这种鸟雌雄情意专一，和常鸟不同。"③ 可是，朱熹所谓王雎，是一种凶猛的鸟类，其外形非常可怕，与美好的爱情似乎不搭界。郭璞《尔雅·释鸟》"雎鸠，王雎"注曰："（雎鸠），雕类，今江东呼之为鹗。好在江渚山边食鱼。"④ 鹗是猛禽，以捕食水中鱼为主。用这种外貌凶恶的鸟来比喻恋爱中的青年男女，可谓南辕北辙。但这种鸟"生而有定偶而不相乱，偶常并游而不相狎"的特征与人们期望对爱情的专一一致。因此，诗人仅取其"挚而有别"的特征而忽略其凶猛外形。刘毓庆则详尽地分析并考证雎鸠由猛禽转变为贞鸟背后隐含的深刻历史、文化观念。他认为："雎鸠本是凶猛之鸟，《关雎》乃是以雎鸠之求鱼以象征男子求爱的。而汉儒却视其为贞鸟，并释'关关雎鸠'为雌雄和鸣，以喻夫妻和谐。"⑤

《螽斯》也具有这个特点。"螽斯羽，诜诜兮，宜尔子孙，振振兮"，螽斯即现在的蝗虫，从今人观点看，是庄稼之大敌，但螽斯"一生九十九子"⑥ 这个特性，用来喻多子多孙非常贴合。因此，仅取其这个特征来喻多子多孙的生育观念也是很恰当。

《狼跋》诗也是如此。"狼跋其胡，载疐其尾"，"狼胡"，不是指胡须，而是狼项下肉囊及其毛发。身形矫健的青壮年狼项下不会有胡，但是狼到老年行动迟缓，项下也会出现肉囊。所以《毛传》有："狼之老者，则颔下垂胡，狼进前则躐其胡，却退则跲其尾，是进退有难，然犹不失其勇猛，能杀伤禽兽。"⑦ 表达两方面意思，一是阐明老狼颔下垂胡，会出现前躐其胡，后退跲尾的状态，呈现进退为难之特有姿态。这

---

① 闻一多：《诗经通义》，巴蜀书社2002年版，第10页。
② 高亨：《诗经今注》，上海古籍出版社1980年版，第2页。
③ 程俊英：《诗经译注》，上海古籍出版社1985年版，第4页。
④ 《尔雅注疏》，《十三经注疏》，上海古籍出版社1997年版，第2648页。
⑤ 刘毓庆：《关于〈诗经·关雎〉篇的雎鸠喻意问题》，《北京大学学报》2004年第2期。
⑥ 朱熹：《诗经集传》，上海古籍出版社1980年版，第3页。
⑦ 《毛诗正义》，《十三经注疏》，上海古籍出版社1997年版，第400页。

是老狼都会有的常态。这种状态正符合周公当时的景况。周公平叛三监之乱诛杀管叔、蔡叔，致使成王有疑惑。周公当时所处的左右为难处境，正与老狼前跋后疐相类。二是老狼犹不失其勇勇猛，能杀伤禽兽，喻周公年老但依然有战斗力，正如老狼犹不失其猛。从诗本义分析，诗中并不涉狼性的善恶与否。正如陈启源《毛诗稽古编》所言："诗以狼为兴，但取其跋胡疐尾为进退两难之喻，初不计物之善恶也。"①

关于诗中的公孙形象，有贵族和周公之争。到底所指为谁呢？诗中其实已经有明示。

"公孙硕肤，赤舄几几"，很多学者认为"公孙"不是"周公"，而是丑恶、贪婪的统治阶级、贵族，此处以狼比喻贵族，含贬义。如程俊英《诗经译注》："这是讽刺贵族公孙的诗，这位公孙，到底是谁，不得而知，只得存疑。他吃得胖胖的，穿着华丽的礼服，实际上品德名誉都不好，因而到处碰壁，处境狼狈。"②袁梅等学者也持此观点。

这些观点的偏颇是显而易见的。首先，从诗中出现的"公孙硕肤，赤舄几几"看，"公孙"，诗中虽并未明言指周公，但指贵族无疑。《毛传》以狼"兴"周公，却言"公孙"为成王之说。郑《笺》谓"公孙"乃周公。③朱熹、方玉润、吴闿生也有同样见解。吴闿生认为："周公之避流言而居东，进退狼狈矣，而诗曰'公孙硕肤，赤舄几几'，写圣人遭难而不失其度，春容大雅，千载而下，如见其人。固周公盛德之形容，抑诗人之工于立言也。至矣！"④陈子展表述得更明确："诗美周公，主题惟一，所谓公，当是确指周公。"⑤毛《传》："硕，大。肤，美也。"⑥从字面看，是赞赏的意思。"赤舄几几"，直接就表明了公孙的身份。《诗经》中有以服饰指代主人公身份的惯用用法，因为，周代

---

① 陈启源：《毛诗稽古编》卷八，上海古籍出版社1987年版，第31页。
② 程俊英：《诗经译注》，上海古籍出版社1985年版，第283页。
③ 《毛诗正义》，《十三经注疏》，上海古籍出版社1997年版，第400页。
④ 吴闿生：《诗义会通》，中华书局1962年版，第124页。
⑤ 陈子展：《诗三百解题》，复旦大学出版社2001年版，第597页。
⑥ 《毛诗正义》，《十三经注疏》，上海古籍出版社1997年版，第400页。

周礼对不同级别的官员或贵族的服制都有严格规定,不得越级穿着,否则就是僭越,还有"德称其服"之说。"赤舄几几",《周礼·天官·屦人》曰:"屦人掌王及后之服屦,为赤舄、黑舄。"《注》曰:"王吉服有九,舄有三等。赤舄为上,冕服之舄。……下有白舄、黑舄。"①"舄"是鞋子,其中,赤舄是舄中最上,为王所用,黑舄为王后用。所以,《毛传》:"赤舄,人君之盛履也。"②诗用老狼起兴,其身份又是贵族,且位分极高,非周公无他。且《诗经》赞美君子的时候一般是通过赞美其精美服饰进行的。如《卫风·淇奥》"有匪君子,如切如磋,如琢如磨""有匪君子,充耳琇莹,会弁如星。"《秦风·终南》赞美秦君"君子至止,锦衣狐裘,颜如渥丹,其君也哉""君子至止,黻衣绣裳。佩玉将将,寿考不忘"。这里也是通过描述精美尊贵的鞋子来赞美主人公。

诗不仅通过精心描绘服饰来赞美周公,最后还以"德音不瑕"直言周公之美德。"德音不瑕",朱熹《集传》曰:"德音,犹令闻也。"③《毛传》曰:"瑕,过也。"④确实,周公在周王朝立国之初的所作所为完全称得上"德音不瑕":从辅助武王伐纣建国、辅佐年幼成王,到平叛三监之乱,营建雒邑、成周,到最重要的制礼作乐。这些重大举动成就了一位德高望重的成熟的政治家的德行。这首诗可以说是生动展现了周公在当时那种艰难处境之下跋其胡、疐其尾却依然任劳任怨、无怨无悔的形象。周公的德行使得孔子对其极为推崇,"甚矣吾衰也!久矣吾不复梦见周公"⑤。

这首诗是以老狼的形象比况周公在三叔散布周公不利成王流言而成王有疑惑时的进退两难境地,依然是对周公的颂美。

这里需要说明的是,程俊英《诗经译注·狼跋》在"德音不瑕"

---

① 《周礼注疏》,《十三经注疏》,上海古籍出版社 1997 年版,第 693 页。
② 《毛诗正义》,《十三经注疏》,上海古籍出版社 1997 年版,第 400 页。
③ 朱熹:《诗经集传》,上海古籍出版社 1980 年版,第 65 页。
④ 《毛诗正义》,《十三经注疏》,上海古籍出版社 1997 年版,第 400 页。
⑤ 《论语注疏》,《十三经注疏》,上海古籍出版社 1997 年版,第 2604 页。

后加问号，是依据对诗旨的解读，而其解读存在明显不足，根据上面的辨析，此处当以句号为妥。

（三）《九罭》

> 九罭之鱼鳟鲂。我觏之子，衮衣绣裳。
> 鸿飞遵渚，公归无所，于女信处。
> 鸿飞遵陆，公归不复，于女信宿！
> 是以有衮衣兮，无以我公归兮，无使我心悲兮！

此诗诗旨还是以《毛诗序》为代表的"美周公"为主。《毛诗序》曰："《九罭》，美周公也。周大夫刺朝廷之不知也。"《正义》曰："作《九罭》诗者，美周公也。周大夫以刺朝廷之不知也。此序与《伐柯》尽同，则毛亦以为刺成王也。周公既摄政而东征，至三年，罪人尽得。但成王惑于流言，不悦周公所为。周公且止东方，以待成王之召。成王未悟，不欲迎之，故周大夫作此诗以刺王。经四章，皆言周公不宜在东，是刺王之事。郑以为，周公避居东都三年，成王既得雷雨大风之变，欲迎周公，而朝廷群臣犹有惑于管、蔡之言，不知周公之志者。及启金縢之书，成王亲迎，周公反而居摄，周大夫乃作此诗美周公，追刺往前朝廷群臣之不知也。"[①] 这是传统的美周公说。郑《笺》更进一步指出这是东人对周公的赞美："时东都之人欲周公留，不去，故晓之云，公西归而无所居。"[②] 朱熹和方玉润赞同郑玄的观点，《集传》曰："此亦周公居东之时，东人喜得见之。而言九罭之网则有鳟鲂之鱼矣，我觏之子，则见其衮衣绣裳之服矣。"[③]《诗经原始》曰："《九罭》，东人送周公西归也。……此东人欲留周公不得，心悲而作是诗以送之

[①] 《毛诗正义》，《十三经注疏》，上海古籍出版社1997年版，第399页。
[②] 同上书，第400页。
[③] 朱熹：《诗经集传》，上海古籍出版社1980年版，第65页。

也。"① 陈子展也赞成此说:"《九罭》,此篇主题与《伐柯》全同。所不同者,一为欲以飨礼迎归,一为欲以请愿攀留。……诗义已自明其为周公东征胜利,以上公冕服西归,东人惜别之作也。"②

程俊英则认为:"这是一首主人留客的诗。这位客人,穿着衮衣绣裳,当然是一位贵族。旧说此诗赞美周公,或以为写东人留周公,均无确据。"③ 而孙作云将其视为一首恋歌:"用鱼来表示恋爱,这里的'鸿',我以为即指'公归不复'的'公',也就是'我觏之子'的'子',总之,绝不是周公!"④

可见对这首诗诗旨的解读存在争议,还是从对诗文本的解读来解析诗旨。

诗共四章,用鱼和鸿起兴,独特而形象。首句"九罭之鱼鳟鲂。我觏之子,衮衣绣裳",《毛传》曰:"兴也。九罭,緵罟小鱼之网也。鳟鲂,大鱼也。"⑤ 程俊英《诗经译注》释"九罭"为"捕小鱼小虾的密网。九,是虚数,言其眼多"⑥。"鳟鲂",不仅是体型较大的鱼类,且"皆鱼之美者也"⑦。这是用来起兴的名物,小眼的网本来是用来网小鱼,却网住了象鳟鲂这样鲜美的大鱼。"我觏之子,衮衣绣裳",《礼记·礼器》曰:"礼有以文为贵者,天子龙衮,诸侯黼,大夫黻,士玄衣纁裳。天子之冕,朱绿藻,十有二旒,诸侯九,上大夫七,下大夫五,士三,此以文为贵也。"⑧ 这是周代宗法制度核心的"等级观念"在服饰上的体现,与《狼跋》中的"赤舄几几"一样是贵族身份的标志。郑《笺》曰:"画龙于衣谓之衮,故云衮衣卷龙。……王迎周公,

---

① 方玉润:《诗经原始》,中华书局1986年版,第324页。
② 陈子展:《诗经直解》,复旦大学出版社1983年版,第504—505页。
③ 程俊英:《诗经译注》,上海古籍出版社1985年版,第282页。
④ 孙作云:《诗经恋歌发微》,《诗经与周代社会研究》,中华书局1979年版,第318页。
⑤ 《毛诗正义》,《十三经注疏》,上海古籍出版社1997年版,第400页。
⑥ 程俊英:《诗经译注》,上海古籍出版社1985年版,第282页。
⑦ 朱熹:《诗经集传》,上海古籍出版社1980年版,第65页。
⑧ 《礼记正义》,《十三经注疏》,上海古籍出版社1997年版,第1433页。

当以上公之服往见之。"① 则"我"为成王,"之子"为周公。朱熹、方玉润谓着衮衣绣裳之人为周公。这样的判断有些不妥。首先,着衮衣绣裳之人具体身份不详,但为级别极高的贵族当无异议。其次,具体所指为谁,仅据第一章无法辨识,还需要通过后面的诗句来分析。

诗二章、三章句式、含义基本一致,而与第一章明显不同:"鸿飞遵渚。公归无所,于女信处!""鸿飞遵陆。公归不复,于女信宿!"均以鸿起兴,郑《笺》释"鸿"为"大鸟也,不宜与凫鹥之属飞而循渚"。②《毛传》《集传》均释"信"为"再宿曰信",那么,从"于女信处""于女信宿"显然可见挽留之意。

第四章句式明显又与前三章不同,"是以有衮衣兮,无以我公归兮,无使我心悲兮",表达了对公欲归去的无限悲伤之情,显然承接第二、三章挽留之意而来。

诗表达了对身着衮衣绣裳的贵族殷勤挽留之意。其中的衮衣绣裳,表明了其贵族的身份,郑玄谓为成王,之子为周公,显然是附会。但是,结合此诗在《豳风》,而季札有《豳风》与"周公之东"的评价,可推知,此诗着衮衣绣裳者为周公,是可信的。而且,周公确有居东都的经历,且鉴于周公崇高的德行和个人魅力,欲西归时,东都之人极力挽留也在情理之中。综合《毛诗正义》和朱熹等的解读,方玉润说比较可信。孙作云恋爱说不确。

四 豳地婚俗诗

《伐柯》是一首豳地婚俗诗。《伐柯》:

伐柯如何?匪斧不克。取妻如何?匪媒不得。
伐柯伐柯,其则不远。我觏之子,笾豆有践。

---

① 《毛诗正义》,《十三经注疏》,上海古籍出版社1997年版,第400页。
② 同上。

这首短小精悍的诗，充分表现了豳地周人的婚俗。

传统解读《伐柯》诗旨大多从《毛传》"美周公"。《毛诗序》曰："《伐柯》，美周公也。周大夫刺朝廷之不知也。"① 苏辙《诗集传》曰："伐柯而不用斧，娶妻而不用媒，岂可得哉？今成王欲治国，弃周公而不召，亦不可得也。"② 苏辙的观点得到王先谦的进一步发挥，《诗三家义集疏》曰："周公能以礼义为国，今成王欲治天下，迎周公归也。宋苏辙《诗传》曰：'伐柯而不用斧，娶妻而不用媒，岂可得哉？今成王欲治国，弃周公而不召，亦不可得也。'最合经意，今从之。"③

朱熹虽也赞同诗言美周公，但认为是周公东征时东人对周公的赞美。《集传》曰："周公居东之时，东人言此以比平日欲见周公之难。……言伐柯而有斧，则不过即此旧斧之柯，而得其新柯之法。娶妻而有媒，则亦不过即此见之，而成其同牢之礼矣。东人言此，以比今日得见周公之易，深喜之之词也。"④

方玉润的态度比较客观，以"此诗未详，不可强解"，并反对由《毛诗序》衍生的各种美周公说："夫周公之德之美，他人不知，姜、召二公岂未之知乎？况东征三年，罪人斯得，心已大白于天下。虽在四国，且有'是皇是吡'之叹，独于朝廷，乃多疑议，恐无是理，断不可信。且当日公虽东征，权犹在手。一朝凯撤，朝廷奉迎之不暇，何至迟留未归，犹烦周大夫之作诗以刺朝廷耶？朱子初说，亦用《序》义，后以此诗难晓，而'我觏之子'一句又与下章同，故推求其意，以为东人欲见周公，始难而终易，而为是深喜之词。然总作比看，则与《九罭》之'我觏之子'一赋一比又相戾，且皆非诗词中所有意也。……总之，诸儒之说此诗者，悉牵强支离，无一确切通畅之语，故宁阙之以俟识者。"⑤

---

① 《毛诗正义》，《十三经注疏》，上海古籍出版社1997年版，第398页。
② 苏辙：《诗集传》，《续修四库全书本》第56册，上海古籍出版社2002年版，第82页。
③ 王先谦：《诗三家义集疏》，中华书局2009年版，第541页。
④ 朱熹：《诗经集传》，上海古籍出版社1980年版，第65页。
⑤ 方玉润：《诗经原始》，中华书局1986年版，第323—324页。

现代学者大多能从诗本义出发来解读这首诗，认为诗歌与娶妻用媒有关。高亨《诗经今注》曰："这是男人请媒人吃饭委托他介绍对象的诗。"① 陈子展《诗三百解题》曰："《伐柯》一篇倘从它的文字本身上来看，好像是关于娶妻之家用于婚筵谢媒的俗曲。按《齐风·南山》篇：'析薪如之何？匪斧不克。取妻如之何？匪媒不得。'这里《伐柯》首章几乎全用这四句，大概这是出自当时诸夏通行的谣谚。"② 程俊英《诗经译注》曰："这首诗写娶妻必须通过媒人，就如砍伐斧柄必须用斧头一样。后来人们称为人作媒叫'伐柯'、'作伐'，即从此而来。"③

学者们各有侧重地阐释了诗的主旨，其实可以归结为一个内容，那就是婚俗诗，强调豳地男女婚姻中媒人的重要性，而这种婚俗是符合周礼的，或者说，是周礼的形象表现。这也表明，当时的婚姻形式，不是以男女相悦为情感基础，而是以"父母之命、媒妁之言"决定终身。《诗经》中还有其他诗也表现了这个内容，如《齐风·南山》"取妻如之何？必告父母……取妻如之何？匪媒不得"、《卫风·氓》"匪我愆期，子无良媒。将子无怒，秋以为期"。

周人对婚礼用媒非常重视，设有媒氏官职。《周礼·地官司徒》："媒氏下士二人，史二人，徒十人。"郑玄《注》曰："媒之言谋也。谋合异类，使和成者。……言谋合异类，使和成者，异类为别姓三十之男、二十之女，和合使成婚姻。"④ 媒氏的职责在《周礼》中有明确规定，《周礼·地官司徒》曰："媒氏掌万民之判。凡男女自成名以上，皆书年月日名焉。令男三十而娶，女二十而嫁。凡娶判妻入子者，皆书之。中春之月，令会男女。于是时也，奔者不禁。若无故而不用令者，罚之。司男女之无夫家者而会之。凡嫁子娶妻，入币纯帛，无过五两。"⑤ 媒氏是官方的设置，承担男女双方往来沟通的职责。合礼制的

---

① 高亨：《诗经今译》，上海古籍出版社1980年版，第212页。
② 陈子展：《诗三百解题》，复旦大学出版社2001年版，第591页。
③ 程俊英：《诗经译注》，上海古籍出版社1985年版，第280页。
④ 《周礼注疏》，《十三经注疏》，上海古籍出版社1997年版，第698页。
⑤ 同上书，第732—733页。

婚姻必须用媒，《礼记·曲礼上》曰："男女非有行媒，不相知名。非受币，不交不亲。故日月以告君，齐戒以告鬼神，为酒食以召乡党僚友，以厚其别也。"① 《礼记·坊记》亦曰："男女无媒不交，无币不相见，恐男女之无别也。"② 媒妁之言维护的是宗法制社会大家庭的政治利益，而绝非青年男女的情感。

诗共两章，首章"伐柯如何？匪斧不克。取妻如何？匪媒不得"，《毛传》曰："柯，斧柄也。礼义者，亦治国之柄。……媒，所以用礼也。治国不能用礼则不安。"郑《笺》曰："媒者，能通二姓之言，定人室家之道。"③ 娶妻用媒是符合礼制的，从歌谣中可见周礼已经贯穿于周人的日常生活。要想砍伐树木制作斧柄，必须用斧头；而娶妻择偶，媒人是必不可少的。显然这里是用的兴的表现手法。而且，通过媒人的婚姻是符合礼制的。而没有经过媒人的婚姻，属违礼之举。所以有"男女非有行媒，不相知名"的规定。

次章"伐柯伐柯，其则不远。我觏之子，笾豆有践"，砍伐树木做斧柄，其长短粗细，必须要有一个标准，或者说尺寸，标准就是用来砍伐树木的斧头。同样的，对于将要娶什么样的妻子，也要有一个标准，媒人的定夺或者挑选的标准就是女子出嫁前的妇功如何，具体就是"笾豆有践"。《周礼·春官》曰："内宗掌宗庙之祭祀，荐加豆笾。及以乐彻，则佐传豆笾。宾客之飨食亦如之。"④ 妇人在宗庙祭祀或宾客飨食等场合要承担摆放祭品、食物的工作，为此，女子出嫁前要接受专门的训练。《礼记·内则》就有具体要求："女子十年不出，姆教婉娩听从，执麻枲，治丝茧，织纴组紃，学女事，以共衣服。观于祭祀，纳酒浆、笾豆、菹醢，礼相助奠。"⑤ 只有掌握这些职能、具有良好家教的女子到夫家才能承担起相应职责。这一章既表明媒人的重要性，也体

---

① 《礼记正义》，《十三经注疏》，上海古籍出版社1997年版，第1241页。
② 同上书，第1622页。
③ 《毛诗正义》，《十三经注疏》，上海古籍出版社1997年版，第399页。
④ 《周礼注疏》，《十三经注疏》，上海古籍出版社1997年版，第784页。
⑤ 《礼记正义》，《十三经注疏》，上海古籍出版社1997年版，第1471页。

现了女子婚前受教的重要性。

为了更形象地表现婚礼用媒的礼制，诗用生活中常见的柯和斧的关系进行比喻。要想把树木做成斧柄，必须用斧头来砍，没有斧头，树木是做不成斧柄的。同样，想要娶个好妻子，必须先要寻找媒人。作者用反问的形式，使得本体和喻体之间的联系更加形象自然。

通过分析可以看出，这首诗表现了豳地周人婚姻用媒的婚俗。而这种合于礼制的婚俗，是周公治礼作乐的坚实基础，因此，强调这首诗与周公的密切关系，从这个视角切入比较恰当。而《毛诗序》"美周公也。周大夫刺朝廷之不知也"则明显牵强。近现代学者们关于婚俗的解读相对更符合诗义。

第四节 《豳风》题材风格、人物形象塑造、名物特色辨析

诗歌的题材是诗歌所择取的生活素材或表现对象，是人们对诗歌进行分类的依据。诗歌题材作为诗歌内容的重要组成部分，是构成诗歌地域风格的重要因素。对生活在其中的人的表现，即人物形象塑造，自然也带有浓郁的地域风格特征。而最能体现其地域风格的，则是诗中出现的各种名物，尤其是其中的自然名物，其本身天然的就带有地域风格特征，当成为诗的表现对象时，是对当地地理景观的生动展示。而那些凝聚着时代精神的人工名物，大多是当时周人社会生活的重要组成部分，通过这些人工名物，能够让我们深刻地感受周人的精神气质。

一 《豳风》多样化的题材风格

《豳风》虽然只有7首，相比较同为王室之诗的"二南"和《王风》数量要少，但其题材内容非常丰富，既有周人对农事、周礼传统的重视，也有对周公的赞美、对战争的厌弃。

(一)《豳风》表现了周人对农事的重视

《豳风》表现了豳地以农业为主的经济生产方式,周人重农的思想在《豳风》中得到充分的展现。《七月》作为一首农事诗,其描写农业社会和农人情感方面达到的广度和深度,营造的农村地理景观的全面,《诗经》没有出其右者。

从诗中描述可以看出,当时豳地周人已经掌握了丰富的农业生产知识,能够按照时令井井有条地安排农业活动,既有春天的春耕、采桑场景,秋天的收获场景,也有冬天的狩猎、采冰场景,还有农妇们采桑、缝制衣服等妇功活动,充分显示了周人重农的文化精神。同时,《七月》诗人以细致的笔调,通过众多的名物全景式展示了一年四季的农村景观,春天的桑、蘩,仓庚、春蚕、鵙;夏天的葵、菽、枣、稻、瓜、壶、叔苴、荼、樗、蜩、斯螽、莎鸡;秋天收获季节的黍、稷、重、穋、禾、麻、菽、麦,蟋蟀;冬季打猎获取的豵、豜等,按照时令用这些有代表性的名物井然有序地表现了周人对农业的熟悉和依赖,不仅表明当时周人已经掌握了丰富的农业知识,而且展现了周人与自然和谐共处的生态思想。不仅《七月》如此,《豳风》中的很多诗选择的名物都与农村生活有关。《东山》中东征征夫由眼前的"蜎蜎者蠋,烝在桑野"想到了远方的故乡,展现在他脑海中的名物景观都是他熟悉的农村所特有的,"果臝之实,亦施于宇。伊威在室,蠨蛸在户。町畽鹿场,熠耀宵行",挂在屋檐下的瓜蒌、屋子里的蜘蛛网、潮湿虫,屋子旁边空地上出现的野鹿和萤火虫等;《鸱鸮》中凶狠地夺子毁巢的猫头鹰;《破斧》中的斧、斨、锜、銶;《伐柯》中的柯、斧;《九罭》中的鱼、鸿;《狼跋》中年迈的前跋后疐的狼等名物。可以说,《豳风》中7首诗都与农村生活密切相关,所以陈延杰《诗序解》曰:"此篇写田家情景,各道其岁时生活之状。笃意真古……信为豳土旧风焉已。"[1]

(二)贯穿在豳地周人日常生活中的周礼

周礼的名目虽然繁多,其最终目的是规范人的行为。周人表现出了

---

[1] 陈延杰:《诗序解》,上海开明书店1932年版,第52页。

对于礼的高度重视,将礼融会到日常生活中。《豳风》以诗歌的形式艺术地体现了周礼来源于日常生活又对周人的日常生活起到约束规范的情形。

1.《七月》中的周礼

《七月》在描述豳地周人农村生活时,也形象地展示了贯穿到豳地周人日常生活的周礼,包括籍田礼、制冰礼、乡饮酒礼、授衣制等。具体的阐述见前面《七月》诗旨辨析。

2.《豳风》中的婚俗

周代关于婚姻的礼俗在《豳风》也有所体现。

首先是娶妻用媒的礼俗。周代婚姻承担着神圣的政治责任,婚礼是周代五礼之一,周礼具体规定了婚姻应遵守的规则。《伐柯》形象地表现了豳地周人娶妻用媒的婚俗。朱熹《集传》虽然谓之美周公,但也指出了其娶妻用媒的礼俗:"周公居东之时,东人言此以比平日欲见周公之难。……言伐柯而有斧,则不过即此旧斧之柯,而得其新柯之法。娶妻而有媒,则亦不过即此见之,而成其同牢之礼矣。东人言此,以比今日得见周公之易,深喜之之词也。"① "伐柯如何?匪斧不克。取妻如何?匪媒不得",诗用生活中常见的柯和斧的关系比喻婚姻用媒的意义。

其次,表现了周人婚礼六礼中的亲迎礼。《东山》"之子于归,皇驳其马。亲结其缡,九十其仪"描述了一幅女子出嫁的画面,表现了周人婚礼中的亲迎礼。"九十其仪",表现婚礼迎娶时繁杂的仪式;"皇驳其马"新郎骑着装饰一新的黄白色、红白色的骏马来迎娶新娘;"亲结其缡",是亲迎礼上,新娘子上车前,母亲为女儿系好佩巾,并给予万千嘱咐。

从《七月》中的籍田礼、饮酒礼、藏冰礼,《东山》《伐柯》中的婚礼礼俗等,可见作为周礼已经贯穿、深入到周人日常生活中,实现了周公制礼作乐以规范周人日常行为的目的。周礼中虽有损益夏商之礼而来的内容,其实很多是周人故有的习俗,这些习俗在豳地周人的生活中

---

① 朱熹:《诗经集传》,上海古籍出版社1980年版,第65页。

已经是约定俗成的，比如在婚姻上的礼俗。周公制礼作乐，很多是援俗入礼，将其进一步规范而已。《大雅·大明》有"文定厥祥，亲迎于渭"，表明在文王之世，六礼之亲迎礼已肇其端。这都是周公制礼作乐的基础。反过来，又通过诗的形式形象地表现出来，更进一步推进礼乐文化在民间的传播。

(三)《豳风》展示的周人战争观

"国之大事，在祀与戎"①，祭祀与战争可以说是周人生活的两大重要主题。就战争而言，周王朝自建立至灭亡，始终伴随着战争。早期，是周王朝抵抗四夷和殷商的战争。四夷作为周人的大患，在周王朝建立之前及以后一直存在。公刘迁豳、古公亶父迁岐均是为避夷狄之乱。灭商之后，与四夷战争不断。昭王南征荆楚时，不仅王丧六师，还身死汉水。尤其到了幽王时代，幽王被犬戎攻杀，周王室被迫东迁，辉煌的西周王朝不复存在，历史开启了动荡的东周。周王室不仅面临夷狄的威胁，西周后期至平王东迁，伴随着国势的衰微，天子也失去了对诸侯的控制权，诸侯之间为了各自利益进行了很多兼并战争。春秋时期的战争，多属此类，有"春秋无义战"之说。

但周人对于战争的态度，明显异于同样生活在地球上的其他族群。李山认为："就战争态度而言，较之古希腊、罗马人，中国人明显缺乏对异族主动征战的热情。战争对于周人而言，在很大程度上像是不可摆脱的命运，他们最积极的作为就是以极大的耐力去承受它。厌战而耐战，是周人在这两种不同文化人群的战争冲突中所表现出的显著特征。"② 从比较全面的记录并反映周人对于战争态度的《诗经》诗中，周人对于外敌入侵奋起抗击，但内心深处对战争极为厌恶的情感得到充分展示。

在《诗经》中，战争诗占很大篇幅，但是，真正正面描述战争场面的诗几乎没有。也就是说，《诗经》中的战争诗，根本没有具体战斗

---

① 《春秋左传正义》，《十三经注疏》，上海古籍出版社1997年版，第1911页。
② 李山：《诗经的文化精神》，东方出版社1997年版，第106页。

场面的描写，而多用笔墨渲染军威声势。《小雅·出车》描述的是南仲出征猃狁、告捷劳还的事："王命南仲，往城于方。出车彭彭，旂旐央央。天子命我，城彼朔方。赫赫南仲，猃狁于襄。赫赫南仲，薄伐西戎。赫赫南仲，猃狁于夷"，各种渲染周王的部队在南仲带领下，以高涨的热情和战斗力，打败猃狁取得胜利，突出了南仲的威武形象。诗前三章是从周王朝军队角度描述，展示远征战士高涨的战斗精神，而后三章改变了视角，以对故土、亲人的思念，表现远征战士内心柔弱的一面。尤其"春日迟迟，卉木萋萋。仓庚喈喈，采蘩祁祁"则完全变换了场景，突然插入一幅春日和煦的画面，借战争事件表现周人面对入侵奋起抗击的责任，更重要的是表现了周人对战争的厌倦。《采薇》也是非常有代表性的一首诗。诗从刻画薇菜从破土发芽，到幼苗柔嫩，再到茎叶老硬的生长过程，喻示了时间的流逝和戍役的漫长。前三章着重写怀乡思家，"曰归曰归，心亦忧止。忧心烈烈，载饥载渴""忧心孔疚，我行不来"，情调低沉。第四、第五章则表现紧张的战斗、雄壮的军威和威武的车马，取得了一月三捷的打败猃狁的胜利的战绩，基调由忧伤转为激昂。最后一章触景生情，"今我来思，雨雪霏霏。行道迟迟，载渴载饥"，表现戍卒久戍难归、忧心如焚的内心世界，以此表现周人对战争的厌恶和反感。《小雅·采薇》似可称为千古厌战诗之祖。这种复杂的情感与眼前"昔我往矣，杨柳依依。今我来思，雨雪霏霏"构成情景交融的意境，感人至深。

《豳风》中的《东山》《破斧》也表现了周人对战争的厌倦，厌倦的情感表达非常委婉，如崔述《读风偶识》所言："《东山》一诗叙室家离合之情沈挚真切，最足感人；而绝无怨尤之意，尤足以见盛世风俗之美。"[①]

《东山》中的征人是随周公东征，历经三年作战，要得胜回家，征人是欣喜的，但是从"我心西悲""我来自东，零雨其濛"中，感受到

---

① 崔述：《读风偶识》，《崔东壁遗书》，上海古籍出版社1983年版，第575页。

的却是一丝悲凉,是战争造成了他们与故乡、与亲人的分离,从这点分析,他们是憎恨战争的。但是,当战争威胁家国安全的时候,他们还是舍弃了故乡和新婚的妻子,毅然走上保家卫国的征途。是战争毁了他们的幸福生活,因此对战争,他们是厌恨的,但这种抱怨、愤恨的情感没有直接流露,是借助始终零雨其濛的天气和心中荒凉的家的情景表现出来。情感表现的沉挚但平和,这是这首诗最突出的风格。

《破斧》则是通过描述东征战争的艰难和残酷,赞美周公东征战役匡服天下、稳固周室的功绩。同时东征的过程中,周公对参与战争的将士表示出了怜惜之情,将士对其充满了感激之情。

这几首诗在表达周人对战争的态度同时,更是对周公德行的赞善。

(四)《豳风》对周公的赞美

前面阐述过周公与《国风》的密切关系。《豳风》虽不如"周南"直接用周公采地命名,但《豳风》7首诗,几乎都与周公有关,甚至有很多学者坚持周公作《豳风》的观点。其实,明确与周公有关的是《鸱鸮》《狼跋》《九罭》,通过寓言和比喻赞美了周初建国辅佐成王、平定三监之乱、营建东都时殚精竭虑和又忍辱负重的周公。另外一首《破斧》是通过东征战役匡服天下、稳固周室的功绩来赞美周公。详细阐述请见下一节周公人物形象塑造。

二 《豳风》英雄颂美诗里的人物形象

《诗经》在展现自西周初年到春秋中叶约五百年的历史画卷的同时,还塑造了一大批社会各阶层的种类繁多、形象鲜明的人物形象。他们不仅是我国文学史上最早的人物形象群体,而且这些闪耀着人性光辉的群体形象是当时社会伦理道德规范和审美标准的艺术体现,这些人物形象身上深刻地体现了那个时代的政治、经济、文化印记。

人物形象塑造作为重要的艺术表现技巧之一,对于文学作品的价值具有决定性的意义。但历来对于《诗经》中人物形象的探讨,一直没有给予足够重视。即使研究,也多从女性的角度探讨。刘大杰主编

《中国文学发展史》，章培恒、骆玉明主编《中国文学史》和袁行霈主编的《中国文学史》在探讨《诗经》艺术成就时，都没有涉及人物形象的分析，更不用说对其中的男性形象的关注。"《诗经》婚恋诗中的男性形象并不缺失，但其长期得不到研究者的足够重视。"①

《诗经》中的人物形象不仅是我国文学史上第一组人物群像，而且诗人掌握的塑造人物形象的艺术手法非常多样化，显示出了非常高的艺术水准，这些艺术手法至今依然在文学创作中被广泛使用。《诗经》中塑造人物形象的艺术手法，既有传统的赋、比、兴手法，还通过心理描写、语言、行动以及外貌服饰的描写，用极简练的语言抓住人物主要特征，以白描、对比、对话等塑造了数量众多、个性鲜明、传神的人物形象，而且形成了类的群体特征，比如《诗经》中的女性有活泼大胆的恋女形象、深情忧怨的思妇形象、命运不幸的弃妇形象，男性有文质彬彬的君子形象、忧国忧民的士大夫形象、孔武有力的勇士形象、热恋的情人形象，等等。因此，本书将人物形象塑造作为论述的一个重要内容。

(一)《豳风》英雄颂美诗里的周公形象

《豳风》可谓浓墨重彩地塑造了周公的形象。（因"二南"中周南诗与周公的密切关系，因此阐述周公之德的内容放在第二章第二节中。）

《鸱鸮》以寓言的形式，借禽鸟之口表现周建国之初根基未稳面临危机时周公的殚精竭虑。全诗都用兴法，均有所寓意。鸱鸮夺子指参与叛乱的武庚等，风雨飘摇的巢穴指建国不久根基尚未稳固的周王室，而被夺子同时赖以生存的鸟巢要被毁坏的母鸟则指当时殚精竭虑而又忍辱负重的周公。

《狼跋》则用老狼的形象比喻周公在三叔散布周公不利成王流言而成王有疑惑时的进退两难境地。"狼跋其胡，载疐其尾"，狼年老之后才颔下垂胡，出现前躓其胡、后退跲尾的状态，呈现进退为难姿态。这是老狼都会有的常态。但老狼犹不失其猛。而这两种状态正符合周公当

---

① 郑群、钱宗武：《诗经研究的盲点：婚恋诗中男性形象的整体观照》，《扬州大学学报》（人文社会科学版）2005年第6期。

时的景况。一是平叛三监之乱诛杀管叔、蔡叔，致使成王有疑惑，周公当时的处境可谓左右为难，正与老狼前跋后疐相类。二是周公依然有战斗力，正如老狼犹不失其勇猛。诗还通过精心描绘服饰来赞美周公，"公孙硕肤，赤舄几几"。这是《诗经》中常用来赞美人物的手法。诗的最后则以"德音不瑕"直言周公之美德。

《破斧》通过描述东征战争的艰难和残酷，赞美周公东征战役匡服天下、稳固周室的功绩以及东征过程中，周公对参战将士的怜惜、体恤之情。

《九罭》中东人对周公的挽留与怀念之情，则展示了周公崇高的个人魅力。

周公东征是《豳风》的重要题材，《东山》《鸱鸮》《破斧》《狼跋》等诗，从不同侧面塑造了在周王朝建国根基未稳而又面临各种反对势力时任劳任怨而又勇敢智慧的周公的形象。

（二）农夫形象

周代是一个以农业立国的朝代，创造了灿烂的农业文明，因此农事诗是《诗经》的重要题材，农夫形象也成为《诗经》人物群像的一个重要组成部分。《七月》用《诗经》最长的篇幅，叙述农民一整年的辛勤劳动过程，塑造了勤劳朴实的农夫形象。从二月春耕到九月秋收，农夫要根据农时在野外辛苦劳作，九月秋收之后，转向狩猎、建房、酿酒、劳役、宴飨、凿冰等活动，农妇则要从事采桑、染绩、缝衣等。农夫不但一年四季都要辛苦劳作，还要"为公子裳""为公子裘""献豜于公""上入执宫功"，把劳动果实上交给贵族。但农夫在辛苦的劳作中也享受着大自然赋予的美妙时光，春光明媚春风和煦的时节，年轻的女孩子们在桑林间穿行采桑，在田野采集茂盛的蘩草；他们也有收获的快乐，六月食李、葡萄和瓜，七月煮葵又煮豆，八月开始打红枣摘葫芦，九月拾取秋麻籽，十月收稻谷，酿春酒，给老人祝寿。诗叙述农夫的日常生活，虽然一年到头要不停地辛勤劳作，"嗟我农夫，我稼既同，上入执宫功。昼尔于茅，宵尔索綯。亟其乘屋，其始播百谷"，有农夫操劳的辛苦，但诗中也透露出了农村生活的乐趣和收获的喜悦。勤而不怨，是豳地农民形象的真实写照。

（三）厌战思归的征人形象

周代有"周之大事，在祀与戎"，战争是国家的首要大事，战争诗成为《诗经》的重要题材，征人形象也成为《诗经》人物形象群体中的一个重要组成部分。"征人"是个类的概念，既包括军威显赫的将领，也包括或同仇敌忾或厌战思归的普通士卒，更有不堪繁重徭役的征夫。《豳风》中涉及的征人形象出现在《东山》《破斧》中，塑造了向往和平、厌战思归和奋勇报国、得胜凯旋两种普通士卒形象。

《东山》中通过情景交融的艺术手法，塑造了一位远征归家的征人形象。诗中的战士随周公东征，历经三年远离故乡亲人的远征作战，得胜回家，征人应该是欣喜的，但是"我心西悲""我来自东，零雨其濛"却充满了忧伤的情感。远征的艰辛、对故乡的思念、妻子的等待和新婚时的幸福回忆等复杂情感交织在了一起，是战争造成了他们与故乡、亲人的分离，因此他们是憎恨、厌倦战争的。通过意境营造和环境烘托手法塑造了一位向往和平安宁生活、厌倦战争的征人形象。《破斧》则通过三章首句的"既破我斧，又缺我斨""既破我斧，又缺我锜""既破我斧，又缺我銶"，战士的兵器严重缺损，显示了东征战斗的激烈程度；"四国是皇""四国是吪""四国是遒"三句表明战斗取得了胜利，于是要凯旋。诗中战斗的惨烈更显示了战士的英勇，因此，崔述认为此诗是"东征之士自述其劳苦……劳而不怨"，塑造了一组跟随周公东征不畏惧战争的勇敢战士形象。

三 《豳风》名物展示的豳地周人生活场景

《诗经》是以诗歌的形式真实记录了从西周初期到春秋中叶数百年的社会现实，《孔子诗论》有"邦风其纳物也，溥观人俗"[①] 观点。通

---

① 马承源：《孔子诗论》，《上海博物馆战国楚竹书》（一），上海古籍出版社2001年版，第129页。

过名物来表现当时的社会生活,是《诗经》的一大特点。扬之水认为:"当然,诗,第一是文学的,但是因为它终究不能脱离产生它的时代,所以,它又是历史的,并且,在不同程度上反映了那一页历史中的诸多方面。而历史中的细节,在很大程度上是由所谓'名物'体现出来。"① 可以说,周人丰富、生动的社会生活,很大程度上是诗人借助他们生活中熟悉的,数量、种类繁多的各类名物来表现的。

(一)《诗经》名物特征简述

《诗经》中的名物大致可以分为自然名物和人工名物两类。自然名物既包括传统意义上的草、木、鸟、兽、虫、鱼,也包括日、月、风、雨、山、川等;人工名物包括车马类、服饰类、建筑类、乐器类、饮食器类、兵器类等经由人工制作而成的器物。

《诗经》中自然名物的数量非常多,其中,直接涉及草木虫鱼鸟兽等的诗近 250 篇,占《诗经》总数的 82%。据孙作云考察,《诗经》中出现的自然名物,包括植物 143 种,内含草类 85 种、木类 58 种;动物 109 种,内含鸟类 35 种、兽类 26 种、虫类 33 种、鱼类 15 种。草木鸟兽虫鱼种类的数量总计至少在 250 种。② 这些名物贯穿在周人生活的方方面面,孔子因此认为读《诗》要"多识于鸟兽草木之名"③。

以《诗经》中出现的有关周代农作物名称为例。周代农作物种类繁多,号称"百谷",《周颂·噫嘻》"率时农夫,播厥百谷"。《诗经》中仅谷类的名称,就有黍、稷、禾、粱、麦、来、牟、稻、苣等。《大雅·生民》"蓺之荏菽,荏菽旆旆。禾役穟穟,麻麦幪幪,瓜瓞唪唪",周人很早就能种植大豆、谷子、麻麦、瓜,而且长势良好。"诞降嘉种,维秬维秠,维穈维芑",他们不仅能够种植各种作物,而且已经有了培育良种的意识,"秬""秠"是良种黍,"穈""芑"则分别是谷子和高

---

① 扬之水:《诗经名物新证》,北京古籍出版社 2000 年版,第 5 页。
② 孙作云:《诗经中的动植物》,《孙作云文集》,河南大学出版社 2003 年版,第 7 页。
③ 《论语注疏》,《十三经注疏》,上海古籍出版社 1997 年版,第 2525 页。

梁的优良品种。

　　这是周代重农思想在诗歌中的体现。周人重农，以农为本，因此，人们不仅要掌握农作物的特性，还要掌握与周人日常生活有密切关系的各种草虫、鸟兽、山水等的属性。《诗经》所描写的草木鸟兽、河流川泽等自然名物，显示出周人对农业的重视以及当时达到的认知水平，包括对其生存的自然环境的熟悉与热爱。更重要的是，诗中这些名物的存在显示了周人与大自然和谐相处的理念。《诗经》中的自然名物在《豳风·七月》中有更充分的体现。

　　而人工名物方面，据杨荫浏先生统计，乐器约有29种。① 另据明人冯复京《六家诗名物疏》记载，服饰类共约90个，建筑类84个，日常器物（包括食器、盛物器、渔具等）60个，舟车类55个。② 与自然名物不同的是，人工名物是周礼的物质载体。周礼作为维护宗法等级制的工具，对不同贵族等级所用器物有严格的规定。孔子曰："唯器与名，不可以假人。君之所司也，名以出信，信以守器，器以至礼，礼以行义。"杜预注"器"为"车服"。③ "器"代表着等级，其使用的规格和数量都有明确的规定，如果违背，就是违礼僭越。器与礼之间有着密切关系。沈文倬认为一般是通过礼物和礼仪来表现贵族的等级身份："其一，礼家称之为'名物度数'，就是将等级差别见之于举行礼典时所使用宫室、衣服、器皿及其装饰上，从其大小、多寡、高下、华素上显示其尊卑贵贱。我们把这种体现差别的器物统称之为'礼物'。其二，礼家称之为'揖让周旋'，就是将等级差别见之于参加者按其爵位在礼典进行中使用着礼物的仪容动作上，从他们所应遵守的进退、登降、坐兴、俯仰上显示其尊卑贵贱。我们把这些称之为'礼仪'。无论礼物或礼仪，都起着使等级身份凛然不可侵犯的作用。"④ 承载着礼的规定性

---

① 杨荫浏：《中国古代音乐史稿》，人民音乐出版社1985年版，第4页。
② 冯复京：《六家诗名物疏》，文渊阁本《四库全书》。
③ 《春秋左传正义》，《十三经注疏》，上海古籍出版社1997年版，第1894页。
④ 沈文倬：《略论礼典的实行和〈仪礼〉书本的撰作》，《宗周礼乐文明考论》，浙江大学出版社2001年版，第5页。

是《诗经》里人工名物的显著特征。

(二)《豳风》名物展示的豳地周人生活场景

周代确立的以农为本的精神,在《豳风》中得到充分的体现。《豳风》中出现了数量非常多的与农村生活相关的自然名物,这些带有独特地域色彩的名物成为诗歌的表现内容,构成了诗歌地域风格最明显的因素,营造出独特的豳地农村景观。

孙作云观察到了农耕文化对《诗经》的影响,指出赋、比、兴这三种表现手法,主要是指动植物而言:"《诗经》中为什么有这许多动植物名?(据我统计,共约有252种)我以为:这是因为《诗经》中多民歌,而民歌是劳动人民所创作。他们亲身参加劳动,亲身和大自然接触,因此,他们熟知自然界中的动植物。它们的名称、形状、生活环境、特点,因此,在唱歌的时候,随口唱出,所以在《诗经》中有这许多动植物名。……赋、比、兴这三种表现法,主要是指动植物而言的。《诗经》中的民歌作者,他们亲身参加劳动,和大自然接触,因此熟知自然界中的动植物。这种实际生活就是这些民歌的创作源泉。他们把这些动植物表现出来,有时虽然很朴拙,但都是最活泼、最生动、最丰富的,这正是《诗经》中民歌的特点。"①

《七月》中的自然名物极为丰富,全景式展示了豳地一年四季农村的景观。动物有"貉、狐狸、貆、豻、稚、羔、羊、薪、鼠",鸟有"仓庚、鸣鵙",昆虫有"蜩、斯螽、斯螽、莎鸡、蟋蟀",植物有"桑、蘩、萑苇、檿、茅",农作物有"郁、薁、葵、菽、枣、稻、瓜、壶、苴、荼、黍、稷、重、穋、禾、麻、麦、韭"。这些有代表性的名物在展示农村景观的同时,表现了周人对农业的熟悉以及对丰收发自内心的喜悦。

《豳风》中除了《七月》,其他几首也都有表现农村生活的自然名物。《鸱鸮》的鸱鸮,《东山》"蜎蜎者蠋,烝在桑野"的蠋,还有

---

① 孙作云:《〈诗经〉研究》,《孙作云文集》,河南大学出版社2003年版,第2页。

征夫脑海中浮现出的农村场景："果臝之实，亦施于宇。伊威在室，蟏蛸在户。町畽鹿场，熠耀宵行""鹳鸣于垤""有敦瓜苦，烝在栗薪""仓庚于飞，熠耀其羽"，挂在屋檐下的果臝（瓜蒌）、瓜，屋子里的伊威（潮湿虫）、蟏蛸（蜘蛛），屋子旁边空地上鹿、萤火虫、鹳，天上飞的仓庚；《九罭》中的鱼、鸿；《狼跋》中的狼。这些名物大都是农村生活中常见的、熟悉的，诗人才能信手拈来在诗中自如地使用。

《豳风》中也出现了很多人工名物，如《七月》中的衣物"衣、褐、裳、裘"，农具"耜、趾"，工具"斧、斨、索绹"，建筑物"向、凌阴、公堂"，器皿"觥觚"；《破斧》中的斧、斨、锜、銶；还有《伐柯》中的柯、斧等名物，这些人工名物也大都与农村生活密切相关，尤其是其中的农具，是农民进行农业生产的必需品，因此，它们不像"二南"中的钟鼓、琴瑟等名物代表等级身份，而是客观的展示了农人的生活状态。

农事诗是《诗经》中一个重要类别，诗大都表现了与农村生活有关的内容，但从其诗中出现的名物种类看，唯有《豳风》是如此全面、细致地展现了豳地的农村景观，这些与农业有关的名物也最直观地体现了《豳风》地域风格特征。

《豳风》中的名物在展现周人农村生活场景时，也对周礼进行了生动形象的表现（具体阐述见前面《七月》诗旨辨析）。周礼虽然是以制度的形式发布，但温情地体现在日常生活的方方面面。这些名物，大多是人工名物，在诗中承载了周礼的规定性。

《七月》中的"九月授衣"，表现了周礼的授衣制；"三之日于耜，四之日举趾"，是表现行籍田礼的情形；"二之日凿冰冲冲，三之日纳于凌阴。四之日其蚤，献羔祭韭"，表现周人的藏冰开冰礼；"为此春酒，以介眉寿""朋酒斯飨，曰杀羔羊"，表现的是秋收之后举行的乡饮酒礼。《伐柯》表现了豳地周人婚姻用媒的婚俗。这些名物只是对周礼的客观展现，而有些人工名物，诸如服饰、车马等则代表着等级身份地位，具有鲜明的象征意义，是周礼规定性的深刻体现。因此，《诗经》中很多诗以服饰、车马等指代主人公身份，通过对它们的赞美夸赞人物。尤其是服饰，不仅要符合礼制的规定，而且要"德趁其服"。《豳风》中也有这类名物，比如《狼跋》中的"赤舄几几"和《九罭》中的"衮衣绣裳"。从前面诗旨辨析可知，这是级别最高的贵族的着装规格，诗通过对服饰的夸赞，其实是对着装之人的褒奖。

小　结

豳地是周人的发祥地，优越的适合农耕的自然条件，为周人提供了充足的生活资源，也为周族的强大奠定了坚实的物质基础，开创了周人以农耕为主的生活方式，创造了辉煌的农业文明。《豳风》以《七月》为代表的大量与农事有关的内容正是周人以农耕为主的生活方式的直观体现。《七月》作为周人的农业史诗，全面展现了豳地周人的农村生活，尤其是诗中种类繁多的自然名物，因其来自周人的日常生活，本身就是社会生活的重要组成部分，保留着那个时代生活的印迹，更生动、更广泛地展现了当时的社会生活。因此，《七月》诗中的信息，成为研究西周时期气象、物候、农业状况、生产关系、种植、作物、生物等领域的珍贵资料。

《豳风》中还有大量与礼制有关的内容，这些礼节已经贯穿在周人的日常生活中，如《七月》中的籍田礼、饮酒礼、藏冰礼，《东山》《伐柯》中的婚礼礼节等，这些日常规则是周公制礼作乐的重要基础。反过来，又通过诗的形式形象地展现出来，更进一步推进礼乐文化在民间的传播，扩大其影响。

周公东征是《豳风》的重要题材，《豳风》中的《东山》《鸱鸮》《破斧》《狼跋》等诗，通过塑造周公在周王朝建国根基未稳而又面临各种反对势力时的任劳任怨、勇敢智慧的形象,表达了对周公的赞美。除此之外,还塑造了勤而不怨的辛勤劳作的农民形象以及厌倦战争但为了国家需要毅然出征的征人形象。

  这些基于豳地的地理和文化特征使得《豳风》诗歌的地域风格呈现出独特的"乐而不淫"的风格。

第二章 "二南"地域风格研究

　　"二南"与其他十三国风，在周代被称为《邦风》，与其他《国风》一样属于地域性诗歌。"二南"虽位列国风，但从诗的内容，到诗在典礼仪式上的使用和后世的解说，其地位远远高于其他十三国风：同为《国风》，"二南"被称作"正风"，曾与《风》《雅》《颂》并称为"四诗"。在《礼记》《周礼》《仪礼》《左传》《国语》等文献记载的典礼仪式用诗中用于燕礼、乡饮酒礼以及射礼上，是属于正式演出的"正歌"部分，而其他十三国风则属于无算乐部分。季札观周乐时评价"二南"："始基之矣，犹未也，然则勤而不怨矣。"[①] 将其称为王朝的基础。孔子也对"二南"情有独钟，认为其反映了儒家思想的核心。《论语·阳货》："子谓伯鱼曰：'女为《周南》《召南》矣乎？人而不为《周南》《召南》，其犹正墙面而立也与！'"《论语·八佾》："《关雎》，乐而不淫，哀而不伤。"《论语·泰伯》："师挚之始，《关雎》之乱，洋洋乎盈耳哉！"[②]《毛诗序》称为"正始之道，王化之基"[③]。以上所述充分显示了"二南"从使用场合到诗的阐释所表现出来的异于其他十三国风的修身齐家的含义。

　　历代对"二南"的研究，大致包括以下内容：关于"南"字的释义、"二南"的地域和产生年代、关于"二南"的音乐性质、有关《关

[①]《春秋左传正义》，《十三经注疏》，上海古籍出版社1997年版，第2006页。
[②]《论语注疏》，《十三经注疏》，上海古籍出版社1997年版，第2601页。
[③]《毛诗正义》，《十三经注疏》，上海古籍出版社1997年版，第273页。

雎》等25首诗的诗旨、作者、习俗、文化等方面。本章研究"二南"的地域风格特征,上述内容是本章研究的重要依据,要客观、准确、充分。因此,将首先对以上内容进行考辨,在此基础上展开对其地域风格特征的研究。

第一节 "二南"地望、作时辨析

"二南"位列国风之首,虽具有与其他十三国风不同的政治、伦理地位,但依然具有《孔子诗论》"邦风,其纳物也溥,观人俗焉,大敛材焉"① 特征。因其诗与周公、召公相关,所以,首先要辨析这两个地方的地域界定和诗的作时。

一 "二南"地望考

"二南"地望始终是《诗经》研究史上一个争议较大的问题。"二南"如果能够像其他《国风》一样,以国名命名曰"某风",而不是称之为"周南""召南",就不会引起有关其含义和地域的争论了。

(一)"南"所指

"南"所指为何,自古至今争论颇多,张西堂将其归结为6种:南化说、南乐说、南土说、南面说、诗体说、乐器说。他主张南乐说。② 本章仅对"南乐说""南方说""南化说"进行简要辨析。

"南乐说"出自《吕氏春秋·音律》:"禹行功,见涂山之女,禹未之遇而巡省南土。涂山氏之女乃令其妾候禹于涂山之阳。女乃作歌,歌曰:'候人兮猗!'实始作南音。周公召公取风焉,以为《周南》、《召南》。"③ 郑樵认为"二南"之"南"本为地名,后成为乐名:"盖歌则

---

① 马承源:《上海博物馆藏战国楚竹书》(一),上海古籍出版社2001年版,第129—130页。
② 张西堂:《诗经六论》,商务印书馆1957年版,第101页。
③ 吕不韦著,(汉)高诱注:《吕氏春秋》,上海书店1992年版,第58页。

从二南之声。二南皆出于文王之化,言王者之化,自北而南。周召二公,未尝与其间。二南之诗,后世取于乐章,用之为燕乐、为乡乐、为射乐、为房中之乐,所以彰文王之德美也。"① 王质也提出:"南,乐歌名也,见《诗》'以雅以南';见《礼》'胥鼓南'。"② "南"与季札观乐时所说"南籥"之"南"同为音乐。郭沫若根据甲骨文中"南"字的形体特征考证"南"为"钟镈之类的乐器","南本钟铸之象形,更变而为铃。"③ 唐兰由此提出"南""殆象瓦器而倒置之"④,演变为乐器。陈致在此基础上,提出"南"为竹木乐器的说法。⑤

"南"又是方位之称,在周代习惯将江汉流域的一些小国统称为"南国""南邦"或"南土",如《小雅·四月》"滔滔江汉,南国之纪",《大雅·崧高》"王命申伯,式是南邦""往近王舅,南土是保"。"二南"为楚地的观点汉代就有,认为"二南"产生的地域范围主要集中在南国楚地。《毛传》释《周南·樛木》"南有樛木"之"南"曰:"南,南土也。"⑥ 方玉润《诗经原始》亦曰:"南者,周以南之地也,大略所采诗皆周南诗多,故命之曰《周南》。"⑦ 虽然"二南"为楚地的观点由来已久,但其不足显而易见,从诗文本的编排以及孔子、毛氏等对"二南"的看重,以及"二南"诗所体现的周代婚姻礼俗等,"二南"绝非产自楚地。

"南化说"最早出自《毛诗正义》。《毛诗序》曰:"《关雎》、《麟趾》之化,王者之风,故系之周公。南,言化自北而南也。……《周南》、《召南》,正始之道,王化之基。""文王之道,被于南国,美化行

---

① (宋)郑樵:《宋郑夹漈先生六经奥论》,国立中央图书馆藏本,福建文史研究社校订,裔孙永春郑叔简毓麒景印,第194页。
② (宋)王质:《诗总闻》,《丛书集成初编》,中华书局1985年版,第1页。
③ 郭沫若:《甲骨文字研究》,大东书局印本1921年版。
④ 唐兰:《殷虚文字记·释南》,中华书局1981年版。
⑤ 陈致:《说"南"——再论〈诗经〉的分类》,台湾《中国文哲研究集刊》1998年第12期。
⑥ 《毛诗正义》,《十三经注疏》,上海古籍出版社1997年版,第278页。
⑦ 方玉润:《诗经原始》,中华书局1986年版,第70页。

乎江汉之域，无思犯礼，求而不可得也。"① 这里着重强调"王化"，对《诗》的阐释，属于诗教范畴，其浓厚的政教色彩，是儒家教化思想在阐释《诗经》伦理道德意义和文化意义的体现，而不是对"二南"诗本义的阐释，与"二南"本身含义无涉。

郑玄《诗谱》则将"南方"和"南化"说合二为一："周召者，《禹贡》雍州岐山之阳地名。……得圣人之化者谓之周南，得贤人之化者谓之召南，言二公之德教自岐而行于南国也。"② 孔颖达也赞成这个观点。

当代学者陆侃如、冯沅君则将"南乐"和"南方"两说综合起来："'南'是南方的民歌。……这个'南'字不但指方向，也是乐器的名称。"③ 此说比较符合《诗经》最早作为仪式乐歌使用的事实。但释"南"为南方也不确。

"二南"在产生之初的确是作为仪式乐歌来使用，主要体现其音乐功能，被称为"乡乐"。《仪礼·燕礼》"遂歌乡乐。《周南》：《关雎》、《葛覃》、《卷耳》，《召南》：《鹊巢》、《采蘩》、《采蘋》"④。后成为周王室房中之乐。《仪礼·燕礼》："若与四方之宾燕，……有房中之乐。"郑玄《注》曰："弦歌《周南》、《召南》之诗，而不用钟磬之节也。谓之房中者，后夫人之所讽诵以事其君子。"⑤ 可见"房中之乐"只用于王室内部。其后周王室的"房中之乐"兴盛于世，成为王室正乐的组成部分。《仪礼·燕礼》："工歌《鹿鸣》、《四牡》、《皇皇者华》……奏《南陔》、《白华》、《华黍》……乃间歌《鱼丽》，笙《由庚》，歌《南有嘉鱼》……遂歌乡乐《周南》：《关雎》、《葛覃》、《卷耳》，《召南》：《鹊巢》、《采蘩》、《采蘋》。大师告于乐正：'正歌备。'"⑥ 此处"二南"

---

① 《毛诗正义》，《十三经注疏》，上海古籍出版社1997年版，第272、281页。
② 同上书，第264页。
③ 陆侃如、冯沅君：《中国文学史简编》，作家出版社1957年版，第25页。
④ 《仪礼注疏》，《十三经注疏》，上海古籍出版社1997年版，第1021页。
⑤ 同上书，第1025页。
⑥ 同上书，第1021页。

与《小雅》并称为"正歌",可见此时"二南"已具雅正的地位。所以,"二南"虽列国风,但不称"风",而称"南"。

金景芳先生的观点别出新意,能够帮助我们更合理地阐释这个问题。他认为"二南"应依据周公、召公"分陕而治"来阐释,《周南》《召南》都是简称,"南"应释为"任",《周南》《召南》当为周公所任之国、召公所任之国,简称为"周南之国""召南之国",再简称为"周南""召南"。① 这样的阐释能够合理解释十五国风中除"二南"《王风》《豳风》之外,其他都以诸侯国国名第一个字标注题目,如《邶风》《鄘风》《卫风》等。"二南"也是简称,虽不是独立的诸侯国的代称,但"南"释为"任"之后,就基本与其他十三国风形式一致。② 金先生"分陕而治"的阐释是有价值的,但为了使自己的观点更周延,其释"南"为"任",则显得太主观。"南"字在现存文献中,还找不到第二个用作"任"的使用。孤证不足以支撑其观点。

从《诗经》文本编订时经过乐官加工这一事实,从文本统一性来讲,"南"与"风"应同为乐调。周、召与《国风》其他的邶、鄘、齐等为各地地名,表示出处。此处用"南",可知"二南"虽位列国风,但表现出与其他国风地位不一样的特点。所以结合现代学者的考证,可以认为,《诗经》所谓"南"为流行于周公、召公分陕而治之地的乐调,主要突出它的音乐和方位功能。今本《诗经》之《周南》《召南》就是产生于周南、召南之地的乐歌,其乐调逐步失传,仅留下作为记录歌词的文字。

(二) 周南、召南地望考

上面在探讨"南"所指时,也探讨了《周南》之"周"、《召南》之"召"的含义,分别指周公、召公分陕管辖的地区。那么,"二南"具体位置在哪儿呢?

---

① 金景芳:《释"二南"、"初吉"、"三浣"、"麟趾"》,《古史论集》,上海人民出版社1983年版,第370页。

② 吴晓峰:《诗经"二南"篇所载礼俗研究》,博士学位论文,吉林大学,2005年。

关于西周初年周公姬旦与召公姬奭分陕而治，此说最早出自《公羊传》隐公五年：

> 天子三公称公，王者之后称公，其余大国称侯，小国称伯子男。天子三公者何？天子之相也。天子之相，则何以三？自陕而东者，周公主之，自陕而西者，召公主之，一相处乎内。①

关于"三公"，《尚书·周官》曰："立太师、太傅、太保，兹惟三公。"②周公旦和召公奭位列"三公"。《尚书·君奭》曰："召公为保，周公为师，相成王为左右。"孔《传》曰："保，太保也。师，太师也。……分陕为二伯，东为左，西为右。"③阐明周公、召公身份以及分陕的事实。

《礼记·乐记》描述《大武舞》时也提及分陕事实：

> 且夫《武》始而北出，再成而灭商，三成而南，四成而南国是疆，五成而分，周公左，召公右，六成复缀以崇。④

司马迁亦赞成此说，《史记·燕召公世家》曰：

> 其在成王时，召公为三公：自陕以西，召公主之；自陕以东，周公主之。⑤

《召南·甘棠》诗也为此说提供了可靠依据。诗中提到"召伯"，郑玄《笺》曰："召伯，姬姓，名奭，食采于召，作上公，为二伯，后

---

① 《春秋公羊传注疏》，《十三经注疏》，上海古籍出版社1997年版，第2207页。
② 《尚书正义》，《十三经注疏》，上海古籍出版社1997年版，第235页。
③ 同上书，第223页。
④ 《礼记正义》，《十三经注疏》，上海古籍出版社1997年版，第1542页。
⑤ 司马迁：《史记》，中华书局2008年版，第1549页。

第二章 "二南"地域风格研究

封于燕。此美其为伯之功，故言伯云。"孔颖达《疏》曰："谓武王之时，召公为西伯，行政于南土，决讼于小棠之下……《乐记》曰：'武王伐纣，五成而分陕，周公左，召公右。'是也。"①

以上文献资料表明，二公分陕而治的事实是存在的。那么"分陕而治"中"陕"的具体位置在哪儿呢？

前面所引《公羊传》，何休《注》曰："陕者，盖今弘农陕县是也。"陕即今河南陕县。

但其他文献资料则表明"陕"在今陕西。《史记·鲁周公世家》曰：

> 周公旦者，周武王弟也。自文王在时，旦为子孝，笃仁，异于群子。及武王即位，旦常辅翼武王，用事居多。……遍封功臣同姓戚者。封周公旦于少昊之墟曲阜，是为鲁公。周公不就封，留佐武王。

《索引》解释了周公采邑的确切位置："周，地名，在岐山之阳，本太王所居，后以为周公之采邑，故曰周公。即今之扶风雍东北故周城是也。"② 在陕西省扶风县。

《史记·燕召公世家》曰：

> 召公奭与周同姓，姓姬氏。周武王之灭纣，封召公于北燕。其在成王时，召公为三公：自陕以西，召公主之；自陕以东，周公主之。

《索引》也解释了召公采邑的确切位置："召者，畿内采地。奭始食于召，故曰召公。或说者以为文王受命，取岐周故墟周、召地分爵二公，故诗有《周》《召》二南，言皆在岐山之阳，故言南也。后武王封

---

① 《毛诗正义》，《十三经注疏》，上海古籍出版社1997年版，第287页。
② 司马迁：《史记》，中华书局2008年版，第1515页。

之北燕，在今幽州蓟县故城是也。亦以元子就封，而次子留周室代为召公。至宣王时，召穆公虎其后也。"① 这则文献不仅明确了召公采邑的位置，也佐证了《甘棠》诗中的"召伯"就是召公奭。

郑玄《诗谱·周南召南谱》中的描述非常详尽：

> 周召者，《禹贡》雍州岐山之阳，地名。今属右扶风美阳县，地形险阻而原田肥美。周之先公曰大王者，避狄难，自豳始迁焉。……文王受命，作邑于丰，乃分岐邦。周召之地，为周公旦、召公奭之采地，施先公之教于己所职之国。武王伐纣，定天下，巡守述职，陈诵诸国之诗，以观民风俗。六州者，得二公之德教尤纯，故独录之，属之太师，分而国之。其得圣人之化者，谓之《周南》，得贤人之化者，谓之《召南》，言二公之德教自岐而行于南国也。②

郑玄认为岐山之阳的岐邦乃周、召二公采地，在今陕西岐山南面。孔颖达疏郑玄《诗谱》也确定了周、召的位置，是"二南"诗的产地：

> 丰在岐山东南三百余里，文王既迁于丰，而岐邦地空，故分赐二公以为采邑也。……《乐记》说《大武》之乐，象伐纣之事，云"五成而分陕，周公左而召公右"，明知周、召二公在文王时已受采邑。……"二南"，文王之诗，而分系二公，若文王不赐采邑，不使行化，安得以诗系之？③

也有观点认为"二南"为南方诸小国"汉阳诸暨"。朱熹《集

---

① 司马迁：《史记》，中华书局2008年版，第1549—1550页。
② 《毛诗正义》，《十三经注疏》，上海古籍出版社1997年版，第264页。
③ 同上。

传》曰：

> 周，国名。南，南方诸侯之国也。周国本在《禹贡》雍州境内岐山之阳，后稷十三世孙古公亶父始居其地，传子王季历至孙文王昌，辟国寖广。于是徙都于丰，而分岐周故地以为周公旦召公奭之采邑，且使周公为政于国中，而召公宣布于诸侯，于是德化大成于内。而南方诸侯之国，江沱汝汉之间，莫不从化。盖三分天下而有其二焉。至子武王发又迁于镐，遂克商而有天下。武王崩，子成王诵立，周公相之，制作礼乐，乃采文王之世风化所及民俗之诗，被之管弦以为房中之乐，而又推之以及于乡党邦国，所以著明先王风俗之盛，而使天下后世之修身齐家治国平天下者皆得以取法焉。盖其得之国中者，杂以南国之诗，而谓之《周南》。言自天子之国而被于诸侯，不但国中而已也。其得之南国者，则直谓之《召南》。……岐周，在今凤翔府岐山县。……南方之国，即今兴元府京西湖北等路诸州。

朱熹认为周公、召公采邑与周南、召南是两个地方。岐周故地是周公旦召公奭之采邑，而"二南"产生地则在"今兴元府京西湖北等路诸州"。①

方玉润《诗经原始》也认为周、召为地名，在《禹贡》雍州岐山之阳，"二南"产生地则为岐山之南包括江汉在内的地域："南，周以南之地也。……何以知其然也？周之西为犬戎，北为豳，东则列国，唯南最广，而及乎江汉之间。其地又多文明相，且亲被文王风化，故其为诗，融浑含蓄，多中正和平之音，不独与他国异，即古豳朴茂淳质之风，亦不能与之并赓而迭和。"②

王先谦《诗三家义集疏》将"二南"的位置更具体化：

---

① 朱熹：《诗经集传》，上海古籍出版社1980年版，第1页。
② 方玉润：《诗经原始》，中华书局1986年版，第70页。

二南四至：周南之西与周都接，以陕为界。其东北与召南接，以汝南郡汝阴县为界。其东南与陈接。东与楚接。盖周业兴于西岐，化被于江汉汝蔡，江汉所为诗，并得登于《周南》之篇，其地在周之南，故以周南名其国。……迨文王受命称王，召公代行方伯之职，南土日阔，故别为召南国名。①

但自清代以来，随着考据学的发展，越来越多的学者打破陈说，从作品本身出发来讨论"二南"的时代与地域，"二南"作品的真相渐露端倪。②

关于"二南"的具体地域考证，除了上述文献资料，"二南"诗中出现的标识地点的词汇和名物，也能够提供我们考察"二南"诗产生地域的证据。

首先是"二南"诗中出现能标识地点的词汇：

《周南·关雎》：在河之洲
《周南·汉广》：汉有游女、汉之广矣、江之永矣
《周南·汝坟》：遵彼汝坟
《召南·江有汜》：江有汜、江有沱
《召南·草虫》：陟彼南山
《召南·殷其雷》：在南山之阳、在南山之侧、在南山之下

其中的河、汉、江、汝等四水，经常作为内证被提及。《诗经》中的"河"，无一例外都是指黄河，"江"也基本指代"长江"。其他的汉水、汝水也多被拿来作为论证地域的证据。《周南·汉广》中既有"汉"，也有"江"。汉水，《水经注》曰："漾水出陇西氐道县嶓冢山

---

① 王先谦：《诗三家义集疏》，《十三经清人注疏》，中华书局1998年版，第1页。
② 马银琴：《两周诗史》，社会科学文献出版社2006年版，第258页。

第二章 "二南"地域风格研究

东至武都沮县为汉水。"① 王应麟《诗地理考》曰："汉水二源，一源出秦州天水县，谓之西汉水，至恭州巴中县入江；一源出大安军三泉县，谓之东汉水，至汉阳军入江。李氏曰：汉水出兴元府西县嶓冢山，东流，至汉阳军大别山，南入于江水。经鲋嵎山。"② 可知，汉水起源于陕西西部，流经陕西、湖北等地。其主要流经地在湖北。

很多注家依据诗中出现汉水、长江以及"南有"字样，确认《汉广》诗出自南方。其实关于"南有"的意义，要进行认真辨析。翟相君认为，"诗的开头便说'南有'，作者显然是立足于北方。如果作者身在江汉而说'南有'，指的则是比江汉更远的南方。据'南有'二字可知，诗中所说的'乔木'、'游女'、'江'、'汉'，都是作者立足于北方而说的。……据此，《汉广》中虽有'江'、'汉'，但并不是南方的诗。"③ 事实上，"南"字仅仅是提供了基本方位，表明作者所处的位置在长江、汉水之北，而所看到的是南方的景物。因此，仅依靠诗中有地域特征的名物尚不足以判断其产地。

《汝坟》的时代、地域、作者、诗旨，可谓聚讼不已。很多注家在论证"二南"诗的时代和地域时，大都引此诗为内证，证之为长江流域南国的诗。这也有值得商榷之处。翟相君《〈诗经·汝坟〉新解》认为此诗产生于东周初年的洛邑（今河南省洛阳市），是歌颂周平王的诗。④

"遵彼汝坟"中的"汝"为汝水无异议，《毛诗正义》曰："汝水，名也。坟，大防也。"⑤《水经注》曰："汝水出河南梁县勉乡西天息山。"⑥ 清人顾祖禹《读史方舆纪要》考汝水自开封府许州郾城界流经西平、上蔡县界，又东南流经此入新蔡、固始县界，又东入

---

① （北魏）郦道元：《水经注》，时代文艺出版社2001年版，第152页。
② （宋）王应麟著，张保见校注：《诗地理考校注》，四川大学出版社2009年版，第10—17页。
③ 翟相君：《〈周南·汉广〉的地域》，《南阳师专学报》1985年第1期。
④ 翟相君：《〈诗经·汝坟〉新解》，《华中师范大学学报》（哲学社会科学版）1986年第1期。
⑤ 《毛诗正义》，《十三经注疏》，上海古籍出版社1997年版，第282页。
⑥ （北魏）郦道元：《水经注》，时代文艺出版社2001年版，第158页。

于淮。① 清人崔述亦曰："汝水之源在周东都畿内。"② 翟相君据此认为："汝水发源于东周王室境内，经郑国、许国，至蔡国入淮。《汝坟》既然不是郑国、许国、蔡国的诗，应当是东周王室的诗，决不会是南方长江流域的诗。"③ 此说认为《汝坟》不是南方长江流域的诗的论断是正确的，但对其流经四地采取排除法，确认为是东周王室诗的论断则非常牵强。

《召南·草虫》《殷其雷》中均出现"南山"，《毛传》释为"周南山也"④，《诗地理考》："《郡县志》：终南山，在京兆府万年县南五十里，一名太一，亦名终南。""《括地志》一名南山。""终南，南山之总名；太一，南山之别号。"⑤ 王夫之《诗经稗疏·周南召南》亦释"南山"为终南山。⑥ 顾祖禹《读史方舆纪要·陕西一》也认同王夫之的观点，"诗谓之终南，亦谓之南山。"⑦《诗经》很多诗中出现"南山"，如《南山有台》《斯干》《信南山》《节南山》《蓼莪》等。《秦风·终南》，《毛传》曰："终南，周之名山中南也。"孔颖达《正义》曰："《地理志》称扶风武功县东有大壹山，古文以为终南。其山高大，是为周地之名山也。昭四年《左传》曰'荆山、中南，九州之险'，是此一名中南也。"⑧ 扶风武功县即今陕西凤翔县，属古周原之地。终南山属于秦岭山脉，在今陕西省西安市，《毛传》的周之南山，指终南山。因此，还是出自北方。《小雅·南山有台》是西周王室之诗，诗中既有"南山"，也有"北山"，可见仅依靠诗中的地名、水名来判断地域也不够严谨。

---

① （清）顾祖禹撰，贺次君、施和金点校：《读史方舆纪要》，中华书局2005年版，第2360页。
② 崔述：《读风偶识》，《崔东壁遗书》，上海古籍出版社1983年版，第536页。
③ 翟相君：《〈诗经·汝坟〉新解》，《华中师范大学学报》（哲学社会科学版）1986年第1期。
④ 《毛诗正义》，《十三经注疏》，上海古籍出版社1997年版，第286页。
⑤ 王应麟：《诗地理考校注》，四川大学出版社2009年版，第115—116页。
⑥ （明）王夫之：《船山全书》第三册，岳麓书社2011年版，第38页。
⑦ 顾祖禹：《读史方舆纪要》，中华书局2005年版，第2459—2460页。
⑧ 《毛诗正义》，《十三经注疏》，上海古籍出版社1997年版，第372页。

黄奇逸通过对"二南"诗中出现的名物、方言的考证，得出新的结论，认为"《周南》不产生于江汉，而当产生于成周"，"《召南》十四首也断不会是江、汉之诗"。①否认传统的《诗经》中"二南"是东、西周时代长江流域诸小国的诗，认为"二南"是东周王室之诗，产生于东周王室洛邑，即今河南省洛阳市。也有学者对"二南"地望提出新的见解："'周南'之地北不过黄河中游，南未到汉水，基本上是今河南洛阳附近及其以南的少部分地区。则周之东都洛邑、王城附近正是'周南'的核心区域。""'召南'之地应以终南山为中心，南及汉水、长江流域，为今陕西与湖北部分地区，是原岐周故地丰、镐一带及其以南的部分地区。"②

综合来看，周公、召公分陕而治的事实有相关文献记载，当不误。只是具体位置有争议。何休认为，分陕而治的陕在今河南陕县，而郑玄则认为是陕西扶风美阳县，孔颖达也认为是此地。如此，则一个在中原、一个在西部周原。因此，有必要对这个问题再加以辨析。

宋人王应麟《诗地理考》中对"二南"地域进行考证："岐周在今凤翔府岐山县。《史记》《正义》：'太王居周原，号曰周。'《通鉴外纪》：古公'邑于岐山之阳，始改国曰周'。《郡国志》：'美阳，有周城。'《括地志》：'周城，一名美阳城，在雍州武功县西北二十五里，即太王城也。'《左传·周桓公注》：'周采地，扶风雍县东北有周城。'"③这些文献中，都谓"周""周南"为岐周、周城，陕西境内。清人朱右曾《诗地理征》对"召南"条考释曰："陆氏《释文》：'召，地名，在岐山之阳扶风雍县，南有召亭。'《水经注》：'雍水东经召亭南，世谓之树亭、川亭，故召公之采邑。'京相璠曰：'召亭在周城南五十里。'《括地志》：'召亭在岐周岐山县西南十里。'《正义》曰：'春秋时周公、召公分别于东都受采。'《晋书·地道纪》：'河东垣县有

---

① 黄奇逸：《〈诗〉〈周南〉、〈召南〉、〈王风〉地望辨》，《文史》1986年第二十七辑。
② 吴晓峰：《〈诗经〉"二南"篇所载礼俗研究》，博士学位论文，吉林大学，2005年。
③ 王应麟：《诗地理考校注》，四川大学出版社2009年版，第3—5页。

召亭。'则未闻。《通典》：'河南府王屋县，古召公之邑。'案今河南怀庆府济源县西七十里有故召原关。"① 朱右曾考释的大部分内容与王应麟可谓一脉相承。

另据《岐山县志》记载：

> 岐山自古公亶父去豳梁率西水浒居于其下，即今之箭括山，俗呼为箭括岭，其山两岐因名岐山。岐山之阳有深沟，沟之南平原四周，故称周原。太王邑此因号国曰周，岐周之名由此遂显，……分岐周故地为周召采邑。②

《扶风县志》曰：

> 汉之扶风为官治长安夕阳街，当今长安县地……峡山实绵亘凤、岐、扶之县之北境。……县西北曰饴原，古周原也，取诗"堇荼如饴"之义。自岐山县之青化镇入县界，北尽岐山之箭括岭，南抵渭水，西至岐山之麻叶沟，东抵畤沟河，方可四十五里，所谓"中水乡成周聚其地"，县东北曰周原，延六十里袤四十里……东即武功之西原，谓西原即古周原，则此原亦周原矣。③

据此可以确认，岐山之南的周原，覆盖岐山、扶风、凤翔三县，面积"延六十里袤四十里"，是一地形险阻肥美之地，这就是古之周原，也是《诗谱》《岐山县志》《扶风县志》记载的周公、召公的采邑。

前面已经明确，周南、召南是周公、召公辅佐武王灭商之后，武王所封采邑，并非封国。他们受封的封国分别是鲁国和燕国，但均由其子赴任，他俩继续留在西周王城镐京辅佐武王。因此，分陕而治与分封封

---

① （清）朱右曾：《诗地理征》卷一，《皇清经解续编》卷1039。
② 《重修岐山县志》卷一：地理，（台北）台湾成文出版有限公司，民国十五年。
③ 《扶风县志》卷三：山水，（台北）台湾成文出版有限公司，民国十五年。

国是两码事。作为刚刚灭商建周的武王，羽翼未丰，需要继续得到周、召二公的协助，因此，将王畿之地分给两位功臣治理是可行的，若将其分到离王城几百里之遥的河南陕县，使之身兼三地之职，于文献记载、于情理皆不合。"周公、召公留职京畿，在京畿周围或在不甚遥远的西周发家之地拥有采邑是很有可能的。然而采邑与封国实属重复奖赏，因此采邑的面积应当不大，太大了而且又位于京畿外围是不符合国家安全考虑的。"① 而且，周王朝在周公东征平叛三监叛乱之后，才开始营建东都成周。因此说，周、召二公分陕而治的陕在河南是误读，应为岐山之阳。

《国风》所涉其他诸侯封国，如卫、齐、曹、陈等，其地域范围都不是很大，虽然"二南"位列国风之首，也可推断，"二南"地域应该也不会很大。郑玄所谓"今属右扶风美阳县，地形险阻而原田肥美"，即《扶风县志》"延六十里袤四十里"，孔颖达《疏》《诗谱》更明确"二南"位置："丰在岐山东南三百余里，文王既迁于丰，而岐邦地空，故分赐二公以为采邑也。"

确定了周公、召公分陕而治的所谓"周""召"地域，结合前面所论"南"之乐调的含义，那么，能够得出"二南"是产生于周王室故地乐歌的结论，"二南"应为周王畿之风。

这样关于"二南"在各种典礼仪式与大、小雅作为正歌使用，以及孔子等对"二南"的倚重就都有了合理的解释。

(三)"二南"诗与楚歌

明确了周南、召南地望，可确认"二南"诗为王畿之风。但历史上有"二南"即"楚歌"的激烈争论，就此问题再做简要辨析，也是对"二南"为南方"汉阳诸暨"小国诗说不确的辨析。

十五国风中，的确存在"楚风阙如"。对此，有"不得与十五国并录于《经》而为楚憾"。基于"二南"为南方汉阳诸姬小国诗的说法，

---

① 李勇五：《〈诗经〉"周南""召南"名义、地域及时代考》，硕士学位论文，山西大学，2004年。

《左传·僖公二十八年》晋国大夫栾枝云："汉阳诸姬，楚实尽之。"①把"二南"作为楚风。

认为"二南"即楚歌的观点汉代即已产生，认为"二南"产生的地域范围集中在南国楚地一带。《周南·汉广》毛传曰："文王之道被于南国，美化行乎江汉之域。"②

现代学者更明确提出"《诗经》中'二南'即楚风"的观点。胡适《谈谈诗经》中指出："《诗经》有十三国的国风，只没有《楚风》。在表面上看来，湖北这个地方，在《诗经》里，似乎不能占一个位置。但近来一般学者的主张，《诗经》里面是有《楚风》的，不过没有把它叫做《楚风》，叫它做《周南》《召南》罢了。所以我们可以说：《周南》《召南》就是《诗经》里面的《楚风》。我们说《周南》《召南》就是《楚风》，这有什么证据呢？这是有证据的。我们试看看《周南》《召南》，就可以找着许多提及江水汉水汝水的地方。……所以我们可以说《周南》《召南》大半是《诗经》里面的《楚风》了。"③程千帆认为："二南之诗，则诗骚之骑驿，亦楚词之先驱也。"④肯定了"二南"与晚于它的楚辞存在传承关系，两者有着密切的联系。这是比较明确的《诗经》中有楚风的观点。

还有一种观点认为，从"二南"的产生时间和地域来考证，"二南"不尽是楚歌，其中还含有江汉流域姬、姜等"汉阳诸姬"的作品。⑤方玉润《诗经原始》曰："周之西为犬戎，北为豳，东则列国，惟南最广，而及乎江汉之间。其地又多文明象，且亲被文王风化，故其为诗也，融浑含蓄，多中正和平之音，不独与他国异，即古豳朴茂淳质之风，亦不能与之并骘而迭和。……此周以南之诗独为正风也。"⑥ 高

---

① 《春秋左传正义》，《十三经注疏》，上海古籍出版社 1997 年版，第 1825 页。
② 《毛诗正义》，《十三经注疏》，上海古籍出版社 1997 年版，第 281 页。
③ 胡适：《谈谈诗经》，《古史辨》第三册，上海古籍出版社 1982 年版，第 576—577 页。
④ 程千帆：《先唐文学源流论略·诗三百篇与楚词第一》，《武汉师范学院学报》1981 年第 1 期。
⑤ 雷莎：《〈诗经〉中"二南"即楚风论辩》，《理论月刊》2010 年第 4 期。
⑥ 方玉润：《诗经原始》，中华书局 1986 年版，第 70 页。

亨、余冠英、袁梅等学者都认为"二南"是出自东周时代长江流域小国的诗。

对此，有持比较客观公允学术立场的学者指出：《诗经》十五《国风》虽没有楚风，却有楚歌。通过对《诗经》"二南"产生地域与时间，以及春秋中期前汉阳诸姬与楚国的关系进行考察，既不能把"二南"与楚歌的关系过分夸大，也不能否认"二南"中楚歌的存在。《汉广》《野有死麇》《江有汜》等是"二南"所收的几首楚歌，从中不难窥见早期楚文化北向影响渗透的痕迹。①

那么，"二南"之地是否为南国楚地？"二南"诗是否为楚地诗歌呢？

当然不是。首先，最有力的证据就是"二南"诗中出现的名物，证明不是出自南方小国。《周南》首篇《关雎》中的河，在当时专指黄河。《召南》中的《羔羊》"羔羊之皮，素丝五纰。退食自公，委蛇委蛇"，表现大臣们身穿羔羊之裘，自得从容还家。《郑风》的《羔裘》和《唐风》中的《羔裘》，都表明，"羔羊之裘"是北方大臣的礼服，显然不是南方气温较高的地区的礼服。《广汉》中的汉水，是周王朝地域内比较重要的河流之一。汉水发源于秦巴山地，东南流经今陕西南部、湖北西部和中部，由武汉注入长江。从诗中的"汉水"并不能判定诗就出自南方。上述诗中的名物显示诗不是出自南方，而是北方。

而持"二南"为楚风者也以诗中名物来证明，认为最能体现楚地风情的诗篇，非《汉广》《桃夭》莫属。在先秦时期，桃是南方江汉流域生长繁茂的植物，与楚地先民的生活十分密切。《汉广》诗中出现的名物如"薪""楚""萎"带有明显的楚地特征，与《九歌·湘夫人》用芳香植物装点新房风俗相类，所以为楚歌。② 其实这样的论辩是站不住脚的。桃、薪、楚等植物并非南方独有，尤其在先秦时期，北方气候温润，很多现在只适合南方生长的植物在当时的北方都能生长，如

---

① 龙文玲：《论〈诗经〉"二南"与楚歌》，《广西师范大学学报》1999 年第 4 期。
② 雷莎：《〈诗经〉中"二南"即楚风论辩》，《理论月刊》2010 年第 4 期。

《摽有梅》中的梅子。所以，仅依靠这些来证明"二南"诗出自南方明显证据不足。

其次，很多文献资料也显示"二南"非楚风。以翟相君先生的文章为例。翟先生认为"二南系东周王室诗"，他从《论语》、季札观乐、《诗序》以及《诗》文本本身出发，论证"二南"诗绝非高亨、余冠英、袁梅等学者认为的是长江诸流域小国之诗，而是产生于东周王室洛邑之诗。如果二南为南方诸小国的诗，则无法解释季札观乐时"始基之矣，犹未也，然勤而不怨矣"的评价。《诗序》中把"二南"系之"后妃""王道""夫人""大夫"，且《诗大序》有《周南》为"王者之风"、《召南》为"诸侯之风"，显然视之为周王室而非长江流域诸小国的诗。① 笔者认为，翟先生"二南"为周王室诗的论证非常有说服力，但其为东周王室诗的观点则牵强，此处不论。且《关雎》《葛覃》《卷耳》《鹊巢》《采蘩》《采蘋》等篇，所咏之事，多关系当时礼仪制度，《毛诗序》系之于"后妃""夫人"，《论语·阳货》曰："人而不为《周南》、《召南》，其犹正墙面而立也与。"② 强调"二南"与礼制不可忽视的关系。三百篇是"发乎情止乎礼义"的诗，"二南"为"正宗"，为"正风"，作为乐歌使用时，与大、小《雅》并行，称为各种仪礼中的"正歌""正乐"，其中体现出的雅正精神的尊贵地位完全能够解释其如何能够被编排在"三百篇"之端，也直接反驳了其为南方长江流域楚歌的观点。

可以看出，"二南"虽有表现楚地风情的诗歌，但非为楚风。"二南"是周王室之诗。

二 "二南"作时考

关于"二南"产生的时间，历来也有分歧。《毛诗》和郑玄认为是文王时诗。郑玄《周南召南谱》曰："文王受命，作邑于丰，乃分岐邦

---

① 翟相君：《二南系东周王室诗》，《郑州大学学报》1985 年第 3 期。
② 《论语注释》，《十三经注疏》，上海古籍出版社 1997 年版，第 2525 页。

周、召之地为周公旦、召公奭之采地，施先公之教于己所职之国。武王伐纣定天下，巡狩述职，陈诵诸国之诗以观民风俗，六州者得二公之德教尤纯，故独录之，属之太师，分而国之。其得圣人之化者，谓之《周南》；得贤人之化者，谓之《召南》。"孔《疏》明确认为是文王诗："此实文王之诗而系之二公者。"①朱熹从之。方玉润《诗经原始》认为"二南"除《甘棠》《何彼襛矣》为周武王时所作，其余皆周文王时所作。② 这是清代以前比较流行的观点。

现代学者经过认真考证，基本推翻了上述观点。夏传才认为："《周南》歌诗的时代是从西周前期到东周时期。……知道《周南》的地域和时代，也就知道了《召南》的地域和时代。"③ 马银琴的研究认为，"《诗经》二南作品的创作期在西周末至春秋初约一百多年间。"④ 陆侃如、冯沅君认为，要明确"二南"的产生时代，要从诗本身提供的信息入手推断，在《中国诗史》中，《汝坟》《甘棠》《何彼襛矣》三首根据诗本义能够推定时代，因此，"《二南》中不但没有一篇可以证明是文王时诗，并且没有一篇可以证明是西周时诗。同时，时代可推定的几篇却全是东周时的作品。"⑤ 翟相君明确提出"十一篇周南诗，都是东周前期周王室的诗，其产地在东都洛邑（今河南省洛阳市）。其具体时代，在公元前770年—前600年之间，距今两千六百年到两千七百多年"。⑥ 黄奇逸亦认为"二南"是东周王室之诗，产生于东周王室洛邑。⑦

笔者认为，"二南"作时的下限确定为西周末至春秋初年当没有异

---

① 《毛诗正义》，《十三经注疏》，上海古籍出版社1997年版，第246页。
② 方玉润：《诗经原始》，中华书局1986年版，第27—28页。
③ 夏传才：《诗经发祥地初步考察报告》，《河北师范大学学报》（哲学社会科学版）2006年第2期。
④ 马银琴：《论"二南"音乐的社会性质与〈诗经〉"二南"的时代》，《文学前沿》2005年第1期。
⑤ 陆侃如、冯沅君：《中国诗史》，百花文艺出版社1999年版，第68—69页。
⑥ 翟相君：《〈周南·葛覃〉的时代和地域——兼与唐莫尧同志商榷》，《贵州社会科学》1984年第5期。
⑦ 黄奇逸：《〈诗〉〈周南〉、〈召南〉、〈王风〉地望辨》，《文史》1986年第二十七辑。

议，问题是上限的确定。认为"二南"诗作于春秋时期的观点，陆侃如、冯沅君用《汝坟》《甘棠》《何彼襛矣》中出现的所谓作时信息作为作于春秋初年的论据，其中以《甘棠》出现的"召伯"为春秋时期的召公穆虎，显然是不充分的。笔者通过对相关文献资料的考证，认为诗中的"召伯"当为西周时期的召公奭，而非春秋召公穆虎。详细考证见下文的《甘棠》诗旨辨析。翟相君、黄奇逸所持作于春秋的观点，马银琴的研究成果足以证明其不足之处。那么其上限到底是夏传才"最早是西周早期"还是马银琴"西周后期"？虽然目前这两种观点均无可靠的文献资料支持，但是，从《诗》文本产生时间分析，西周早期的颂、大雅的表述方式、语言风格，均与"二南"不类，能够据此排除夏传才"二南"作于西周早期的观点。马银琴所谓的西周晚期，当也不确。众所周知，西周自幽、厉之后，出现了严重的政治和社会危机，尤其到了东西周交替之际的前20年"二王"并立时期，大、小雅中作于这一时期的诗作，如《荡》《抑》《雨无正》等，多揭示当时昏庸的政治局面和动荡的社会现实，诗风呈现出与前期雅诗明显不同的风貌。而"二南"诗表现出的温柔敦厚被孔子极为看重，在射礼、饮酒礼、燕礼等典礼仪式上作为"正乐"广泛使用，被称为"正风"的"正始之道，王化之基"的特殊地位，这些特征都不是西周后期乱世所能拥有的。正如《礼记·乐记》所论："治世之音安以乐，其政和。乱世之音怨以怒，其政乖。亡国之音哀以思，其民困。"① 因此，"温柔敦厚"的"二南"产生于西周后期的观点站不住脚。从礼乐制度的发展历程看，它明显有一个动态的从产生、成熟到衰退的过程，其成熟是在西周中期。而婚姻是周礼的重要内容，将"二南"谓之"正始之道，王化之基"，看出周人对婚姻家庭的倚重，将诗系之周公、召公，既是对周公、召公功德的褒扬，也是对他们的追忆。综合分析，"二南"的诗旨和题材特征与早期的《颂》《雅》不类，其大量的与周礼有关的婚

---

① 《礼记正义》，《十三经注疏》，上海古籍出版社1997年版，第1527页。

恋题材以及拥有的异于其他风诗的重要地位也表明，不会产生于西周后期的乱世。那么，"二南"产生的时间只能在西周中期礼乐制度成熟的时期。王洲明的观点是符合"二南"实际状况的："'二南'的产生不会在周文王时代，因为《周颂》诗的文学成就和'二南'相差甚远，即使《易经》中的歌谣，与'二南'也不是一个水平，因此可以肯定是文王以后的作品。但'二南'又整体体现出一种祥和之气，故也不大像厉、幽以后的作品，大致是西周中期的作品。"①

因此，笔者认为，"二南"产生时间当在西周中期至春秋初。而有关"二南"诗具体产生时代，除了以上的探讨，还需要结合诗本义进行进一步的考证。详见下文。

第二节 "二南"地区地理环境辨析

"二南"地域从其地望分析，与豳地相去不远，其自然地理条件有相似之处。"二南"地区的自然地理环境和社会环境形成了"二南"温和纯朴、尚贤重礼和谨严内敛的地域文化特质。

一 "二南"地区自然地理环境

前面已经明确"二南"地望在岐山之阳的周原，属于雍州之地。"周原地区位于关中盆地的西部、渭北黄土台塬上，地跨岐山、扶风两县，北依岐山，南临渭河谷地。"②

关中盆地肥沃的土壤、适宜的气候、充沛的水资源、良好的生态环境，适宜于农业经营，为生活其间的周人提供了适宜的生存条件。"二

---

① 王洲明：《周代地域文化与〈国风〉的风格》，《山东大学学报》（哲学社会科学版）1998年第1期。
② 宋豫秦、崔海亭等：《周原现代地貌考察和历史景观复原》，《中国历史地理论丛》2002年第1期；《原岐邑建都的环境条件及其迁移原因试探》，《北大学报》（自然科学版）1996年第4期。

南"所在周原与豳地相去不远,有几乎相同气候、土壤和水资源条件。

  黄土高原土壤属于黄土土层,土壤表面的构造团粒较细,土质疏松,适宜耕种。与现代黄土高原水土流失现象不同的是,商、周时期的关中被茂密的植被覆盖,不仅改善了黄土层易被侵蚀的缺点,而且落叶增加了土壤表层的腐植质成分。① 土壤具备较高的肥力,更适宜农业生产。《大雅·绵》"周原膴膴,堇荼如饴"、《小雅·信南山》"畇畇原隰,曾孙田之",都是对周人在这块原地上开垦种植,进行农业生产的真实写照。

  《诗经》中的物候如《召南·摽有梅》"摽有梅,顷筐塈之",梅在现代来讲是亚热带植物,能在当时的岐山之南生长,足见当时气候之和暖。和暖的温度非常适合农业耕作,也自然适宜人类生存。

  周原地区有比豳地更为充沛的水资源。充足的水源提供了良好的农业灌溉条件。《禹贡》"弱水既西,泾属渭汭,漆沮既从,沣水攸同……浮于积石,至于龙门、西河,会于渭汭"②,均描绘了雍州的水系。周原东、西、南分别有汧河、漆水和渭水,横贯关中的渭水水量非常丰富。《大雅·大明》有"亲近于渭,造舟为梁"说。中部则有纬河横贯东西,众多支流交错其中。除此之外,岐山还蕴藏着丰富的泉水资源。《大雅·皇矣》"我泉我池"、《大雅·公刘》"逝彼百泉",都是对泉水资源的记载。著名的泉水是橐泉、凤泉、马泉、兹泉、九龙泉、润德泉等。其中的润德泉相传"周邸治泉",至金代泉水依然"涌洌"。兹泉"泉水潭积,自成渊渚",为姜太公垂钓处。至今西安的温泉还天下闻名。

  良好的土壤、适宜的气候和丰富的水资源为当地植被的生长提供了良好条件。商周时期,周原地区的植被资源相当丰富。"关中平原的森林最为繁多。这里的冲积平原及河流两侧的阶地就有不少的大片森林,

---

  ① 黄春长、庞奖励、陈宝群:《渭河流域先周——西周时代环境和水土资源退化及其社会影响》,《第四纪研究》2003 年第 4 期。
  ② 《尚书正义》,《十三经注疏》,上海古籍出版社 1997 年版,第 150 页。

因其规模和树种的不同,而有平林、中林和桃林等名称。……这样的森林是巨材生长的地方,常为桥鸟(野鸡)所栖止,鹿群也常在里面活动。……正因为森林不少,直到战国末年,还有人称它是'山林川谷美,天材之利多'。……当时黄河中游西北部则是草原地区。森林中兼有若干草原植被,而草原地区亦兼有森林茂盛的山地。"①

周代文献记载了西周时期良好的自然生态环境。《大雅·皇矣》描述周人居岐之阳时的生活,也描述了当时的自然植被:"作之屏之,其菑其翳。修之平之,其灌其栵。启之辟之,其柽其椐。攘之剔之,其檿其柘。……帝省其山,柞、棫斯拔,松、柏斯兑。"诗中提及种类繁多的树木,有柽、椐、檿、柘、柞、棫、松、柏等,朱熹释"柽,河柳也,似杨,赤色,生河边。椐,樻也,肿节,似扶老。檿,山桑也,与柘皆美材,可为弓干,又可蚕也。"②"其灌其栵",则表明灌木茂密,且生长茂盛。《小雅·南山有台》"南山有台,北山有莱……南山有桑,北山有杨……南山有杞,北山有李……南山有栲,北山有杻……南山有枸,北山有楰"、《秦风·车邻》"阪有漆,隰有栗……阪有桑,隰有杨"、《秦风·晨风》"鴥彼晨风,郁彼北林……山有苞栎,隰有六驳……山有苞棣,隰有树檖",清晰的记载了当时的自然生态状况。据史念海研究,"当时黄河流域主要是森林地区。这个地区大致从渭河上游及更西的地区开始,一直到下游各地。黄河中游西北部则是草原地区。森林中兼有若干草原植被,而草原地区也兼有森林茂盛的山地。"③《逸周书·世俘》记载武王一次狩猎中就猎获各种野兽近万头,包括虎、猫、麋、犀、熊、罴、豕、貉、麝、麇、鹿等。④《诗经》中也有很多的相关记载,表现了当时的自然生态状况。《周颂·振鹭》"振鹭于飞,于彼西雍"、《小雅·鸿雁》"鸿雁于飞,集于中泽"、《大

---

① 史念海:《河山集》第二集,生活·读书·新知三联书店1981年版,第234—235页。
② 朱熹:《诗经集传》,上海古籍出版社1980年版,第125页。
③ 史念海:《河山集》第二集,生活·读书·新知三联书店1981年版,第352页。
④ 董怀信:《逸周书校补注释》,三秦出版社2006年版,第200页。

雅·桑柔》"瞻彼中林，甡其鹿"、《大雅·灵台》"王在灵囿，麀鹿攸伏。麀鹿濯濯，白鸟翯翯。王在灵沼，於牣鱼跃"、《大雅·旱麓》"瞻彼旱麓，榛楛济济……鸢飞戾天，鱼跃于渊"等，动物的种类也极为丰富。《大雅·桑柔》"菀彼桑柔，其下侯旬……瞻彼中林，甡甡其鹿"，既描述了丛林苍莽，也描述了鹿群嬉戏的场景。《小雅·吉日》"发彼小豝，殪此大兕"中，朱熹释"兕"为"野牛"，① 古书谓为雄性犀牛。在西安半坡遗址中也发现了距今 6000 年的獐、竹鼠和貉等动物遗骸，这些动物今天只能生活在长江流域。②

到春秋时期，由于战争、狩猎、农业过度开发以及自然灾害的影响，自然环境呈现恶化趋势。

周人在黄土高原这块辽阔而肥美的土地上建立了发达的农业文明，国势日益扩大，一举完成翦商大业，并以此为基础建立了长久而稳固的西周王朝。周人的农业文明，对中国古代文化思想产生了深远影响。张岱年认为："中国古代的哲学理论、价值观念、科学思维以及艺术传统，大都受到农业文化的影响。"③

二 "二南"地区人文地理环境

"二南"所呈现的诗歌风貌，与其产生地的自然地理环境影响密不可分。但对其产生决定性影响、使其具有特殊社会地位的，则是周人在期间创造的政治制度、经济生活方式等人文因素。对于"二南"而言，周代宗法政治制度和礼乐文明是其中两个至关重要的因素。

（一）宗法制政治制度的影响

宗法制是周代创立的以血缘关系为纽带的社会体制，确立于夏朝，发展于商朝，完备于周朝。对于这样一种新兴政治制度，王国维评价说："故夏商间政治与文物之变革，不似殷周间之剧烈矣。殷周间之大

---

① 朱熹：《诗经集传》，上海古籍出版社 1980 年版，第 81 页。
② 邹逸麟：《中国历史地理概述》，上海教育出版社 2005 年版，第 11 页。
③ 邹德秀：《中国农业文化》，陕西人民出版社 1992 年版，序言。

变革，自其表言之，不过一姓一家之兴亡与都邑之移转。自其里言之，则旧制度废而新制度兴，旧文化废而新文化兴……周人制度之大异于商者，一曰立子立嫡之制，由是而生宗法及丧服之制，并由是而有封建子弟之制，君天子臣诸侯之制；二曰庙数之制；三曰同姓不婚之制。此数者，皆周之所以纲纪天下，其旨则在纳上下于道德，而合天子诸侯卿大夫士庶民以成一道德之团体。"①

宗法制度的"宗"，从"宀"，从"示"。前者象征屋宇，后者则象征祖先。《国语·晋语》曰："宗，本也。"②《说文》曰："宗，尊，祖庙也。"③ 揭示了宗法制度以宗族、家庭为重的特征，因此梁启超认为："中国古代的政治是家族本位的政治。"④

在宗法制度下，"天子建国，诸侯立家，卿置侧室，大夫有贰宗，士有隶子弟，庶人工商，各有分。"⑤ 形成了维系贵族间关系的系统而完整的制度。这一制度依靠自然形成的血缘亲疏关系确定贵族的等级地位，稳固贵族阶级的内部秩序。"自西周以来，天子是共主，同时也是同姓诸侯的大宗，诸侯是一国之君，同时也是同族卿大夫的大宗。……我们可以这样说，天子、诸侯、卿大夫、士之间的关系，都是用宗法制度来维系着的，他们之间的关系应当看成相对的。那就是说，天子对诸侯与王朝卿士来说是大宗。诸侯对其同族是大宗，对天子则是小宗。诸侯之别子为卿大夫，对诸侯来说是小宗，对其诸弟来说则是大宗。"⑥

在这个金字塔形的结构中，周天子处于最高、最核心地位。所谓"溥天之下，莫非王土，率土之滨，莫非王臣"。周天子与同姓诸侯之间的关系，既是君臣，又为兄弟。周天子非常注重以礼仪的形式来稳固同异姓诸侯的关系。《诗经》中的宴饮诗大多表现君臣其乐融融的关

---

① 王国维：《殷周制度论》，《观堂集林》，中华书局1959年版，第453页。
② 《国语》，上海古籍出版社1982年版，第773页。
③ （清）段玉裁：《说文解字注》，上海古籍出版社1981年版，第654页。
④ 梁启超：《先秦政治思想史》，中华书局1986年版，第40页。
⑤ 《春秋左传正义》，《十三经注疏》，上海古籍出版社1997年版，第1744页。
⑥ 赵光贤：《周代社会辨析》，人民出版社1980年版，第105页。

系。《小雅·湛露》"湛湛露斯,在彼丰草。厌厌夜饮,在宗载考",是天子燕诸侯的诗;《小雅·楚茨》"诸父兄弟,备言燕私",是周王秋冬祭祀祖先后,设宴招待同姓诸侯的诗;《小雅·桑扈》为周天子燕同姓、异姓诸侯诗,"君子乐胥,万邦之屏。之屏之翰,百辟为宪",燕享的目的是希望他们成为王朝的屏障。

宗法制只适用于同姓贵族之间,与异姓贵族间的关系则以婚姻为纽带联结起来。宗法制社会中,非常重视家庭的地位,因此,对婚姻家庭生活的描述成为了《诗经》的重要内容,《诗经》也以诗的形式对家庭关系进行了多侧面展示,既有对祖先的颂扬,也有对和谐、美好夫妻关系的赞美,更有对多子多孙的赞颂和祝福等。可以说,"二南"以婚恋为题材的诗艺术的表现了宗法制度对家庭的重视。

(二) 礼乐文化的熏陶

周人克商取代商的天下共主地位成为政治、文化上的正统,并在克商后认真总结了商灭亡的教训,"我不可不监于有夏,亦不可不监于有殷"[1],确立了"敬德保民"的治国思想。为了巩固周王朝的统治,周公创造性地吸收、借鉴殷商文化,完成了制礼作乐。《论语·为政》曰:"殷因于夏礼,所损益,可知也。周因于殷礼,所损益,可知也。其或继周者,虽百世,可知也。"[2] 周公将从远古到殷商时的礼乐加以整理、改造,从根本上确立了"尊尊亲亲"的精神原则,"定亲疏、决嫌疑、别异同、明是非"[3],使其成为系统化的社会典章制度和行为规范,解决了政治运行的有序化问题。周公并不是全盘吸收殷商文化,而是创造性地加以吸收、改造,确立了适应周人现实需要的周礼。

周礼的实质是以制度和道德规范人们的行为。"礼是外在的社会规范及行为规范,用以维护社会与人伦的宗法等级秩序。"[4] 礼的表现形

---

[1] 《尚书正义》,《十三经注疏》,上海古籍出版社1997年版,第594页。
[2] 《论语注疏》,《十三经注疏》,上海古籍出版社1997年版,第2463页。
[3] 《礼记正义》,《十三经注疏》,上海古籍出版社1997年版,第1231页。
[4] 赵东栓:《先秦哲学思想与文艺美学观念》,吉林人民出版社2005年版,第209页。

态在周代主要表现为各种各样的制度。《礼记·昏义》概括了周礼的内容:"夫礼始于冠,本于昏,重于丧祭,尊于朝聘,和于乡射,此礼之大体也。"① 这些礼仪制度的实施与"乐"有密切关系,"乐是诗、乐、舞的统一体,乐是通过道德、精神、情感而达到对社会秩序的作用。这无疑是对待人的世界的理性化的结果,所以说:'礼也者,理也。乐也者,节也。'"② 周人在举行祭祀、出征、会盟、饮宴、婚嫁、丧葬等活动时,均有相应的乐舞仪式。

周公制礼作乐,形成了在中国历史上影响深远的礼乐文化。《诗经》就是在周代礼乐制度的土壤上产生并为礼乐制度服务的。

《诗》与周礼关系密切。首先,《诗》的创作和编订始终伴随着礼乐的兴盛和衰败。《诗》最早的形态就是典礼仪式上的乐歌。"《诗经》的自然史(《诗》的结集)与周礼相始终。诗的创作和规范应用与周礼的关系如下:一部分诗是应礼的需要而制作,成为礼的组成部分;另一部分也是在礼的规范下创作,在礼的规范下应用的,换言之,即是礼的具体实践。可以说,《诗》的形成即礼的成熟。所以随着周礼由成熟而走向崩溃,《诗》的发展也就停止了。这就是孟子所说的'王者之迹息而《诗》亡'。"③

儒家论《诗》也多与礼相关联。孔子有"兴于诗,立于礼,成于乐"④、"诗之所至,礼亦至焉"⑤ 的见解。据统计,整个《诗经》明显言礼的共有一百零五篇。⑥ "《诗》是周代礼乐文化的产物,因此,一开始便和礼结下了不解之缘;它又长时间被人用来为礼服务,这种服务既有具体典礼的场合,又有总体理想社会制度的建构,《诗》一次次地受

---

① 《礼记正义》,《十三经注疏》,上海古籍出版社1997年版,第1681页。
② 赵东栓:《先秦哲学思想与文艺美学观念》,吉林人民出版社2005年版,第209页。
③ 姚晓鸥:《诗经三颂与先秦礼乐文化》,北京广播学院出版社2000年版,第5页。
④ 《论语注疏》,《十三经注疏》,上海古籍出版社1997年版,第2487页。
⑤ 《礼记正义》,《十三经注疏》,上海古籍出版社1997年版,第1616页。
⑥ 陈戍国:《论以礼说〈诗〉——兼论以诗说〈诗〉》,《诗经刍议》,岳麓书社1997年版,第128—131页。

到垂青重视,但又一次次地被扭曲并为我所用。"①

《诗经》以诗歌的形式艺术地阐释了周礼的宗旨,许多关于礼制的生活内容,体现在最贴近周人生活的各个方面,表现出周人对于礼的高度重视,如"二南"诗中对于周人婚礼"六礼"的展示、农事诗对籍田礼的表现、宴飨诗对于等级秩序的体现等。

(三) 周公之德

"二南"从其命名看,系之于周公和召公。《毛诗序》曰:"《关雎》、《麟趾》之化,王者之风,故系之周公。……《鹊巢》、《驺虞》之德,诸侯之风也,先王之所以教,故系之召公。《周南》、《召南》,正始之道,王化之基。"② 周公是孔子一生最崇敬的古代圣人之一。由于他功勋卓著但并未称王即天子位,而是以人臣的身份成就了周家的基业,这是周公之德最主要的体现,也是儒家完美的理想人格。

历史上产生过周公是否称王的争论,对周公之德的评价产生影响。《荀子·儒效》认为周公篡位称王:"周公屏成王而及武王以属天下。"③ 王国维《古诸侯称王说》指出:"世疑文王受命称'王',不知古诸侯于境内称'王'与称'君'、称'公'无异。《诗》与《国语》、《楚辞》称契为'玄王',其六世孙亦称'王亥',此犹可曰后世追王也;汤伐桀誓师时已称'王',《史记》又云'汤自立为武王',此亦可云史家追纪也。然观古彝器铭识则诸侯称'王'者颇不止一二觏。"④ 顾颉刚则借助彝器铭文和相关文献,高度评价了王国维的发现:"把彝器铭辞中的周代王臣在其国内称'王'之俗的事实揭露出来,可说是一个破天荒的发现。从此可以知道周公在执政时称'王'原是一件极平常的事情。"⑤ 虽然武王临终时有将王位传给周公的意思,《逸周书·度邑》:"王曰:'旦,汝维朕达弟,予有使汝。汝播食不遑暇食,矧其

---

① 王洲明:《论诗与礼的关系》,《诗赋论稿》,山东大学出版社 2006 年版,第 36 页。
② 《毛诗正义》,《十三经注疏》,上海古籍出版社 1997 年版,第 272—273 页。
③ 北京大学《荀子》注释组:《荀子新注》,中华书局 1979 年版,第 86 页。
④ 顾颉刚:《周公执政称王——周公东征史事考证之二》,《文史》1985 年第二十三辑。
⑤ 同上。

有乃室？今维天使予，惟二神授朕灵期。于未致予休，□近怀予朕室。汝维幼子，大有智.'……叔旦恐，泣涕共手。"① 可以看出，因周公的勤勉和年富力强使得武王有将王位传给他的意图，但周公并没有接受只是摄政相成王。《墨子·贵义》曰："故周公旦佐相天子，其修至于今。"②《左传·定公四年》曰："昔武王克商，成王定之，选建明德，以蕃屏周。故周公相王室以尹天下，于周为睦。"③ 表明周公是相成王，而非自己称王。

并且已出土的西周青铜器铭文也证明周公没有单独纪年之事。恭王时期铜器《史墙盘》铭文中历数文王至周恭王的功业，文中特别提到周公，即述远祖来投奔周武王时，"武王则令周公舍寓于周俾处"④，但陈述周王的事迹时却并无周公。⑤ 2003年1月出土于陕西眉县杨家村西周青铜器窖藏坑中的《逨盘》铭文，有铜器铭文所见到的第一部完整的西周诸王世系，从文王一直至宣王十二代周王。其中叙述了从周文王到宣王时期各王的事迹，与《史墙盘》一样，铭文中同样没有提及周公的任何事迹。⑥ 可见周公并没有摄政称王，而是兢兢业业地经营周王朝江山，辅佐成王。

周公对于周王朝而言，是做出重要贡献的人。周代是以"小邦周"战胜了"大邑商"，但开国之初尤其武王去世之后，处于内忧外患的局面。表现在内外两个方面：内部以管叔、蔡叔等为代表的宗族势力，外部是以武庚为代表的殷商残余势力对新政权的觊觎之心。面对险恶的政治局势，周公一方面进行毫不留情的武力征服，另一方面则开始构建异于殷商的礼乐文化。

《礼记·明堂位》总结了周公当时的政治作为："武王崩，成王幼

---

① 黄怀信：《逸周书校补注译》，三秦出版社2006年版，第218—219页。
② 《墨子校注》，《新编诸子集成》，第687页。
③ 《春秋左传正义》，《十三经注疏》，上海古籍出版社1997年版，第2134页。
④ 李学勤：《论史墙盘及其意义》，《考古学报》1978年第2期。
⑤ 夏含夷：《周公居东新说——兼论〈召诰〉、〈君奭〉著作背景和意旨》，陕西历史博物馆编《西周史论文集》（下），陕西人民教育出版社1993年版。
⑥ 《陕西眉县杨家村西周青铜器窖藏发掘简报》，《文物》2003年第3期。

弱，周公践天子之位，以治天下。六年，朝诸侯于明堂，制礼作乐，颁度量，而天下大服。七年，致政于成王。"①周公首先是平定叛乱，安定局面。周公东征诛杀管叔，囚禁蔡叔，平定了殷人叛乱。又进一步讨伐殷人的残余势力，对支持叛乱的东夷部落进行了征讨。其次分封诸侯并营建新的都邑。《左传·僖公二十四年》富辰讲周初分封之事："昔周公吊二叔之不咸，故封建亲戚，以蕃屏周。管、蔡、郕、霍、鲁、卫、毛、聃、郜、雍、曹、滕、毕、原、酆、郇，文之昭也。邗、晋、应、韩，武之穆也。凡、蒋、邢、茅、胙、祭，周公之胤也。"②再次就是制礼作乐，这是周公最杰出的政绩。王国维在《殷周制度论》中认为中国古代社会在殷周之际发生了十分重要的变化，其表现就在于周人所确立的以宗法制度为核心的礼乐制度。

"二南"中的召南系之于召公奭，但西周早期召公家族文献记载不多，《史记》中的燕君世系的记载也比较简略。武王即位时，"太公望为师、周公旦为辅，召公、毕公之徒左右王，师修文王绪业"③。说明这时召公已是武王近臣。《史记·周本纪》成王时，"召公为保，周公为师，东伐淮夷、残奄，迁其君薄姑"④。

因二公的德行，因此将产生于二公封地的采歌以二公命名。

第三节 "二南"诗旨辨析

一 "二南"诗异于其他风诗的特殊地位

"二南"共25首诗，位列《国风》之首，地位明显比其它十三国风要高。从孔子的言语中可窥知一二。孔子《论语·阳货》曰："人而

---

① 《礼记正义》，《十三经注疏》，上海古籍出版社1997年版，第1488页。
② 《春秋左传正义》，《十三经注疏》，上海古籍出版社1997年版，第1817页。
③ 司马迁：《史记》，中华书局2008年版，第120页。
④ 同上书，第133页。

不为《周南》、《召南》，其犹正墙面而立也与。"① 孔子对《关雎》更是赞不绝口，《论语·八佾》曰："《关雎》乐而不淫，哀而不伤。"②《泰伯》曰："师挚之始，《关雎》之乱，洋洋乎，盈耳哉！"③《孔子诗论》所论54首诗，论及"二南"9篇，包括《周南》的《关雎》《葛覃》《卷耳》《樛木》《螽斯》《兔罝》《汉广》，《召南》的《鹊巢》《甘棠》等。孔子之所以重视"二南"，其原因在《孔丛子》中有所体现："于《周南》《召南》，见周道之所以盛也。"④

《诗论》论诗注重对诗文本的解读，在此基础上，从义理角度进一步阐发诗所具有的思想内涵。对诗大义的阐发，开创了从义理角度对《诗经》进行研究的新模式。这与孔子所倡导《诗经》"兴、观、群、怨"的教化作用一致。董治安先生认为孔子论诗，主要强调诗的道德伦理功能和政治作用。⑤ 其后论诗大都继承孔子的方法，只是各有侧重。

季札最早对"二南"进行评价。在鲁观周乐时，当乐工为之歌《周南》《召南》，他感叹说："美哉！始基之矣，犹未也。"⑥《毛诗序》论诗则过多的赋予诗以义理的解读，强调其教化意义。《诗大序》曰："《周南》、《召南》，正始之道，王化之基。"⑦《毛诗正义》将"二南"谓之"正风"，目之以"正始之道，王化之基"，排定风诗次序："《周》、《召》，风之正经，固当为首。自卫以下，十有余国，编此先后，旧无明说，去圣久远，难得而知。欲言先后为次，则齐哀先于卫顷，郑武后于桧国，而卫在齐先，桧处郑后，是不由作之先后。欲以国地为序，则郑小于齐，魏狭于晋，而齐后于郑，魏先于唐，是不由国之大小也。欲以采得为次，则《鸡鸣》之作远在《缁衣》之前，郑国之

---

① 《论语注疏》，《十三经注疏》，上海古籍出版社1997年版，第2525页。
② 同上书，第2468页。
③ 同上书，第2487页。
④ 王钧林、周海生译注：《孔丛子》，中华书局2009年版，第44页。
⑤ 董治安：《先秦文献与先秦文学》，齐鲁书社1994年版，第50页。
⑥ 《春秋左传正义》，《十三经注疏》，上海古籍出版社1997年版，第2006页。
⑦ 《毛诗正义》，《十三经注疏》，上海古籍出版社1997年版，第273页。

风必处桧诗之后，何当后作先采，先作后采乎？是不由采得先后也。二三拟议，悉皆不可，则诸国所次，别有意焉。盖迹其先封善否，参其诗之美恶，验其时政得失，详其国之大小，斟酌所宜，以为其次。"① 风诗的编排次序并不是一次完成的，其间有过次序的调整。《豳风》在季札观乐时排在《齐风》之后，今本《国风》中调整到最后。这样的位置调整，马银琴认为是孔子所为。原因之一是孔子出于对周公的仰慕，将与周公有关的《豳风》调整到风诗最后，《雅》之前，提升了周公在周代礼乐文化中的地位。原因之二，位置调整是孔子删诗的有力证据。② 文献记载孔子"自卫返鲁，然后《乐》正，《雅》《颂》各得其所"③，《史记·儒林列传》亦称孔子"修起《礼》《乐》"④。

《诗经》中的诗最初都是能够配乐在各种典礼仪式上演唱的。从"二南"在各种典礼仪式上（乡饮酒礼、乡射礼、燕礼）作为正乐使用，也能见出其地位的特殊。《仪礼·燕礼》在"工歌《鹿鸣》……间歌《鱼丽》，笙《由庚》……"之后："遂歌乡乐《周南》：《关雎》、《葛覃》、《卷耳》，《召南》：《鹊巢》、《采蘩》、《采蘋》。乐正曰：'正歌备。'"郑《注》曰："《周南》、《召南》，《国风》篇也……乡乐者，风也。"⑤ 其他十三国风不属于正式的仪式节目内容，被称为"无算乐"。朱熹也这样认为："旧说二南为正风，所以用之闺门乡党邦国，而化天下也。十三国为变风。"⑥

对于"二南"的重要地位，自唐代出现的"四诗"说也可见一斑。唐代许尧佐《五经阁赋》有"虞夏商周之五典，国风雅颂之四诗"说。宋代苏辙最早提出"二《南》独立说"⑦，其后王质、程大昌，清代顾炎武及其后崔述、梁启超，近代朱自清、陆侃如、冯沅君

---

① 《毛诗正义》，《十三经注疏》，上海古籍出版社1997年版，第269页。
② 马银琴：《两周诗史》，社会科学文献出版社2006年版，第422—423页。
③ 《论语注疏》，《十三经注疏》，上海古籍出版社1997年版，第2491页。
④ 司马迁：《史记》，中华书局2008年版，第3115页。
⑤ 《仪礼注疏》，《十三经注疏》，上海古籍出版社1997年版，第1021页。
⑥ 朱熹：《诗经集传》，上海古籍出版社1980年版，第1页。
⑦ 苏辙：《诗集传》，《续修四库全书本》第56册，第68页。

等均提出并赞成"二南"独立,与《风》《雅》《颂》并举,遂产生《南》《风》《雅》《颂》"四诗"之说。以朱自清《经典常谈》中的观点为例:

> 风雅颂之外,其实还该有个"南"。南是南音或南调,《诗经》中《周南》、《召南》的诗,原是相当于现在河南、湖北一带地方的歌谣。《国风》旧有十五,分出二南,还剩十三;而其中邶、鄘两国的诗,现经考订,都是卫诗,那么只有十一《国风》了。①

上述所论,足见后人对"二南"诗的重视,也可见"二南"具有的高于其他风诗的地位。

二 "二南"诗旨辨析

《诗经》作品的内容,大致可分为这样几种类型:纪祖颂功之歌,郊庙祭祀之歌,朝会、燕享之歌,劝诫时王、讽谏朝政之辞,感时伤世、抒发悲怨之辞,各诸侯国风诗。其中,这六类作品可归纳为两个类别:前三类多颂赞之言,后三类多讽刺、怨悲之辞。但是,对于后一类中各国风诗的情况,又有特别之处。从内容上看,风诗比较复杂,其中很多婚恋情歌并非怨刺之辞,而在《毛诗》首序中,不管诗的具体内容,基本冠之以"刺□□""怨□□""闵□□"。内容上的两分,与《毛诗序》提出的"正""变"说相对应:

> 王道衰,礼仪废,政教失,国异政,家殊俗,而"变风"、"变雅"作矣。②

《诗经》中的婚恋诗是事实存在,但对其看法却有极大分歧。以

---

① 朱自清:《经典常谈》,生活·读书·新知三联书店1998年版,第35页。
② 《毛诗正义》,《十三经注疏》,上海古籍出版社1997年版,第271页。

《毛诗》为代表的汉学以诗附史，妄生美刺，把《诗经》中有关婚恋主题的恋曲婚歌穿凿附会为完全不相干的历史人物和事件，借咏唱男女之事来讽刺时政。宋代以朱熹为代表的学者观点有了进步，"凡诗之所谓'风'者，多出于里巷歌谣之作，所谓男女相与咏歌，各言其情者也。"① 但也强把"淫诗"的帽子扣在那些歌咏美好情感的情诗头上。

早在周代，爱情就已经成为诗歌的重要表现主题。《诗经》中的婚恋诗就是这种情感的表现，广泛反映了那个时代男女爱情生活的幸福、欢乐、挫折和痛苦，充满坦诚、真挚的情感。这些情感虽然出自几千年前，但今天读来依然能够非常恰当地表达现代人的情感。这类诗主要分布在《国风》中，《颂》和《大雅》不见，《小雅》也仅有几篇。

《诗序》论诗时将"二南"诗分为两类，一是与后妃、夫人相关联，《周南》侧重"后妃之德"，《召南》多以"夫人之德"论。这一类大多以婚恋为主题。二是以《汝坟》《甘棠》《何彼襛矣》为代表的与后妃、夫人无关，而是与春秋中期各国风诗之序相类的美刺之言。下面按照这样的分类分别对"二南"诗旨进行辨析。

（一）"二南"中的婚恋诗

婚恋诗在"二南"中占了很大篇幅。"《周南》十一篇，皆周人自咏其国风，唯《螽斯》、《兔罝》、《麟趾》及公室。盖《螽斯》美后妃之多男，《兔罝》喜文王之游猎，《麟趾》见公族之日盛，要皆假物咏叹，未尝显言称颂，所以为《风》也。"② "愚观《召南》十四篇，赋婚姻者五，托言男女词以寓君臣义者四，供蚕事于公室，思仁政于已往，及美俭德、嗟行役而颂败列者又各一。"③ 从其内容分析，"二南" 25首诗，《周南》11首，有6首为婚恋诗，《关雎》《葛覃》《卷耳》《桃夭》《汉广》《汝坟》；《召南》14首，有10首婚恋诗，《鹊巢》《草虫》《采薇》《采蘩》《行露》《殷其雷》《摽有梅》《小星》《江有

---

① 朱熹：《诗经集传》，上海古籍出版社1980年版，序。
② 方玉润：《诗经原始》，中华书局1986年版，第92页。
③ 同上书，第119页。

第二章 "二南"地域风格研究

汜》《野有死麕》等。

"二南"中之所以有如此多的婚恋诗，被称为"正风""正始之道，王化之基"，与婚姻在周代具有的特殊政治意义有关。王国维指出："周人制度之大异于商者，一曰立子立嫡之制，则是而生宗法及丧服之制，并由是而生封建子弟之制、君天子臣诸侯之制，二曰庙数之制，三曰同姓不婚之制。此数者，皆周之所以纲纪天下者，其旨则在纳上下于道德，而合天子、诸侯、卿、大夫、庶民以成一道德团体，周公制作之本意，实在于此。"① 第三条的"同姓不婚之制"体现了周人婚姻在整个宗族、国家的重要地位。这个异于商人的制度很好地配合了周初"以蕃屏周"分封制的实施。"同姓不婚"不仅是出于优生优育的考虑，更深刻的原因在于这种婚姻制度已经与政治制度紧密结合，婚姻的本质不仅是"将合二姓之好，上以事宗庙，而下以继后世"② 的传宗接代，还担负着更重大的"婚礼，万世之始也，取于异姓，所以附远后别"③ 这个扩大周族统治范围的深层目的。尤其是媵嫁制度的实施，通过婚姻缔结的亲戚关系，使得姬姓人群与众多异姓人群有了直接而广泛的联系，甚至一些敌对的人群，通过这种方式起到了化敌为友的亲和作用，极大地扩张了周人的势力。

夫妻人伦是周人观念中特别看重的。"婚姻，又称嫁娶、婚媾，男姻为娶，女嫁为婚。《尔雅·释亲》：'婿之父为姻，妇之父为婚……妇之父母，婿之父母相谓为婚姻。'通婚双方互称'亲家'。婚姻组合的目的，是通过男女两性结合，达到三个目的：一是满足人的性欲；二是繁衍后代；三是修两姓之好，加强社会组织的联系。《礼记·昏义》：'婚姻者，合二姓之好，上以事宗庙，下以继后嗣也。'"④

对于《诗经》中的婚恋诗，李山认为记录了两种不同文化意义上

---

① 王国维：《殷周制度论》，《观堂集林》，中华书局1959年版，第451页。
② 《礼记正义》，《十三经注疏》，上海古籍出版社1997年版，第1680页。
③ 同上书，第1456页。
④ 宋兆麟：《中国风俗通史》原始社会卷，上海文艺出版社2001年版，第236页。

的婚恋现象。一种是与周礼相关的诗篇：或则为婚姻典礼上的祝祷，或则为妇道原则的礼赞，或则为妇女在其合法家庭关系恶化、破裂时对周礼所规定的夫妻正道的渴望。"二南"中的婚恋诗大多属于这种类型。而另外一种则与渊源古老的民间习俗相关，显示出强烈的野性色彩，率性而泼辣是其显著的特征，比如《郑风》《卫风》中的婚恋诗。①

《诗经》"二南"中的婚恋诗是对符合礼制的婚恋的形象阐释。

周礼对婚姻很多方面都有具体、详细的规定，比如贵族女子的婚姻是通过"父母之命，媒妁之言"决定的；婚礼在形式上要秉持周礼规定的"六礼"等。"二南"中16首婚恋诗艺术的表现了周代婚姻从恋爱、婚前教成、求婚、婚礼等过程，是"诗礼相成"的典型体现。下面就按照这个过程具体阐释。

1. 爱情诗

《诗经》国风中众多的以恋爱为题材的诗，细腻地刻画了几千年前热恋中的青年男女的情感，具有很强的艺术感染力。《周南》之《关雎》《汉广》，《召南》之《摽有梅》《野有死麕》《江有汜》都是关于恋爱题材的诗。只不过，《关雎》《野有死麕》是男求女的恋爱成功，《摽有梅》女求男，但没有交代结局，而《汉广》中的男子则是恋爱失败。

《周南·关雎》：

> 关关雎鸠，在河之洲。窈窕淑女，君子好逑。
> 参差荇菜，左右流之。窈窕淑女，寤寐求之。
> 求之不得，寤寐思服。悠哉悠哉，辗转反侧。
> 参差荇菜，左右采之。窈窕淑女，琴瑟友之。
> 参差荇菜，左右芼之。窈窕淑女，钟鼓乐之。

---

① 李山：《诗经的文化精神》，东方出版社1997年版，第122页。

《关雎》不仅位列《周南》之首,也是《诗经》之首,被称为"四始"之一,可见其地位的重要。《关雎》也深得孔子喜爱,《孔子诗论》中也有多条对《关雎》的评论,第十简:"《关雎》之改……日动而皆贤于其初者也?《关雎》以色喻于礼。"第十一简:"……情爱也,《关雎》之改,则其思益矣。"第十四简:"以琴瑟之悦,拟好色之愿,以钟鼓之乐[拟婚][姻之]好,反纳于礼,不亦能改乎?"① 见出孔子对《关雎》的重视,也能见出儒家解诗的思路。

关于本诗诗旨,《毛诗序》《集传》等均言此诗及文王、后妃。《毛诗序》曰:"《关雎》,后妃之德也。……是以《关雎》乐得淑女以配君子,忧在进贤,不淫其色。哀窈窕,思贤才,而无伤善之心焉,是《关雎》之义也。"② 朱熹《集传》曰:"周之文王生有圣德,又得圣女姒氏以为之配。"③ 这是传统解诗思路。姚际恒《诗经通论》则不以为然,他认为:"此诗只是当时诗人美世子娶妃初婚之作,以见嘉耦之合初非偶然,为周家发祥之兆,自此可以正邦国,风天下,不必实指出太姒、文王。……世多遵《序》,即《序》中亦何尝有之乎!大抵善说《诗》者,有可以意会,不可以言传。"④ 方玉润《诗经原始》更简洁鲜明的解诗旨为"乐得淑女以配君子",《小序》和《集传》所述"皆无确证。诗中亦无一语及宫闱,况文王、大姒也?……此诗盖周邑之咏初婚者,故以为房中乐,用之乡人,用之邦国,而无不宜焉。……圣人取之,以贯三百篇首,非独以其为夫妇之始,可以风天下而厚人伦也,盖将见周家发祥之兆,未尝不从宫闱始耳。"⑤《毛诗序》和《集传》释之为后妃、文王与"二南"作为乐歌的乐章义有关,而与诗本义无关。但他们和姚氏、方氏都解读出了君子与淑女相配的诗义,姚氏、方氏更具体阐述了其作为初婚之作的诗旨。

---

① 马承源:《上海博物馆藏战国楚竹书》(一),上海古籍出版社 2001 年版,第 139—143 页。
② 《毛诗正义》,《十三经注疏》,上海古籍出版社 1997 年版,第 269—273 页。
③ 朱熹:《诗经集传》,上海古籍出版社 1980 年版,第 1 页。
④ 姚际恒:《诗经通论》,中华书局 1958 年版,第 15 页。
⑤ 方玉润:《诗经原始》,中华书局 1986 年版,第 71—72 页。

胡适则认为:"好多人说《关雎》是新婚诗,亦不对。《关雎》完全是一首求爱诗。……这完全是初民时代的社会风俗,并没有什么稀奇。"①

刘操南从对诗中出现的钟鼓和琴瑟使用的考证上见出本诗的诗旨:"《关雎》诗中有男女相悦的一面,……但还有其特殊性,这就显示了诗的特色,就是诗中所提出的'淑女'的素质,和那'琴瑟友之'和'钟鼓乐之'的两种不同生活的场面和背景。"②他认为男女相悦只是这首诗的一个方面,从中能看出对淑女素质的要求,那么,"窈窕"是既包括外貌也包括品行在内的一个要求。因此,《毛传》释"窈窕淑女,君子好逑":"窈窕,幽闲也。淑,善。……是幽闲贞专之善女,宜为君子之好匹也。"③就是说,能配得上君子的女子要内外兼修,尤其要具备"妇德、妇言、妇容、妇功"。《葛覃》就具体阐明女子要掌握的"妇功"。

李学勤释读《孔子诗论》《关雎》简文,认为:"作者以为《关雎》之诗由字面看系描写男女爱情,即'色',而实际要体现的是'礼',故云:'以色喻于礼。'"④正是"反内于礼"的体现。张震泽也认为:"何谓'房中乐'?《仪礼·燕礼》郑注云:'谓之房中者,后夫人之所讽诵,以事其君子。'《周礼·磬师》贾疏亦云:'房中乐者,此即《关雎》《二南》也。'今观其诗,大致皆言夫妇婚姻男女子息之事,《周南》多言夫妇德行,《召南》亦言夫妇,而倾向劝人敬慎王事。《二南》大旨正符合于《毛序》所说的'经夫妇,成孝敬,厚人伦,美教化,移风俗。'正是'正始之道,王化之基。'"⑤

从诗本义出发,综合以上观点,可以看出,诗共四章,前三章写男子对"窈窕淑女"倾慕相思但求之不得而辗转反侧,第四章为循礼而

---

① 胡适:《谈谈诗经》,《古史辨》第三册,上海古籍出版社1982年版,第585页。
② 刘操南:《诗经探索》,浙江大学出版社2003年版,第210页。
③ 《毛诗正义》,《十三经注疏》,上海古籍出版社1997年版,第273页。
④ 李学勤:《〈诗论〉说〈关雎〉等七篇释义》,《齐鲁学刊》2002年第2期。
⑤ 张震泽:《论〈汉广〉》,《辽宁大学学报》(哲学社会科学版)1987年第5期。

行，以琴瑟、钟鼓传情达志，反纳于礼，而终成其志。

方玉润论《关雎》曰："此诗佳处全在首四句，多少和平中正之音，细咏自见。取冠《三百》，真绝唱也。"① 诗首先以关雎和鸣起兴，"雎鸠"，《毛传》曰："雎鸠，王雎也，鸟挚而有别。"②《集传》曰："雎鸠，水鸟，一名王雎，状类凫鹥。……生有定偶而不相乱，偶常并游而不相狎。"③ 凫鹥虽然面目凶恶，但从《毛传》和《集传》均突出鸟对爱情专贞的特性。诗用雎鸠起兴，不仅是引起下文，且起兴所用名物与下面"所咏之辞"所谓夫妻和鸣有内在关联。

关于《诗经》的表现手法"兴"，前人已有详尽的阐述，其中以朱熹的论述最为权威。他认为："兴者，先言他物以引起所咏之辞也。"④《朱子语类》非常明确地阐述比兴的区别及兴的特点："说出那物事来是兴，不说出那物事是比。……比虽是较切，然兴却意较深远。……比是以一物比一物，而所指之事常在言外。兴是借彼一物以引起此事，而其事常在下句。但比意虽切而却浅，兴意虽阔而味长。"⑤ 意较深远、意阔味长是兴的主要特征。姚际恒认为，"兴者，但借物以起兴，不必与正意相关也"⑥，仅仅强调兴这种手法的开头作用，与下文不需要产生意义上的关联。《诗经》中的兴的确存在这个特点，如《郑风·萚兮》"萚兮萚兮，风其吹女。叔兮伯兮，倡予和女"、《魏风·伐檀》"坎坎伐檀兮，置之河之干兮，河水清且涟猗。不稼不穑，胡取禾三百廛兮"、《唐风·采苓》"采苓采苓，首阳之巅。人之为言，苟亦无信"、《小雅·南山有台》"南山有台，北山有莱。乐只君子，邦家之基"等，诗篇开始所言之名物均为了诗的开头，与整首诗的诗意没有任何关联。但《诗经》中很多诗起兴所用名物，不仅起到引起下文作用，而且经

---

① 方玉润：《诗经原始》，中华书局1986年版，第72页。
② 《毛诗正义》，《十三经注疏》，上海古籍出版社1997年版，第273页。
③ 朱熹：《诗经集传》，上海古籍出版社1980年版，第1页。
④ 同上。
⑤ 朱熹：《朱子语类》，《朱子全书》，上海古籍出版社、安徽教育出版社2002年版，第2739—2740页。
⑥ 姚际恒：《诗经通论》，中华书局1958年版，第1页。

过诗人的精心选择和考量，找到与所咏之辞的内在一致性，从而更好的表情达意，渲染、烘托了要抒发的情感，进一步强化了诗的抒情性，形成情景交融的意境美，达到"言有尽而意无穷"的艺术效果，如朱熹所谓"兴意虽阔而味长"。这种境界明显要高出姚际恒所论，也由此能看出那时的诗人已经掌握了丰富的艺术技巧，具备了很强的诗歌创作艺术表现能力。《关雎》就是典型的一例，诗人选取这种鸟性情的"挚而有别"与夫妻琴瑟和鸣的内在一致性来参与下文诗意的抒发，才产生了方氏所谓"和平中正之音"的效果。

《关雎》中名物非常丰富，且能提供给后人关于诗产生的地域、时间以及作者等信息。

诗中之"河"，在古代专指黄河。表明诗中所述为北方黄河流域。荇菜，"荇，根生水底，茎如钗股，上青下白，叶紫赤，圆茎寸余，浮在水面。"① 《毛诗正义》认为这种植物是供祭祀用的："后妃有关雎之德，乃能共荇菜，备庶物，以事宗庙也。"② 荇菜在我国分布广泛，南北方都有种植，因此从这里看不出有明显地域特征。"钟鼓""琴瑟"是《诗经》中经常出现的乐器。这种类型的名物，沈文倬称为人工名物。西周时，乐器具有鲜明的礼义象征意义，用乐要合礼制，乐器要与使用者身份和场合相对应。钟鼓之乐，为天子诸侯专有。《荀子·乐论》曰："君子以钟鼓道志，以琴瑟乐心。"③ 《毛传》曰："德盛者宜有钟鼓之乐。"④ 《史记·乐书》太史公曰："夫古者，天子诸侯听钟磬未尝离于庭，卿大夫听琴瑟之音未尝离于前。"⑤ 何楷曰："琴瑟，常御之乐也，故《鹿鸣》燕群臣，则曰：鼓瑟鼓琴。钟鼓，至大乐也，故《彤弓》飨诸侯，则曰：钟鼓既设。盖燕礼小而飨礼大，所用之乐亦以异也。简而言之，钟鼓多用于飨礼，用于朝聘会盟；琴瑟则多施于衽

---

① 朱熹：《诗经集传》，上海古籍出版社 1980 年版，第 1 页。
② 《毛诗正义》，《十三经注疏》，上海古籍出版社 1997 年版，第 273 页。
③ 北京大学《荀子》注释组：《荀子新注》，中华书局 1979 年版，第 337 页。
④ 《毛诗正义》，《十三经注疏》，上海古籍出版社 1997 年版，第 274 页。
⑤ 司马迁：《史记》，中华书局 2008 年版，第 1237 页。

席，为家庭娱乐之用，为房中之乐。"① 《诗经》言及"钟鼓"的诗，除《唐风·山有枢》外，《大雅·灵台》《小雅·白华》《彤弓》《宾之初筵》《楚茨》《甫田》《鼓钟》等均属西周王室乐歌，《关雎》也是如此。这里的钟鼓琴瑟，不仅表明诗中男女主人公情感和谐，而且还揭示了他们身为贵族的身份。同时也能见出周礼对贵族人群日常生活的影响。

"寤寐求之""寤寐思服""辗转反侧"三个词语将男子追求心仪女子的相思之苦生动表现出来。

诗中产生了很多千古传颂的名句，如"窈窕淑女，君子好逑"，赞美女子的"美状""美心"和男子的一往情深。"辗转反侧"，则传神地表达了恋爱中男子幸福和煎熬并存的心理。

关于《关雎》作年，《史记·儒林列传》曰："周室衰而《关雎》作，幽厉微而礼乐坏，诸侯恣行，政由强国。"② 将《关雎》作年确定为西周后期。《诗三家义集疏》之《鲁诗》："周道缺，诗人本之衽席，《关雎》作。……又曰：周衰而诗作，盖康王时也。"③ 由"周道缺""周衰而诗作，盖康王时也"，考证《关雎》创作时代在康王时。而《诗三家义集疏》之《韩诗》"《关雎》，刺时也"④、《毛诗序》"《关雎》，后妃之德也。……乐得淑女以配君子"⑤ 均无从判断作年。但《毛诗》主变风变雅说，认为"二南"为正风，又有"至于王道衰，礼义废，政教失，国异政，家殊俗，而变风、变雅作"⑥ 之说，由此可判定《关雎》诗当作于西周中期。

《关雎》不仅诗义美妙，乐调也是极美妙的。所以，孔子认为"师挚之始，《关雎》之乱，洋洋乎，盈耳哉"⑦。从《关雎》诗本身包含

---

① 何楷：《诗经世本古义》，上海古籍出版社1985年版。
② 司马迁：《史记》，中华书局2008年版，第3115页。
③ 王先谦：《诗三家义集疏》，中华书局2009年版，第4页。
④ 同上。
⑤ 《毛诗正义》，《十三经注疏》，上海古籍出版社1997年版，第269—273页。
⑥ 同上书，第271页。
⑦ 《论语注疏》，《十三经注疏》，上海古籍出版社1997年版，第2487页。

的丰富的信息以及在各种典礼仪式上被使用,可见出"诗言志"理念使得我国文学在产生之初就具有"功利性",文学并不是纯粹地抒发个人情志,而要有所寄托。钱穆对这种现象进行了细致的阐述:"即如十五国风,近人都说是民间文学。夷考其实,颇不然。即有些原是民间的,但已经诗人一番整理,文字雅化了,音节配上固定的曲谱了,其使用意义,也可能与原先意义不同了。即如《关雎》那一首诗,褎然列为诗三百之第一首,郑氏说:'关雎,后妃之德也,风之始也,所以风天下而正夫妇也。故用之乡人焉,用之邦国焉。'既用之邦国,我们不能定说它只是一首民间的自由恋爱诗。古经师的说法,我们不能定说它全没有根据。不论此诗是指周文王时,亦康王时,总之在赋诗言志的人,他意有所讽谕,则决不定限于某一时,某一人,与某一事。而且任何人,借着机会,唱出当时流行的某一首旧诗,而别有所讽谕,那亦是赋诗言志了。"① 不论写诗还是用诗,都有言志的功能。因此,《关雎》这样一首婚恋诗就被贴上了后妃、文王的标签。

《召南·摽有梅》:

> 摽有梅,其实七兮。求我庶士,迨其吉兮。
> 摽有梅,其实三兮。求我庶士,迨其今兮。
> 摽有梅,顷筐塈之。求我庶士,迨其谓之。

历代解诗者大多认为这是首求爱诗。《毛诗序》曰:"《摽有梅》,男女及时也。召南之国,被文王之化,男女得以及时也。"② 朱熹《集传》曰:"南国被文王之化,女子知以贞信自守,惧其嫁不及时,而有强暴之辱也。"③ 但在《朱子语类》中,朱熹强调了诗表达男女之情的诗义:"《摽有梅》之诗固出于正,只是如是急迫,何也?曰:此亦人

---

① 钱穆:《中国文学论丛》,生活·读书·新知三联书店2002年版,第250页。
② 《毛诗正义》,《十三经注疏》,上海古籍出版社1997年版,第291页。
③ 朱熹:《诗经集传》,上海古籍出版社1980年版,第8页。

之情。……读诗者于此，亦欲达男女之情。"① 陈奂阐释承《诗序》，非常简明："梅由盛而衰，犹男女之年齿也。梅媒声同，故诗人见梅而起兴。"②（清）龚橙《诗本谊》："《摽有梅》，急婿也。"③ 一个"急"字点明主旨。

方玉润则从中看到了更深的含义。《诗经原始》赞成《序》说而对朱说提出批评："《小序》谓'男女及时也'，毛、郑以下诸家莫不本之。然犹不过曰女求男，恐其嫁不及时已耳。及《集传》则甚而言之曰：'惧其嫁不及时，而有强暴之辱也。'夫女嫁纵不及时，而何至有强暴之辱乎？"④ 但他"细玩此诗，不类男女词"，而认为是诗人作诗讽谏在位者要访求山林隐逸之贤人。

近现代学者的观点基本一致。闻一多《诗经研究》认为："《摽有梅》亦女求士之诗，而摽与投字既同谊，梅与木瓜木桃木李又皆果属，则摽梅亦以梅摽男，而以梅相摽，亦正所以求之之法耳。"⑤ 程俊英《诗经译注》曰："这是一首待嫁女子的诗。她望见梅子落地，引起青春将逝的伤感，希望马上有人来求婚。"⑥

如何解读这首诗呢？从诗本义分析，诗以梅起兴，梅在这里既起到引起下文的作用，而且与"媒"谐音，表达了爱情的含义。同时，梅子成熟纷纷落下，也有时光流逝的暗示，女主人公正是由此触景生情，才发出"求我庶士，迨其吉兮"的呼唤。《毛传》释"摽"为"落"，"吉"为"善"，"塈"为"取"，郑《笺》"迨"为"及"，⑦ 因此，《毛诗序》有"男女及时"的阐释。而这种现象，也是"仲春之月，令会男女。于是时也，奔者不禁"礼俗的形象阐述。

诗共三章，是一首委婉而大胆的求爱诗，女主人公看到梅子成熟纷

---

① 朱熹：《朱子语类》，《朱子全书》，上海古籍出版社、安徽教育出版社2002年版。
② 陈奂：《诗毛氏传疏》，商务印书馆1933年版，第40页。
③ （清）龚橙：《诗本谊》，《续修四库全书》，上海古籍出版社2002年版，第281页。
④ 方玉润：《诗经原始》，中华书局1986年版，第109页。
⑤ 闻一多著，李定凯编，《闻一多学术文钞》，巴蜀书社2002年版，第120页。
⑥ 程俊英：《诗经译注》，上海古籍出版社1985年版，第33页。
⑦ 《毛诗正义》，《十三经注疏》，上海古籍出版社1997年版，第291页。

纷坠落,由此感到青春流逝,却嫁娶无期,情不自禁地唱出了渴求爱情的诗歌。这首诗还体现了与婚姻有关的其他习俗,比如投果。这种习俗在古时是祷神除邪气,即辟邪的行为,后成为求婚的习俗。因此闻一多《诗经通义》认为这首诗是歌咏男女求婚投果的习俗。这样的习俗在《卫风·木瓜》中也有表现:"古俗于夏季果熟之时,会人民于林中,士女分曹而聚,女各以果实投其所悦之士,中焉者或以佩玉相投,即相约为夫妇也。"①

从对诗本义的分析可以看出,朱熹"女子知以贞信自守,惧其嫁不及时,而有强暴之辱也"之说缺乏依据。

《召南·野有死麕》:

> 野有死麕,白茅包之。有女怀春,吉士诱之。
> 林有朴樕,野有死鹿。白茅纯束,有女如玉。
> "舒而脱脱兮!无感我帨兮!无使尨也吠!"

这首诗的诗旨有争议。《毛诗序》曰:"恶无礼也。天下大乱,强暴相陵,遂成淫风。被文王之化,虽当乱世,犹恶无礼也。"②朱熹《集传》曰:"南国被文王之化,女子有贞洁自,不为强暴所污者。故诗人因所见,以兴其事而美之。或曰赋也,言美士以白茅包其死麕,而诱怀春之女也。"尤其对卒章的阐释,更是如此:"此章乃述女子拒之之辞。言姑徐徐而来,毋动我之帨,毋惊我之犬,以甚言其不能相及也。其凛然不可犯之意,盖可见矣。"③此说与对《摽有梅》"惧其嫁不及时,而有强暴之辱也"之强解非常一致。朱氏没有将这首诗划归"淫诗",但欧阳修和王柏则以之为"淫诗"。欧阳修《诗本义》曰:"纣时男女淫奔以成风俗,惟周人被文王之化者,能知廉耻而恶其无

---

① 闻一多:《诗经通义》,时代文艺出版社1996年版。
② 《毛诗正义》,《十三经注疏》,上海古籍出版社1997年版,第292页。
③ 朱熹:《诗经集传》,上海古籍出版社1980年版,第9页。

礼，故见其男女之相诱而淫乱者恶之。"① 王柏《诗疑》更是力主将《野有死麕》放在欲删除的淫奔诗之首："在朱子前，诗未说明，自不当放。生朱子后，诗既说明，不可不放。"②

方玉润批驳《序》说和朱说"纷纷臆断，原无一定"，但谓"拒招隐"，释为高人逸士抱璞怀贞，不肯出而用世，故托言以谢当世求才之贤。③ 这样的解读同样显得突兀。

近现代学者大都认为这是一首情诗。顾颉刚说："《召南·野有死麕》是一首情歌。……可怜一班经学家的心给圣人之道迷蒙住了！卫宏《诗序》云：'被文王之化，虽当乱世，犹恶无礼也。'……经他们这样一说，于是怀春之女就变成了贞女，吉士也就变成了强暴之男，情投意合就变成了无礼劫胁，急迫的要求就变成了凛然不可犯之拒。……这首诗篇幅虽短，但情感表达热烈而坦率。是《诗经》中其他爱情诗所不多见的。"④ 顾氏从其中的情投意合和女子急迫的要求认为这是一首情诗。陈子展亦直言："《野有死麕》，无疑为男女恋爱之诗。"⑤ 程俊英、袁梅等都持有类似观点。

以顾颉刚为代表的学者们的观点无疑是正确的。从诗本义看，这是一首描述一对情人仲春幽会的诗。共三章，没有采用传统的复沓抒情形式，而是表现出了明显的叙事因素。首章、二章以叙述口吻描绘男女之情，青年男子用白茅包好刚打到的獐子和鹿，送给心爱的女子，这个女子就像白玉一样纯洁美丽。卒章则以语言描写的形式生动刻画了女子遇到心仪男子时既欢愉急切又紧张羞涩的心理状态，几句简洁对话就将女子朴实率真、不矫揉造作，还带有一些娇羞的情态生动表现出来。这样的表现方式使得诗的叙事性显露出来，但还是服务于整首诗对情人幽会时甜蜜氛围的营造。男主人公被称为"吉士"，而女主人公"有女如

---

① 欧阳修：《诗本义》，世界书局1985年版，第31—32页。
② 王柏：《诗疑》，《古籍考辨丛刊》第一集，社会科学文献出版社2010年版。
③ 方玉润：《诗经原始》，中华书局1986年版，第113—114页。
④ 顾颉刚：《野有死麕》，《古史辨》第三册，上海古籍出版社1982年版，第440—441页。
⑤ 陈子展：《诗经直解》，复旦大学出版社1983年版，第64页。

玉",含有明显的褒义色彩。"士"在先秦是指未婚青年男子。清俞正燮《癸巳类稿·释士补礼仪篇名义》："士者,古人年少未冠娶之通名。"① 朱熹《集传》释吉士"犹美士也",如玉,"美其色也"。② 麕和鹿,《毛传》曰:"麕,獐也。鹿属。"③ 是周代男方求亲时的礼聘之物。由此暗示诗的主旨。

闻一多从民俗角度的考察,更进一步明确此诗的主旨:"我认为这是古人特有的一个求婚仪式,而且是保留着原始状态的求婚习俗。"④ 马瑞辰考证,"帨"是女子出嫁时所系的蔽膝,女子蔽膝不仅称为"帨",还称为"袆""缡"。《仪礼·士昏礼》记载:"父送女,命之曰:'戒之敬之,夙夜毋违命!'母施衿结帨,曰:'勉之敬之,夙夜无违宫事!'庶母及门内施鞶,申之以父母之命,命之曰:'敬恭听宗尔父母之言。夙夜无愆,视诸衿鞶!'婿授绥姆,辞曰:'未教,不足与为礼也。'"⑤ 只有男子迎娶女子到家的时候,才能弄乱她的蔽膝。因此女子说"无感我帨兮",就表示男子求婚成功。女子没有直接答应男子的求婚,而语带双关地"无感我帨兮",则委婉地表示女方答应了男方的求婚。此说是诗义的进一步延伸。

《周南·汉广》:

> 南有乔木,不可休思。汉有游女,不可求思。汉之广矣,不可泳思。江之永矣,不可方思。
>
> 翘翘错薪,言刈其楚。之子于归,言秣其马。汉之广矣,不可泳思。江之永矣,不可方思。
>
> 翘翘错薪,言刈其蒌。之子于归,言秣其驹。汉之广矣,不可泳思。江之永矣,不可方思。

---

① (清)俞正燮:《癸巳类稿》,商务印书馆1957年版。
② 朱熹:《诗经集传》,上海古籍出版社1980年版,第9页。
③ 《毛诗正义》,《十三经注疏》,上海古籍出版社1997年版,第292页。
④ 吴晓峰:《〈诗经〉"二南"所载礼俗研究》,博士学位论文,杭州大学,2002年。
⑤ 《仪礼注疏》,《十三经注疏》,上海古籍出版社1997年版,第647—711页。

第二章 "二南"地域风格研究

这首诗的诗旨有比较一致的观点。《孔子诗论》第 11 简曰:"《汉广》之智,则智不可得也。"①《毛诗序》曰:"《汉广》,德广所及也。文王之道被于南国,美化行乎江汉之域,无思犯礼,求而不可得也。"②《诗论》"则智不可得"与《序》说"无思犯礼,求而不可得"表达了基本一致的含义。这首诗描写一个男子爱上一个女子,但是不能如愿以偿,于是不再坚持选择放弃的忧伤。

"南有乔木,不可休息。汉有游女,不可求思",诗人以乔木下无法休息以及长江、汉水难以渡过来抒发自己虽然钟情美丽的姑娘,却难遂心愿的惆怅心情。通过"汉之广矣,不可泳思。江水之永矣,不可方思"的反复咏叹,强调了他内心的无奈与惆怅。孔子认为《汉广》体现了一种"智"的精神,是指知游女求不可得而能不求的"智"。李学勤进一步释此简意为:"不作非分之想,不去强求不可得的对象,硬做不能成功的事情,可谓知足守常,是智慧的表现。"③

诗之"智",当不误,但还不足以表达诗中男子刈楚、刈蒌,秣马、秣驹以求心爱之人又无奈汉水广阔,只可望而不可即的惆怅和黯然。这也是儒家论诗忽略诗的审美,而强调其教化的一贯做法。

从内容上看,这是一首男子求偶而失败的情歌。这也与周代中春之月男女会聚求偶之俗相吻合。

这首诗还涉及了求婚刈楚、刈蒌习俗。魏源《诗古微》曰:"《三百篇》言'取妻'者,皆以'析薪'起兴,盖古者嫁娶必以燎炬为烛。故《南山》之'析薪',《车》之'析柞',《绸缪》之'束薪',《豳风》之'伐柯',皆与此'错薪'、'刈楚'同兴。秣马、秣驹,即婚礼亲迎御轮之礼。"④胡承珙《毛诗后笺》亦曰:"今考《诗》言昏姻之事,往往及于薪木。如《汉广》有'刈薪'之言,《南山》有'析

---

① 马承源:《上海博物馆藏战国楚竹书》(一),上海古籍出版社 2001 年版,第 141 页。
② 《毛诗正义》,《十三经注疏》,上海古籍出版社 1997 年版,第 281 页。
③ 李学勤:《〈诗论〉说〈关雎〉等七篇释义》,《清华简帛研究》第二辑,清华大学思想文化研究所 2002 年印本,第 16 页。
④ (清)魏源:《诗古微》,《魏源全集》,岳麓书社 2004 年版,第 341 页。

薪'之句,《豳风》之'伐柯'与'娶妻'同喻,《小雅》之'觏尔'以'析柞'为辞。此虽似以析薪者离同为异、娶妻者联异为同起兴,然窃意古者于昏礼或本有薪刍之馈。盖刍以秣马,薪以供炬。"①

这首诗中的名物非常丰富,树木类有乔木、薪、楚、蒌,河水有汉水、长江,动物有马等,一方面是地域特征的展示,从诗中出现的这些名物,尤其是河水的名称,显然,诗表现的是南方的景观。另一方面也表明,诗人创作时能够从生活中日常所见着眼,富有生活气息。

很多学者由这些富有南方地域风格的名物,来断定诗产生于南方,由此断定《周南》诗为楚诗是不确切的。辨析见上文。

《召南·江有汜》:

> 江有汜,之子归,不我以。不我以,其后也悔。
> 江有渚,之子归,不我与。不我与,其后也处。
> 江有沱,之子归,不我过。不我过,其啸也歌。

这是《召南》中很特别的一首诗。对于这首诗的理解历来有很大分歧。《毛诗序》曰:"《江有汜》,美媵也。勤而无怨,嫡能悔过也。文王之时,江沱之间,有嫡不以其媵备数,媵遇劳而无怨,嫡亦自悔也。嫡不以其媵备数,媵遇劳而无怨,嫡亦自悔也。"②朱熹《集传》承《序》说:"媵有待年于国,而嫡不与之偕行者,其后嫡被后妃夫人之化,乃能自悔而迎之。"③ 二说皆主张从嫡妻、媵妾解,尤其把"之子归"按"于归"解。《毛诗序》和《集传》延续传统的附会解诗风格,其实诗中完全没有所谓嫡妻、媵妾的信息。因此,此说遭到方玉润批评,他释诗旨为"商妇为夫所弃而无怼也":"此必江汉商人远归梓里,而弃其妾不以相从。始则不以备数,继则不与偕行,终且望其庐舍

---

① 胡承珙:《毛诗后笺》,黄山书社1999年版,第116页。
② 《毛诗正义》,《十三经注疏》,上海古籍出版社1997年版,第292页。
③ 朱熹:《诗经集传》,上海古籍出版社1980年版,第9页。

而不之过。妾乃作此诗以自叹而自解耳。否则诗人托言弃妇，以写其一生遭际沦落不偶之心，亦未可知。"①

今人大多从方玉润说。陈子展《诗经直解》曰："细玩诗意，实为言男女关系之诗。谓有往来大江汜沱之间商人乐其新婚而忘其旧姻，其妻抱怨自伤而作也。"② 高亨《诗经今注》曰："一个官吏或商人在他做客的地方娶了一个妻子。他回乡时，把她抛弃了。她唱出这首歌以自慰。"③ 程俊英《诗经译注》认为是"一位弃妇哀怨自慰的诗"④，而雒三桂、李山《诗经新注》的阐释非常新颖，"从诗中的语气推测，作者更可能是男子，他见心上人另有新欢，甚至'归'而嫁了过去，不再理睬自己，故在悲怒中唱出此诗。或者'之子'未有实指，诗也只是当时流行的写负心被弃的歌诗。"⑤ 这样的解读与此前的观点大相径庭，但非常契合诗义。

诗共三章，以整齐的复沓句式反复咏唱。三章首句"江有汜""江有渚""江有沱"均为兴。汜、沱同义，谓支流，渚原指江心的小洲，马瑞辰《通释》曰："盖江遇渚则分，过渚复合也。"⑥ 以之喻心上人有了二心。"之子归"，"子"当为女子；归，谓出嫁，郑《笺》曰："妇人谓嫁曰归。"⑦ "不我以"，"我"，显然是诗的抒情主人公；"以"，语义与后两句的"与""过"当同义，在一起的意思。"不我以"，表明女子弃之而去，嫁给别人。"不我以，其后也悔"，"不我以"是对前面的重复，于是他断定，女子离开了他，无比后悔。次章、卒章"其后也处""其啸也歌"表达了同样的意思，只是程度在逐步加深，从抛弃他会后悔，到会忧愁，到长歌当哭。诗表面上写女子抛弃男子之后的情绪表现，实际上是表达痴情男子面对心爱女子的不辞而别，自己内心的悲

---

① 方玉润：《诗经原始》，中华书局1986年版，第112—113页。
② 陈子展：《诗经直解》，复旦大学出版社1983年版，第61页。
③ 高亨：《诗经今注》，上海古籍出版社1980年版，第30页。
④ 程俊英：《诗经译注》，上海古籍出版社1985年版，第36页。
⑤ 雒三桂、李山：《诗经新注》，齐鲁书社2006年版，第48页。
⑥ 马瑞辰：《毛诗传笺通释》，《十三经清人注疏》，中华书局1998年版，第95页。
⑦ 《毛诗正义》，《十三经注疏》，上海古籍出版社1997年版，第292页。

伤与哀愁。

以上几首诗虽然列"二南"不同位置，但大致表达了共同的主题，那就是描述了周代青年男女或成功或失败的恋爱经过，生动地展现了恋人们之间的爱慕、思念、烦恼的世俗生活，是朱熹《集传》所言"凡诗之所谓风者，多出于里巷歌谣之作，所谓男女相与咏歌，各言其情者也"的阐释。

2. 婚前教成及教成之祭

《礼记·昏义》概括了周代婚姻的实质："昏礼者，将合二姓之好，上以事宗庙，而下以继后嗣也。"① 这是周代婚配女子要承担的神圣职责。而要完成这样神圣的使命，对女子的素质提出了很高的要求。《礼记·昏义》中对女子的要求之一是"明妇顺"："顺于舅姑，和于室人，而后当于夫，以成丝麻布帛之事，以审守委积盖藏。是故妇顺备，而后内和理。内和理，而后家可长久也，圣王重之。"② 孔颖达《正义》《采蘋》，就列举女子婚前要掌握的技能："女子十年不出，姆教婉娩听从，执麻枲，治丝茧，织纴组紃，学女事以共衣服。观于祭祀，纳酒浆笾豆菹醢，礼相助奠。……今既嫁为大夫妻，能循其为女之时所学所观之事，以为法度。"③ 这也就是古代贵族女子要接受由"师氏"传授的"妇德、妇言、妇容、妇功"四教。班固《婚嫁》曰："妇人所以有师何学？事人之道也。《诗》云'言告师氏，言告言归。'礼婚经曰：'教于公宫三月，妇人学一时足以成矣。'"④ 受教结束后，要行教成之祭，表明这个女子具备了出嫁为人妻所应具备的素质。

《周南·葛覃》就表现了这种教成习俗，《召南·采蘩》《采蘋》则反映了女子婚前行教成之祭的礼俗。

《周南·葛覃》：

---

① 《礼记正义》，《十三经注疏》，上海古籍出版社1997年版，第1681页。
② 同上。
③ 《毛诗正义》，《十三经注疏》，上海古籍出版社1997年版，第286页。
④ 班固：《白虎通》，中华书局1985年版，第265页。

葛之覃兮，施于中谷；维叶萋萋。黄鸟于飞，集于灌木；其鸣喈喈。

葛之覃兮，施于中谷，维叶莫莫。是刈是濩，为𫄨为绤，服之无斁。

言告师氏，言告言归。薄污我私，薄澣我衣。害澣害否，归宁父母。

《孔子诗论》第16简记载了孔子对这首诗的解读："孔子曰：吾以《葛覃》得氏初之诗，民性固然，见其美必欲反其本。"① 《毛诗序》曰："《葛覃》，后妃之本也。后妃在父母家，则志在于女功之事，躬俭节用，服澣濯之衣，尊敬师傅，则可以归安父母，化天下以妇道也。"释"师，女师也。古者女师教以妇德、妇言、妇容、妇功。祖庙未毁，教于公宫三月。祖庙既毁，教于宗室"②。《诗论》《序》说与《礼记·昏义》"古者妇人先嫁三月，祖庙未毁，教于公官。祖庙既毁，教于宗室，教以妇德、妇言、妇容、妇功。教成祭之，牲用鱼，芼之以蘋藻，所以成妇顺"③ 的阐述相符。《毛诗序》言此诗"后妃之本也"，显然是对诗的乐章义的解读。王先谦《诗三家义集疏》亦曰："《葛覃》，言后妃之职。此推言房中乐歌义例。若用以说诗，则不可通。以'澣衣'、'归宁'皆非后妃事也。"④ 因此，如果剔除其中的乐章义，那么这首诗的诗旨非常明确。周代女子婚前受教与行教成之祭，实际是对出嫁前女子言行举止方面的严格训练。方玉润亦曰："因归宁而敦妇本也。……盖此亦采之民间，与《关雎》同为房中乐，前咏初婚，此赋归宁耳。"⑤ 陈子展"一章，婚时。二章，嫁后。三章，归宁"⑥。

---

① 马承源：《上海博物馆藏战国楚竹书》（一），上海古籍出版社2001年版，第145页。
② 《毛诗正义》，《十三经注疏》，上海古籍出版社1997年版，第276—277页。
③ 《礼记正义》，《十三经注疏》，上海古籍出版社1997年版，第1681页。
④ 王先谦：《诗三家义集疏》，中华书局2009年版，第17页。
⑤ 方玉润：《诗经原始》，中华书局1986年版，第75—76页。
⑥ 陈子展：《诗经直解》，复旦大学出版社1983年版，第6—7页。

诗共三章，前两章以葛覃起兴。朱熹认为此处是赋的表现手法，并阐述了赋的含义。其实，从诗本义分析，此处为兴的表现手法更为合适。首两章均以葛覃始。葛，朱熹释曰："草也，蔓生可绪紟者。"① 女子要采、煮生长在山谷中枝叶繁茂的葛草，做成衣服。"是刈是濩，为絺为绤"，所言就是妇功之事。郑玄注《礼记·昏义》"妇德、妇言、妇容、妇功"曰："妇德，贞顺也。妇言，辞令也。妇容，婉娩也。妇功，丝麻也。"② 因此，此处葛覃不仅是引起下文，而且这项工作是女子教成要掌握的妇功。卒章"言告师氏，言告言归"，讲贵族女子向师氏学习妇功，中途欲回家省亲而向师氏请假。诗中有两个"归"字，《毛传》释"言告言归"之"归"曰："妇人谓嫁曰归。"释"归宁父母"曰："宁，安也。父母在，则有时归宁耳。"③ 马瑞辰《毛诗传笺通释》曰："序云'归安父母'，正指经'言告言归'言之，乃'妇人谓嫁曰归'之'归'，非'反曰来归'之'归'也。后妃出嫁而当于夫家，无遗父母之羞，斯谓之'宁父母'。《无羊》诗所谓'无父母遗罹'者也。'宁父母'三字当连读，《召南·草虫》……笺凡两曰'宁父母'，即本此诗。"④ 两个归字的不同含义导致诗所要表述女子是婚前受教告别师氏回家还是女子婚后实践婚前受教的女功内容的分歧。

林素英《论〈二南〉诗的礼教思想》认为，《葛覃》诗最后"归宁父母"，言诗应与归宁有关。她结合《孔子诗论》《毛诗序》、朱熹《集传》、崔述《读风偶识》等，认为在周代，女子以出嫁为"归"，正式成为夫家宗族内之一员，而以父母之家为私亲，因此要归宁父母以成人子之孝固然为美德。不过，既已成为夫家本宗内之成员，要先完成夫家中应做之女功等事，且征得夫君之同意，亦是为人妻、为人妇者应尽之职责。能如此而后归宁省亲，始能遵循出嫁时父母的嘱托。认为编诗

---

① 朱熹：《诗经集传》，上海古籍出版社1980年版，第2页。
② 《礼记正义》，《十三经注疏》，上海古籍出版社1997年版，第1681页。
③ 《毛诗正义》，《十三经注疏》，上海古籍出版社1997年版，第277页。
④ 马瑞辰：《毛诗传笺通释》，《十三经清人注疏》，中华书局1998年版，第39页。

者将这首诗置于《关雎》之后,应有引导女子既嫁之后该如何实践妇德之指标作用。①

对"归"字的不同理解造成了对文本的不同解读。郑群《〈诗经〉中"归"字所涉及的远古婚俗》认为,"归"字在《诗经》中的含义非常丰富,仅"于归""归宁""大归"三词就表现了妇女出嫁、回娘家、被遣的几种生活状态。谓《葛覃》之"归"谓回娘家,并给予详细阐释:"女子将告假归宁之事说给傅母,换洗内外衣裳,准备动身,归宁喜悦,溢于全诗。其实我们也可以从另外一个角度来看问题,正因为这个女子结婚后难得有机会回娘家,所以才会对此表现得异乎寻常地高兴。'以乐景写哀,一倍增其哀',出嫁女子的身不由己,可以想见。"② 其说似乎能说得过去。但他们都忽略了一个问题,《诗经》出现的"归"字,的确很多与出嫁、回娘家、被遣有关,但归字还有一个最基本的"返回"的含义,如《召南·殷其雷》"振振君子,归哉归哉"、《邶风·式微》"式微,式微,胡不归"、《小雅·杕杜》"女心悲止,征夫归之",均释为返回。前面分析可知,这是一位贵族女子跟从师氏受教,如果依林素英所谓"女子既嫁之后该如何实践妇德"之意,当无须师氏批准,只要夫家同意即可,因此,诗中"言告师氏,言告言归",则不符合常规。的确,这首诗的格调欢快,如果理解为女子完成婚前受教内容,请示师氏获得批准,于是为返家做准备,自然会使父母内心安宁,因此,最后的"归"字当为返回的本义。如此,这首诗就是表现贵族女子跟随师氏学习婚前教成,圆满完成之后归家的喜悦。马瑞辰的解读是准确的。

《召南·采蘩》《采蘋》表现女子婚后从事祭祀之事,这是贵族女子婚前教成的内容之一。这两首诗形式相近、意义相关,因此,典礼仪式上作为一组歌曲使用。《周礼·乐师》:"凡射,王以《驺虞》为节,诸侯以《狸首》为节,大夫以《采蘋》为节,士以《采蘩》为

---

① 林素英:《论〈二南〉诗的礼教思想》,《中国文化研究》2006年夏之卷。
② 郑群:《〈诗经〉中"归"字所涉及的远古婚俗》,《玉林师范学院学报》2006年第4期。

节。"郑《注》曰："《驺虞》、《采蘋》、《采蘩》皆乐章名，在《国风·召南》。……《采蘋》者，乐循法也。《采蘩》者，乐不失职也。是故天子以备官为节，诸侯以时会为节，卿大夫以循法为节，士以不失职为节。"① 郑氏的解释强调的是这几首诗的乐章义。《周礼·磬师》也记载："凡射，王奏《驺虞》，诸侯奏《狸首》，卿大夫奏《采蘋》，士奏《采蘩》。"② 都是这两首诗在射礼上使用的记载，以其乐章义为主，与诗本义无关。

《召南·采蘩》：

> 于以采蘩？于沼于沚。于以用之？公侯之事。
> 于以采蘩？于涧之中。于以用之？公侯之宫。
> 被之僮僮，夙夜在公。被之祁祁，薄言还归。

这首诗的诗旨自《毛诗序》后表述基本一致。《毛诗序》曰："《采蘩》，夫人不失职也。夫人可以奉祭祀，则不失职矣。"③ 蘩草是"奉祭祀者，采蘩之事也"，释读"之事"为"祭事也"，又释"公侯之宫""宫，庙也"，特别强调用蘩草在宫庙祭祀的主题。朱熹《集传》亦曰："南国被文王之化，诸侯夫人能尽诚敬以奉祭祀。而其家人叙其事以美之也。"④《毛传》释"蘩"为"皤蒿"，邢昺《尔雅注疏》曰"皤，犹白也"，并进一步解释这种草是祭祀所用："唐本注云：此蒿叶粗于青蒿。从初生至枯，白于众蒿。欲似艾者，所在有之。……可以为菹。故《诗》笺云'以豆荐蘩菹'。"⑤ 朱熹也释之为"白蒿"⑥，皆为祭祀所用。《左传·隐公三年》记载："蘋蘩蕴藻之菜，筐筥锜釜

---

① 《周礼注疏》，《十三经注疏》，上海古籍出版社1997年版，第793页。
② 同上书，第800页。
③ 《毛诗正义》，《十三经注疏》，上海古籍出版社1997年版，第284页。
④ 朱熹：《诗经集传》，上海古籍出版社1980年版，第6页。
⑤ 《尔雅注疏》，《十三经注疏》，上海古籍出版社1997年版，第2625页。
⑥ 朱熹：《诗经集传》，上海古籍出版社1980年版，第6页。

之器,……可荐于鬼神。"①《大雅·生民》"载谋载惟,取萧祭脂"中的萧,亦为祭祀用品,《毛传》曰:"萧所以供祭祀。"孔颖达引陆机云:"今人所谓荻蒿者是也。或云牛尾蒿,似白蒿,白叶茎粗,科生多者数十茎,可作烛,有香气,故祭祀以脂爇之为香。"②

前两章均言采蘩事,并以之与祭祀事相关。卒章则言明行祭祀于公侯寝庙。

《召南·采蘋》:

> 于以采蘋?南涧之滨。于以采藻?于彼行潦。
> 于以盛之?维筐及筥。于以湘之?维锜及釜。
> 于以奠之?宗室牖下。谁其尸之?有齐季女。

《毛诗序》曰:"《采蘋》,大夫妻能循法度也。能循法度,则可以承先祖共祭祀矣。"《毛传》有"大夫士祭于宗室,奠于牖下"说。③《毛诗序》论此诗与《采蘩》大致一致,而朱熹则以完全相同文字评价《采蘋》。

蘋、藻为两种水菜,是《礼记·昏义》教成之祭"牲之"所用:"教成祭之,牲用鱼,芼之以蘋藻,所以成妇顺也。"④诗第一章写到山涧边、溪水旁去采集蘋、藻这类祭祀用的菜。诗第二章则表现将其烹煮为羹的过程,并介绍了所使用的"筐及筥""锜及釜"等盛菜、煮菜器皿。这个过程与前述"蘋蘩蕰藻之菜,筐筥锜釜之器,……可荐于鬼神"相符。第三章体现设祭品的位置及行祭祀之人。"宗室牖下",明确了行教成之祭的具体处所。《毛传》曰:"宗室,大宗之庙也。大夫士祭于宗庙,奠于牖下。"孔颖达《疏》曰:"传以《昏义》云教于宗

---

① 《春秋左传正义》,《十三经注疏》,上海古籍出版社1997年版,第1723页。
② 《毛诗正义》,《十三经注疏》,上海古籍出版社1997年版,第333页。
③ 同上书,第286页。
④ 《礼记正义》,《十三经注疏》,上海古籍出版社1997年版,第1681页。

室,是大宗之家。此言'牖下',又非于坛,故知是大宗之庙,宗子有庙则亦为大夫士矣。言大夫士祭于宗室,谓祖庙已毁或非君同姓,故祭大宗之家也。知非宗子之女自祭家庙者,经言'于以奠之,宗室牖下',若宗子之女自祭家庙,何须言于宗室乎?"①"有齐季女"是行祭之人。既然是在大宗之庙设祭,行祭的"齐季女"则必是大宗家族之女,其设祭的具体地点是庙之"牖下"。郑玄《笺》曰:"牖下,户牖间之前。祭不于室中者,凡昏事于女礼设几筵于户外。"②马瑞辰更进一步阐释"牖下"的含义:"《礼记》言'家主中霤',故教成之祭必于牖下,祀中霤耳。又《潜夫论·班禄篇》曰:'背宗族而《采蘩》怨。'《采蘩》当为《采蘋》之讹。盖《三家诗》或因诗有'宗室牖下'一语,遂以为背宗族而作也。"③《采蘋》中"于以奠之,宗室牖下",表示在宗子之庙室进行教成之祭,表明女子已教成,即将出嫁。

陈启源《毛诗稽古编·采蘩》曰:"古以祀与戎为大事,《春秋》书'有事',书'有大事',皆言祭也。诗'公侯之事',《传》以为祭祀,而以下章之'宫'为庙,意亦同。《左传》云:'蘋蘩蕴藻,可馐鬼神。'正指《采蘋》、《采蘩》二诗言。则毛公执蘩助祭之说,不可易矣。"④

这两首诗正是《礼记·昏义》"古者妇人先嫁三月,祖庙未毁,教于公宫;祖庙既毁,教于宗室。教以妇德、妇言、妇容、妇功。教成祭之,牲用鱼、芼之以蘋藻,所以成妇顺也"、《白虎通·嫁娶篇》"妇人学一时,足以成矣。与君有缌麻之亲者,教于公宫三月;与君无亲者,各教于宗庙宗妇之室"所言教成之祭的艺术体现。

可以说,《采蘩》《采蘋》都是记录女子教成之祭,只是参与祭祀的女子家庭等级不同而导致的祭祀的地点不同,《采蘩》祭于公宫,还

---

① 《毛诗正义》,《十三经注疏》,上海古籍出版社1997年版,第286页。
② 同上。
③ 马瑞辰:《毛诗传笺通释》,《十三经清人注疏》,中华书局1998年版,第82页。
④ 陈启源:《毛诗稽古编》,上海古籍出版社1987年版。

有"被之僮僮"之威仪,可推知此女与王室有密切关系,出嫁应为诸侯夫人,所以《毛诗序》有"夫人不失职"之说。《采蘋》之祭在"宗室牖下",执祭之人为齐女,则可知此女乃大夫之女,出嫁为大夫之妻,所以《毛诗序》有"大夫妻能循法度"之说。相比较而言,《采蘋》中的教成之祭较之《采蘩》体现得更鲜明。

这类诗从其内容上看,就是对女子行教成之祭的记录,因此,以简约的文辞叙述了事情的经过,诗歌的艺术性相比较第一类要逊色很多。

3. "父母之命,媒妁之言"与婚姻中的"六礼"

周代婚姻除了合两家之好,还担负着神圣的政治重任,尤其是上层社会的女子,决定其婚姻的因素是家族的地位与要求,婚姻的决定方式是"父母之命,媒妁之言",因此,媒人在周代起着非常重要的作用。《周礼·地官·媒氏》曰:"媒氏掌万民之判。凡男女自成名以上,皆书年月日名焉。令男三十而娶,女二十而嫁。凡娶判妻入子者,皆书之。"① 官方规定男女到了合适的年龄就要婚嫁,且有专门的官员"媒氏"来掌管这项工作。"不待父母之命,媒妁之言,钻穴隙相窥,逾墙相从,则父母国人皆贱之。"② "周之俗,不自为取妻。且夫处女无媒,老且不嫁;舍媒而自炫,弊而不售。"③ "男女非有行媒,不相知名。"《正义》曰:"见媒往来传婚姻之言,乃相知姓名。"④ 班固曰:"男不自专娶,女不自专嫁,必由父母,需媒妁何?远耻防淫。"⑤

《诗经》时代的贵族婚姻以媒妁之言、父母之命为主,而不是年轻人之间的爱情。《召南·何彼襛矣》"其钓维何,维丝伊缗"句,用丝作钓来比喻用媒作亲,《齐风·南山》"析薪如之何?匪斧不克。取妻如之何?匪媒不得",《豳风·伐柯》"伐柯如何,匪斧不克。取妻如何,匪媒不得",以伐柯用斧来比喻婚姻用媒,体现了媒人的重要性。

---

① 《周礼注疏》,《十三经注疏》,上海古籍出版社1997年版,第732—733页。
② 《孟子注疏》,《十三经注疏》,上海古籍出版社1997年版,第2711页。
③ (汉)刘向集录:《战国策》,上海古籍出版社1985年版,第1075页。
④ 《礼记正义》,《十三经注疏》,上海古籍出版社1997年版,第1241页。
⑤ 班固:《白虎通》,中华书局1985年版,第252页。

《卫风·氓》是弃妇诗，其"匪我愆期，子无良媒"句，也佐证了媒人对婚姻的重要性。父母之命在婚姻中也起着重要作用。《齐风·南山》"取妻如之何，必告父母"、《鄘风·柏舟》"母也天只，不谅人只"、《郑风·将仲子》"仲可怀也，父母之言，亦可畏也"，均是这种现象的形象表现。

由"父母之命、媒妁之言"确定了婚姻关系的两个家庭，从求婚至完婚的整个结婚过程要履行以下几个程序：纳采、问名、纳吉、纳征、请期、亲迎，被称为"六礼"。西周时期的"婚姻六礼"，确立了其后各朝代的婚姻形式。《礼记》中有对"六礼"的论述："昏礼者，将合二姓之好，上以事宗庙，而下以继后世也，故男子重之。是以昏礼纳采、问名、纳吉、纳征、请期，皆主人筵几于庙，而拜迎于门外，入揖让而升，听命于庙，所以敬慎重正昏礼也。"①

"二南"中很多诗都体现了周代婚姻的"父母之命、媒妁之言"以及婚礼的"六礼"。

《召风·鹊巢》：

> 维鹊有巢，维鸠居之。之子于归，百两御之。
> 维鹊有巢，维鸠方之。之子于归，百两将之。
> 维鹊有巢，维鸠盈之。之子于归，百两成之。

《鹊巢》位列《召南》之首。从诗本义可知，这是一首描写婚礼上女子出嫁男子亲迎的诗。《孔子诗论》有三处涉及此诗："《鹊巢》之归""《鹊巢》出以百辆，不亦有离乎？""《鹊巢》之归，则离着……公也。"②《说文》曰"归，女嫁也"。廖名春《上博简〈关雎〉七篇诗论研究》谓"以'离'释'归'。'离'是离开母家，'归'是前往夫

---

① 《礼记正义》，《十三经注疏》，上海古籍出版社1997年版，第1680页。
② 马承源：《上海博物馆藏战国楚竹书》（一），上海古籍出版社2001年版，第139—141页。

家,词义异同。"①《毛诗序》曰:"《鹊巢》,夫人之德也。国君积行累功以致爵位之归,则离者,夫人起家而居有之,德如鸤鸠,乃可以配焉。"其中,"起家而居有之,谓嫁于诸侯也。"释"之子于归","之子"为"嫁子也。"② 朱熹《集传》阐释的更具体:"之子,是子也,此指嫁者而言也。妇人谓嫁曰归。"③ 从其迎亲的规模可以判定这是贵族家的婚事,而非普通百姓家。对此,历代解诗说皆无异议。朱熹《集传》还说:"此诗之意,犹周南之有《关雎》也。"④ 方玉润认为是"婚礼告庙词"⑤。陈子展《诗经直解》曰:"《鹊巢》,言国君夫人婚礼之诗。"⑥ 傅斯年《诗经讲义稿》曰:"《鹊巢》,送嫁之辞。"⑦

  诗选取女子出嫁时的三个场景,表现了婚礼上新郎亲迎的盛大场面。"之子于归,百两御之",《毛传》曰:"诸侯之子嫁于诸侯,送御皆百乘。"⑧ 同时,《毛诗序》将《鹊巢》乐章义系之夫人,"《鹊巢》,夫人之德也。"⑨ 可知当时贵族嫁女的规格。但是是哪一个级别的贵族呢?《卫风·硕人》表现的是齐庄公将女儿庄姜嫁给卫庄公,"硕人敖敖,说于农郊。四牡有骄,朱幩镳镳,翟茀以朝",规格是"四牡有骄",而不是"百两御之"。《大雅·韩奕》有"韩侯取妻,汾王之甥,蹶父之子。韩侯迎止,于蹶之里。百两彭彭,八鸾锵锵,不显其光",韩侯迎娶的女子是汾王之甥、蹶父之子,《毛传》释汾王为周厉王,新娘子为厉王外甥。这是诸侯迎娶王室之女为妻,所以有"百两彭彭,八鸾锵锵"的诸侯迎娶出身王室的夫人之规格。因此说,《鹊巢》中的"之子"也当为王姬。

---

① 廖名春:《上博简〈关雎〉七篇诗论研究》,《中州学刊》2002年第1期。
② 《毛诗正义》,《十三经注疏》,上海古籍出版社1997年版,第279页。
③ 朱熹:《诗经集传》,上海古籍出版社1980年版,第3页。
④ 同上书,第6页。
⑤ 方玉润:《诗经原始》,中华书局1986年版,第94页。
⑥ 陈子展:《诗经直解》,复旦大学出版社1983年版,第35页。
⑦ 傅斯年:《诗经讲义稿》,中国人民大学出版社2004年版,第60页。
⑧ 《毛诗正义》,《十三经注疏》,上海古籍出版社1997年版,第284页。
⑨ 同上。

这首诗容易产生歧义的是首句"维鹊有巢，维鸠居之"。成语"鹊巢鸠居""鹊巢鸠占"出自《鹊巢》，但我们现在理解的"鹊巢鸠居"，是第三者强占别人的房屋、土地等的意思。这样的阐释与《鹊巢》诗本身表现女子出嫁时的祥和气氛不符。这种情况与出自《桃夭》的成语"逃之夭夭"相似。可见语言在其演变过程中，词义已经完全脱离了原始的含义，词性也由褒义词演变成了贬义词。

"维鹊有巢，维鸠居之"，《毛诗》与《集传》均认为是兴。关于兴的作用，《关雎》篇已有阐述。权威的观点是朱熹"先言他物以引起所咏之辞"，"他物"与"所咏之辞"之间的关系表现为两种情况，一种就是起兴物与所咏之辞没有意义上的联系，起兴物就是起到引起下文的作用。另一种就是托物起兴，两者之间在意义上有相似点，起兴物对诗要抒发的情感起到渲染、烘托的作用，参与诗的抒情之中。第二种情况中的兴显然与下文有着内在联系。这种表现手法对诗人的艺术修养的要求更高，也更能体现出诗人高超的艺术创作水平。

《鹊巢》中的鹊、鸠为两种鸟。自然界中，鹊善为巢，且巢筑得极为稳固。鸠则性拙不能为巢，就居鹊之成巢。以这种现象起兴，而且以鹊喻男子，以鸠喻女子，现实社会中女子嫁进男子家，就好像鸠占鹊巢相类。诗三章的首两句都是固定的格式，只是替换了其中的动词，居、方、盈，居的意思很容易理解，没有歧义，《毛传》释"方，有之也。""盈，满也。"从住进去，到拥有，再到完全占有，程度在逐步加深，这样的替换配合着每章后两句盛大的迎亲场面场景的变化，御、将、成。《毛传》释"御，迎也""将，送也""成，能成百两之礼也"①，将自然界中的现象与现实生活迎亲的场景巧妙结合起来，形象地表现了婚姻生活的和谐。因此，《鹊巢》诗中的鹊巢鸠占喻女子出嫁，与现代成语的含义完全是南辕北辙。

《召南·何彼秾矣》也表现了"六礼"中的"亲迎"。

---

① 《毛诗正义》，《十三经注疏》，上海古籍出版社1997年版，第283—284页。

> 何彼秾矣？唐棣之华。曷不肃雝？王姬之车。
> 何彼秾矣？华如桃李。平王之孙，齐侯之子。
> 其钓维何？维丝伊缗。齐侯之子，平王之孙。

这是一首表现王姬出嫁的诗。《毛诗序》曰："《何彼秾矣》，美王姬也。虽则王姬，亦下嫁于诸侯，车服不系其夫，下王后一等，犹执妇道以成肃雝之德也。"① 朱熹《集传》更具体地阐述出嫁王姬之美貌和迎娶场面的盛大："王姬下嫁于诸侯，车服之盛如此，而不敢挟贵以骄其夫家，故见其车者，知其能敬且和以执妇道，于是作诗美之。"② 方玉润则认为是刺诗："讽王姬车服渐奢也。"③ 高亨《诗经今注》却表述了完全不同的观点："周平王的孙女出嫁于齐襄公或齐桓公，求召南域内诸侯之女做陪嫁的媵妾，而其父不肯，召南人因作此诗。"④ 高氏并未交待得出此结论的依据，且诗中也并没有关于媵妾的信息，此说不确。

诗共三章，从诗中的"王姬之车""平王之孙，齐侯之子"等句，可确知出嫁女的高贵身份。前两章极力描写王姬出嫁时容貌之美。首章前两句是兴的手法，以唐棣花起兴，以问答形式，表现王姬容貌之美艳。朱熹释"秾"为"盛"，不仅仅是表现王姬之美貌，也表现了王室之女出嫁时盛大的车马规格。后两句也是以问答形式，从围观者的视角，铺陈王姬出嫁车辆的奢华。关于"王姬之车"，王先谦认为："言齐侯嫁女，以其母王姬始嫁之车远送之。"⑤ 朱熹赞成美诗说，因此，他评论首章曰："于是作诗，以美之曰：'何彼戎戎而盛乎？乃唐棣之华也。此何不肃肃而敬、雝雝而和乎？乃王姬之车也。'"⑥ 而方玉润则

---

① 《毛诗正义》，《十三经注疏》，上海古籍出版社1997年版，第293页。
② 朱熹：《诗经集传》，上海古籍出版社1980年版，第9页。
③ 方玉润：《诗经原始》，中华书局1986年版，第115页。
④ 高亨：《诗经今注》，上海古籍出版社1980年版，第32页。
⑤ 王先谦：《诗三家义集疏》，中华书局2009年版，第114页。
⑥ 朱熹：《诗经集传》，上海古籍出版社1980年版，第9页。

从其中的奢华看到了诗是"美中含刺"①。次章首两句以桃李起兴,依然歌咏王姬容貌之美,与《周南·桃夭》相类。后两句"平王之孙,齐侯之子"交代了出嫁女的显贵身份。这两句诗还透露了诗写作的年代。郑玄认为这首诗歌咏的是齐侯嫁女之事,那么,这样的题材出现在《召南》中就显得有些耐人寻味。马银琴经过分析,认为这种现象的出现有两个主要原因,一是"齐侯之子"为"平王之孙"尊贵的王室身份,二是当时周王室势力衰微,需要在政治上倚重齐国,于是歌咏齐侯嫁女的诗被编入王室乐歌《召南》中。②

卒章"其钓维何?维丝伊缗"依然是兴的表现手法、问答的形式强化婚嫁双方的门当户对。朱熹认为:"缗,纶也。丝之合而为纶。犹男女之合而为婚也。"③

诗结构上的特点非常鲜明,使用问答体,首二句都是一问、一答,表现形式生动活泼。陈子展《诗经直解》曰:"诗每章首二句一若以设谜为问,一若以破谜为答,谐讔之类也。此于《采蘩》、《采蘋》之外,又一创格。此等问答体,盖为此时此地歌谣惯用之一种形式。"④

《国风》中的《郑风》之《女曰鸡鸣》《有女同车》《丰》,《齐风》之《著》,《小雅》之《车舝》,《大雅》之《韩奕》都反映了周代婚礼"亲迎"的婚俗。亲迎时,有很多礼节:母亲要为女儿"亲结其缡"(《豳风·东山》),父母告诫女儿"无违夫子",新郎"充耳以素乎而,尚之以琼华乎而",亲迎新娘于女家,并按礼节先俟之于"著",再俟之于"庭",最后才来到"堂"前(《齐风·著》),赠新娘以佩(《郑风·女曰鸡鸣》),然后"有女同车","驾予与归"(《郑风·有女同车》)。《小雅·车舝》"依彼平林,有集维鷮"则描绘了亲迎途中的景物,以此烘托新郎"我心写兮"的喜悦心情。《大雅·韩奕》中的新

---

① 方玉润:《诗经原始》,中华书局1986年版,第116页。
② 马银琴:《两周诗史》,社会科学文献出版社2006年版,第272—273页。
③ 朱熹:《诗经集传》,上海古籍出版社1980年版,第9页。
④ 陈子展:《诗经直解》,复旦大学出版社1983年版,第66页。

郎是韩侯，新娘是"汾王之甥，蹶父之子"，由于夫妻双方的地位都非常显贵，所以迎亲的场面尤其宏大："韩侯迎止，于蹶之里。百两彭彭，八鸾锵锵，不显其光。"

4. 新婚颂赞诗

婚礼是周礼五礼之一，对于婚礼，周礼有明确规定。周人昏时举行婚礼，且不奏乐、不贺，《礼记·郊特牲》曰："昏礼不用乐，幽阴之义也。乐，阳气也。昏礼不贺，人之序也。"孔《疏》曰："昏礼所以不用乐者，幽深也，欲使其妇深思阴静之义，以修妇道。乐，阳气也者，阳是动散，若其用乐，则令妇人志意动散，故不用乐也。"① 虽然有这样的明确规定，但是，结婚对于家族而言是件喜庆的事情，因此，民间有颂赞新婚的诗，表达对新婚的美好祝福。在婚礼上祝福新人时，祈求多子多福也是一个重要内容。"二南"婚恋诗的一个重要的内容就是对新人新婚的祝福。《周南·桃夭》《樛木》《螽斯》《芣苢》等就属于这类诗。前面所论《召南·何彼秾矣》表现婚礼上新娘子的美艳以及婚礼的盛大，其实也应当归在这一类中，但因其表现了婚礼上的亲迎礼而将其归为上一个类别。其实，很多诗因表现内容的丰富，并不能很细致、明确地归类，只能取其大要。

《周南·桃夭》是其中最为典型的一首：

桃之夭夭，灼灼其华。之子于归，宜其室家。
桃之夭夭，有蕡其实。之子于归，宜其家室。
桃之夭夭，其叶蓁蓁。之子于归，宜其家人。

《毛诗序》曰："《桃夭》，后妃之所致也。不妒忌，则男女以正，婚姻以时，国无鳏民也。"郑《笺》释"家人犹室家"，曰："桓十八年《左传》曰：'女有家，男有室。'室家谓夫妇也。"② 朱熹《集传》：

---

① 《礼记正义》，《十三经注疏》，上海古籍出版社1997年版，第1456—1457页。
② 《毛诗正义》，《十三经注疏》，上海古籍出版社1997年版，第279页。

"文王之化,自家而国。男女以正,婚姻以时。故诗人因所见以起兴,而叹其女子之贤,知其必有以宜其室家也。"① 剔除其中所谓"后妃"和"南国之化"之语,二者皆准确阐述了诗义。正如方玉润《诗经原始》所言:"此亦咏新婚诗,与《关雎》同为房中乐,如后世催妆坐筵等词。特《关雎》从男求女一面说,此从女归男一面说,互为掩映,同为美俗。"② 陈子展说《桃夭》为"美民间嫁娶及时之诗""当为民间嫁娶之诗"。③ 后世解诗者大都无异议。

诗分别以桃树的花、实、叶起兴,反复咏唱,祝福新人新婚幸福,呈现一派喜气洋洋的兴旺景象。"桃之夭夭,灼灼其华",以娇美的桃花比喻新娘的美丽娇艳;"桃之夭夭,有蕡其实",以桃子累累硕果寄予对新娘婚后多子的期盼;"桃之夭夭,其叶蓁蓁",以桃树的枝叶繁茂,祝福新娘婚后治家有方而且家庭和顺。诗表面上以桃的花实、桃花娇美、枝叶繁茂赞美新娘的美貌,实际上是祝福她未来子孙繁盛、家庭幸福。

这首诗的艺术魅力可谓浑然天成。用两个简洁的四字句"桃之夭夭,灼灼其华"就塑造了一位充满青春气息的娇媚新娘子形象,而且创造性的以桃花的美艳喻新娘的明艳。所以,姚际恒评价说:"桃花色最艳,故取以喻女子,开千古词赋咏美人之祖。"④ 不仅如此,这首诗还传达了一个非常重要的信息,那就是这样美艳的女子是要宜其室家、宜其家室、宜其家人的,要承担起以后家族繁盛的重任。女子不仅要有明艳的外貌,而且还要有高尚的德行,所谓才貌双全。因此,《毛诗序》将《桃夭》系之"后妃之所致也。不妒忌,则男女以正,婚姻以时,国无鳏民也"的阐述显然掩盖了这首诗的艺术魅力。

《周南·樛木》:

---

① 朱熹:《诗经集传》,上海古籍出版社 1980 年版,第 3—4 页。
② 方玉润:《诗经原始》,中华书局 1986 年版,第 82 页。
③ 陈子展:《诗经直解》,复旦大学出版社 1983 年版,第 13 页。
④ 姚际恒:《诗经通论》,中华书局 1958 年版,第 25 页。

第二章 "二南"地域风格研究

南有樛木，葛藟累之。乐只君子，福履绥之。

南有樛木，葛藟荒之。乐只君子，福履将之！

南有樛木，葛藟萦之。乐只君子，福履成之。

《樛木》诗的祝颂性质非常明显，虽然没有明确是对新婚夫妇的祝颂，但由诗中起兴用的葛藟缠绕樛木相伴而生与夫妻关系中妻子依附丈夫非常契合。潘岳《寡妇赋》"顾葛藤之蔓延兮，托微茎于樛木"句，李善《注》曰："言二草之托樛木，喻妇人之托夫家也。"显然，李善是借《樛木》来解释潘岳赋的。那么，以这种诗祝福新婚夫妇也是恰当的，因此，将《樛木》放在新婚祝颂这一类别中。

《毛诗序》阐释诗旨为："《樛木》，后妃逮下也。言能逮下，而无嫉妒之心焉。"① 朱熹《集传》亦曰："后妃能逮下而无嫉妒之心，故众妾乐其德而称愿之曰'南有樛木，则葛藟累之矣。乐只君子，则福履绥之矣。"② 崔述《读风偶识》也释为"或为群臣颂祷其君，亦未可知。……此二诗（《樛木》、《螽斯》）者，皆上惠恤其下而下爱敬其上之诗"③。

方玉润批评《序》说和《集传》说穿凿附会，认为："诗词并无乐德意，而何以见其舞嫉妒心耶？观累、荒、萦等字有缠绵依附之意，如茑萝之施松柏，似于夫妇为近。"④ 方氏看到了诗"于夫妇为近"的倾向。《孔子诗论》中也有对这首诗的解说。第10简：《樛木》之时。第11简：《樛木》福斯在君子，不……。第12简：《樛木》之时，则以其禄也。⑤ 简文大致意思是君子获得福禄，表明逢遇时会。这与祝颂的主题并不矛盾。

"南"，《毛传》释为"南土"，"樛"，"木下曲曰樛"，"南有樛木，

---

① 《毛诗正义》，《十三经注疏》，上海古籍出版社1997年版，第278页。
② 朱熹：《诗经集传》，上海古籍出版社1980年版，第3页。
③ 崔述：《读风偶识》，《崔东壁遗书》，上海古籍出版社1983年版，第534页。
④ 方玉润：《诗经原始》，中华书局1986年版，第80页。
⑤ 马承源：《上海博物馆藏战国楚竹书》（一），上海古籍出版社2001年版，第22—24页。

葛藟累之"，南土之葛藟茂盛，因此，郑《笺》曰："木枝以下垂之故，故葛也藟也得累而蔓之，而上下俱盛。"①《集传》释"藟，葛类。累，犹系也。"② 诗以自然界中葛藟缠绕樛木起兴，除了引起下文，还有以之喻妻依附丈夫之义，表示夫妻相爱。这首诗应该是以藤缠树比喻夫妻关系用法的最早起源。

诗共三章，以非常整齐的句式反复咏唱，中间仅仅变换几个词汇。三章的表现手法也是一致的。首章首两句"南有樛木，葛藟累之"，《毛传》和《集传》均认为是兴，以自然界特有的葛藟缠绕樛木来比喻生活中的夫妻关系，这里以比解更符合诗义。每章后两句以"乐只君子，福履绥之"表达祝颂之义。"乐只君子"句式是《诗经》中经常出现的祝颂之辞。《小雅·南山有台》"乐只君子，邦家之基"、《采菽》"乐只君子，殿天子之邦"，都是郑重祝愿的意思。因此，诗本身就表达了明确的祝颂含义，再加上诗每章以葛藟缠绕樛木比喻的夫妻和谐的关系，完全可以将其视为对新婚夫妇的祝颂。《桃夭》是祝贺新娘子的赞歌，《樛木》可谓是祝贺新郎的赞歌。

"二南"中的一些婚姻颂赞诗表现了对生育观念的重视，如《周南·螽斯》、《芣苢》。

《周南·螽斯》：

> 螽斯羽，诜诜兮。宜尔子孙，振振兮。
> 螽斯羽，薨薨兮。宜尔子孙，绳绳兮。
> 螽斯羽，揖揖兮。宜尔子孙，蛰蛰兮。

《毛诗序》曰："《螽斯》，后妃子孙众多也。言若螽斯不妒忌，则子孙众多也。"③ 朱熹《集传》承毛说："故众妾以螽斯之群处和集，而

---

① 《毛诗正义》，《十三经注疏》，上海古籍出版社1997年版，第278页。
② 朱熹：《诗经集传》，上海古籍出版社1980年版，第3页。
③ 《毛诗正义》，《十三经注疏》，上海古籍出版社1997年版，第279页。

子孙众多比之。"① 方玉润《诗经原始》则谓"美多男也"②。众说中一个共同点就是对多子多孙的祝福，表现了周人对生育观念的重视。方玉润进而指出，诗"仅借螽斯为比，未尝显颂君妃，亦不可泥而求之也。读者细咏诗词，当能得诸言外"③。其实，这首诗通篇围绕"螽斯"，以这种昆虫具有的强大的生命力来寄托对周人新婚夫妇早生、多生贵子的期盼。"螽斯，蝗属。长而青，长角长股，能以股相切作声。一生九十九子。"④ 周人重视婚姻，将婚姻视为"礼之本"，必然希望新婚夫妻婚后多生贵子以延续家族的荣耀，因此会用歌咏形式来表达这种愿望。

需要指出的是，这首诗用以起兴的"螽斯"就是蝗虫。以现在的观点，蝗虫是害虫，它的这种属性显然不符合诗的祝祷性质。《桃夭》是祝祷诗，桃花的美艳和桃树的果实累累与要表达的对新人的赞美和祝愿是合乎人们认知习惯的，而以蝗虫这种危害人类的名物来表达祝愿，似乎有点不搭界。高亨以此为据阐释《螽斯》："这是劳动人民讽刺剥削者的短歌。诗以蝗虫纷纷飞翔，吃尽庄稼，比喻剥削者子孙众多，剥夺劳动人民的粮谷。"⑤ 但是不能因为这个属性而质疑这首诗的祝颂性质，因为他们认识到比兴手法是取其相通的一点，而忽略掉其他特性。以欧阳修《诗本义》的观点为例："蛰、螽，蝗类，微虫尔。……蛰、螽，多子之虫也。……诗人偶取其一以为比尔，所比者但取其多子似螽斯也。"⑥ 这样的情况还出现在《小雅·斯干》"大人占之：维熊维罴，男子之祥；维虺维蛇，女子之祥"中，熊、罴取其强壮来比喻男子没有问题，而把虺、蛇这类有毒可怕的动物视作吉祥的征兆，也是取其特性之一。所以诗取螽斯的旺盛生育能力祝愿子孙满堂。闻一多从民俗学角度研究《诗经》时，就把《螽斯》《桃夭》《鹊巢》《芣苢》列为一

---

① 朱熹：《诗经集传》，上海古籍出版社1980年版，第3页。
② 方玉润：《诗经原始》，中华书局1986年版，第80页。
③ 同上书，第81页。
④ 朱熹：《诗经集传》，上海古籍出版社1980年版，第3页。
⑤ 高亨：《诗经今注》，上海古籍出版社1980年版，第7页。
⑥ 欧阳修：《诗本义》，世界书局1985年版，第48页。

组讨论,就是因为这些诗表达了周人多子多孙的观念。因为这首诗,明代故宫内廷西六宫的街门就被命名为螽斯门,与百子门相对,可见皇家对于子嗣的重视。

诗人选取了日常生活中熟知的昆虫,取其多子的特性来祝福新婚夫妇婚后开枝散叶,可见当时作诗之人对生活的观察非常细致,具备了一定的艺术创作能力。

《周南·芣苢》:

> 采采芣苢,薄言采之。采采芣苢,薄言有之。
> 采采芣苢,薄言掇之。采采芣苢,薄言捋之。
> 采采芣苢,薄言袺之。采采芣苢,薄言襭之。

关于这首诗的诗旨,《毛诗序》曰:"《芣苢》,后妃之美也,和平则妇人乐有子矣。"① 《集传》曰:"化行俗美,家室和平,妇人无事,相与采此芣苢,而赋其事以相乐也。"②

这首诗言辞简洁,句式也非常简单,结构上更是简单句式的反复咏唱,三章仅仅替换了6个动词。要正确解读这首诗,首先要理解"芣苢"的含义,这个名物在这里有特殊的含义。"芣苢"是俗称的车前草,《毛传》说此草"宜怀妊"③,李时珍《本草纲目》谓此物"养肺、强阴、益精,令人有子"④。芣苢的确有使妇女怀孕的药性功效。闻一多《诗经通义》中直接将"芣苢"释为"胚胎"⑤。再考虑诗中几个采集芣苢的动作"采、有、掇、捋、袺、襭",尤其后面两个动作富有象征意义,"将芣苢的籽粒采置怀妊并将其固持,当是在以巫术意识

---

① 《毛诗正义》,《十三经注疏》,上海古籍出版社1997年版,第281页。
② 朱熹:《诗经集传》,上海古籍出版社1980年版,第4页。
③ 《毛诗正义》,《十三经注疏》,上海古籍出版社1997年版,第281页。
④ 李时珍:《〈本草纲目〉新校注本》,华夏出版社2008年版,第705页。
⑤ 闻一多:《诗经通义》,《闻一多全集》,湖北人民出版社1993年版,第308页。

特有的方式表达着对坐胎的祈祷"①。闻先生又说:"再借社会学的观点看,……宗法社会是没有'个人'的,一个人的存在是为他的种族而存在的,一个女人是在为种族传递并蕃衍生机的功能上而存在着的。如果她不能证实这功能,就得被她的俦类贱视,被她的男人诅咒以致驱逐,而尤其令人胆颤的是据说还得遭神——祖宗的谴责。……知道了芣苢是种什么植物,知道它有过什么功用,那功用又是怎样来的,还知道由那功用反映的一种如何真实的、严肃的意义——有了这种种知识,你这才算真懂了《芣苢》,你现在也有了充分的资格读这首诗了。"②通过闻先生社会学的阐释可以看出,这首诗抓住了芣苢这种植物具有的药物功能,揭示了诗表现周代对生子的祈求这样深层的含义。这样的解读,在《诗经》中是很有必要的。"虽然我个人却认为《芣苢》之所以有讨论的必要,乃是因为字句纵然都看懂了,你还是不明白那首诗的好处在那里。换言之,除了一种机械式的节奏之外,你并寻不出《芣苢》的'诗'在那里——你只听见鼓板响,听不见歌声。"③

方玉润在《诗经原始》中对此诗的解说极富诗意:"读者试平心静气,涵咏此诗,恍听田家妇女,三三五五,于平原绣野、风和日丽中群歌互答,余音袅袅,若远若近,忽断忽续,不知其情之何以移而神之何以旷。则此诗可不必细绎而自得其妙焉。"④ 扬之水也这样归纳这首诗的特点:"'采'的本身,就是故事,也就是诗的全部。这里边没有个人的事件,如心绪,如遭遇,却是于寻常事物、寻常动作中写出一种境界,而予人一种平静阔远的感觉。钟惺所谓'此篇作者不添一事,读者不添一言,斯得之矣',是抉得此诗之神。每一章中更换的几个字,虽为趁韵,却非凑韵,倒是因此而使诗有了姿态,有了流动之感。诗原本可以歌唱,那么《芣苢》若配了乐,调子一定是匀净、舒展、清澈、

---

① 李山:《诗经的文化精神》,东方出版社1997年版,第132页。
② 闻一多:《匡斋尺牍》,《闻一多全集》,湖北人民出版社1993年版,第205—206页。
③ 同上书,第202页。
④ 方玉润:《诗经原始》,中华书局1986年版,第85页。

明亮的。如今只剩了歌辞,而依然没有失掉乐的韵致。"①

但现实并非如此美好。反复诵读,其中的"有之""掇之""袺之""襭之",其实承载着满满的焦虑和沉重。因为周代婚制"七出"之一就是不育,儒家"不孝有三,无后为大"②的观念同样出自周代,所以,在看似诗义美好的背后,是这种观念给妇女带来的沉重心理负担。

《唐风·椒聊》也是祝福新婚多子之诗,以椒的多子祝福新人能够象椒一样"繁衍盈升",多子多孙,并产生了"皇后称椒房,取其番实之义"③的说法。

5. 夫妻情感赞美诗

在前面论述"二南"社会地理环境部分,提出周人在宗法制社会中,非常重视家庭的地位,因此,对婚姻家庭生活的描述成为《诗经》的重要内容,《诗经》也以诗的形式对家庭关系进行了多方面展示。"二南"中很多诗是对夫妻情感的赞颂。《周南·卷耳》《汝坟》,《召南·殷其雷》《小星》都是以艺术的形式进行了形象体现。

《周南·卷耳》:

采采卷耳,不盈顷筐。嗟我怀人,寘彼周行。
陟彼崔嵬,我马虺隤。我姑酌彼金罍,维以不永怀!
陟彼高冈,我马玄黄。我姑酌彼兕觥,维以不永伤!
陟彼砠矣,我马瘏矣,我仆痡矣,云何吁矣!

《毛诗序》认为这首诗是后妃辅佐文王求贤:"《卷耳》,后妃之志也。又当辅佐君子,求贤审官,知臣下之勤劳。内有进贤之志,而无险诐私谒之心,朝夕思念,至于忧勤也。"④《序》说显然与诗本义不符。

---

① 扬之水:《诗经别裁》,江西教育出版社2000年版,第13—14页。
② 《孟子注疏》,《十三经注疏》,上海古籍出版社1997年版,第2723页。
③ (清)孙星衍辑,周天游点校:《汉官六种》,中华书局1990年版,第174页。
④ 《毛诗正义》,《十三经注疏》,上海古籍出版社1997年版,第277页。

朱熹《集传》认为："后妃以君子不在，而思念之。故赋此诗托言。"①虽也言后妃，但还是评价"其言亲昵"，指出了女子思念君子的主旨。方玉润《诗经原始》中批驳了《序》说之缪，夸赞这首诗是"念行役而知妇情之笃也"②。戴君思《读风臆评》更有评价《卷耳》为"古今闺思之祖"③，应该是很确切的点明诗旨。

  这首诗的结构比较特殊，钱锺书认为是"话分两头"的写法。日本学者青木正儿则认为《卷耳》本是两首诗，首章为一首，次三章为一首，由于错简成为一首诗。④孙作云与青木正儿的观点一致，在他的《诗经与周代社会研究》中，认为首章是征妇思夫之词，后三章为征夫思家之作，只因二者同为怀人之作，所以后人合为一首诗。他甚至详细考证了两首诗的原始形态。⑤这样的争论因为没有相关的文献资料佐证，因此，即使能自圆其说，也尚不足定论。钱锺书先生认为的"话分两头"，还表述为"花开两朵，各表一枝"或"双管齐下"，这都是后世我国诗歌、小说中经常采用的表现手法。首章托为思妇之词，二、三、四章托为征夫之词，男女两人处两地而情事一时，批尾家谓之"双管齐下"，章回小说谓之"话分两头"，《红楼梦》第五四回王熙凤仿"说书"所谓："一张口难说两家话，'花开两朵，各表一枝。'"⑥这种结构方式在我国诗歌、小说中使用非常广泛。此诗称得上这种表现手法的鼻祖。

  诗抓住了几个典型性的细节来描写，以抒发离别相思的情感。首章是妻子上山采卷耳菜："采采卷耳，不盈顷筐。嗟我怀人，寘彼周行"，"采采卷耳"，《毛传》释"采采卷耳"的表现手法为"忧者之兴也"⑦，

---

① 朱熹：《诗经集传》，上海古籍出版社1980年版，第3页。
② 方玉润：《诗经原始》，中华书局1986年版，第77页。
③ 戴君思：《读风臆评》，《续修四库全书》，上海古籍出版社2002年版，第167页。
④ [日]青木正儿：《诗经章法独是》，《支那文学艺术考》，(东京)东京弘文堂书房版1942年版，第89—116页。
⑤ 孙作云：《诗经与周代社会研究》，中华书局1979年版，第405—406页。
⑥ 钱锺书：《管锥编》，中华书局1999年版，第67页。
⑦ 《毛诗正义》，《十三经注疏》，上海古籍出版社1997年版，第277页。

赋予兴以情感色彩，的确是把握住了诗的情绪。她不停地采，却始终没能把这个很容易装满的筐采满，主要是由于思念丈夫而无心采菜，思念之情体现得淋漓尽致。二章、三章、四章则变换视角，"我马""我姑""我仆"，表达内心的忧伤和浓浓的思念之情，也表现了夫妻之间的深厚感情。因而戴君思以之为"古今闺思之祖"。

从诗本义分析，这是首行役诗。《诗经》中的战争行役诗有个非常突出的特点，表现战争主题时呈现鲜明的女性化特征。女性情感的细腻、委婉与战争的硬朗、残酷形成对比，极少有对战争场面的正面描写。从中也可见出周人的战争观。

《周南·汝坟》：

遵彼汝坟，伐其条枚。未见君子，惄如调饥。
遵彼汝坟，伐其条肄。既见君子，不我遐弃。
鲂鱼赪尾，王室如燬。虽则如燬，父母孔迩。

《卷耳》表达的是女子对行役在外丈夫的思念，《汝坟》则是描述女子见到丈夫前后情感的变化来表现对丈夫的爱恋。

《毛诗序》依然从文王之化着眼评析诗旨："《汝坟》，道化行也。文王之化行乎汝坟之国，妇人能闵其君子，犹勉之以正也。"所以，孔颖达《正义》诗卒章"鲂鱼赪尾，王室如燬。虽则如燬，父母孔迩"为："妇人言鲂鱼劳则尾赤，以兴君子苦则容悴。君子所以然者，由畏王室之酷烈猛炽如火故也。既言君子之勤苦，即勉之，言今王室之酷烈虽则如火，当勉力从役，无得逃避。若其避之，或时得罪，父母甚近，当自思念，以免於害，无得死亡，罪及父母，所谓勉之以正也。"① 朱熹《集传》"汝旁之国，亦先被文王之化者"，仍承《序》说，但点明了"妇人喜其君子行役而归"②。方玉润批评《序》说、朱说之弊：

---

① 《毛诗正义》，《十三经注疏》，上海古籍出版社1997年版，第282页。
② 朱熹：《诗经集传》，上海古籍出版社1980年版，第5页。

"《小序》谓'道化行'……《集传》因之……妇人喜其夫归，与文王之化何与？妇人被文王之化而后思其夫，岂不被化即不思其夫耶？如此说诗，能无令人疑议？"① 但方氏所谓"商辛无道，王室久如焚毁，天下臣民，皇皇无定，莫不欲得明主而事之也。……托为妇人喜见其夫之词，曰'王室'，曰'父母'，则又情不自禁，其辞且跃然纸上矣。"并释诗旨为"南国归心"，② 明显也犯了《诗序》惯有的附会毛病。

《毛传》释"鲂鱼赪尾，王室如燬"曰："赪，赤也，鱼劳则尾赤。燬，火也。"当不误，但郑《笺》附会成分太高："君子仕于乱世，其颜色瘦病，如鱼劳则尾赤。所以然者，畏王室之酷烈。是时纣存。"③ 其纣存说没有依据。如果此说可靠，那么这首诗的创作时间当在商末周初，而事实上《周南》中的诗断不会产生于周初。朱熹亦附会《毛传》，谓"王室，指纣所都也。父母，指文王也"④，此说不确。

以上诸说皆将问题复杂化。其实，这四句诗就是交代君子为什么会如此繁忙，再就是暗示君子应是身份较高的贵族。王室事务繁忙，君子因忙于国家大事而无暇顾及家人，所以妻子承担了养家糊口、照顾公婆的责任。这个女子在劳作的时候也在盼望丈夫能早日归来。思念深切，"未见君子，惄如调饥"，她甚至担心丈夫会忘记自己、抛弃自己。"既见君子，不我暇弃"，丈夫的归来令她欣喜若狂。但在高兴的同时她还是担心丈夫要离开，希望丈夫不要再与自己分离，所以她委婉劝阻丈夫："王室如燬，父母孔迩。"事君固然重要，但事父母也同样重要。诗中的"父母"指的是男方的父母，也就是女子的公婆，与文王无涉。这样的解释也符合周代规定女子要具备"四德"，要敬孝公婆。如此也能很容易理解诗中女子见到丈夫前后心理的复杂变化。首两章通过对比表述对丈夫的情感。表达未见时的思念，用了一个非常形象的比喻

---

① 方玉润：《诗经原始》，中华书局1986年版，第88页。
② 同上书，第89页。
③ 《毛诗正义》，《十三经注疏》，上海古籍出版社1997年版，第283页。
④ 朱熹：《诗经集传》，上海古籍出版社1980年版，第5页。

"惄如调饥"：如同早晨肚子饿的痛苦难熬。古人有以"饥"代指性饥渴的说法。① 次章则表述见面后，希望丈夫不要再离开。第三章"鲂鱼赪尾，王室如燬。虽则如毁，父母孔迩"的解读则分歧很多。《毛诗序》以为诗是赞美"文王之化行乎汝坟之国，妇人能闵其君子犹勉之以正也"。从诗本义分析，顾农《风诗新解六题》认为是一位"王室"贵族对妇人无礼，妇人则说你千万不能无礼，尽管你欲火中烧，但我父母距此甚近。用这个理由把他打发走。一个贵族公子疯狂地来纠缠，却被她机智地赶跑了。自己的处境如此艰难危险，丈夫怎么能离家呢。② 虽是一家之言，但对诗义的解读实在是不合理。其实这句还是表达了希望与丈夫长相厮守的愿望。"鲂鱼赪尾"，《毛诗》解为"鱼劳则尾赤"③，指行役在外的丈夫之辛勤劳作。而闻一多的解读则显然更符合诗义。闻一多《说鱼》认为，在我国语言中，尤其在民歌中，有以鱼来代替"匹偶"或"情侣"隐语的用法。他论《周南·汝坟》"鲂鱼赪尾"，引《左传·哀公十七年》"卫侯贞卜，其繇曰：'如鱼窥尾，衡流而方洋。'"疏曰："鱼劳则尾赤，方羊游戏，喻卫侯淫纵。"认为以鱼的游戏喻卫侯的淫纵，鱼则是象征男性情偶的隐语。据此，则"鲂鱼赪尾"中的鱼字是隐语。同时，这首诗"惄如调饥"的"饥"也是同样性质的隐语，是性的象征。④ 古代谓性的行为曰食，性欲未满足时之生理状态曰饥，满足后曰饱。且《诗》言鱼，多为性的象征，故男女每以鱼喻其对方。因此《国风》中凡言鱼，皆两性间互称其对方之廋语，无一实指鱼者。⑤ 之所以会用鱼来象征配偶，因为鱼有强大的繁殖功能。在人类社会早期，婚姻是人生大事，而传宗接代对于新婚夫妇而言也是头等重要的事情。

"王室如燬"，妇人虽然有私心，但也明白，国家需要，丈夫就理

---

① 钱锺书：《管锥编》，中华书局1999年版，第73—74页。
② 顾农：《风诗新解六题》，《阜阳师范学院学报》（社会科学版）2002年第1期。
③ 《毛诗正义》，《十三经注疏》，上海古籍出版社1997年版，第283页。
④ 闻一多：《说鱼》，《闻一多全集》，湖北人民出版社1993年版，第234页。
⑤ 同上书，第165—167页。

当外出。但是,"父母孔迩",父母尚且还在,因此,也当在家照顾父母。这种矛盾纠结揭示了女子想与丈夫长相厮守,但是国家需要,又不得不离开的复杂心理。

这首诗的心理描写非常成功,"未见君子,惄如调饥"和"既见君子,不我遐弃"形成的对比,国事和父母的对比,将女主人公曲折复杂的内心活动表现出来。

《召南·殷其雷》:

> 殷其雷,在南山之阳。何斯违斯?莫敢或遑。振振君子,归哉归哉!
>
> 殷其雷,在南山之侧。何斯违斯?莫敢遑息。振振君子,归哉归哉!
>
> 殷其雷,在南山之下。何斯违斯?莫或遑处。振振君子,归哉归哉!

《毛诗序》曰:"《殷其雷》,劝以义也。召南之大夫远行从政,不遑宁处。其室家能闵其勤劳,劝以义也。"① 朱熹则以为是思妇诗:"妇人以其君子从役在外而思念之,故作此诗。言殷殷然雷声,则在南山之阳矣,何此君子独去而不敢少暇乎?于是又美其德且冀其早毕事而还归也。"② 姚际恒《诗经通论》指出了《诗序》的偏颇:"按诗'归哉归哉',是望其归之辞,绝不见有'劝以义'之意。"③ 崔述《读风偶识》有相同见解:"今玩其词意,但有思夫之情,绝不见所谓劝义者何在。"④ 陈子展《诗经直解》则中和"劝义"与"相思"说,称此诗"既劝以大义,又望其生还,可谓得情理之正者也。"⑤ 方玉润认为这首

---

① 《毛诗正义》,《十三经注疏》,上海古籍出版社1997年版,第289页。
② 朱熹:《诗经集传》,上海古籍出版社1980年版,第8页。
③ 姚际恒:《诗经通论》,中华书局1958年版,第41页。
④ 崔述:《读风偶识》,《崔东壁遗书》,上海古籍出版社1983年版,第540页。
⑤ 陈子展:《诗经直解》,复旦大学出版社1983年版,第53页。

诗是"讽众士以归周"①。客观地说，方氏的解读也不误，毕竟诗中没有有关思妇身份的词句提示。他所持的依据是，"所谓南山者，岐周地近终南，故每以为咏耳。当时文王政令方新，天下闻声向慕，有似雷发殷殷，群蛰启户。故诗人借以起兴，而其振奋起舞之意，则有不胜其来归恐后之心焉。……盖此诗必为伯夷太公辈作矣。"②但方氏言此诗为伯夷太公辈作的推测是错误的，《召南》中断不会有作年如此早的诗。且伯夷为周公旦子，若是，诗作也不会被放在《召南》中。另外，最关键的是，此诗被编在"二南"中，能够很合理地解读出思念的诗旨。

从诗本义分析，这是一首抒发对离家在外丈夫思念之情的诗。诗共三章，句式非常整齐，以重章叠唱的句式唱出了妻子对丈夫的思念之情，情感的表达逐步加深。每章均以雷声起兴，女主人公在雷声振振的时候，想到出门在外的丈夫正日夜奔忙，思念之情油然而生，希望丈夫早日归来。此种情景与《王风·君子于役》中的女子傍晚看到夕阳西下、家鸡进窝、牛羊归家触发思念丈夫之情的"君子于役，如之何勿思！君子于役，不日不月，曷其有佸"非常一致。

《召南·草虫》：

> 喓喓草虫，趯趯阜螽。未见君子，忧心忡忡。亦既见止，亦既觏止，我心则降。
>
> 陟彼南山，言采其蕨。未见君子，忧心惙惙。亦既见止，亦既觏止，我心则说。
>
> 陟彼南山，言采其薇。未见君子，我心伤悲。亦既见止，亦既觏止，我心则夷。

---

① 方玉润：《诗经原始》，中华书局1986年版，第107页。
② 同上。

第二章 "二南"地域风格研究

《毛诗序》曰:"大夫妻能以礼自防也。"① 《序》说"以礼自防"不论,合理之处是点明这是首表现夫妻情感的诗。朱熹《集传》则曰:"南国被文王之化,诸侯大夫行役在外,其妻独居,感时物之变,而思其君子如此。亦若周南之《卷耳》也。"② 朱氏解读此诗还是采取了比较客观的态度,突出其思夫的主题。方玉润依然采取《殷其雷》的解诗思路:"思君念且。臣子思君,未可显言,故每假思妇情以寓其忠君爱国意,使读者自得其意于言外。则情以愈曲而愈深,词以益隐而益显。"③

郑玄依据《易》"男女觏精,万物化生",《笺》"既觏"为"已婚",认为"觏"指男女情事。因此,这首诗依然是颂美夫妻情感。

从诗本义分析,诗共三章,首章以秋天特有的昆虫蝈蝈和蚱蜢起兴,《毛传》认为首章前两句是赋,而《集传》认为是兴。依据诗义,《集传》兴说较符合诗情。秋季本就是容易引发人感伤的季节,妇人听到蝈蝈悠长而又凄紧的叫声,看到秋后的蚱蜢,心中不由思念起远在外乡的丈夫,"未见君子,忧心忡忡",由眼前景触发了思念的情感,心中涌起无限的愁思。后三句"亦既见之,亦既觏之,我心则降"则明显是虚写,想象自己见到久别的丈夫后的亲昵举动和喜悦的心情。马银琴的分析非常符合诗义。她认为:"《诗经》中多'见君子'之诗,但云'觏'者较少,且出现'觏'字的诗歌,多为男女婚姻之辞,如《豳风·伐柯》'我觏之子'、《小雅·车舝》'觏尔新昏'。"④ 对于诗的这种结构方式,方玉润给予很高评价:"本说'未见',却想及'既见'情景,此透过一层法也。"⑤ 二章、三章"采其蕨""采其薇"则表示经秋冬而到来年的春夏,正是朱熹所谓"感时物之变"。时光流逝,丈夫依然在外,于是女子登上高山遥望,"未见君子,忧心惙惙""未见

---

① 《毛诗正义》,《十三经注疏》,上海古籍出版社1997年版,第286页。
② 朱熹:《诗经集传》,上海古籍出版社1980年版,第7页。
③ 方玉润:《诗经原始》,中华书局1986年版,第98—99页。
④ 马银琴:《两周诗史》,社会科学文献出版社2006年版,第271页。
⑤ 方玉润:《诗经原始》,中华书局1986年版,第99页。

君子，我心伤悲"，相思之情与时俱增。"惙惙"，《集传》释为"忧貌"，表达思念之情特别传神。后面依然虚写见到丈夫的心情。这种虚实结合的表现手法，方玉润这样评价："始因秋虫以寄托，继历春景而忧思。既未能见，则更设为既见情形以自慰其幽思无已之心。此善言情作也。然皆虚想，非真实觏。《古诗十九首》'行行重行行'、'蟋蟀夕鸣悲'、'明月何皎皎'等篇，皆是此意。"① 按说方氏的分析非常到位，但是令人不解的是为何他坚持将其视为"假思妇情以寓其忠君爱国意"？这明显与他坚持"原诗人之始"的解诗原则不相符合。

"二南"中大多数的诗表现了周人对婚姻的重视、对夫妻情感的重视，诗情深意长，感人至深。《国风》也有对婚姻生活中不和谐现象的艺术表现，《召南·行露》就是这样一首。

《行露》：

> 厌浥行露，岂不夙夜？谓行多露！
> 谁谓雀无角，何以穿我屋？谁谓女无家，何以速我狱？虽速我狱，室家不足！
> 谁谓鼠无牙，何以穿我墉？谁谓女无家，何以速我讼？虽速我讼，亦不女从！

关于这首诗的诗旨，《毛诗序》曰："《行露》，召伯听讼也。衰乱之俗微，贞信之教兴，强暴之男不能侵陵贞女也。"② 朱熹《集传》认为是"不为强暴所污者，自述己志，作此诗以绝其人。"③《序》说除去附会召伯听讼意，"强暴之男不能侵陵贞女"与《集传》"不为强暴所污者，自述己志"的表述基本一致，符合诗本义。方玉润"贫士却婚

---

① 方玉润：《诗经原始》，中华书局1986年版，第98—99页。
② 《毛诗正义》，《十三经注疏》，上海古籍出版社1997年版，第288页。
③ 朱熹：《诗经集传》，上海古籍出版社1980年版，第7页。

以远嫌"① 的说法似与诗本义不符。

　　这是"二南"中比较特殊的一首诗。诗共分三章，首章与其他两章内容与形式完全不同。宋代王柏认为这首诗由错简而来，《诗疑》"首章与二章意全不贯，句法体格亦异"，"召南申人之女许嫁与郑，夫家礼不备而欲娶之，女子不可，讼之于理，遂作二章，而无前一章也，乃知前章乱入无疑。"② 孙作云进一步考证，认为此诗后两章为单独一篇，前三句为另一篇诗的一章，因错简而误合在一起。③ 翟相君认为，按照风诗章句基本整齐的特点考察，这首诗是残篇，第一章应与第二、三章一样为六句，现存诗首章是三句，脱了首句和第五、六句。④ 诸说均能自圆其说，但尚未有定论。因此，还是根据诗本义来进行客观分析。

　　首章"厌浥行露"，《毛传》曰兴，《集传》曰赋。"厌浥"，《毛传》《集传》均指露水湿重，这是"岂不夙夜"的原因。此处有以露水湿重道路难行喻女主人公不幸遭遇之义，因此，这句应该是兴的表现手法。次章、卒章句式、内容基本一致，"谁谓雀无角，何以穿我屋"，用反问的形式类比"谁谓女无家，何以速我狱"。后两句"虽速我狱，室家不足"中的"狱"指诉讼无疑，"室家不足"不太好有明确的解读，但借助卒章"亦不女从"，则可见出这是女子在表明自己的态度，即使招致诉讼，也不会答应对方的过分要求，有一腔宁为玉碎不为瓦全的大无畏气概。因此，这首诗是描述一个女子拒绝与一个已有家室的男子成婚，男子用刑狱相逼，女子也决不屈服。这首诗用反问类比的形式塑造了一个坚守气节的坚贞女子的鲜明形象。在那个女子基本没有独立地位、婚姻不能自主的时代，她却能够毅然决然地坚持自己，实属难得。这个女子的鲜明个性不同于《诗经》中传统的女性形象。

---

① 方玉润：《诗经原始》，中华书局 1986 年版，第 103 页。
② 王柏：《诗疑》，《续修四库全书》第 57 册，第 214 页。
③ 孙作云：《诗经的错简》，《诗经与周代社会研究》，中华书局 1979 年版，第 408—410 页。
④ 翟相君：《〈诗经·行露〉脱句小考》，《广西大学学报》（哲学社会科学版）1985 年第 1 期。

（二）人物颂美诗

"二南"中除了篇幅众多的婚恋诗，还有一些诗是对各阶层人物的颂美，他们上自《甘棠》之召公，《麟之趾》《羔羊》之君子，下到《小星》中的小吏、《兔罝》中的武夫、《驺虞》中的猎手。本章将这类诗划归为颂美诗分析。

《甘棠》：

　　蔽芾甘棠，勿剪勿伐，召伯所茇。
　　蔽芾甘棠，勿剪勿败，召伯所憩。
　　蔽芾甘棠，勿剪勿拜，召伯所说。

因为周代文献中"召伯"既可指周初召公奭，也可指宣王时召穆公虎，所以诗中"召伯"的归属问题，就引起了争论，也导致了诗旨的分歧。《毛诗序》谓美召公奭："《甘棠》，美召伯也。召伯之教，明于南国。"《正义》谓"召伯，姬姓，名奭，食采于召，作上公，为二伯，后封于燕。此美其为伯之功，故言'伯'云。"①朱熹《集传》曰："召伯循行南国以布文王之政，或舍甘棠之下，其后人思其德，故爱其树而不忍伤也。"②从《毛传》到《集传》都认为"召伯"为召公奭。很多现代学者则认为"召伯"是宣王时穆公虎。程俊英注曰："召伯，名虎，姬姓，周宣王时封在'召'的地方，伯爵。"③陆侃如、冯沅君《中国诗史》中经过详尽考证，也认为"召伯"为穆公虎。④

有必要将这个问题进行辨析。《诗经》中召公共二见：《大雅·江汉》"文武受命，召公维翰""召公是似""作召公考"，《大雅·召旻》"昔先王受命，有如召公"。两处"召公"从诗义看，均为西周召公奭

---

① 《毛诗正义》，《十三经注疏》，上海古籍出版社1997年版，第287页。
② 朱熹：《诗经集传》，上海古籍出版社1980年版，第7页。
③ 程俊英：《诗经译注》，上海古籍出版社1985年版，第27页。
④ 陆侃如、冯沅君：《中国诗史》，百花文艺出版社1999年版，第68—69页。

无疑。《大雅·江汉》中除了"召公",也有"王命召虎","召虎"指宣王时期的召穆公虎。

召伯的身份要复杂,既可指周初召公奭,也可指宣王时召穆公虎。《诗经》中召伯共三见:《召南·甘棠》中的"召伯所茇""召伯所憩""召伯所说",《小雅·黍苗》"召伯劳之""召伯营之""召伯成之""召伯有成",《大雅·崧高》"王命召伯,定申伯之宅""王命召伯,彻申伯土田""申伯之功,召伯是营""王命召伯,彻申伯土疆"。

先看《甘棠》诗中的"召伯"。《左传·昭公二年》韩宣子前往鲁国,季武子设宴款待韩宣子,席间季武子"赋《甘棠》,宣子曰:'起不堪也,无以及召公。'"①谓《甘棠》之召伯为召公奭。《左传·襄公十四年》士鞅对秦伯曰:"武子之德在民,如周人之思召公焉,爱其《甘棠》,况其子乎?"②召伯亦为召公奭。《史记·燕召公世家》曰:"其在成王时,召公为三公……召公巡行乡邑,有棠树,决狱政事其下,自侯伯至庶人各得其所,无失职者。召公卒,而民人思召公之政,怀棠树不敢伐,歌咏之,作《甘棠》之诗。"③春秋时期的韩宣子、士鞅认为"召伯"即"召公",去周不久的司马迁也持相同见解。《毛诗序》评《甘棠》:"美召伯也。召伯之教,明于南国。"郑《笺》曰:"召伯,姬姓,名奭。食采于召,作上公,为二伯,后封于燕。此美其为伯之功,故言'伯'云。"孔《疏》曰:"武王之时,召公为西伯,行政于南土,决讼于小棠之下,其教著明于南国,爱结于民心,故作是诗以美之。经三章,皆言国人爱召伯而敬其树,是为美之也。"④三人皆以召伯为召公奭。上博简《孔子诗论》中也认为召伯为召公奭。《诗论》中共三处论及《甘棠》,第十简:《甘棠》之保;第十五简:……及其人,敬爱

---

① 《春秋左传正义》,《十三经注疏》,上海古籍出版社1997年版,第2029页。
② 同上书,第1956页。
③ 司马迁:《史记》,中华书局2008年版,第1549—1550页。
④ 《毛诗正义》,《十三经注疏》,上海古籍出版社1997年版,第287页。

其树，其保厚矣！《甘棠》之爱，以召公……；第十六简：……邵公也。①均可见《甘棠》之召伯为召公奭。李学勤考证清末出土的梁山五器"大保方鼎""大保簋""大保鸮卣""大史友甗""白盉"，以及1986年北京房山琉璃河1193号墓出土的"克罍""克盉"二器，其中的铭文"召伯""大保"均为召公奭。这些资料显示，周代早期燕君所做的铜器中，"称自己的祖先召公也称召伯。"② 清人吴闿生也认为诗中"召伯听讼，不重烦劳百姓，止舍小棠之下而听断焉""此诗美召公而作，最为有据。"③

陆侃如、冯沅君《中国诗史》则认为此篇说及召伯，旧说均谓指周初之召公奭。但是在《诗经》中，《召南》之《甘棠》、《小雅》之《黍苗》、《大雅》之《崧高》，都是指《江汉》征淮夷的召穆公虎，是宣王时人。而《大雅》之《江汉》《召旻》，这个召公是周初的召公奭。"《甘棠》之召伯当然是召虎了。他曾到过南方，产生《甘棠》之诗是很可能的。"④ 程俊英《诗经译注》亦曰："周宣王时的召虎，辅助宣王征伐南方的淮夷，颇有功劳。人民作《甘棠》一诗怀念他。"⑤ 陆侃如所举例子中，《小雅·黍苗》《大雅·崧高》中"召伯"均指宣王时召穆公虎无疑。《小雅·黍苗》"悠悠南行，召伯劳之"，郑玄《笺》曰："宣王之时，使召伯营谢邑以定申伯之国。"⑥ 确指召伯为宣王时召穆公虎。《大雅·崧高》中的"申伯"与前诗郑《笺》中的"召伯营谢邑以定申伯之国"为一人，那么诗中"召伯"也与前诗召伯为同一人。更确切的证据是《崧高》诗有"吉甫作诵，其诗孔硕。其风肆好，以赠申伯"，诗的作者尹吉甫是宣王大臣，这些资料能够互证召伯为邵穆公虎。

---

① 马承源：《上海博物馆藏战国楚竹书》（一），上海古籍出版社2001年版，第22—28页。
② 季旭升：《诗经古义新证》，学苑出版社2001年版，第24页。
③ （清）吴闿生：《诗义会通》，中华书局1962年版，第12页。
④ 陆侃如、冯沅君：《中国诗史》，百花文艺出版社1999年版，第68—69页。
⑤ 程俊英：《诗经译注》，上海古籍出版社1985年版，第27页。
⑥ 《毛诗正义》，《十三经注疏》，上海古籍出版社1997年版，第495页。

综上所述，《诗经》中凡出现"召公"，均指召公奭；"召伯"则或为召公奭，或为召穆公虎，要依据《诗》的内容或相关文献进行仔细辨析。具体地说，召公奭在《诗》中或为"召公"，或为"召伯"，召穆公虎则或以"召虎"名直言，或称"召伯"。若俩人同时出现，会明确为"召公""召虎"，前者指召公奭，后者指召穆公虎。

通过《诗经》诗本义和相关文献记载，能够考证《诗经》中出现的"召公""召伯"与召公奭和邵穆公虎之间对应的真实身份，而且能从旁证明诗的作年。

《毛传》所言有前述相关文献佐证，可确信。诗共三章，章三句。诗通过"勿伐""勿败""勿拜"三语，表现了对甘棠的爱惜，更表达了对召公奭的思念。这样的结论也得到《孔子诗论》的支持。

《孔子诗论》中论及《召南·甘棠》的简很多，除了上面提到的三简，还有第 24 简：

> 吾以《甘棠》得宗庙之敬，民性固然，甚贵其人，必敬其位，悦其人，必好其所为，恶其人者亦然。①

虽然孔子论诗时，为强调诗的社会政治教化功能而把审美的诗提升到道德义理的高度，但整体而言，担当得起这个评价的当为召公奭无疑。召公奭是周初太保，虽不如周公卓著，但其政绩亦非凡。在周初他参与灭商建国、扶助成王、建立燕国、营造东都，在太公望和周公旦去世后，长期主国政，出现成康之间四十年刑措不用的盛世局面。因此，这首诗褒扬召公奭是可信的。所谓爱屋及乌，就是《甘棠》诗中百姓爱召公，于是对他曾倚靠过的棠树也倍加爱护。

《甘棠》是直接颂美召公，而《周南·麟之趾》《羔羊》则是对君子的赞颂。

---

① 马承源：《上海博物馆藏战国楚竹书》（一），上海古籍出版社 2001 年版，第 36 页。

《麟之趾》：

麟之趾。振振公子，于嗟麟兮！
麟之定。振振公姓，于嗟麟兮！
麟之角。振振公族，于嗟麟兮！

《麟之趾》从诗本义分析，是祝福贵族公侯子孙繁衍昌盛的诗。《毛诗序》曰："《麟之趾》，《关雎》之应也。《关雎》之化行，则天下无犯非礼。虽衰世之公子，皆信厚如麟趾之时也。"①《毛诗序》认为赞美的是周王朝衰落之后的公子，虽处衰世，但德行如仁兽麒麟般。朱熹《集传》曰："文王后妃德修于身，而子孙宗族皆化于善，故诗人以'麟之趾'兴公之子。言麟性仁厚，故其趾亦仁厚。"②

诗以"麟"起兴。据说麒麟有足不踢人、有额不顶人、有角不撞人，故称仁兽，是吉祥的象征，在古代备受尊崇。《礼记·礼运》曰："何谓四灵？麟凤龟龙，谓之四灵。"③刘向《说苑》曰："麒麟，麕身牛尾，圜头一角，含信怀义，音中律吕，步中规矩，择土而践，彬彬然动则有容仪。"④《公羊传》曰："麟者，仁兽也。有王者则至，无王者则不至。"⑤《左传》记有哀公十四年"西狩获麟"，⑥《史记·孔子世家》也记载："鲁哀公十四年春，狩大野。叔孙氏车子锄商获兽，以为不祥。仲尼视之，曰：'麟也。'取之，曰：'河不出图，雒不出书，吾已矣夫！'……及西狩见麟，曰：'吾道穷矣！'"⑦可见麒麟是一种兆示"天下太平"的仁义之兽。诗人李白《古风诗》中有"希圣如有立，绝笔于获麟"。正是由于"麟"在古人心目中的尊崇地位，本诗以祥瑞麒

---

① 《毛诗正义》，《十三经注疏》，上海古籍出版社1997年版，第283页。
② 朱熹：《诗经集传》，上海古籍出版社1980年版，第5页。
③ 《礼记正义》，《十三经注疏》，上海古籍出版社1997年版，第1425页。
④ （汉）刘向：《说苑疏证》，华东师范大学出版社1985年版。
⑤ 《春秋公羊传注疏》，《十三经注疏》，上海古籍出版社1997年版，第2352—2353页。
⑥ 《春秋左传正义》，《十三经注疏》，上海古籍出版社1997年版，第2172页。
⑦ 司马迁：《史记》，中华书局2008年版，第1942页。

麟来兴公子，寄予了对公子的赞美之情，如方玉润《诗经原始》谓"美公族龙种尽非常人也"①，认为是为庆贺贵族生子的赞美诗。贵族们认为自己的血统与普通百姓不同，贵之以麒麟，此说亦通。

《召南·羔羊》：

> 羔羊之皮，素丝五紽。退食自公，委蛇委蛇。
> 羔羊之革，素丝五緎。委蛇委蛇，自公退食。
> 羔羊之缝，素丝五总。委蛇委蛇，退食自公。

《毛诗序》曰："《羔羊》，《鹊巢》之功致也。召南之国，化文王之政，在位皆节俭正直，德如羔羊也。"② 朱熹《集传》曰："南国化文王之政，在位皆节俭正直，故诗人美衣服有常，而从容自得如此也。"③ 姚际恒的解说相对到位："诗人适见其服羔裘而退食，即其服饰步履之间以叹美之。而大夫之贤不益一字，自可于言外想见。此风人之妙致也。"④ 方玉润批评《序》说"固大可笑""附会无理"，但其"美召伯俭而能久"⑤的观点也值得商榷。

诗不厌其烦的夸赞服饰，那就从对服饰的解读着手。"羔羊之皮，素丝五紽"，《集传》以为赋，并具体释曰："小曰羔，大曰羊。皮，所以为裘，大夫燕居之服。""羔羊之革""羔羊之缝"均说服饰的材质，与首句意同。"素丝"应该就是用白色的丝装饰裘服。区别是首章后两句诗与次两章后两句的前后顺序颠倒，似是强化的意思。"委蛇"，《集传》释为"自得之貌"，与《序》同。周代对贵族的服饰尤其是公开场合的着装有严格的规定。既然这位主人公能穿裘服，其身份当为贵族。周代贵族的服饰比较艳丽，可谓五彩斑斓。《诗经》在赞美君子时，经

---

① 方玉润：《诗经原始》，中华书局1986年版，第90页。
② 《毛诗正义》，《十三经注疏》，上海古籍出版社1997年版，第288页。
③ 朱熹：《诗经集传》，上海古籍出版社1980年版，第8页。
④ 姚际恒：《诗经通论》，中华书局1958年版，第40页。
⑤ 方玉润：《诗经原始》，中华书局1986年版，第105—106页。

常是夸赞他精美得体的服饰，这种手法在前面《豳风》中已有论述。《秦风·终南》中的秦君"君子至止，锦衣狐裘""君子至止，黻衣绣裳。佩玉将将"，《曹风·鸤鸠》"淑人君子，其带伊丝。其带伊丝，其弁伊骐"，都是采用借衣赞人的手法塑造人物。因此，这首诗也是借服饰对在位的贵族进行赞美，他们身穿洁白的裘衣，而且进退自得，更具风采。

《召南·小星》：

嘒彼小星，三五在东。肃肃宵征，夙夜在公。寔命不同！
嘒彼小星，维参与昴。肃肃宵征，抱衾与裯。寔命不犹！

这首诗应该是"二南"中诗旨争议比较大的一首。主要的观点有以下几种。

以《毛传》《集传》为代表的传统观点认为是表现周代贵族男子普遍实行的妻妾制度。《毛诗序》曰："《小星》，惠及下也。夫人无妒忌之行，惠及贱妾，进御于君，知其命有贵贱，能尽其心矣。"孔颖达《正义》将"小星"定义为群妾，将"三五"比喻为正夫人："众妾自知卑贱，故抱衾而往，御不当夕。"[1] 朱熹《集传》曰："南国夫人承后妃之化，能不妒忌，以惠其下。故其众妾美之如此。盖众妾进御于君，不敢当夕，见星而往，见星而还……是以深以得御于君为夫人之惠而不敢致怨于往来之勤也。"[2]

方玉润则认为诗是表现地位卑微的官吏的生活。《诗经原始》曰："小臣行役自甘也。"[3] 现代学者大多持此观点。程俊英认为是小官吏出差赶路，而怨恨自己身世不幸的诗。[4]

---

[1] 《毛诗正义》，《十三经注疏》，上海古籍出版社1997年版，第291页。
[2] 朱熹：《诗经集传》，上海古籍出版社1980年版，第8页。
[3] 方玉润：《诗经原始》，中华书局1986年版，第110页。
[4] 程俊英：《诗经译注》，上海古籍出版社1985年版，第34页。

第二章 "二南"地域风格研究

胡适在他的《谈谈诗经》里则认为《小星》"是写妓女生活的最早记载"①。其说不合理之处显而易见，周作人撰文批评了他的观点。②

诗共两章。从诗本义分析，两章首两句均是兴。"肃肃宵征，夙夜在公""肃肃宵征，抱衾与裯"，表示夜已深或天未明，主人公还在辛苦忙于公务。"寔命不同"是他所认为的如此劳作的原因。可见，诗表现了一位底层官吏夜以继日辛勤劳作，虽然如此，并不见他抱怨，正如方玉润认为的："此诗虽以命自委，而循分自安，毫无怨怼词，不失敦厚遗旨，故可风也。"③

田猎诗也是《诗经》的一个重要内容。这与周代国情有密切关系。《左传·成公十三年》有"国之大事，在祀与戎"④说，祭祀与战争是周人生活的两个重要主题。周人建国前后伴随着无数大大小小的战争，建立稳固的政权之后，统治者亦借田猎达到军事训练的目的。因此，狩猎是周人社会生活中的重要内容，"大蒐礼"就反映了周代重视田猎的真实情况。田猎不仅是重要的军事活动，也是获取食物的重要方式。周代实行兵农合一的军事制度以保障武装力量，士兵平时务农，农闲田猎习武。《国语·周语上》曰："是时也，王事唯农是务，无有求利于其官，以干农功，三时务农而一时讲武，故征则有威，守则有财。"韦昭《注》曰："三时，春夏秋。一时，冬也。讲，习也。"⑤《豳风·七月》中的"二之日其同，载缵武功"，郑玄《笺》曰："其同者，君臣及民因习兵俱出田也。"⑥ 就是冬季军事训练与田猎形式相结合的例证。其实田猎的时间不限于冬季，《国语·齐语》曰："春以蒐振旅，秋以狝治兵。"⑦ 春季、秋季也举行田猎。《左传·隐公五年》曰："春蒐、夏

---

① 胡适：《谈谈诗经》，《古史辨》第三册，上海古籍出版社1982年版，第585页。
② 周作人：《谈〈谈谈诗经〉》，《古史辨》第三册，上海古籍出版社1982年版，第588页。
③ 方玉润：《诗经原始》，中华书局1986年版，第111页。
④ 《春秋左传正义》，《十三经注疏》，上海古籍出版社1997年版，第1911页。
⑤ 《国语》，上海古籍出版社1982年版，第21页。
⑥ 《毛诗正义》，《十三经注疏》，上海古籍出版社1997年版，第391页。
⑦ 《国语》，上海古籍出版社1982年版，第232页。

苗、秋狝、冬狩，皆于农隙以讲事也。"① 这里记载的是臧僖伯谓四时之武事，也谓四时均可田猎，而且四时田猎习武还有固定的名称和内容。四时田猎中以秋、冬的田猎最为隆重，称为"大蒐礼"。

由于上述原因，田猎诗成为《诗经》一个重要题材。"二南"中除了上面阐述的婚恋诗、赞美诗，还有一类田猎诗。田猎诗的大规模存在是在除"二南"之外的《雅》和其他《国风》中。

《周南·兔罝》《召南·驺虞》皆表现田猎之事，其颂美之情也溢于言表。因此，亦将这一类表现田猎的诗放在赞美诗类别中。

《兔罝》：

> 肃肃兔罝，椓之丁丁。赳赳武夫，公侯干城。
> 肃肃兔罝，施于中逵。赳赳武夫，公侯好仇。
> 肃肃兔罝，施于中林。赳赳武夫，公侯腹心。

这是首赞美狩猎卫士的诗，其诗旨几乎没有异议。《毛诗序》曰："《兔罝》，后妃之化也。《关雎》之化行，则莫不好德，贤人众多也。"② 这里的重点是"莫不好德，贤人众多"。欧阳修《诗本义》这样阐释此诗："此武夫者外可以扞城其民，内可以为公侯好匹，其忠信又可倚以为腹心，以见周南之君好德乐善，得贤众多，所任守御之夫犹如此也。"③ 朱熹亦认为："化行俗美，贤才众多。虽罝兔之野人，而其才之可用犹如此。"④ 诗中"赳赳武夫，公侯干城""赳赳武夫，公侯好仇""赳赳武夫，公侯腹心"，都是反复赞美武士的孔武有力，成为公侯之忠实捍卫者。方玉润直言："《兔罝》，美猎士为王气所特钟也。窃意此必羽林卫士，扈毕游猎，英姿伟抱，奇杰魁梧，遥而望之，无非公

---

① 《春秋左传正义》，《十三经注疏》，上海古籍出版社1997年版，第1726—1727页。
② 《毛诗正义》，《十三经注疏》，上海古籍出版社1997年版，第281页。
③ 欧阳修：《诗本义》，世界书局1985年版，第13页。
④ 朱熹：《诗经集传》，上海古籍出版社1980年版，第4页。

侯妙选。"① 阐释符合诗本义。

《驺虞》：

> 彼茁者葭，一发五豝。于嗟乎驺虞！
> 彼茁者蓬，一发五豵。于嗟乎驺虞！

这首诗存在释驺虞为兽还是为人的争议。古人大都视驺虞为仁兽，有仁义之行。《说文·虍部》："虞，驺虞也。白虎黑文，尾长于身。仁兽，食自死之肉。从虍，吴声。"② 《毛传》曰："驺虞，义兽也。白虎黑文，不食生物，有至信之德则应之。"所以《毛诗序》释诗旨曰："《驺虞》，《鹊巢》之应也。《鹊巢》之化行，人伦既正，朝廷既治，天下纯被文王之化，则庶类蕃殖，蒐田以时，仁如驺虞，则王道成也。"③ 朱熹亦认为驺虞为"兽名，白虎黑文，不食生物者也"④。

《三家诗》鲁诗、韩诗皆谓驺虞是为天子掌鸟兽的官员。申生曰："《驺虞》，美虞人之诗。"⑤ 欧阳修亦如此，认为驺虞为官名，诗是美国君能以时田猎而虞官又能供职，"首句言田猎之得时，次言君仁而不尽杀，卒叹虞人之得礼。"⑥ 方玉润也认为："《毛传》以驺虞为义兽，皆有心附会文王化行之故。……丰道生引《郊特牲》'迎虎谓其食田豕也'，以豝、豵为田豕害稼之兽，似矣。然既曰害稼，则杀之正宜其多，何五豝而仅一发乎？若一发而中五豝，则仁心又安在乎？"释诗旨为"猎不尽杀也"，赞同欧阳修以驺虞为"天子掌鸟兽之官"而非兽名的观点。⑦

---

① 方玉润：《诗经原始》，中华书局1986年版，第83页。
② 段玉裁：《说文解字注》，上海古籍出版社1981年版。
③ 《毛诗正义》，《十三经注疏》，上海古籍出版社1997年版，第294页。
④ 朱熹：《诗经集传》，上海古籍出版社1980年版，第10页。
⑤ 王先谦：《诗三家义集疏》，中华书局2009年版，第119页。
⑥ 欧阳修：《诗本义》，世界书局1985年版，第35页。
⑦ 方玉润：《诗经原始》，中华书局1986年版，第116—117页。

那么，驺虞到底是指兽类还是人名呢？近现代学者大都认为驺虞为人名而非兽名。陈子展《诗经直解》进行了详尽的辨析，"《驺虞》赋体，驺虞官名，此在当时是有现实而较积极之意义。今之读者，但去《诗》今古文两派同认是诗为有关春蒐之礼义，此较合诗之本义也。"①程俊英亦认为是"美猎人的诗"②。

诗文辞极为简约，但颂美之意显而易见。从诗本义分析，这是一首关于狩猎活动的乐歌，赞美了一位神射手，"一发五豝""一发五豵"皆谓其射技高超。"于嗟乎"，陈奂释为"美叹之也"③。据《周礼·大司乐·钟师》记载，《驺虞》是周天子在大射时演奏的乐曲。《周礼·乐师》："凡射，王以《驺虞》为节；诸侯以《貍首》为节；大夫以《采蘋》为节，士以《采蘩》为节。"④

这两首诗表现的田猎题材是《诗经》中的一个重要内容。因其颂美意显著，将这两首诗放在颂美诗类别中进行分析。《甘棠》《羔羊》是对上层贵族的赞美，那么，《小星》《兔罝》《驺虞》则是表现了下层官吏的任劳任怨、恪尽职守以及孔武有力。这一类诗，是以诗的形式生动塑造了各个阶层的人物，这个社会群像，上自召公奭，下到基层小吏和狩猎卫士，是"温柔敦厚"诗风的形象阐释，从中可见周人以礼为节的民族性格。

第四节 "二南"题材风格、人物形象塑造、名物特色辨析

按照第一章第四节的思路，下面从"二南"诗的题材风格、人物

---

① 陈子展：《诗经直解》，复旦大学出版社1983年版，第69—70页。
② 程俊英：《诗经译注》，上海古籍出版社1985年版，第39页。
③ 陈奂：《诗毛氏传疏》，商务印书馆1933年版，第49页。
④ 《周礼注疏》，《十三经注疏》，上海古籍出版社1997年版，第793页。

形象塑造、名物特色三个方面探讨其地域风格特征。

一 "二南"表现的周人婚姻道德观念

"二南"的题材非常丰富，包括爱情婚姻、祭祀、祝颂。从数量看，"二南"25 首诗，婚恋题材的诗就有 17 首之多。这与西周之世南乐用作后妃夫人房中之乐的功能和用途有直接关系。婚姻在周代不仅是合二姓之好以继后世的大事，更是关乎社稷存亡，可以说，婚姻联盟成为了周代社会的政权基础。"二南"被称为"正始之道，王化之基"，在西周，"二南"是作为"异于雅正"之乐的后妃夫人房中之乐，也就是所谓"阴声"使用的。这些家庭婚恋诗，明显体现了"阴声"的特点。

"二南"诗中抒发了日常家庭情感中温厚朴素的情怀，包括男女爱恋之情、子女思亲之情、夫妇离别思念之情、祝福颂赞的欢乐之情等。《关雎》"乐而不淫，哀而不伤"，《葛覃》《桃夭》《芣苢》《兔罝》的明朗欢快，《卷耳》《汝坟》《汉广》的怨而不怒，《螽斯》《樛木》《麟之趾》的欢乐祥和，诗篇流露出的情怀都是温厚、朴素的。

《毛诗序》的作者深深懂得"夫妇之道，生民之本，王政之端"①的深刻内涵。婚姻是教化之源，人伦之本，是事关家庭、社会的大事。周人对男女婚姻采取积极鼓励的措施，"男大当婚，女大当嫁"的观念已经形成，《地官·媒氏》云："媒氏掌万民之判。凡男女自成名以上，皆书年月日名焉。令男三十而娶，女二十而嫁。凡娶判妻入子者，皆书之。中春之月，令会男女，于是时也。奔者不禁。若无故而不用令者，罚之。司男女之无夫家者而会之。"②不仅设置了专门管理男女婚配工作的官职、官员，还规定了男女婚配的年龄，媒氏还要对那些已到结婚年龄依然没有成家的男女进行撮合，而对于没有什么原因不找对象的要加以惩罚。在这样的氛围中，产生了《摽有梅》《野有死麕》这样表达

---

① 《毛诗正义》，《十三经注疏》，上海古籍出版社 1997 年版，第 264 页。
② 《周礼注疏》，《十三经注疏》，上海古籍出版社 1997 年版，第 732—733 页。

张扬自由奔放情感的诗。

这些表现爱恋之情的诗歌，抒发的情感真挚、朴素，即使是失恋诗，也没有悲观、消极、颓废情绪。正是基于"二南"这种格调，孔子才对其做出"乐而不淫，哀而不伤""思无邪"的评价。

那些表现婚礼习俗的诗，体现了周人人伦亲亲观念。娶妻是要宜其室家，因此，新娘子婚前要由专人教习四行：妇德、妇言、妇容、妇功，注重成妇礼、明妇顺的德行。婚礼上的新娘子不仅是明艳的，而且被祝颂其宜其室家、宜其家人，要有像螽斯那样旺盛的生育能力，为夫家传宗接代。同时，还有承担起宗庙祭祀的职责，所谓"上以事宗庙，而下以继后世"。

"二南"中的婚恋诗，内容涵盖了从言男女爱情的情诗，到对贵族女子婚前教程的培养，到描述符合周礼"六礼"的婚礼习俗，到强调女子婚后要宜其室家、传宗接代，到对夫妻有义的赞颂，体现了周代婚姻作为礼之本，不仅是关乎家庭的大事，更是关乎王朝基业的大事。"二南"婚恋诗赞成符合礼仪的婚姻家庭关系，表现了一种在周礼规约下的正统社会生活，有着深刻的周代礼乐制度的烙印。前人论诗将"二南"解读为"后妃夫人之德"，是受"文王之化"，就客观表现了周礼在王畿千里之地深刻影响现实生活的历史事实。

正是与周礼的密切关系，"二南"婚恋诗呈现出的鲜明风格与其他风诗产生了显著区别。

二　"二南"塑造的符合礼制的人物群像

《诗经》中的婚恋诗一向以女性为主要表现对象，但也塑造了性格鲜明、多样的男性形象，不论是抒情主人公以第一人称的叙述，还是诗所表现的对象，都真实再现了那个时代男性的真实面貌，尤其是对其情感生活的描述，有内在的丰富性和独特性。"《国风》中男子形象多种多样，除孔武有力的勇士外，还有风流倜傥的男子、美貌如花的男子、情意缱绻的男子、幽忧避世的隐士、劝人行乐的登徒子等,更有志高行洁的君子。"① 《诗经》婚恋诗中男性群像的突出特征是"重情尚义"②。

下面分两类来具体分析"二南"诗所塑造的人物形象的性格特征。

(一) 理想的女性形象

《诗经》刻画了一批形象多样、个性鲜明的女性形象,是当时周代女性的生动写照。《诗经》中的女性形象大致可分为两类,一类是婚前恋爱中的女性,另一类是婚姻生活中集德、贤、淑、惠于一身的理想女性形象。"二南"也塑造了这样的女性形象。《毛传》将《周南》《麟之趾》之外的10首诗,都系之于一位理想的女性形象——后妃身上,《召南》中的6首,则系之于夫人。

活泼的恋女形象。《召南·摽有梅》《野有死麕》就生动塑造了这一类形象。《摽有梅》是适婚女子望见梅子落地,引起青春将逝的感伤,希望趁着青春年少大好时光,期待君子能早日请媒人提亲。女子恨嫁的急切而又坦率的内心表露无遗,因此有解诗者用"急"字概括诗义。《野有死麕》虽然自朱熹就被目之以"淫诗",却是《诗经》中罕见几首展示男女双方两情相悦的诗。诗以简洁的文辞,表现冰清玉洁的怀春少女,难以抵挡英勇的(从野地狩猎獐鹿,则可见吉士之阳刚英勇)吉士的诱惑,心仪于他。因此,相见时,面对吉士的热情和鲁莽,简短几句对话就将女子若推若就、亦喜亦惧的内心世界展示出来,塑造了勇敢追求爱情的恋女形象。

这两首诗表现的恋爱中的女子的坦荡、活泼,与《关雎》《汉广》中的男子的冷静、克制形成对比,但也并没有逾越礼制,是符合当时周代对未婚女子要求的。周代礼乐制度出于对传宗接代的重视,对婚姻有很多很明确的规定,《礼记·内则》曰:"(女子)十有五年而笄,二十而嫁。"③

---

① 胡玲:《英雄向凡人的退落——〈诗经·国风〉中的男子形象及男性美的变迁》,《湖北师范学院学报》(哲学社会科学版) 2007 年第 4 期。
② 郑群:《重情尚义:〈诗经〉婚恋诗中男性群像》,《思茅师范高等专科学校学报》2002 年第 4 期。
③ 《礼记正义》,《十三经注疏》,上海古籍出版社 1997 年版,第 1471 页。

《毛诗正义》："男女以正，婚姻以时，国无鳏民。"① 还专门设立"媒氏"官职，掌管适龄男女婚配问题。但是，在这些规定之外，民间还保留有一些习俗，"中春之月，令会男女，于是时也。奔者不禁。若无故而不用令者，罚之。司男女之无夫家者而会之。"礼教的干预相对较弱，青年男女可以自由选择恋爱对象，尤其女性对爱情的追求非常大胆。因此，才有《野有死麕》这样王质认为该删去的淫诗。而最为显著的则是《郑风·溱洧》："溱与洧，方涣涣兮。士与女，方秉蕑兮。女曰'观乎？'士曰'既且。''且往观乎！'洧之外，洵訏且乐。维士与女，伊其相谑，赠之以勺药。"诗中的青年男女能够在轻松愉悦的环境中自由交往，而且赠物定情。这种习俗是周代婚姻遵从"父母之命，媒妁之言"的另一种存在。这种充分展示人性真情、自由、美好的诗在《诗经》中可谓少之又少。

以上两诗表现的是在爱情面前两情相悦，展示内心真切感受的活泼、天真的女子形象，还有一种如《行露》诗中的年轻女子为捍卫自己的独立人格和爱情尊严所表现出来的不畏强暴、无所畏惧的刚烈果敢形象。"虽速我狱，室家不足。……虽速我讼，亦不女从"，其宁为玉碎不为瓦全的凛然刚烈形象跃然纸上。《王风·大车》中的女子也是这样一位在爱情得不到家庭、社会承认的情况下，勇敢向情郎表白，"岂不尔思，畏子不敢""岂不尔思，畏子不奔。"为了表现自己的果敢，打消情郎的犹豫，她指天起誓，表达自己对于生死不渝的爱的决心："穀则异室，死则同穴。谓予不信，有如皦日。"

"二南"中的少女形象，还有一类是出身贵族家庭的女子形象。她们遵从礼教教导，婚前由师氏指导研修"四德"，为嫁为人妇宜其室家作准备，因而，德静贤淑是她们的共同特征。《葛覃》，《毛诗序》认为此诗是赞美"后妃"出嫁前"志在女工之事，躬俭节用，服澣濯之衣，尊敬师傅"。按照周礼的要求，婚前女子要"贞顺""婉媚"，并勤于丝

---

① 《毛诗正义》，《十三经注疏》，上海古籍出版社1997年版，第279页。

麻织作之劳。《葛覃》塑造的应该就是这类女孩子的形象，这类诗几乎没有复杂的情感波折，形象显得略微单薄。"害浣害否？归宁父母"，急切盼望回家见到父母的迫切描述得比较生动。

"二南"中还有一类成家后承担起家族繁衍后代和宗庙祭祀责任的贵族女性形象，这是基于周代礼乐制度的要求而产生的。《礼记·昏义》曰："婚礼者，将合二姓之好，上以事宗庙，而下以继后世也。故君子重之。"① 崔述谓"教女子重宗庙"："所以娶妻者，非徒共其安乐也，必将有所重责之也。妇所以事夫者，非徒饰其仪容也，必将有以重报之也。重盖莫重于宗庙矣，故举祭祀而言之也。"② 《毛传》有所谓"古之将嫁女者，必先礼之于宗室，牲用鱼，芼之以蘋藻"，因此，即将出嫁的女子在娘家要学习出嫁后承担夫家祭祀的知识。《采蘩》《采蘋》具体描述了她们参与祭祀的过程。《采蘩》诗描述贵族妇女不仅要亲自采摘祭祀所用的蘩草，而且祭祀的时候还要抱有虔敬无怨的态度，"夙夜在公"。《采蘋》更具体描述贵族女子到河边采摘祭祀所用蘋草和水藻，用专用的器皿蒸煮，然后在室窗下举行祭祀典礼。"《诗经》中对这类理想的妇女的品行多用'淑'、'贤'、'惠'、'温'、'令'及'哲'等之类的抽象形容词来概括，从而使贵妇形象也具抽象化的特征。"③ 这类诗主要刻画她们参与宗庙祭祀时的举动，基本不关注对她们内心世界的描述。

"二南"诗还塑造了明艳妩媚的新娘子形象。据统计，《诗经》中有13首婚嫁诗间接或直接地出现了新娘形象。她们或以美貌或以尊崇的地位而存留于人们的记忆中。④《周南·桃夭》用"桃之夭夭，有蕡其实"表现新娘子的美艳，《召南·何彼襛矣》用唐棣花表现出嫁的王姬容貌之美艳和婚礼场面的盛大。但一个不容忽视的事实是，婚礼中盛

---

① 《礼记正义》，《十三经注疏》，上海古籍出版社1997年版，第1680页。
② 崔述：《读风偶识》，《崔东壁遗书》，上海古籍出版社1983年版，第537页。
③ 郑群：《〈诗经〉叙写女性的不同视角及其审美特征》，《扬州教育学院学报》2005年第1期。
④ 郑群：《论〈诗经〉中的新娘形象》，《萍乡高等专科学校学报》2003年第3期。

装的美艳新娘并非主角，她们身上所负载的是宗法制社会对婚姻的愿望和期待。周代宗法制度下婚姻的目的主要有两个：一是"附远厚别""合二姓之好"建立宗族联盟的政治目的，二是"事宗庙、继后世"蕃衍子孙、传宗接代的生育目的。婚礼中美丽的新娘是作为生育工具被期待。《桃夭》在用桃花灼灼赞美新娘的美貌和婚嫁得时，更是反复咏叹其"宜其家室"。尤其用"有蕡其实"起兴，更明确地表达了对新娘生育后代的期望和要求，希望新娘子具有桃树结出累累果实样的生育能力，能使家族子孙满堂。因此，诗中极少有新娘子个人情感的流露，哪怕是一丝喜悦。《齐风·著》则是《诗经》中罕见地表述即将出嫁当新娘的女孩的欣喜和对未来生活的憧憬。

"二南"表现夫妻情感是一个重要内容，思妇诗是其中之一，也因此塑造了文学史上最早的思妇形象。《诗经》时代，虽然已经灭商建周，但依然战争不断，周王室与外族之间、各诸侯国之间的战争时有发生，因此沉重而繁多的兵役和徭役迫使男子离家，女子则承担着家庭劳作和心理情感的双重痛苦，尤其是对亲人的思念和日复一日无望的期盼。征夫戍卒身上，也寄寓着对妻子的拳拳思念之情。以这种互相的思念为主题的思妇诗，既有怀念出征丈夫的妻子，也有羁旅在外思念妻子的丈夫。从数量上分析，以表现妇女对丈夫的思念为多。诗的情感既哀婉动人，又情真意切。方玉润谓《周南·卷耳》："念行役而知妇情之笃也。……此诗当是妇人念夫行役而悯其劳苦之作。"[①]《殷其雷》中思妇的形象也令人难忘：雷声响起，预示天气变坏，思妇随之担忧行役在外的丈夫的安危，并发自内心的期盼丈夫早日归来："振振君子，归哉归哉！"崔述认为，此诗"虽思念而无感伤之情，怨尤之语，则是妇人犹知大义，不至以私害公。即此见先王之遗泽未远，正与《周南·桃夭》之诗相类，虽平平无奇而非后世所能及也"。[②]《汝坟》诗中的女子也是对丈夫满怀思念。

---

① 方玉润：《诗经原始》，中华书局1986年版，第78页。
② 崔述：《读风偶识》，《崔东壁遗书》，上海古籍出版社1983年版，第10页。

《诗经》塑造的思妇形象，开启了我国诗歌史上新的表现领域，在此基础上，后世诗人塑造的思妇形象更加精彩纷呈。

"二南"中塑造的众多女性人物形象，包括婚前活泼少女、婚礼上美丽的新娘子、婚后贤德妻子（包括贵族家庭和普通百姓家庭），是集周代礼乐文化要求的德、淑、贤、惠品德于一身的理想女性群体形象，从《孔子诗论》，到《毛诗序》《诗经集传》等，都有相对一致的解说，《毛诗序》甚至将其归结于后妃、夫人，可见周代礼乐文化的影响之深刻。

（二）理想的男性形象

叶舒宪说："世界上所有的文明社会（即有文字记载的社会）都是父权制社会。"[①]《诗经》产生、编订的时代是男性占据主导地位，在政治生活中起着重要作用的父权制社会，虽然"二南"中的男子形象塑造整体逊色于女性形象，但仍极富多样性和独特性。

"二南"中的男性恋人形象。这类形象表现出了一个共同的特征，那就是陷入爱河，面临恋爱受阻的煎熬，能待之以礼，表现出了足够的理性，实践了周礼的规定性。以《周南》之《关雎》《汉广》，《召南》之《江有汜》为代表。《关雎》中的青年男子爱上采荇菜的美丽女子而一发不可收，但窈窕淑女却求之不得，男子陷入辗转反侧难以入眠的境地。虽然遇到了障碍，但男子依然爱慕、追求她，通过弹琴鼓瑟，以钟鼓之乐打动了她。诗用简练的语言描述男子的痴情和求爱受阻的煎熬，但能够冷静克制原始好色之心，以理性之礼求得淑女的青睐，正如《诗论》所言"《关雎》以色喻于礼""反纳于礼，不亦能改乎""《关雎》之改，则其思益矣"。《汉广》中的男子虽对"游女"一往情深，"之子于归，言秣其马"，思念深切，甚至想象两人交往之后的美好生活。但现实是残酷的，"汉有游女，不可求思"。在经历了一番内心折磨之后，他终于用理性克制思念。其内心热烈的向往与不可得的现实之

---

① 叶舒宪：《〈诗经〉的文化阐释》，陕西人民出版社2005年版，第586页。

间的无奈，表现得感人至深。虽然《诗论》有"《汉广》之智，则知不可得也"的评论，但打动人的还是整首诗弥漫着的浓重的无奈感。而《江有汜》是男子被心爱的女子抛弃，虽然伤心欲绝，也只是抒发女子弃自己而去之后的悔恨。他们共同的特点是既有世俗之心，但都能够理智冷静地处理面对的阻碍，显示了较强的自我调节能力。

勇武、阳刚的男性形象。《诗经》时代，在塑造男性人物形象时，已经注重其强健阳刚、威武有力，展示男性阳刚之美，表现了《诗经》时代的审美趋向。《周南·兔罝》"肃肃兔罝，椓之丁丁。赳赳武夫，公侯干城"，"赳赳"，威武有才力的样子。欧阳修《诗本义》之"美武夫忠勇说"[1]，方玉润《诗经原始》之"咏武夫田猎说"[2]，皆表现了诗中武夫的阳刚强悍。《召南·驺虞》"彼茁者葭，壹发五豝，于嗟驺虞"，则是通过描述狩猎后的收获来赞美猎人的强健威武和射箭术的精妙高超。《召南·野有死麕》中的吉士在怀春的少女面前表现得非常刚健勇猛，先以高超的狩猎技术赢得少女的欢心，随后迫不及待地展开行动。"舒而脱脱兮，无感我帨兮！无使尨也吠！"吉士充满野性的动作和姑娘娇羞而慌乱的语气，生动地塑造了一个勇武强健、充满野性和原始生命活力的阳刚男性形象。对于男性形象这种勇武威猛的阳刚之气以及原始野性的赞美和推崇，是周人尚武精神的形象体现。

雍容典雅的贵族形象。这类形象多表现的是周代贵族，他们身穿精美服饰，行动从容不迫。《召南·羔羊》就是这样一首，郑《笺》释"委蛇"为"委曲自得之貌"，形象地再现了贵族们的姿势与仪态。其实是在赞美他的德行，正如姚际恒所说："此篇美大夫之诗，诗人适见其羔裘而退食，即其服饰、步履之间以叹美之；而大夫之贤不益一字，自可于言外想见：此风人之妙致也。"[3]《国风》中还有类似的诗，通过

---

[1] 欧阳修：《诗本义》，世界书局 1985 年版。
[2] 方玉润：《诗经原始》，中华书局 1986 年版，第 84 页。
[3] 姚际恒：《诗经通论》，中华书局 1958 年版，第 40 页。

对精美服饰的赞美来赞颂身着精美服饰的贵族，如《卫风·淇奥》"充耳琇莹，会弁如星""如金如锡，如圭如璧"，《秦风·终南》"锦衣狐裘。颜如渥丹""黻衣绣裳。佩玉将将"，《曹风·鸤鸠》"其带伊丝，其弁伊骐"中的君子。

《甘棠》中的召公形象。历史上的召公是与周公并列的恪尽职守、任劳任怨的贵族人物，其施行德政深受人民爱戴，所以因爱召公其人，推爱与之有关的树。诗没有直言召公的德行，而是非常含蓄以爱屋及乌的方式表达。对于一棵召公曾经"所茇""所憩""所说"的甘棠树，人们"勿伐""勿败""勿拜"，表现民众对甘棠的珍爱，其实是表达对召伯的景仰、爱慕之情。方玉润对这种表现手法有过阐述："他诗炼字一层深一层，此诗一层轻一层，然以轻而愈见珍重耳。"①

勤勉的小吏形象。周代士人是一个社会地位较低的阶层，身份卑微，官职不高。《诗经》中的底层官吏形象一般出身于士这个阶层，他们满腹忧怨，但还要勤勉的工作。《召南·小星》中的主人公就是这样，他"不日不月"的日夜为公事操劳，因此抱怨命运的不公。即使这样，当东方未明，他还是舍弃了温暖的被窝，继续为公事奔波，并且劝诫自己"寔命不犹"。两句诗，就将一个地位不高有抱怨但依然勤勉工作的小吏形象刻画出来。《邶风·北门》也塑造了一位命运比小星中的小吏更悲惨的形象。因政事繁忙，他虽然勤勉工作，但生活穷困，回家之后还受到家人的责备讽刺，只好向上天悲愤地发出"天实为之，谓之何哉"呐喊。

"二南"诗中唯一的男性负面形象出现在《召南·行露》，通过女子控诉"谁谓雀无角？何以穿我屋？谁谓女无家？何以速我狱？室家不足。谁谓鼠无牙？何以穿我墉？谁谓女无家？何以速我讼？虽速我讼，亦不女从"，他丑陋、粗暴的形象跃然纸上。从其遭到女子的坚决反抗，体现了作者对这个男人的批评态度。

---

① 方玉润：《诗经原始》，中华书局1986年版，第102页。

三 "二南"名物展示的周礼贯穿始终的周人生活场景

"二南"中种类丰富的自然和人工名物，在展示周人对自然的了解和热爱的同时，也参与了以诗营造周人生活场景的描绘和人物形象的塑造，尤其表现贯穿和规范周人生活的礼乐文化。

（一）常见的自然名物营造的周人生活场景

"二南"诗比较集中地表现了周代的婚姻生活，借助诗歌歌颂婚配及时、婚嫁隆重，祝福婚姻幸福、多生贵子的愿望。作为周公、召公分治之地，其诗歌自然浸润着周代礼仪。"二南"中的诗，可谓处处遵礼循法。"婚恋诗篇的地域性分野与诗篇内容所存在着的对应，是意味深长的。……周、召之地有关婚恋生活的诗篇多是对礼法的歌唱和表现是必然的。……《周南》、《召南》中的婚恋诗篇，代表的是一种在周礼规约下的正统社会生活。"①

1."二南"中自然名物营造的周人婚恋、家庭生活场景

"二南"中的婚恋、家庭生活，大多借助名物来表现。

据清人徐鼎《毛诗名物图说》，"二南"中仅草类名物多达14种，树木类6种。②"二南"中表现周人的婚恋生活大多以植物作为名物来起兴或直接表情达意。"以采得某种植物，作为男女恋爱婚媾的象征，成了《诗经》的一个重要表现手法。其中，花卉植物由单纯象征女性又进一步发展为象征男女情侣。"③ 这些花卉植物种类繁多，但大多与周人日常生活密切相关，尤其是妇女多从事的采集工作。《关雎》"参差荇菜，左右采之"、《卷耳》"采采卷耳"、《芣苢》"采采芣苢"，《草虫》"陟彼南山，言采其蕨""陟彼南山，言采其薇"等都表现了当时的采集现象。

"析薪"则几乎成为婚恋代名词，出现在《诗经》很多诗中，《周

---

① 李山：《诗经的文化精神》，东方出版社1997年版，第123—126页。
② （清）徐鼎纂辑：《毛诗名物图说》，王承略点校、解说，清华大学出版社2006年版。
③ 赵国华：《生殖崇拜文化论》，中国社会科学出版社1990年版，第236页。

南·汝坟》《鄘风·定之方中》《郑风·将仲子》《齐风·南山》《陈风·墓门》《豳风·七月》《豳风·伐柯》《小雅·小弁》等，以《齐风·南山》和《豳风·伐柯》的表述最为明晰："析薪如之何，匪斧不克。取妻如之何？匪媒不得。""伐柯伐柯，匪斧不克。取妻如何？匪媒不得。""二南"中的诗也有这样的寓意，如《周南·汉广》"翘翘错薪，言刈其楚"，错薪与析薪都与婚姻有关。

以桃花、唐棣花等鲜花名物赞美新娘子，以花之美艳与新娘子的美艳相类比，可谓开了以花喻美人的先河，诗也充满了明快色调。《周南·桃夭》"桃之夭夭，灼灼其华"，朱熹《集传》曰："夭夭，少好之貌。灼灼，华之盛也。……然则桃之有华，正婚姻之时也。"①《召南·何彼秾矣》"何彼秾矣，唐棣之华"、"何彼秾矣，华如桃李"，以盛开的美艳唐棣花和桃花比喻新娘的年轻美貌和女子正当青春盛时。方玉润《诗经原始》有"（桃夭）以如花胜玉之子，而宜室宜家，可谓德色双美，艳称一时。……艳绝。开千古词赋香奁之祖。""'何彼秾矣'，是美其色之盛极也；'曷不肃雝'，是疑其德之有未称耳。有秾艳之色，尤必有肃雝之意以将之，然后德色双美，可以相庆。"② 同样，《郑风·有女同车》"有女同车，颜如舜华"，是以美丽的木槿花比喻娇艳妩媚的新娘子。

在这种习俗影响下，一些名物还具有了特殊的含义。如《周南·摽有梅》中以投掷梅子表情达意。正如闻一多所言："在某种节令的聚会里，女子用新熟的果子掷向她所属意的男子，对方如果同意，并在一定期间里送上礼物来，二人便可结为夫妇。这里正是一首掷果时女子们唱的歌。"③《卫风·木瓜》中的"投我以木瓜，报之以琼琚""投我以木桃，报之以琼瑶""投我以木李，报之以琼玖"，《郑风·女曰鸡鸣》"知子之来之，杂佩以赠之。知子之顺之，杂佩以问之。知子之好之，

---

① 朱熹：《诗经集传》，上海古籍出版社1980年版，第3页。
② 方玉润：《诗经原始》，中华书局1986年版，第83页。
③ 闻一多：《风诗类钞》，《闻一多全集》，湖北人民出版社1993年版，第473页。

杂佩以报之"均表现了这种习俗。在这种投掷习俗中，除了投掷植物，还有男子以猎物赠女子，《召南·野有死麕》"野有死麕，白茅包之。有女怀春，吉士诱之。"身为猎人的"吉士"把自己猎获的獐用白茅裹住，馈赠给心上人，向她求爱。"麕"就是"獐"，《本草纲目》曰："獐性惊憚，故谓之獐。又善聚散，故又名麕。"① 獐生性胆小，感觉灵敏，行动时非常迅速，常为窜跳式，且善于隐藏，人难以近身，是一种很难猎获的兽。以此献给心爱的人，自然显得有诚意。

"二南"中的一些名物与婚育有关。《芣苢》芣苢俗称车前子，能入药。《毛传》释芣苢"车前也，宜怀任（妊）也"，故解其诗旨曰："和平则妇人乐有子也。"② 朱熹认为其籽能治产难，并释"袺，以衣贮之而执其衽也。襭，以衣贮之而极其衽于带间也"③。闻一多的阐释更明确："（《芣苢》）妇人思有子也。芣苢食之宜怀妊，故相呼采而食之。"④

一些植物类名物还被赋予与婚姻家庭生活有关的含义，如葛。《周南·葛覃》"葛之覃兮，施于中谷，维叶萋萋"，《毛传》以之为"兴者，葛延蔓于谷中，喻女在父母之家，形体浸浸日长大也。"⑤ 马瑞辰《毛诗传笺通释》认为是"诗以葛之生此而延彼，兴女之自母家而适夫家"⑥。

"二南"中除了大量以植物类名物来表现周人的日常生活，还有很多鸟兽虫鱼等动物类名物也起到这个作用。《关雎》中的雎，是一种水鸟，诗以此起兴。《毛传》释雎为"雎鸠，王雎也。鸟挚而有别"⑦，按照兴的特征，是取其"挚而有别"之性情与人类对爱情的专一相似。常理说，与爱情有关的鸟，应该是温情和顺的，《毛传》的解读非常正

---

① 李时珍：《〈本草纲目〉新校注本》，华夏出版社2008年版，第1876页。
② 《毛诗正义》，《十三经注疏》，上海古籍出版社1997年版，第281页。
③ 朱熹：《诗经集传》，上海古籍出版社1980年版，第4页。
④ 闻一多：《风诗类钞》，《闻一多全集》，湖北人民出版社1993年版，第526页。
⑤ 《毛诗正义》，《十三经注疏》，上海古籍出版社1997年版，第276页。
⑥ 马瑞辰：《毛诗传笺通释》，《十三经清人注疏》，中华书局1998年版，第36页。
⑦ 《毛诗正义》，《十三经注疏》，上海古籍出版社1997年版，第273页。

确。但事实上，真正的雎鸠，却是一种长相丑陋、性情凶残的鸟。《尔雅·释鸟》曰："雎鸠，王雎。"郭璞《注》曰："雕类，今江东呼之为鹗，好在江渚山边食鱼。"① 朱熹《集传》亦曰："水鸟，一名王雎，状类凫鹥，今江淮间有之。生有定偶而不相乱，偶常并游而不相狎。"② 但是其性情挚而有别，且叫声悦耳动听，因此，取其悦耳的叫声和性情中挚而有别于夫妻情感相类而忽略其外貌。《螽斯》的螽斯有一生九十九子的强大生育功能，与人们期盼多子多孙的愿望相符，诗正是以此作比，可谓巧妙。也是舍弃了螽斯危害庄稼的一面而仅取其生育功能强大的特征，周人用之颂祝多子多孙，既显豁又明朗。

《召南·鹊巢》用鸠占鹊巢的现象起兴引起后面婚嫁的盛况。《齐诗》曰："鹊以复至之月始作室家，鸤鸠因成事，天性然也。"③ 自然界中这两种鸟的习性是鸠不能为巢，而占领鹊巢，比喻姑娘出嫁住进夫家的男娶女嫁形式，如鸠居鹊巢一般。方玉润的阐释更加具体："鹊巢自喻他人成室耳，鸠乃取譬新昏人也。……又况鹊善营巢，故以为比；鸠则性慈而多子。《曹》之诗曰：'鸤鸠在桑，其子七兮。'凡娶妇者，未有不祝其多男，而又冀其肯堂肯构也。当时之人，必有依人大厦以成昏者，故诗人咏之，后竟以为典要耳。"④ 因此，诗以鸠居鹊巢起兴，以喻贵族女子出嫁，进入夫家。这首诗是成语"鸠占鹊巢"的来源。

《诗经》中多用名物比兴，所取多是农耕生活环境中所常见草木虫鱼。由于当时生产力低下，科技不发达，对周围的生物特性的认识未必全面、科学，但这些大自然中物种的生存优势是有目共睹的，这些特性与人们生活中所需是合拍的，因此引起钦慕、崇拜，螽斯"一生九十九子"，其特性正符合人们多子多福的观念，因此，人们希望也能如螽

---

① 《尔雅注疏》，《十三经注疏》，上海古籍出版社1997年版，第2648页。
② 朱熹：《诗经集传》，上海古籍出版社1980年版，第1页。
③ 王先谦：《诗三家义集疏》，中华书局2009年版，第65页。
④ 方玉润：《诗经原始》，中华书局1986年版，第94页。

斯一样多子，而忽略其危害作物给人们带来灾难的特性。关雎也是仅取其"挚而有别"的特性，与人们期盼爱情的愿望一致，而忽略其性情凶恶。

还有马等名物。《周南·卷耳》的马，在诗文中是作为起兴对象出现的。"陟彼崔嵬，我马虺隤。我姑酌彼金罍，维以不永怀。陟彼高冈，我马玄黄。我姑酌彼兕觥，维以不永伤。陟彼砠矣，我马瘏矣。我仆痡矣，云何吁矣！"三章均以马起兴，"虺隤""玄黄""瘏矣"突出马的疲惫，以表现行役在外的征人的辛苦，更进一步强化了思归的惆怅。

《周南·汉广》的"之子于归，言秣其马""之子于归，言秣其驹"，《毛诗正义》释为"之子若往归嫁，我欲以粟秣养其马，乘之以致礼饩，示己有意欲求之"①。"归"释为女子出嫁，"妇人谓嫁曰归"②，因此，青年男子设想美丽的游女如果能嫁给他，他就将迎娶新娘子的马喂得壮壮的。虽是设想，但这里的马还是与迎娶有关。从他准备迎娶新娘子的马还是称为驹的小马，可见其身份地位不是很高。

因为马通常与车一起使用，而在周代，车马的使用与乐器、服饰一样有严格的等级分别，后面阐述人工名物时候也会涉及马。

这些自然名物都来源于周人熟悉的日常生活，进入诗中，成为诗的表现对象，这些场景不仅带有显著的地域特征，而且让我们能够直观地了解周人生活的场景。

2. 与祭祀有关的名物

周代，"国之大事，在祀与戎"③，因此，祭祀是周人生活中的大事，除了严格的祭祀礼仪，祭品也非常讲究，除了牺牲、玉帛、美酒等，很多生活中常见的植物也广泛用于祭祀。《左传·隐公三年》曰："苟有明信，涧溪沼沚之毛，蘋蘩蕰藻之菜，……可荐于鬼神，可羞于

---

① 《毛诗正义》，《十三经注疏》，上海古籍出版社1997年版，第282页。
② 《春秋公羊传注疏》，《十三经注疏》，上海古籍出版社1997年版，第2203页。
③ 《春秋左传正义》，《十三经注疏》，上海古籍出版社1997年版，第1911页。

王公。"① 郑玄笺《采蘋》曰："古者妇人先嫁三月，祖庙未毁，教于公宫；祖庙既毁，教于宗室。教以妇德、妇言、妇容、妇功。教成之祭，牲用鱼，芼用蘋藻，所以成妇顺也。"②

"二南"中很多诗描写了用于祭祀的植物，《召南·采蘩》《采蘋》就是其中的代表。诗中"于以采蘩，于沼于沚。于以用之，公侯之事""于以采蘋，南涧之滨。于以采藻，于彼行潦。……于以奠之？宗室牖下"，很明确地表示采集的蘩、蘋、藻等都是祭祀所用。除此之外，还有一些植物也用于祭祀。《召南·草虫》"陟彼南山，言采其薇"中的薇，《毛诗正义》引陆机云："山菜也，茎叶皆似小豆，蔓生。其味亦如小豆。藿可作羹，亦可生食。今官园种之，以供宗庙祭祀。"③《小雅·采薇》中也有"采薇采薇，薇亦作止"句。芹也在《诗经》中用于祭祀。《小雅·采菽》"觱沸槛泉，言采其芹"，《鲁颂·泮水》"思乐泮水，薄采其芹"，《周礼·醢人》曰："醢人掌四豆之实。……加豆之实，芹菹、兔醢、深蒲、醓醢、箈菹、雁醢、笋菹、鱼醢。"④

（二）人工名物营造的周礼浸润下的社会生活

周人灭商建周之后，以周公为代表的政治家，实施了一个极富创造性的政治举措——制礼作乐，"治定功成，礼乐乃兴"⑤。周人一贯强调礼对社会的主导作用，礼以体政。周惠王时代的内史过认为："礼，国之干也。敬，礼之舆也。不敬则礼不行，礼不行则上下昏，何以长世？"⑥ 叔向批驳当时齐侯、卫侯不敬时说："会朝，礼之经也。礼，政之舆也。政，身之守也。怠礼失政，失政不立，是以乱也。"⑦ 礼并非仅仅是理论上的存在，服务于政治的礼的规定都是非常具体的，而且强调把礼的规定性贯穿在日常生活中。《尚书·舜典》"有能典朕三礼"，

---

① 《春秋左传正义》，《十三经注疏》，上海古籍出版社1997年版，第1723页。
② 《毛诗正义》，《十三经注疏》，上海古籍出版社1997年版，第286页。
③ 同上。
④ 《周礼注疏》，《十三经注疏》，上海古籍出版社1997年版，第674页。
⑤ 司马迁：《史记》，中华书局2008年版，第1175页。
⑥ 《春秋左传正义》，《十三经注疏》，上海古籍出版社1997年版，第1802页。
⑦ 同上书，第1972页。

郑玄《注》曰："三礼者，是天地人之事，故知三礼是天地人之礼。"①《礼记·昏义》曰："夫礼始于冠，本于昏，重于丧、祭，尊于朝、聘，和于射、乡，此礼之大体也。"② 产生于这样一个背景下的《诗经》，诗中自然而然地贯穿着周礼的规定性。其中的人工名物如乐器、车马、服饰等在表现周人生活时，就具有礼的规定性。

1. 乐器

周代的乐器在吸收殷商乐器基础上，有更大的发展，见于《诗经》中的乐器达29种之多，既有打击乐，也有吹奏乐器，还有弹奏乐器。周代礼乐制度赋予了乐器鲜明的礼仪象征色彩，乐器使用的规格、场合有着鲜明的尊卑、贵贱、亲疏等伦理等级秩序规定。扬之水《诗经名物新证》中指出："从两周墓葬中乐器和礼器的组合情况来看，'金石之乐'的使用，的确等级分明，即使所谓'礼崩乐坏'的东周时期，墓葬中的情形也不例外。"③

《诗经》中出现乐器的诗共29篇，其中"风"诗10篇、"雅"诗15篇、"颂"诗4篇。"风""雅""颂"中均出现过包括琴、瑟、钟、鼓、箫、簧等乐器。④ 其中，钟鼓类打击乐器称为金奏乐器，按照周代礼乐制度规定，金奏是最显贵的，用于天子、诸侯级别的典乐活动中，体现主人显贵的地位。《周礼·钟师》曰："钟师掌金奏。凡乐事，以钟鼓奏《九夏》：《王夏》、《肆夏》、《昭夏》、《纳夏》、《章夏》、《齐夏》、《族夏》、《祴夏》、《骜夏》。"郑玄《注》"金奏"为"击金以为奏乐之节。金谓钟及镈"⑤。《周礼·镈师》曰："镈师掌金奏之鼓。凡祭祀，鼓其金奏之乐。飨、食、宾，射亦如之。军大献，则鼓其恺乐。"郑玄亦注曰："谓主击晋鼓以奏其钟镈也，然则击镈者亦视瞭。"⑥《周

---

① 《尚书正义》，《十三经注疏》，上海古籍出版社1997年版，第131页。
② 《礼记正义》，《十三经注疏》，上海古籍出版社1997年版，第1681页。
③ 扬之水：《诗经名物新证》，北京古籍出版社2000年版，第344—345页。
④ 宁胜克：《〈诗经〉中26种乐器的文化解读》，《江西社会科学》2007年第5期。
⑤ 《周礼注疏》，《十三经注疏》，上海古籍出版社1997年版，第800页。
⑥ 同上书，第801页。

礼·乐师》曰:"凡国之小事用乐者,令奏钟鼓。……飨食诸侯,序其乐事,令奏钟鼓,令相,如祭之仪。燕射,帅射夫以弓矢舞。乐出入,令奏钟鼓。"① 金奏作为最隆重的演奏方式,主要乐器是钟与鼓。

除此之外,还有非常重要的弦乐器——琴瑟,属丝类。这两类乐器有宫商诸调,指法富有变化,弹奏的要求非常高,由此可见周代的乐器制作和演奏技艺已达到了很高水准。通常这两种乐器配合使用,音色清浊相济、中正典雅,适合于燕饮等典礼仪式,如《小雅·鹿鸣》"我有嘉宾,鼓瑟鼓琴"、《小雅·鼓钟》"鼓瑟鼓琴,笙磬同音"。同时,琴瑟合奏还被赋予男女和合婚配的含义,如《周南·关雎》"窈窕淑女,琴瑟友之"、《郑风·女曰鸡鸣》"琴瑟在御,莫不静好"、《小雅·棠棣》"夫妻好合,如鼓瑟琴",表现青年男女对美好爱情的无限向往,夫唱妇随的柔情也溢于言表。

《关雎》中就出现了琴瑟、钟鼓。这些乐器,表达了男女两情相悦,是身份地位的象征,也是礼乐教化的形象表现,正如《礼记》所言"男女之理,皆形见于乐"②。"窈窕淑女,琴瑟友之",郑《笺》曰:"同志为友。言贤女之助后妃共荇菜,其情意乃与琴瑟之志同,共荇菜之时,乐必作。……其情性之和,上下相亲,与琴瑟之音宫商相应无异,若与琴瑟为友然,共之同志,故云琴瑟友之。""窈窕淑女,钟鼓乐之",钟鼓,《毛传》曰:"盛德者宜有钟鼓之乐。"③

《孔子诗论》中对此有具体阐释,共四简:

第10简:《关雎》之改……曷?曰:终皆贤于其初者也。《关雎》以色喻与礼。

第11简:《关雎》之改,则其思矣。

第12简:好,反纳于礼,不亦能改乎?

---

① 《周礼注疏》,《十三经注疏》,上海古籍出版社1997年版,第794页。
② 《礼记正义》,《十三经注疏》,上海古籍出版社1997年版,第1535页。
③ 《毛诗正义》,《十三经注疏》,上海古籍出版社1997年版,第274页。

第 14 简：其四章则喻矣。琴瑟之悦，拟好色之愿，以钟鼓之乐□□□。①

第 14 简的"琴瑟之悦，拟好色之愿，以钟鼓之乐□□□"，明确表述了孔子对琴瑟合奏蕴含的男女之情的阐释。结合第 10 简的以色喻与礼，全诗是由"琴瑟友之"到"钟鼓乐之"所表达的是君子见美女因好色而求女不得，巡礼而终得圆满。孔子正是从这里总结出第 12 简"见反纳于礼，不亦能改乎"，可知礼的重要性。依礼而行的"钟鼓之志"，战胜了求之不得而导致的"寤寐思服"的煎熬，钟鼓德音的教化终使君子从最初对窈窕淑女的好色之心，转而巡礼以琴瑟友之、钟鼓乐之，终成眷属，可谓"乐而不淫，哀而不伤"。

本文涉及的《国风》，除了这一首，《王风·君子阳阳》《秦风·车邻》中也出现乐器。

2. 车马

车马发明之后便作为交通工具在人们日常生活中发挥重要作用。但在以周礼为背景的《诗经》时代，车马不仅仅是交通工具，在周礼规定下，车马有严格的使用用途和场合，是身份、地位、荣誉、财富，甚至国力的象征。《周礼·巾车》就规定了不同级别贵族的乘车标准："王后之五路：重翟，钖面朱总；厌翟，勒面缋总；安车，彫面鹥总，皆有容盖。……服车五乘，孤乘夏篆，卿乘夏缦，大夫乘墨车，士乘栈车，庶人乘役车。"②

《诗经》中的车马主要表现两种景况，一是婚礼盛况，二是狩猎、战争场景。

"二南"中的车马以婚礼盛况为主，也兼及狩猎。《仪礼·士昏礼》对迎亲过程中作为礼仪的车马有明确规定："婿御妇车授绥，姆辞不

---

① 马承源：《上海博物馆藏战国楚竹书》（一），上海古籍出版社 2001 年版，第 139、141—143 页。
② 《周礼注疏》，《十三经注疏》，上海古籍出版社 1997 年版，第 823—825 页。

受。妇乘以几，姆加景，乃驱。御者代。婿乘其车先，先俟于门外。"①车马也彰显了婚姻双方的身份地位。郑玄《注》"妇车亦如之，有裧"曰："士妻之车，夫家共之。大夫以上嫁女，则自以车送之。"②

《召南·鹊巢》"之子于归，百两御之"，《毛传》释曰："百两，百乘也。诸侯之子嫁于诸侯，送御皆百乘。"郑《笺》曰："其往嫁也，家人送之，良人迎之，车皆百乘，象有百官之盛。"③百辆从数量上分析，可能是虚指，但诸侯嫁女时可用百辆车，可见其地位之显贵、场面之宏大。孔《疏》亦曰："若大夫之女，虽为夫人，其送不得百乘。各由其家之所有为礼也。"④《召南·何彼襛矣》"曷不肃雍？王姬之车"，《毛诗正义》曰："下王后一等，谓车乘厌翟，勒面缋总，服则褕翟。"⑤齐侯之子出嫁时，以王姬之车送，见其车服之盛。贾公彦《士婚礼》疏"妇车亦如之"曰："《何彼襛矣》篇曰：'曷不肃雝？王姬之车'，言齐侯嫁女，以其母王姬始嫁之车远送之，则天子、诸侯女嫁，留其车。"⑥"曷不肃雝"，此处王姬之车既表明了婚车的级别，还有以此赞美王姬美好德行之意，《序》云："美王姬也。虽则王姬，亦下嫁于诸侯。车服不系其夫，下王后一等，犹执妇道以成肃雍之德也。"⑦

《卫风·硕人》"齐侯之子，卫侯之妻。东宫之妹，刑侯之姨"，也出现了婚车，并对诸侯级别婚车的奢华进行详尽描述："四牡有骄，朱幩镳镳，翟茀以朝。"《大雅·韩奕》也描述诸侯级别贵族迎亲时的车马盛况："百两彭彭，八鸾锵锵，不显其光。"这首诗还描述了周王赏赐韩侯车马的豪华装饰："淑旂绥章，簟茀错衡，……钩膺镂钖，鞹鞃浅幭，鞗革金厄。"

与狩猎、战争有关的车马，《秦风》相对较多，前三首《车邻》

---

① 《仪礼注疏》，《十三经注疏》，上海古籍出版社1997年版，第966页。
② 同上书，第963—964页。
③ 《毛诗正义》，《十三经注疏》，上海古籍出版社1997年版，第283页。
④ 同上书，第284页。
⑤ 同上书，第293页。
⑥ 《仪礼注疏》，《十三经注疏》，上海古籍出版社1997年版，第964页。
⑦ 《毛诗正义》，《十三经注疏》，上海古籍出版社1997年版，第293页。

《驷驖》、《小戎》中均出现了兵车。《秦风》共10首诗，其中3首涉及车马，比例非常之高，这与秦人的尚武风尚有密切关系。

（三）"二南"诗中多用自然和人工名物原因

"二南"诗中之所以出现数量如此众多的自然和人工名物，主要原因有两个，一是周代礼乐文化的影响，二是周人重农思想的体现。

周人在灭商建立周王朝之后，总结了殷商王朝覆灭的历史教训，提出了"敬德保民"的立国纲领，表现了一种迥异于殷商制度的新气象。王国维表述为一种"新制度""新文化"，其中的"新制度"指的是周代的宗法制，"新文化"指的是周代礼乐文化，这是周代区别于殷商最为显著的特点。周代建国之初，通过"制礼作乐"的形式，把各种维护宗法等级制的规定加以明确化、制度化，最终目的是维护周代宗法等级制度和统治地位。

西周中期以后，礼乐观念对周人的思想、生活、行为规范产生重要影响。周人生活中大到祭祀、战争，小到日常出行、穿戴、饮食、娱乐，无不显现出它的影响痕迹。以反映周人生活为主题的《诗经》，不可避免地带有浓厚的礼乐文化色彩。王洲明认为："《诗》中的许多内容是周代礼仪规定的具体体现，换言之，周代的种种礼仪制度决定了《诗》的内容。而且，就总体情况看，特别是在《雅》、《颂》中，贯穿着对周礼的重视和遵从。"[①]

"二南"中所涉及的花草树木类自然名物，大多与所表达的婚恋诗旨相关，如挚而有别的雎鸠、弯曲但能支撑起缠绕它的樛木、具有强大生殖能力的螽斯、象征新娘子美艳容貌的桃花和唐棣花等，其名物的选择和使用非常用心，名物与所要表达的诗旨之间有完全相似或部分相似的特征，不仅能产生情景交融的艺术效果，且情感的表达生动形象。那些富有鲜明等级色彩的人工名物的选择和使用也紧扣诗旨，如其中的乐器钟鼓和交通工具车马，其大量使用，显示了周人对嫁娶的重视，也显

---

① 王洲明：《诗赋论稿》，山东大学出版社2006年版，第19页。

现了当时贵族嫁娶时的等级规格和盛大场面。

"二南"诗在表现周人将礼乐文化贯穿于社会生活规范人们生活的同时,也以名物的形式形象地体现了周人的重农思想。重农是周人作为部族存在就确立的思想,周人历代都极为重视农耕。后稷弃是周人的祖先,是周人从事农业的始祖,《大雅·生民》就是祭祀他的诗。周公旦也是一位农本思想者,《尚书·无逸》记周公诫成王曰:"呜呼!君子所其无逸,先知稼穑之艰难。乃逸,则知小人之依。相小人,厥父母勤劳稼穑,厥子乃不知稼穑之艰难,乃逸乃谚。既诞,否则侮厥父母曰:'昔之人无闻知。'"①《逸周书·商誓解》也记有周武王训诫殷耆旧之事曰:"王曰:'在昔后稷,惟上帝之言,克播百谷,登禹之绩。凡在天下之庶民,罔不维后稷之元谷用蒸享。在商先哲王,明祀上帝,□□□□,亦维我后稷之元谷用告和、用胥饮食。'"②周武王认为,正是后稷播其百谷的伟大业绩,使得天下庶民能奉养亲人、祭祀上帝。相比较《豳风》,"二南"涉及的农事诗非常少,但诗中也出现了农村常见的草木虫鱼等自然名物。这些自然名物在诗中,不仅是对岐周故地自然景观的展现,而且大多参与了意境的营造,显示了诗人高超的艺术创造能力。

在这样的背景下,周人迥异于殷商的精神文化或文化性格借助于名物在《诗经》中得到了全面展现。"二南"诗的作者选取生活中熟知的自然和人工名物,真实、生动的地记录了当时的生活场景。

小　结

文学在某个地域的发生和发展,地域因素是对其产生影响的不可忽视的重要因素。"二南"诗从其诗旨、题材、人物、名物等方面体现出

---

① 《尚书正义》,《十三经注疏》,上海古籍出版社1997年版,第221页。
② 黄怀信:《逸周书》,校补注译,三秦出版社2006年版,第208页。

的独特风格，显然受到了"二南"所在地域自然环境的影响，而更深刻影响它们的则是二南地域的宗法制度以及周代礼乐文化，尤其是这些诗歌经过乐官的精心收集、编订之后。

"二南"婚恋诗所表现的婚恋习俗显示了与周礼之间的密切关系。周人重视婚姻关系，婚姻不仅是合两姓之好的喜事，更被作为一种政治手段。"二南"诗中表现的周代贵族的婚姻、恋爱显示了与夏、商故地的郑卫婚恋诗的区别。"二南"中那些与周礼相关的婚姻典礼上的祝祷、为妇道原则的礼赞、为妇女在其合法家庭关系恶化、破裂时对周礼所规定的夫妻正道的渴望等诗篇，是这种正统观念的形象体现。另外一种与周礼的规定性相悖，显示出强烈的野性色彩、率性而泼辣的恋爱诗，则与渊源古老的民间习俗相关，显示了周礼"纳俗入礼"的特征。"二南"开了我国以婚恋为题材的情诗源头。

"二南"是产生于礼乐文化成熟的西周中期以后的作品，来自周、召二公"分陕而治"所辖王畿地区，诗中展示了西周时代人们的生活场景与礼仪习惯，其中对周人婚姻礼俗的表现最为详尽、具体，这些婚恋诗形象地阐释了周人对婚姻的重视。朱熹《论语集注》中有"《周南》、《召南》，《诗》首篇名。所言皆修身齐家之事"。[①] 因此，季札评价"二南""勤而不怨"[②]。

[①] 朱熹：《四书章句集注》，中华书局1983年版，第260页。
[②] 《春秋左传正义》，《十三经注疏》，上海古籍出版社1997年版，第2006页。

第三章 《王风》地域风格研究

　　《王风》共10首诗，是周王室东迁之后产生于王城洛邑的诗歌。此时的周王室虽有王室头衔，但因为政治影响力的式微，周王室实际上成为了各诸侯国争权夺利战争中名义上的"共主"，其地位已经与诸侯国相似。其诗称为《王风》，内容多表现东迁后国势衰落带来的失落、悲凉、哀叹的情怀。因此，李白组诗《古风》有"王风何怨怒，世道终纷拏"，以"怨怒"概括《王风》风格。季札对《王风》的评价是"美哉！思而不惧，其周之东乎！"杜预《注》曰："宗周陨灭，故忧思。犹有先王之遗风，故不惧。"① 可见，忧思或哀怨是《王风》特有的基调。马瑞辰《毛诗传笺通释·王风总论》曰："贤士之进退，朝廷之治乱系焉；民情之向背，国家之强弱属焉。《王风》为周室东迁以后之诗。……众贤退则群枉进，民心散则国本伤，此东周所由颠覆，不能追美于二《南》之化、《雅》《颂》之正也。故宫禾黍之歌，周大夫其何能自已哉！"② 傅斯年《诗经讲义稿》论《王风》："《王风》是周朝东迁以后在王城一带的民间诗。《王风》与二《南》不同者，二《南》虽涉东周之初，犹是西周之遗风，所以并不是乱世之音；《王风》则在东迁之后，疆土日蹙，民生日困，所以全是乱离的话。"③ 虽然《王风》与"二南"同为周王室之诗，但二者之间的风格

---

①《春秋左传正义》，《十三经注疏》，上海古籍出版社1997年版，第2004页。
② 马瑞辰：《毛诗传笺通释》，《十三经清人注疏》，中华书局1998年版，第227页。
③ 傅斯年：《诗经讲义稿》，中国人民大学出版社2004年版，第64页。

却有天壤之别。这一区别，与东周王室势力衰微有关，也与《王风》产生的中原地区自然环境和民风民俗有关，是时代与地域双重影响的典型代表。

第一节 《王风》地望、作时辨析

《王风》产生于周王室东迁后的东都洛邑，有很明确的文献记载，诗文本中也有明显的踪迹可循。东都洛邑地处中原，是殷商旧地。公元前16世纪，商朝建立，其中心区域就在今河南省。周灭商后，实行分封制，通过大规模的分封，使得周代的统治区域迅速扩展，政治中心也从西部逐步东移至自周公时期就经营的东都洛邑。洛邑地处的中原地区不仅是《王风》产生地，还产生了《邶》《鄘》《卫》《郑》等。从数量上看，中原地区是《国风》重要的产生地域。

一 《王风》得名考

《王风》虽贵为王室之诗，但位居今本《国风》第六位，其命名与位置的排列显示出与其他《国风》的差异，更与同为王室之诗的"二南"明显不同。

吴国公子季札在鲁国观乐时最早对《王风》做出评价："为之歌《王》，曰：'美哉！思而不惧，其周之东乎！'"[①] "美哉！思而不惧"，是季札对鲁国乐官演奏《王风》的评论，"其周之东"则指出了《王风》产生地在东都的事实。《毛诗正义》释《王风·黍离》曰："宗周，镐京也，谓之西周。周王城也，谓之东周。幽王之乱而宗周灭，平王东迁，政遂微弱，下列于周侯，其诗不能复《雅》而同于《国风》焉。"[②] 郑玄《诗谱》认为："王城者，周东都王城畿内方六百里之

[①] 《春秋左传正义》，《十三经注疏》，上海古籍出版社1997年版，第2006页。
[②] 《毛诗正义》，《十三经注疏》，上海古籍出版社1997年版，第330页。

地。……平王以乱，故徙居东都上城。于是王室之尊与诸侯无异，其诗不能复《雅》，故贬之，谓之王国之变风。"① 此处郑玄表达了两个方面的意思，一是《王风》之所以称"王"，是其诗产生于王城畿内，从产生地域上看，与王城有关；二是之所以被称"风"，而非雅、颂，是因为王室东迁以后，"王室之尊与诸侯无异，其诗不能复《雅》，故贬之"。《史记·吴太伯世家》裴骃《集解》也指出："服虔曰：'王室当在《雅》，衰微而列在《风》，故国人犹尊之，故称《王》，犹《春秋》之王人也。'"② 欧阳修承此说："其体不加周姓而存王号，嫌其混于诸侯而无王也。……周室虽弱，不绝其正，苟绝而不兴，其尊周乎？故曰：'王号之存，黜诸侯也。'"③ 苏辙《诗集传》也认为："自平王东迁，而变风遂作。其风及其境内，而不能被天下，与诸侯比。然其王号未替，故不曰《周·黍离》，而曰《王·黍离》。"④ 朱熹有同样见解："（平王）徙居东都王城。于是王室遂卑，与诸侯无异。故其诗不为《雅》而为《风》。然其王号未替也，故不曰周而曰王。"⑤

近现代学者们也大多持这样的观点。陈子展《诗经直解》认为："何谓《王风》？……东周王城诗即称《王风》，以《风》贬周也……王政不复行，故郑不惮再三云其诗不能复《雅》也。《王风》兼地理与政治而言之，其义乃全也。"⑥ 程俊英《诗经译注》曰："'王'即王都的简称。平王东迁洛邑，周室衰微，无力驾驭诸侯，其地位等于列国，所以称为'王风'。……《王风》全部都是平王东迁以后的作品。"⑦ 周振甫《〈诗经〉译注》亦曰："周公建立洛邑，是谓东都。后来幽王失掉西周，他的儿子东迁洛邑，是谓东周。东周已经同诸侯相似了。所以迁居洛邑王城的诗称为《王风》，即王国的诗，同诸侯国的

---

① 《毛诗正义》，《十三经注疏》，上海古籍出版社1997年版，第329—330页。
② 司马迁：《史记》，中华书局2008年版，第1454页。
③ 欧阳修：《诗本义》第24册，世界书局1985年版，第48页。
④ 苏辙：《诗集传》，《续修四库全书本》第56册，第80页。
⑤ 朱熹：《诗经集传》，上海古籍出版社1980年版，第29页。
⑥ 陈子展：《诗经直解》，复旦大学出版社1983年版，第205—206页。
⑦ 程俊英：《诗经译注》，上海古籍出版社1985年版，第121页。

诗一样。"①

　　以上文献资料显示，历代治《诗经》者大多认为《王风》是周王室诗歌，但因王室势力和地位衰微，不得不放下身段，与诸侯风诗并列，所作诗歌称为《王风》。

　　也有持不同意见者，认为风只是一种诗体。唐孔颖达《正义》曰："于时王室虽衰，天命未改，《春秋》王人之微犹尊矣。言与诸侯无异者，以其王爵虽在，政教才行于畿内，化之所及与诸侯相似，故言无异也。诗者，缘政而作，风、雅系政广狭，故王爵虽尊，犹以政狭入风。此风、雅之作，本自有体，而云贬之谓之风者，言作为雅、颂，贬之而作风，非谓采得其诗乃贬之也。《郑志》张逸问：'平王微弱，其诗不能复雅。厉王流于彘，幽王灭于戏，在雅何？'答曰：'幽、厉无道，酷虐于民，以强暴至于流灭，岂如平王微弱，政在诸侯，威令不加于百姓乎？其意言幽、厉以酷虐之政被于诸侯，故为雅，平、桓则政教不及畿外，故为风也。"②孔颖达认为东周王室是因"政狭化小"，故不能创作雅诗，而非王室影响力下降。朱彝尊《经义考》曰："王之风非贬王也，体本风也。鲁之颂非褒鲁也，体本颂也。诗体有风、雅、颂之殊，非雅重于风，颂高于雅也。"③他认为风只是诗的一种体裁，风、雅、颂三者没有褒贬义。马瑞辰也赞成此观点，《毛诗传笺通释》中不仅阐述了他对于风雅的认识，还批评了郑玄和陆德明的观点："周官大师教六诗，一曰风。是风乃诗之一体。……谓其体有不同耳，非谓风为诸侯之诗，雅为天子之诗。……十五国之风前有二《南》，后有《王》，则天子未尝无风。《王风》盖采风畿内，其诗合乎风之体，故列于《风》。雅兼天下，则不以代名；《风》主一国，则必以国名，十五国之《风》皆国名也。周平王迁于王城，故名其风为《王》，称其地，非称其爵。陆德明谓犹《春秋》称'王人'，非也。《春秋传》季札观乐，已为歌

---

① 周振甫：《〈诗经〉译注》，中华书局2002年版，第95页。
② 《毛诗正义》，《十三经注疏》，上海古籍出版社1997年版，第330页。
③ （清）朱彝尊：《经义考》，中华书局1998年版。

《王》，与《邶》、《鄘》、《卫》为一礼，皆以其国名其《风》。《诗谱》谓贬而为《风》，亦非也。"① 崔述《读风偶识》认为："风与雅者，诗之两体，非以天子诸侯分也；犹后世之诗有乐府，有古体，齐、梁体，有唐人近体；诗之外复有词。……诸侯之国既有雅颂，宁天子之畿而独无风乎！但东迁以前士大夫多尚雅音，故风之传者少耳，非以东迁故降而为风也。曰，然则何以不曰《周风》而曰《王风》也？曰：王也者，别于齐、秦、郑、卫而言之也；若别于《商颂》，则曰《周颂》不曰《王颂》矣。……是故，风也者，诗之体也，非以其东迁故而风之也；王也者，名之正也，非以其风故而王之也。"② 黄焯也持同样见解："风本为六诗中一体，风不能为雅，犹雅不能为风也。故风有正变，雅亦有正变，盛衰美刺无不兼顾，岂因褒贬升降而名哉。十四国各以地名，则王亦称其地，然则诸王城者系之王，犹之采诸列国者各系以本国之名，不曰周者，以王城与成周异地，且以别于西都之宗周也。而谓作者贬之而作风，实为过论。"③ 他认为《王风》与其他《国风》一样是诗的一种体裁，彼此之间的地位是平等的。郑樵曾言："《豳国》七篇，关中人风土之歌也。《王国》十篇，洛人风土之歌也。岂其诸国皆有风土而洛独无之乎？以为《黍离》为降《国风》，何理哉？"④

综合来看，第二种观点显然更符合《王风》的实际，《王风》就是东周王畿内的"风诗"。只是《王风》产生的背景是在平王东迁、周王室威望渐衰、诸侯争霸的局面。面对周天子仅保持在名义上的"共主"名分和"礼乐征伐自诸侯出"的现实，东周王畿贵族心中普遍充满了失落、哀怨、悲愤而又无可奈何的情感，这种情感在诗中化为沉重的"黍离"之痛得到充分体现。《王风》较之"二南"出现了更显著的"刺诗"特征。因此，郑玄、郑樵以地域言"王"，孔颖达、朱彝尊、

---

① 马瑞辰：《毛诗传笺通释》，《十三经清人注疏》，中华书局1998年版，第15—16页。
② 崔述：《读风偶识》，《崔东壁遗书》，上海古籍出版社1983年版，第554页。
③ 黄焯：《毛诗郑义评议》，上海古籍出版社1985年版，第67页。
④ （宋）郑樵著，顾颉刚辑点：《诗辨妄》，朴社1933年版，第14页。

马瑞辰等以"政化"言"风"或者为一种体裁的观点相对还是比较客观地反映了《王风》的状况。

二 《王风》地望考

关于《王风》产生的具体地域,郑玄《诗谱》认为在今河南省:"王城者,周东都王城畿内方六百里之地。其封域在《禹贡》豫州太华、外方之间。北得河阳,渐冀州之南。始,武王作邑于镐京,谓之宗周,是为西都。周公摄政,五年,成王在丰,欲宅洛邑,使召公先相宅。既成,谓之王城,是为东都,今河南是也。"① 其封域在《禹贡》豫州太华、外方之间。《毛诗正义》曰:"《禹贡》云:'荆河惟豫州。'注云:州界自荆山而至于河。而王城在河南、洛北,是属豫州也。"陆德明《经典释文》曰:"王国者,周室东都王城畿内之地,在豫州,今之洛阳是也。"② 朱熹《集传》更为详尽的阐述《王风》产生地域:"王,谓周东都洛邑。王城畿内,方六百里之地,在《禹贡》豫州大华外方之间。北得河阳,渐冀州之南也。周室之初,文王居丰,武王居镐。至成王周公始营洛邑,为时会诸侯之所,以其土中,四方来者道里均故也。自是谓丰镐为西都,而洛邑为东都。……其地,则今河南府及怀孟等州是也。"③

现代学者对此也有大致相同的见解。程俊英《诗经译注》认为:"它(《王风》)的产生地,在今河南省洛阳、孟县、沁阳、偃师、鞏县、温县一带。"④

以上是文献中提供的《王风》产生于东周洛邑一带的证据。而《王风》诗文本所体现出的悲凉、哀怨情怀迥异于同为王室之诗的"二南"所表现出的"发乎情止乎礼义"的西周遗音,也能够表明《王风》

---

① 《毛诗正义》,《十三经注疏》,上海古籍出版社1997年版,第329页。
② 同上。
③ 朱熹:《诗经集传》,上海古籍出版社1980年版,第29页。
④ 程俊英:《诗经译注》,上海古籍出版社1985年版,第121页。

产生于东周洛邑的事实。

东周洛邑是《王风》的产生地,这是学术界比较认同的观点。张启成却提出异议,认为《王风》为王畿地区的风诗,包括西都镐京和东都洛邑两个地区。① 对此,韩宏韬撰文《〈诗经·王风〉属地考——与张启成教授商榷》通过分析张启成据以立论的观点和方法的缺陷,批驳他的观点。他认为,张启成是通过置换概念内涵的方法,将宗周也视为王城,然后通过实例牵强地说明《黍离》《君子于役》产生在长安以西,与东都洛阳无涉。因此,郑玄说不足取。相反,他认为东汉郑玄是汉代《诗》学的集大成者,以遵毛为主,兼而吸收齐、鲁、韩三家学说,以较为客观的态度、科学的方法,从地理与历史的角度说诗。因此,郑玄说两千年来一直为《诗经》学者所遵从,并相沿至今。《王风》的属地即指以洛阳为中心东周王城一带的诗歌,是没有任何疑义的河洛文化。②

中原地区不仅产生了《王风》,还有《邶》《鄘》《卫》以及《郑风》。从其数量看,是《诗经》最主要的产生地,可见春秋时期中原地区丰富发达的地域文化的深刻影响。

三 《王风》作时考

《王风》作时,相比其他国风而言,异议比较少。

从前面的分析可知,郑玄、朱熹等学者均认为《王风》是周王室东迁后的诗。顾炎武明确《王风》是东周王都的歌谣,其产地为洛邑:"邶、鄘、卫、王,列国之名,其始于成、康之世乎?惟周王抚万邦,巡侯甸,而大师陈诗以观民风。其采于商之故都者则系之《邶鄘卫》,其采于东都者则系之《王》。其采于列国者,则各系之其国。至骊山之祸,先王之诗率已阙轶,而孔子所录者皆平王以后之诗,此变风之所由名也。诗虽变,而大师之本名则不敢变,此十二国之所以犹存其旧也。

---

① 张启成:《论〈王风〉》,《诗经风雅颂研究论稿新编》,学苑出版社2011年版,第119页。
② 韩宏韬:《〈诗经·王风〉属地考——与张启成教授商榷》,《殷都学刊》2009年第1期。

先儒谓王之名不当侪于列国，而为之说曰：'列《黍离》于《国风》，齐王德于邦君。'误矣。"[①] 马银琴进行了具体的阐述，她认为："《王风》中的作品，以抒写平王东迁后民人离散的'闵周'之作最多，其余作品的创作下限当不出周庄王之世。也就是说，到周庄王时代，《王风》作品的创作已经基本完成了。"[②]《王风》产生的时间当在春秋前期。而在这一时期，周王室虽然失去了宗周时代号令诸侯的赫赫威严，但是，由于王室为尊观念的延续，以及东迁后的周王室仍然保持着相当的军事实力，尤其得到齐桓公"尊王"相助，春秋前期的东周王室仍然发挥着政治中心的作用。

也有学者认为《王风》中非全为东迁后诗。崔述《读风偶识》曰："平王之东也，非由西而东也，当其未立之时，畿甸已尽没于戎矣。是以平王以岐、丰地与秦而使自为取之。然秦亦不能有，至其子孙始陆续攻得之。当东迁之初，故国皆戎也，大夫何为而至其地？……平王未尝乞怜于戎也，大夫安能行役于故国哉！盖缘说《毛诗》者谓《王风》皆周东迁以后之诗，此篇（《黍离》）居《王风》之首，当为初迁时所作。……其实《王风》不必皆在迁后，读者当玩其词以求其意，不得因此遂定以为行役于故国也。曰：然则季札何以谓为'周之东'也？曰：此不过大概言之耳，非为其必无一二篇在东迁之前也。"[③] 其实从《王风》诗中，可大致推测其产生时间。详细分析见下文。

第二节　中原地区地理环境辨析

《王风》产自东周洛邑，古称豫州，位于中原地区。从其分布看，

---

　①　顾炎武、黄汝成集释，栾保群、吕宗力校点：《日知录集释》，上海古籍出版社2006年版，第142—143页。
　②　马银琴：《两周诗史》，社会科学文献出版社2006年版，第359页。
　③　崔述：《读风偶识》，《崔东壁遗书》，上海古籍出版社1983年版，第551—552页。

中原文化圈地处黄河中下游，以周东都洛邑（今洛阳）为中心，南到郑、卫，北至晋国南部，跨黄河中下游南北两岸。《尚书·禹贡》将"天下"分为九个区域，称为"九州"：冀、兖、青、徐、扬、荆、豫、梁、雍。其中，"荆河惟豫州"。①《周礼·职方氏》"河南曰豫州"，②《尔雅·释地》也有"河南曰豫州"③说。李学勤将东周时代列国划分为7个文化圈：中原文化圈、北方文化圈、齐鲁文化圈、楚文化圈、吴越文化圈、巴蜀滇文化圈和秦文化圈。中原地区历来在我国文化史上具有重要地位，是华夏文明的发源地，产生了包括《王风》《邶风》《鄘风》《卫风》《郑风》等在内的风诗。《王风》与"二南"同为周王室之诗，但诗的风格呈现出"风衰俗怨"和"温柔敦厚"两种不同的面貌，时代不同是其中一个重要因素，产生地的自然地理环境和社会环境的差异更是起到至关重要的作用。

一　中原地区自然地理环境

《尚书·禹贡》是我国最早详细记载当时冀、兖、青、徐、扬、荆、豫、梁、雍九州方位、土质、物产、贡税、水路交通等内容的地理著作。其中也详尽记载了中原豫州的有关情况："荆河惟豫州。伊、洛、瀍、涧，既入于河。荥波既猪，导菏泽；被孟猪。厥土为壤，下土坟垆。厥田惟中上，厥赋错上中。厥贡漆、枲、缔、纻，厥篚纤、纩，锡贡磬错。浮于洛、达于河。"④从这些记载中可以看出，得益于中原地区优越的自然地理条件，中原农耕文明非常发达，物产极为丰富。

关于中原地区的地理和气候特点，魏继印在他《论气候变迁与中原文明中心地位的形成》中进行了详细的阐述："中原文化区地处我国中部，在地形上横跨第二和第三阶梯，有山地、盆地、河谷平原、台

---

① 《尚书正义》，《十三经注疏》，上海古籍出版社1997年版，第15—151页。
② 《周礼注疏》，《十三经注疏》，上海古籍出版社1997年版，第862页。
③ 《尔雅注疏》，《十三经注疏》，上海古籍出版社1997年版，第2614页。
④ 《尚书正义》，《十三经注疏》，上海古籍出版社1997年版，第150页。

地、大平原等多种地貌类型；在气候上，位于亚热带和北温带的交界地带，不冷不热；在干湿地带上，位于半湿润半干旱地区，不干不湿。中原地区的这种地理和气候特点优势非常明显，使其抵抗自然灾害的能力较强，尤其是其中西部地区，在气候湿润、降水增多的时期，由于地势较高、地貌类型多样，洪水基本上不会对这里造成毁灭性的打击，加上黄土的渗透性较强，洪水退后，很快就能恢复生产；即使在极端冷干的气候状况下，亚热带和北温带的分界线南移，对这一地区的农业生产会造成一定的影响，但也不至于造成毁灭性的后果。中原地区总的特点是在气候相对湿润的时期适于发展，而在冷干时期则发展缓慢。"① 中原位于半干旱半湿润地区，从地理位置和气候特点上看，中原文化区的优势最为明显，所以其文明也是程度最高的。"距今约 9000—5500 年，是全新世时期最为温暖的时期。在这个时期里，亚热带和北温带的交界线由秦岭——淮河一线略向北移动，从而使中原地区主要处在亚热带的气候环境下。降水的增多，使既松软又有很强渗透性的黄土不但能得到很好的墒情，而且也不至于引起内涝，非常有利于农业生产，因此，这里的文化异常繁荣。……距今 4500 年前后，在较长时期的冷干气候之后，气温又开始回升，降水也逐渐增多，又迎来了一个相对暖湿的时期，加上气候突变，又形成了一次长时期、大范围的大洪水，一直持续到夏初。显然，这样的暖湿气候又给中原文化区带来了难得的发展机遇，各类型的中原龙山文化非常繁荣。……进入商和西周时期，虽然气候存在小幅度的波动变化，但均不影响其经济和文化的发展，从而更加巩固了中原文明的中心地位，并且不断地把中原文明向四周传播。"②

  中原地区的考古发现与传世文献也能互相印证，证明夏商周时代甚至更早时期中原地区的农业发展水平。20 世纪 70 年代在中原地区发现了磁山——裴李岗文化遗存，其中，发掘了很多窖穴，内有大量已经腐

---

① 魏继印：《论气候变迁与中原文明中心地位的形成》，《中原文物》2011 年第 5 期。
② 同上。

朽的粟的遗迹。同时还出土了石斧、石铲、石镰以及石磨盘、石磨棒等农具，不仅数量众多，而且形制规整。可见，当时的农具制作水平已经达到一定程度。在位于河南新郑西北的裴李岗文化遗存的一些房基周围，也发现了一些炭化腐朽了的粟粒。中原地区之所以有这样发达的农耕文明，得益于中原地区优越的自然条件，包括适宜的气温、良好的植被和丰富的物产。

竺可桢在他的《中国近五千年来气候变迁的初步研究》中认为，中原的气温在三四千年前要比现在温暖湿润："河南安阳殷墟（约前1400—前1100年）的发掘表明，当时猎获的野兽中有竹鼠、麋和水牛等热带和亚热带的动物，而现在西安和安阳一带已经不存在这些动物了。对照黄河下游和长江下游各地温度，可以说5000年前的仰韶到3000年前的殷墟时代是中国的温和气候时代，比现在年平均温度高2℃左右。……周初温暖的气候不久就恶化了，……但是，到春秋时期（前770—前481年）又和暖了。"①

中原地区在气候带上属半干旱半湿润地区，地理和气候条件非常优越。这样的暖湿气候给中原文化区带来了宝贵的发展机遇。

水源充足也是经济文化发展的重要基础，中原地区就具有这个良好条件。中原地区人们大多傍水而居，以舟涉水捕鱼、聚众围猎采集是先民普遍的社会生活。为了获得更好的生存条件，先民会根据实际情况迁居。如殷汤都亳（今商丘），在梁又都偃师，盘庚时徙河北，又徙偃师，"盘庚作，惟涉河以民迁"②。黄河、淮河、卫河、汉水四大水系横跨中原地区，其间河道密布，水源充足。杨智将《国风》中出现的有据可查的水名与《诗经》中对应的篇目进行归纳汇总。风诗中出现的16个水名，处在中原地区的就有10个，分别是黄河、渭河、泾河、汝河、湨水、寒泉、溱水、洧水、济水、隰水、淇水、肥水流经卫国，溱

---

① 竺可桢：《中国近五千年来气候变迁的初步研究》，《考古学报》1972年第1期。
② 《尚书正义》，《十三经注疏》，上海古籍出版社1997年版，第170页。

水、洧水流经郑国。① 这些水系在《国风》中经常出现，如《邶风·泉水》"毖彼泉水，亦流于淇"、《新台》"河水弥弥、河水浼浼"，《鄘风·桑中》"期我乎桑中，要我乎上宫，送我乎淇之上矣"，《卫风·淇奥》"瞻彼淇奥，绿竹猗猗"、《竹竿》"泉源在左，淇水在右"，《郑风·褰裳》"子惠思我，褰裳涉溱"、《溱洧》"溱与洧，方涣涣兮"等等。这些河流的名称在诗中出现，有的是作为起兴之物，有的则是作为吟咏的对象，都与诗歌关系密切。

中原地区不仅河流纵横，而且湖泊密布。位于今郑州市东的圃田泽，当时拥有方圆数百里的广阔湖面。较大的湖泊还有孟诸泽（今商丘、虞城北）、荥泽（今荥阳附近），较小的湖泊有蒙泽（今商丘东北）、逢泽（今商丘南）、荧泽（今滑县东北）、澶渊（今濮阳西）、修泽（今原阳西北）、萑苻之泽（今中牟东）等。②

充沛的水资源使得渔业资源丰富。出自中原的风诗中很多与鱼有关的诗，《邶风·新台》"鱼网之设，鸿则离之"、《谷风》"毋逝我梁，毋发我笱"，《卫风·硕人》"河水洋洋，北流活活。施罛濊濊，鳣鲔发发"、《竹竿》"籊籊竹竿，以钓于淇"。

先秦时中原地区森林植被生长繁茂。距今六七千年，河南大部分处于华北暖温林区，伏牛、桐柏、大别山属于中亚热带林区，原始森林大量分布。凌大燮认为："太古时代的洪水退却以后，今日甘肃、宁夏、内蒙古的沙漠位置，均在数百里以北，除沿海碱滩外，整个北方的山岳、丘陵、高原、平川都是郁郁葱葱的原始森林。到仰韶文化及安阳殷墟时代，我们祖先活动于黄河下游。"③ 由于祖先生存所需，黄河下游的森林被破坏。从他绘制的"公元前 2700 年我国森林面积估计表"可以看出，当时河南的森林面积占土地总面积的 63%。

植被是一个重要的地理环境因素。《国风》中很多诗表现了春秋时

---

① 杨智：《诗经·国风与中州地域文化》，硕士学位论文，华中师范大学，2010 年。
② 田世英：《黄河流域古湖钩沉》，《山西大学学报》1982 年第 2 期。
③ 凌大燮：《我国森林资源的变迁》，《中国农史》1983 年第 2 期。

期中原地区众多的植被、树木。《郑风·野有蔓草》"野有蔓草，零露漙兮"、《王风·葛藟》"绵绵葛藟，在河之浒"，水边长满了绿油油的葛藟；《采葛》"彼采葛兮""彼采萧兮""彼采艾兮"，葛、萧、艾均为北方常见植物；《王风·扬之水》"扬之水，不流束楚""扬之水，不流束蒲"；《王风·中谷有蓷》"中谷有蓷"，山谷中长满了益母草。可见当时的植被种类丰富，且长势茂盛。《卫风·淇奥》"瞻彼淇奥，绿竹猗猗""瞻彼淇奥，绿竹青青""瞻彼淇奥，绿竹如箦"，描写了春秋时期淇水河畔的美丽风光，无论是"绿竹猗猗"、"绿竹青青"，还是"绿竹如箦"，都表现了当时竹林之茂盛；《卫风·木瓜》"报我以木瓜""报我以木桃""报我以木李"，可食用的果树的种植已经非常普遍；《鄘风·定之方中》"树之榛栗，椅桐梓漆"、《鄘风·桑中》"期我乎桑中，要我乎上宫"、《王风·丘中有麻》"丘中有李"、《郑风·山有扶苏》"山有扶苏，隰有荷花""山有桥松，隰有游龙"、《郑风·将仲子》"无折我树杞""无折我树桑""无折我树檀"，可知当时中原地区树木种类丰富，生长繁茂。

中原地区的农作物种类也非常丰富。《周礼·职方氏》曰："河南曰豫州，其山镇曰华山，其泽薮曰圃田，其川荧、洛，其浸波、溠，其利林、漆、丝、枲，其民二男三女，其畜宜六扰，其谷宜五种。"郑玄释"五种"为"黍、稷、菽、麦、稻"。① 《周礼·职方氏》还记载同样地处中原地区的荆州"其谷宜稻"，冀州"其谷宜黍、稷"。② 《禹贡》"荆河惟豫州"也记载中原一带丰富的物产，虽是局部物产，但种类异常丰富："厥贡漆、枲、絺、纻，厥篚纤、纩，锡贡磬错。"③ "枲"为大麻，"絺"为细葛布，"纻"为纻麻，"纤"为细丝棉，"纩"为细绸，这些都在国风诗中有所体现。《黍离》"彼黍离离，彼稷之苗"，黍为小米，稷为高粱；《王风·丘中有麻》"丘中有麻""丘中有麦"，麻、

---

① 《周礼注疏》，《十三经注疏》，上海古籍出版社1997年版，第862页。
② 同上书，第862—863页。
③ 《尚书正义》，《十三经注疏》，上海古籍出版社1997年版，第149页。

麦皆为农作物。

良好的自然条件也为众多的野生动物提供了极好的生存条件。《王风·兔爰》"有兔爰爰，雉离于罗"，中原地区有野兔、野鸡生存；《卫风·有狐》"有狐绥绥，在彼淇梁"，在淇水附近有狐狸出没。

中原地区适宜的气温、充足的水源、良好的植被使得此地的物产相当丰富，为该地区农业和手工业、商业的发展提供了保障，也为诗提供了丰富的表现对象。

二　中原地区人文地理环境

地理环境的特性决定着生产力的发展，并最终决定生产关系以及伴随在经济关系之后所有其他社会关系的发展。[①] 中原地区适宜的自然条件为中原文明的发展提供了重要物质基础，使得中原成为我国文明兴起的核心。

（一）基于地理环境的社会经济发展

春秋时期，中原地区的经济发展到了一定水平，有很强的经济实力。"春秋时代已经由青铜器时代进入铁器时代，农业、手工业和商业这三大产业都有了长足的进步。"[②]

1. 农业的发展

中原地区在春秋时期已经掌握并使用先进的农业技术进行精耕细作，保证了粮食的充足供应。生产方式从原始农业"不耘不灌，任之于天"的状态被讲究农田沟洫的"畎亩制"和"协田""耦耕"代替，还掌握了对耕地的选择、整治，农时（更为完备的天文历已代替了原始的物候历），品种的选育、播种、管理等方面的知识和经验。春秋战国之后铁农具的兴起和使用，更是极大地促进了农业技术的进步。《庄子·则阳》中"深其耕而熟耰之，其禾蘩以滋，予终年厌飧"[③]，这种

[①] 中共中央马克思列宁斯大林著作编译局：《列宁全集》，人民出版社1963年版，第459页。
[②] 顾德融、朱顺龙：《春秋史》，上海人民出版社2003年版，第21页。
[③] 庄子著，孙通海译注：《庄子》，中华书局2007年版。

深耕的生产方式在当时已经得到广泛运用。对农作物的田间管理也积累了丰富经验，《管子·立政》曰："相高下，定肥浇，观地宜，明诏期，前后农夫以时钧修焉，使五谷桑麻皆安其处，由田之事也。"①《王风·丘中有麻》"丘中有麻，彼留子嗟。彼留子嗟，将其来施施。丘中有麦，彼留子国。彼留子国，将其来食。丘中有李，彼留之子。彼留之子，贻我佩玖"，从诗中可以看出，中原地区的人们不仅种植的农作物和植物种类丰富，而且已经能够根据地势的不同来种植不同的作物。诗中的"丘"，是土坡，上面种植有麻、麦、李等农作物。

从前面所述中原地区的农作物种植看，当时的主要农作物是五谷。关于五谷有不同的解释，两种观点较有代表性：一是指黍、稷、麦、菽、稻，二是指黍、稷、麦、豆、麻。主要区别是稻和麻。这几种农作物在《诗经》中均有出现。

黍，是当时北方种植比较普遍的谷类作物。稷，《尔雅注疏》曰："粢也，稷也，粟也，正是一物。"②稷也被称为百谷之长，尊为谷神，周族祖先就称为"后稷"，地位非常重要，因而国家也被称为"社稷"。在周代，黍和稷的种植已经非常普及，《诗经》中也有表现。《王风·黍离》中"彼黍离离，彼稷之苗""彼黍离离，彼稷之穗""彼黍离离，彼稷之实"，西周繁华的都城和宫庙遗址，到了东周成了长势茂盛的黍稷的天地。麦有大麦、小麦之分，在北方种植也非常广泛。《周颂·思文》赞美后稷之德，其中"贻我来牟，帝命率育"，朱熹《集传》释"来"为"小麦"，"牟"为"大麦"。③《鄘风·载驰》"我行其野，芃芃其麦"、《王风·丘中有麻》"丘中有麦，彼留子国"、《豳风·七月》"禾麻菽麦"，都是描述当时北方麦子的种植情况，"芃芃"是繁盛的意思，形容麦苗长势茂盛。麻，是五谷中有点特殊的作物，它既是粮食作物，还是经济作物，是织布的主要原料来源，分为大麻、苎麻、葛麻

---

① 管仲：《管子》，中华书局2009年版。
② 《尔雅注疏》，《十三经注疏》，上海古籍出版社1997年版，第2615页。
③ 朱熹：《诗经集传》，上海古籍出版社1980年版，第155页。

等，在《诗经》中也有很多记录。《王风·丘中有麻》首句"丘中有麻，彼留子嗟"、《陈风·东门之池》"东门之池，可以沤麻""东门之池，可以沤纻"、《曹风·蜉蝣》"麻衣如雪"、《豳风·七月》"九月叔苴"（苴，指苴麻，麻的一种），可见当时麻的种植范围非常广泛，既包括西周的发源地，还包括中原、南部和东部地区。

春秋时期，中原地区不仅种植各种农作物，还广泛种植各类经济作物，如《鄘风·桑中》"期我乎桑中"中的桑树，《鄘风·定之方中》"树之榛栗，椅桐梓漆，爰伐琴瑟"中的榛树、栗树、椅树、桐树、梓树、漆树，《卫风·淇奥》"绿竹青青""绿竹如篑"中的竹子，《郑风·将仲子》"无折我树杞""无折我树檀"中的杞树、檀树等。果树的品种也很丰富，《卫风·木瓜》就出现了"木瓜、木桃、木李"三种。

良好的自然条件使得中原地区的采集、捕鱼、打猎等副业生产也非常发达。《国风》中描写妇女采集的诗句也展现了当时中原地区农业的发展。《邶风·谷风》"采葑采菲"、《鄘风·桑中》"爰采唐矣""爰采葑矣"、《鄘风·载驰》"言采其蝱"、《王风·采葛》"彼采葛兮""彼采萧兮""彼采艾兮"，都涉及采集的内容。从采集的植物种类看，既有野生的，也有种植的；既有食用的，也有药用的。虽然当时生产力水平并不高，先民要依靠采集野生植物生存，但当时人们已经具备了一定的鉴别能力，而且植物的种植水平也在不断提高。

春秋时期，中原地区丰富的水资源使得渔猎也成为农业的重要补充。《卫风·硕人》"施罛濊濊，鳣鲔发发"，捕获的鱼类包括鳣鱼和鲔鱼；《邶风·新台》"鱼网之设，鸿则离之"，反映了当时捕鱼使用渔网的事实；《邶风·谷风》"毋逝我梁，毋发我笱"则表现当时捕鱼已经有了一定的技术含量，"梁，堰石障水，而空其中以通鱼之往来者也"[1]。捕鱼人在河中垒石拦住水流，中间留下一个缺口，使鱼从中通过。"笱，以竹为器，而承梁之空以取鱼者也。"[2] 这是一种竹制的捕鱼

---

[1] 朱熹：《诗经集传》，上海古籍出版社1980年版，第15页。
[2] 同上。

工具，放在用石头垒起的河梁缺口位置。

中原地区农业的发达，除了农作物的种植种类多样化和渔猎等的发达，还表现为农具的广泛使用。位于今河南新郑市的郑韩故城大吴楼铸铜作坊遗址，是春秋战国时期的铸铜作坊。在发掘中，发现春秋底层堆积中夹有镢、铲、镰、锛和凿等生产工具。① 裴李岗新石器遗址中也发现了大量的石锛、石斧、石铲、石锄、石镰、石刀、骨铲、骨刀、蚌铲、蚌刀、石磨盘、石磨棒等生产工具。② 在东城中部偏北张龙庄南部出土的制骨作坊中，也出土了大量的制骨工具及半成品，其中春秋文化层有大量的石斧、砺石、铜刀、蚌镰等生产工具的出土。③ 这些农具的出土表明春秋时期的中原各国农业技术已经达到一定水平。而铁器的使用是我国社会生产力提高的显著标志。铁农具的使用，最早出现于西周晚期，春秋时期随着冶铁业的兴起，铁制农具使用普遍，至战国时期使用范围扩大，农业生产水平与西周相比有了很大提高。1996 年 9 月至 1998 年 10 月，在郑城东城郑国祭祀遗址东南部的一些春秋坑井中，出土了很多青铜冶铸遗物，生产工具有镢、锛范等。④

农业的发展为中原地区的人们提供了充足的食物来源，也为本地区经济手工业发展的提供了充分保障。

2. 手工业的发展

中原地区在殷商时期是商朝政治经济中心，周人灭商后，将殷都及畿辅之地封康叔，国号"卫"。殷商地区高度发展的手工业成为卫国手工业发展的基础。康叔监于卫地为方伯，后为诸侯。周公要求康叔"启以商政，疆以周索"⑤。首先是青铜铸造业，这是商代各类手工业中最重要的行业。司母戊大方鼎代表着商代青铜冶铸最高水平。制陶技术也有了

---

① 河南省博物馆新郑工作站等：《河南新郑郑韩故城的钻探与试掘》，《文物资料丛刊》1980 年第 3 辑。
② 李恒全、李天石：《铁农具和牛耕导致春秋战国土地制度变革说质疑》，《中国社会经济史研究》2005 年第 4 期。
③ 蔡全法等：《郑韩故城遗址》，《中国考古学年鉴》，文物出版社 1990 年版。
④ 蔡全法：《韩故城郑国考古学文化》，河南博物院学术园地每月一品，1990 年。
⑤ 《春秋左传正义》，《十三经注疏》，上海古籍出版社 1997 年版，第 2135 页。

极大的进步，能够制作高温焙制的硬陶及带釉的原始瓷器。周朝建立后，接收了殷商的手工艺人，《左传·定公四年》曰："殷民七族，陶氏、施氏、繁氏、锜氏、樊氏、饥氏、终葵氏。"① 七族基本上是殷商时期的手工业家族，如陶氏家族烧制陶器，施氏家族制造旌旗，锜氏家族是锉刀工、釜工，繁氏则以制马缨为主，樊氏为篱笆工，终葵氏为锥工。

纺织业是春秋时期中原地区主要的手工业部门，在织造、染色技术等方面都具备了很高水准。这些成就在《国风》中有很充分的体现。《邶风·绿衣》"绿兮衣兮，绿衣黄裹""绿兮衣兮，绿衣黄裳"，表明当时的人们已经掌握了染色技术；《卫风·氓》"氓之蚩蚩，抱布贸丝"，则表明布丝已成为重要的交易商品；《卫风·硕人》"衣锦褧衣"，"锦"称为文衣，锦绣之衣，表示衣服的精美；"褧"，指罩在外面的罩衫。《王风·采葛》"彼采葛兮，一日不见，如三月兮"，诗句在表现对采葛女郎思念的同时，也表现了当时葛的种植非常广泛。以上都表明当时纺织业已经达到很高水平。

中原地区纺织业的发展促进了本地区种桑养蚕业，采桑、养蚕、织丝是当时重要的生产活动。《诗经》中关于桑林、桑树以及丝织品的诗很多，尤其以《鄘风》《卫风》《郑风》居多。《鄘风·定之方中》"星言夙驾，说于桑田"，当时桑园的规模很大，桑树长势非常繁盛，桑园成为人们采摘游玩和约会的场所。

漆器作为礼器和实用器皿也得到发展和使用。此期的漆器除彩绘外，还有雕花、镶嵌、贴金箔等工艺。《鄘风·定之方中》"椅桐梓漆，爰伐琴瑟"，漆树种植的专门化促进了漆器业的发展。

玉石业、制骨业也有一定程度的发展。《诗经》中有将近30首诗涉及玉以及玉文化。《卫风·淇奥》"如切如磋，如琢如磨"就表现了当时制作玉石的工艺流程，"有匪君子，充耳琇莹，会弁如星"；《王风·丘中有麻》"彼留之子，贻我佩玖"、《秦风·终南》"君子至

---

① 《春秋左传正义》，《十三经注疏》，上海古籍出版社1997年版，第2135页。

止,黻衣绣裳。佩玉将将,寿考不忘"、《小雅·都人士》"彼都人士,充耳琇实",等等,表现了当时玉饰制作、佩戴的情形。

其他行业还有煮盐业、酿酒业等。

从反映当时手工业工艺的专著《考工记》可以看出当时手工艺的发展水平。虽然学术界对《考工记》的作者和成书年代没有定论,但《考工记》是齐国官书,作者为齐稷下学宫学者,书的主体内容编订于春秋末至战国初、部分内容于战国中晚期补充的观点还是比较可信的。书分别记录了木工、金工、皮革工、染色工、玉工、陶工等6大类、30个工种,分别介绍了车舆、宫室、兵器以及礼乐之器等制作工艺和检验方法,内容涉及了数学、力学、声学、冶金学、建筑学等方面的知识和经验总结。

3. 商业的发展

春秋时期中原地区传承商代发达的手工业,商业获得更大规模的发展,特别是王室贵族所在的中原市场繁荣,许多城市既是繁华的商业中心,也是各国的政治中心。《史记·货殖列传》有"洛阳东贾齐、鲁,南贾梁楚"[1]。《诗古微》记载了郑卫等地商业的兴盛:"三河为天下都会,卫都河内,郑都河南据天下之中,河山之会,商旅之所走集也。商旅集则货财盛,货财盛则声色臻。"[2] 被奉为儒商鼻祖的子贡就是卫人,取得不俗的经商业绩。《史记·仲尼弟子列传》曰:"端木赐,卫人,字子贡。……子贡好废举,与时转货赀……常相鲁卫,家累千金。"[3]《史记·货殖列传》曰:"七十子之徒,赐最为饶益。"[4]

商业的经济实力,使商人获得了较高的社会地位,子贡就受到各诸侯国礼待:"子贡结驷连骑,束帛之币以聘享诸侯,所至,国君无不分庭与之抗礼。"[5] 卫国商人也借此对政治产生影响,卫国大夫王孙贾曰:

---

[1] 司马迁:《史记》,中华书局2008年版,第3265页。
[2] 魏源:《诗古微》,岳麓书社1989年版,第509页。
[3] 司马迁:《史记》,中华书局2008年版,第2195—3201页。
[4] 同上书,第3258页。
[5] 同上。

"苟卫国有难，工商未尝不为患，使皆行而后可。"①

但总体而言，商人在周代的地位并不高。"商人"一词来源于殷商旧民。周灭殷后，把大批殷民迁到成周，周王朝一方面对这些殷人非常警惕和歧视，设立三监管理。另一方面，又对殷人采取安抚政策，给予殷人出路，商业活动就是商人被准许的经济活动。"殷人善贾"，"肇牵车牛，远服贾，用孝养厥父母"②，《商颂·殷武》曰："商邑翼翼，四方之极。赫赫厥声，濯濯厥灵。"商人在当时已经起到了非常重要的作用。《史记·货殖列传》引《周书》曰："农不出则乏其食，工不出则乏其事，商不出则三宝绝。"③但商人在社会上的地位很低。《左传·襄公十四年》曰："天子有公，诸侯有卿，卿置侧室，大夫有贰宗，士有朋友，庶人、工、商、皂、隶、牧、圉皆有亲昵，以相辅佐也。"④可以看出，在这个结构中，士以上才属贵族，统称为"国人"，而"皂、隶、牧、圉"的身份是奴隶，"庶人、工、商"的身份与国人贵族相比，社会地位是低的。但商人通过经商取得了经济上的雄厚实力，这个群体的社会地位在逐步提高。《左传·昭公十六年》记载郑桓公立国时与其属地的商人签订盟约："世有盟誓，以相信也。曰：尔无我叛，我无强贾。毋或匄夺。尔有利市宝贿，我勿与知。恃此质誓，故能相保以至于今。"⑤郑国倚重商人，拥有雄厚的经济实力。商人由此确立了自己的地位，甚至参与到国家政治斗争中。《左传·僖公三十三年》记载了"弦高犒秦师"：

及滑，郑商人弦高将市于周，遇之。以乘韦先牛十二犒师。曰："寡君闻吾子将步师出于敝邑，敢犒从者，不腆。敝邑为从者之淹，居则具一日之积，行则备一夕之卫。"且使遽告于郑，则束

---

① 《春秋左传正义》，《十三经注疏》，上海古籍出版社1997年版，第2142页。
② 《尚书正义》，《十三经注疏》，上海古籍出版社1997年版，第206页。
③ 司马迁：《史记》，中华书局2008年版，第3255页。
④ 《春秋左传正义》，《十三经注疏》，上海古籍出版社1997年版，第1958页。
⑤ 同上书，第2080页。

载厉兵秣马矣。使皇武子辞焉，曰："吾子淹久于敝邑，唯是脯资饩牵竭矣。为吾子之将行也，郑之有原圃，犹秦之有具囿也。吾子取其麋鹿，以间敝邑，若何？"杞子奔齐，逢孙扬孙奔宋。孟明曰："郑有备矣，不可冀也。"①

中原地区的诸侯国中，卫国、郑国的商业非常兴盛，有专门从事商业活动的人员。《王风·大车》"大车槛槛，毳衣如菼"，大车并非战车，而是长途运输的工具，赶车的男主人从事的就是商业活动。在当时，已经出现了很多商贸发达的城市。《卫风·氓》"送子涉淇，至于顿丘"，诗中的顿丘，在今河南浚县西，是卫国城邑，其商业活动非常兴盛。《礼记·月令》曰："（孟秋之月）四方来集，远乡皆至，则财不匮，上无乏用，百事乃遂。"②

农业、手工业、商业的发展，促进了中原地区经济的繁荣，这一地区的人们在基本的生活得以保障之后，思想和观念非常开放，精神的追求使得大量表现当时生活和情感的富有地域风格的诗歌被创作并广为流传。

三 周王室东迁前后动荡的社会局势

东周初期周王室都城由镐京迁到洛邑的平王东迁，是东西周交替之际的重要历史事件，也是周朝国势的转折点。平王东迁后，周天子王权衰落，不再能担当共主的责任，既无力自保，亦无法抗拒戎狄外族入侵，不得不倚重诸侯国保护，最终形成春秋时期诸侯群雄争霸的局面。其实在平王东迁之前，周王室的衰败已经显现。

（一）西周后期朝政溃败

西周自立国到周昭王、穆王时代，国力达到最盛，西周社会进入最繁荣的时代。但自此以后，盛极而衰的迹象不可避免地出现了。到穆王

---

① 《春秋左传正义》，《十三经注疏》，上海古籍出版社1997年版，第1833页。
② 《礼记正义》，《十三经注疏》，上海古籍出版社1997年版，第1374页。

之孙懿王继位,周王室衰微的迹象越发明显。从文献记载中可以清晰地看到这种迹象。《史记·周本纪》曰:"懿王之时,王室遂衰,诗人作刺。"① 《汉书·匈奴传》亦曰:"至穆王之孙懿王时,王室遂衰,戎狄交侵,暴虐中国。中国被其苦,诗人始作,疾而歌之。"② 至懿王之子夷王、之孙厉王时,衰颓局势在加剧。《史记·楚世家》曰:"当周夷王之时,王室微,诸侯或不朝,相伐。"③ 周夷王因"暴虐专利"引发"国人之乱",被赶出都城,出奔到彘。其子周宣王继位,在取得征伐猃狁战争的胜利之后,重修礼法,号称宣王中兴,周王朝衰颓的局势稍稍得到遏制。但宣王后期的失德不仅断送了中兴大业,而且加速了王室的衰败。幽王时期任用小人扰乱朝纲,专宠褒姒废申后及太子,再加上严重的旱灾和地震,政治局势更加动荡,出现了"二王并立"局面。到平王依靠诸侯力量杀死携王,将国都东迁至洛阳,西周王朝彻底走向灭亡,历史开始了东周时期。

于周王朝而言,于中国历史而言,平王东迁都是一个重要的历史事件。平王东迁这一事件,文献的记载虽各有不同。《史记·周本纪》曰:"申侯怒,与缯、西夷犬戎攻幽王。幽王举烽火征兵,兵莫至。遂杀幽王骊山下,虏褒姒,尽取周赂而去。于是诸侯乃即申侯而共立故幽王太子宜臼,是为平王,以奉周祀。平王立,东迁于雒邑,辟戎寇。"④ 而《史记·秦本纪》则曰:"西戎犬戎与申侯伐周,杀幽王骊山下。而秦襄公将兵救周,战甚力,有功。周避犬戎难,东徙雒邑,襄公以兵送周平王。平王封襄公为诸侯,赐之岐以西之地。"⑤《左传·昭公二十六年》孔颖达《正义》"携王奸命,诸侯替之,而建王嗣,用迁郏鄏",引《汲冢书纪年》曰:"平王奔西申,而立伯盘以为太子,与幽王俱死于戏。先是申侯、鲁侯及许文公立平王于申,以本太子,故称天

---

① 司马迁:《史记》,中华书局2008年版,第140页。
② 班固:《汉书》,中华书局1962年版,第3744页。
③ 司马迁:《史记》,中华书局2008年版,第1692页。
④ 同上书,第149页。
⑤ 同上书,第179页。

王。幽王既死，而虢公翰又立王子余臣于携，周二王并立。二十一年，携王为晋文公所杀。以本非嫡，故称携王。"① 但不可否认的是，自此以后，周王室失去了天下共主的实力，出现了群雄纷争的局面。

（二）严重的自然灾害

幽王在世前后，除了朝政衰败，期间还发生了数次严重的自然灾害，使得朝政更为雪上加霜。文献中记载了发生在自厉王至平王期间包括旱灾、水灾、地震在内的自然灾害。《古本竹书纪年》："共和十四年，大旱，火焚其屋，伯和篡位立，故又大旱。其年，周厉王奔彘而死，立宣王。"② "（周厉王）二十二年，大旱……二十三年，大旱……二十四年，大旱……二十五年，大旱……二十六年，大旱。王陟于彘。"③《帝王世纪》："宣王元年（前827年），以召穆公为相，是时天下大旱。王以不雨，遇灾而惧，整身修行，期以修去之。"④ 宣王末年，西北关中一带连年干旱，洛、泾、渭三川都干涸了。《国语·周语》"是岁（幽王二年）也，三川竭"，韦昭《注》曰："三川：泾、渭、洛。"⑤ 这种旱情也出现在《诗经》中，《大雅·云汉》"旱既大甚。蕴隆虫虫……旱魃为虐，如惔如焚"。

文献中也有关于雨雹灾的记录。《古本竹书纪年》："周孝王七年，厉王生，冬，大雨雹，牛马死，江汉俱冻。"周孝王七年"冬，雨雹，大如砺"⑥。

宣王末年至幽王时期，除了旱灾，地震也是当时多发的自然灾害。《古本竹书纪年》："周昭王十九年，天大曀，雉兔皆震，丧六师于汉。"⑦ 幽王"二年，泾、渭、洛竭，岐山崩"⑧。《国语·周语》："幽王二年，

---

① 《春秋左传正义》，《十三经注疏》，上海古籍出版社1997年版，第2114页。
② 《疑文》，《古本竹书纪年》，齐鲁书社2000年版，第32页。
③ 《今本竹书纪年疏证》，《古本竹书纪年》，齐鲁书社2000年版，第96页。
④ 徐宗元：《帝王世纪辑存》，中华书局1964年版，第94页。
⑤ 《国语》，上海古籍出版社1982年版，第138页。
⑥ 《今本竹书纪年疏证》，《古本竹书纪年》，齐鲁书社2000年版，第94页。
⑦ 同上书，第89页。
⑧ 同上书，第101页。

西周三川皆震。"① 这就是公元前 780 年陕西岐山发生的大地震，是史书记载比较可靠的最早一次大地震。《小雅·十月之交》"百川沸腾，不宁不令。山冢崒崩，高岸为谷，深谷为陵"，诗中描述的是发生在这个时期的一次地震。《史记·周本纪》中太史伯阳父从当时发生的地震预见到了周王室的覆亡："周将亡矣。夫天地之气，不失其序；若过其序，民乱之也。阳伏而不能出，阴迫而不能蒸，于是有地震。今三川实震，是阳失其所而填阴也。阳失而在阴，原必塞；原塞，国必亡。夫水土演而民用也。土无所演，民乏财用，不亡何待！昔伊、洛竭而夏亡，河竭而商亡。今周德若二代之季矣，其川原又塞，塞必竭。夫国必依山川，山崩川竭，亡国之征也。川竭必山崩。若国亡不过十年，数之纪也。天之所弃，不过其纪。"②

当时的周王朝已经面临严重的人祸，连年旱灾，加上空前大地震，严重自然灾害更是给民众的生存、社会的发展带来严重威胁，造成国家经济衰退，更进一步加剧了西周王朝的溃败。

（三）平王东迁后的社会状况

《史记·周本纪》记述了平王东迁后的政治状况："平王之时，周室衰微，诸侯强并弱，齐、楚、秦、晋始大，政由方伯。"③当时周平王的确很倚重诸侯国。《左传·隐公六年》曰："周之东迁，晋、郑焉依。"④

从当时的状况看，东迁之后的周王室已失去对诸侯的控制，不再具有天下共主的地位。而且，此时的周王朝还面临着外敌入侵的危难局面，西部戎狄横行、觊觎中原，南面楚国虎视眈眈。《公羊传·僖公四年》记载了当时周王室的危难局面："南夷与北狄交，中国不绝若线。"⑤戎狄历来是周王朝的心腹大患，而强大起来的楚国又形成新的

---

① 《国语》，上海古籍出版社 1982 年版，第 138 页。
② 司马迁：《史记》，中华书局 2008 年版，第 145—146 页。
③ 同上。
④ 《春秋左传正义》，《十三经注疏》，上海古籍出版社 1997 年版，第 1731 页。
⑤ 《春秋公羊传注疏》，《十三经注疏》，上海古籍出版社 1997 年版，第 2249 页。

威胁。楚国至楚武王时强大起来，所谓汉阳诸姬，楚实尽之，地方千里，成为当时的强国。《史记·楚世家》曰："我蛮夷也。今诸侯皆为叛相侵，或相杀。我有敝甲，欲以观中国之政，请王室尊吾号。"① 楚武王的野心可谓显露无遗。

平王东迁时，一些贵族选择留居西部王畿，因此，有平王"弃其九族"②说。也有相当数量的贵族随平王东迁。伯舆大夫瑕禽曰："昔平王东迁，吾七姓从王，牲用备具，王赖之，而赐之骍旄之盟，曰：'世世无失职。'"③ 瑕禽所说的"七姓"，是跟随平王东迁的贵族。当时的贵族或大臣们，面对"二王并立"的局面和平王东迁，不论迁或不迁，都不可避免的陷入苦闷和彷徨。《小雅·雨无正》以诗歌的形式揭示了贵族大臣们面对"宗周既灭"局面时无所适从的心态，既有对故国的怀思，又有面对混乱局面的无奈："周宗既灭，靡所止戾，正大夫离居，莫知我勚。三事大夫，莫肯夙夜。邦君诸侯，莫肯朝夕。"诗序认为这是幽王时诗。

东西周交替之际，不仅政治格局发生了急剧变化，与周王室命运息息相关的周礼也不可避免地受到严重冲击。

作为周代文化特征的礼乐制度，其发展演变轨迹，与周王室的命运息息相关。西周建国初期，周公"因于殷礼而损益之"的制礼作乐，拉开了周代礼乐制度建立的序幕，其后，随着各种典礼仪式的具体化、程式化，礼乐制度也逐步成熟、完备并深刻的规范、影响着周人的社会生活。随着周王室由盛转衰，礼乐制度也受到冲击和破坏，出现"幽厉微而礼乐坏"局面。到平王东迁，虽然基于礼乐制度的连续性，周礼在人们生活中还被保持，但还是出现了"礼乐征伐自诸侯出""陪臣执国命"局面，僭越、违背周礼的事件比比皆是。

西周后期尤其"二王并立"、平王东迁时期，王室朝政昏庸带来

---

① 司马迁：《史记》，中华书局2008年版，第1695页。
② 《毛诗正义》，《十三经注疏》，上海古籍出版社1997年版，第332页。
③ 《春秋左传正义》，《十三经注疏》，上海古籍出版社1997年版，第1949页。

的国势衰败呈一发不可收之势,《毛诗序》形容西周衰败的结果是"王道衰,礼义废,政教失,国异政,家殊俗"①。但朝政的衰颓给社会带来灾难性影响时,却催生了一批讽刺时政,感时伤世,抒发忧怨伤痛之情的怨刺诗。这一时期产生的诗歌被称为"变风""变雅"。郑玄对这种状况进行描述:"自是而下,厉也,幽也,政教尤衰,周室大坏,《十月之交》、《民劳》、《板》、《荡》,勃尔俱作,众国纷然,刺怨相寻。"②

产生于这样一个时代背景下的《王风》,作为周王室王畿之地的诗歌,抒发的情怀和感受是亡国之痛带来的绝望、迷惘、不知所从的苦闷、彷徨,展示的是"风衰俗怨"的社会现实。

第三节 《王风》诗旨辨析

《王风》是周王室东迁后产生于东周王畿的诗。按惯例,《诗经》中风、雅、颂是按音乐的不同来划分的。风,是带有地方色彩的音乐,十五国风就是十五个地方的土风歌谣。《王风》作为产生于东周王室的风诗,共10首,表现西周覆灭带来的哀怨悲愤与无可奈何情绪的占多数,《黍离》《君子于役》《中谷有蓷》《兔爰》《葛藟》《大车》等7首都不同程度地表达了这种情感,因此这种哀怨悲愤与无可奈何成为《王风》的主旋律。与"二南"中所表现出的王朝强盛形成鲜明对比。《王风》中的诗很明显的可分为两类,一是抒发周王室衰落导致的乱离悲郁情感的诗,二是表现东周畿内周人婚姻爱情生活的诗。

一 乱离诗

《王风》中的《黍离》《兔爰》《葛藟》三首诗产生的历史背景

---

① 《毛诗正义》,《十三经注疏》,上海古籍出版社1997年版,第271页。
② 同上书,第263页。

基本一致，如崔述所言："幽王昏暴，戎狄侵凌；平王播迁，家室飘荡。"① 组诗表达了一个共同的主题，就是抒发由于国势衰败引发的上自贵族下到百姓内心的彷徨、忧怨、愤懑之情。

（一）《黍离》

《黍离》：

> 彼黍离离，彼稷之苗。行迈靡靡，中心摇摇。知我者谓我心忧，不知我者谓我何求。悠悠苍天，此何人哉！
>
> 彼黍离离，彼稷之穗。行迈靡靡，中心如醉。知我者谓我心忧，不知我者谓我何求。悠悠苍天，此何人哉！
>
> 彼黍离离，彼稷之实。行迈靡靡，中心如噎。知我者谓我心忧，不知我者谓我何求。悠悠苍天，此何人哉！

《黍离》位列《王风》首位，是反映东周社会现实的重要诗篇。关于这首诗的诗旨，《毛诗序》曰："《黍离》，闵宗周也。周大夫行役至于宗周，过故宗庙宫室，尽为禾黍。闵周室之颠覆，彷徨不忍去，而作是诗也。"郑《笺》曰："宗周，镐京也，谓之西周。周王城也，谓之东周。幽王之乱而宗周灭，平王东迁，政遂微弱，下列于诸侯，其诗不能复雅，而同于《国风》焉。"孔颖达《正义》引用《史记·宋世家》加以证明："箕子朝周，过殷故墟，城坏生黍。箕子伤之，乃作麦秀之诗以歌之。其诗曰：'麦秀渐渐兮，禾黍油油兮。彼狡童兮，不我好兮。'所谓狡童者，纣也。过殷墟而伤纣，明此亦伤幽王，但不是主刺幽王，故不为雅耳。"② 朱熹承其说："周既东迁，大夫行役至于宗周，过故宗庙宫室尽为禾黍，闵周室之颠覆，徬徨不忍去。故赋其所见黍之离离，与稷之苗，以兴行之靡靡、心之摇摇。既叹时人莫识己意，又伤

---

① 崔述：《读风偶识》，《崔东壁遗书》，上海古籍出版社1983年版，第551页。
② 《毛诗正义》，《十三经注疏》，上海古籍出版社1997年版，第330页。

所以致此者，果何人哉？追怨之深也。"①

这种观点得到很多近现代学者的赞同。陈子展《诗三百解题》认为："《黍离》，不像是泛写流浪者的忧愤，当是周大夫于役西周镐京，过故宗庙宫室，尽为禾黍，有所闵伤而作。《诗序》所说当有所本，似不为错。"② 高亨《诗经今注》的阐释更加明确："周幽王残暴无道，犬戎攻破镐京，杀死幽王。平王东迁洛邑，是为东周。东周初年，有王朝大夫到镐京来，见到宗庙宫殿均已毁坏，长了庄稼，不胜感慨，因此作诗。"③

关于这首诗还有其他的解读。王先谦《诗三家义集疏》引刘向《新序·节士篇》认为："卫宣公子寿闵其兄伋之且见害，作忧思之诗，《黍离》之诗是也。"但接着引胡承珙语进行反驳："据《左传》，卫寿窃旌先往，是死在伋先，安得有闵兄见害之事？且使《黍离》果为寿作，当列之《卫风》，何为冠于《王风》之首？其不足据明矣。"④ 王先谦亦引韩诗谓此诗与尹吉甫父子有关："韩说曰：'昔尹吉甫信后妻之馋而杀孝子伯奇，其弟伯封求而不得，作《黍离》之诗。'"⑤ 此说没有相关文献的佐证，诗本义亦无此义，当不可信。

诗文本中并没有明显的可考感慨西周覆灭的诗句，因此，有学者不赞同将其与西周覆灭相关联。傅斯年认为这首诗应是"行迈之人悲愤作歌"："《毛序》谓（《黍离》）'周大夫行役至于宗周，过故宗庙宫室，尽为禾黍，闵周室之颠覆，彷徨不忍去，而作是诗。'然诗中云：'知我者谓我心忧，不知我者谓我何求，悠悠苍天，此何人哉！'与此情景颇不切合。"⑥ 程俊英《诗经译注》亦认为："这是诗人抒写自己在迁都时难舍家园的诗。《毛诗序》认为是周大夫慨叹西周沦亡之作，但诗中并无凭吊故国之意，似不可信。"⑦ 的确，诗中所蕴含的深挚缠绵

---

① 朱熹：《诗经集传》，上海古籍出版社1980年版，第29页。
② 陈子展：《诗三百解题》，复旦大学出版社2001年版，第229页。
③ 高亨：《诗经今注》，上海古籍出版社1980年版，第96页。
④ 王先谦：《诗三家义集疏》，中华书局2009年版，第316页。
⑤ 同上书，第315页。
⑥ 傅斯年：《诗经讲义稿》，中国人民大学出版社2004年版，第64页。
⑦ 程俊英：《诗经译注》，上海古籍出版社1985年版，第122页。

的忧国情怀以及悲郁难遣的感伤情绪是显而易见且憾人心魄的。方玉润《诗经原始》曰:"闵宗周也。三章只换六字,而一往情深,低徊无限。此专以描摹虚神擅长,凭吊诗中绝唱也。"①

关于这首诗的诗旨,还是要从诗文本入手进行解读。诗以重章叠唱的形式,分三个时段表述了睹物思情引发的伤感。第一个时段是在春天,"彼黍离离,彼稷之苗",虽然诸家对诗中"黍"和"稷"的解说不一,但毫无疑问指庄稼,此处以马瑞辰考证为准:"诸家说黍稷者不一。程瑶田《九谷考》谓:'黍,今之黄米;稷,今之高粱。'其说是也。"② 行迈之人看到的黍还是小苗的时候,已经很茂盛。第二个时段应该是夏天,"彼稷之穗",黍稷已经结穗。第三个时段则到了秋天,"彼稷之实",黍稷成熟。时间不同,诗人见到的情景不同,其心境自然也不同。按常理讲,见到黍禾从茂盛的禾苗长成果实累累,其心境应当是喜悦的。但后面的诗句却显示作者内心忧伤的程度在逐步加深:从春天的"中心摇摇",到夏天的"中心如醉",到了秋天,其情感是"中心如噎",悲怆伤感变成了无声的呜咽。作为起兴名物所表现出的生机勃勃与三章重复出现的"知我者谓我心忧,不知我者谓我何求。悠悠苍天,此何人哉"的忧伤的确"颇不切合"。

如何解读这种由睹物思情引发的应为喜悦实为伤感的情绪？作者为什么要以黍稷的勃勃生机表现悲怆的感伤,以乐景写哀景呢?

这种反差从字面上可以理解为对时过境迁的感慨。如果不结合《王风》诗产生的背景考察,不仅《黍离》蕴含的悲怆的感伤情绪和深切的忧国情怀很难得到合理解读,就是傅斯年认为的"行迈之人悲愤作歌"、方玉润所谓"凭吊诗中绝唱"也同样难以理解。因此,《毛诗序》所言的"周大夫行役至于宗周,过故宗庙宫室,尽为禾黍。闵周室之颠覆,彷徨不忍去,而作是诗"的背景是解读这首诗的关键所在。只有结合这种产生背景,诗所表达的思想主旨才有所本,后世这首诗被

---

① 方玉润:《诗经原始》,中华书局1986年版,第191—192页。
② 马瑞辰:《毛诗传笺通释》,《十三经清人注疏》,中华书局1998年版,第228页。

赋予的丰富文化内涵和审美意象也才有所本。

诗应当是诗人面对象征周天子威严和崇高地位的西周镐京繁华的宫阙已经荡然无存，眼前所见尽是禾苗，就连能用来凭吊的遗迹也已所剩无几，触发了对故国往昔的追思。"知我者谓我心忧，不知我者谓我何求。悠悠苍天，此何人哉！"这句在诗三章最后重复出现，可以看出，国势衰落使诗人内心涌动着一种希望能重新振作的激情，可是现实只能使他发出"知我者谓我心忧，不知我者谓我何求，悠悠苍天，此何人哉"的感叹，发自内心深处的悲凉才是他的真实感受。因此，凭悼亡国之痛、表达忧患之情是这首诗的主旨，而且这样的情感表达也可以看出那个时代知识分子对于国家的忧患意识，因此方玉润称其为"凭吊诗中绝唱"。以乐景写哀情，更能将内心的悲凉表现出来。

这首诗营造的充满象征意义的"黍离""麦秀"意象，以其独特的审美内涵成为对后世文学产生深远影响的美学范式。详细阐述见本章第四节。

（二）《兔爰》

《兔爰》：

> 有兔爰爰，雉离于罗。我生之初，尚无为。我生之后，逢此百罹。尚寐无吪！
>
> 有兔爰爰，雉离于罦。我生之初，尚无造。我生之后，逢此百忧。尚寐无觉！
>
> 有兔爰爰，雉离于罿。我生之初，尚无庸。我生之后，逢此百凶。尚寐无聪！

这首诗位列《王风》第六，诗所表现出的伤时感事、幽怨悲观情感与《黍离》相类。历代解诗者对于诗中所表达出的思想倾向的认识也基本一致。这首诗的诗旨，《孔子诗论》第25简曰："《有兔（兔爰)》不奉时。"① 表达了生不逢时的感受,结论可谓简洁而准确。《毛诗序》归纳诗旨为"君子不乐其生",且考证诗创作于东周早期的桓王时期:"《兔爰》,闵周也。桓王失信,诸侯背叛,构怨连祸,王师伤败,君子不乐其生焉。"孔颖达还以《左传》隐公三年桓王失信之事与桓公五年王师伤败之事的记载相佐证,以证《诗序》说。② 朱熹曰:"周室衰微,诸侯背叛,君子不乐其生而作此诗。言张罗本以取兔,今兔狡得脱,而雉以耿介反离于罗,以比小人致乱,而以巧计幸免,君子无辜,而以忠直受祸也。为此诗者,盖犹及见西周之盛。"③ 朱氏论诗,更多的是从诗本义入手,没有像《毛诗》那样强调诗作的背景。其后论诗,虽有侧重,但大都承朱氏观点。

崔述《读风偶识》虽对《毛诗序》观点不以为然,但也认同诗表述的悲观情绪:"其人当生于宣王之末年,王室未骚,是以谓之'无为';既而幽王昏暴,戎狄侵陵,平王播迁,室家飘荡,是以谓之'逢此百罹'。故朱子云:'为此诗者盖犹及见西周之盛。'可谓得其旨矣。若以为在桓王之时,则其人当生于平王之世,仳离迁徙之余,岂得反谓之为'无为'?而诸侯之不朝亦不始于桓王,惟郑于桓王世始不朝耳,其于王室初无所大加损,岂得遂谓之为'百罹'、'百凶'也哉?窃谓此三篇者皆自迁洛者所作。盖迁徙之际,弃旧营新,最易失所,非上大有以安辑之不可。"④ 方玉润《诗经原始》认为:"《兔爰》,伤乱始也。……狡者脱而介者烹,奸者生而良者死。所谓百凶并见,百忧俱集时也。诗人不幸遭此乱离,不能不回忆生初犹及见西京盛世,法制虽衰,纪纲未坏,其时尚幸无事也。迨东都既迁,而后桓、文继起,霸业频兴,而王纲愈坠。天下乃从此多故。……故不如长睡不醒之为愈

---

① 马承源:《上海博物馆藏战国楚竹书》(一),上海古籍出版社2001年版,第155页。学术界认同《诗论》中的《有兔》即《王风·兔爰》篇,此诗三章均以"有兔爰爰"开始。奉,释读为"逢",孔子释《兔爰》为"生不逢时"。
② 《毛诗正义》,《十三经注疏》,上海古籍出版社1997年版,第332页。
③ 朱熹:《诗经集传》,上海古籍出版社1980年版,第31页。
④ 崔述:《读风偶识》,《崔东壁遗书》,上海古籍出版社1983年版,第553页。

耳。迨至长睡不醒，一无闻见，而思愈苦。古之伤心人能无为我同声一痛苦哉？此诗意也。"概括此诗的风格为"词意凄怆，声情激越"①。

傅斯年论此诗侧重诗中流露的世事变迁带来的悲凉，情同方玉润"词意凄怆，声情激越"："《兔爰》，遭时艰难，感觉到生不如死。此《诗三百》中最悲愤之歌。"② 陈子展《诗三百解题》认为，"《兔爰》，自是一篇伤时感事、悲观厌世之作。"且考证其创作时间"当是作者生及宣王承平，经过幽王丧乱，平王播迁，从镐京到洛邑以后所作"③。高亨《诗经今注》曰："周王朝东迁以后，社会进入战争变乱的时代……在斗争中，有的统治者失去爵位土地而没落。这首诗就是一个没落贵族的哀吟。"④ 程俊英也认为"这是一首反映没落贵族厌世思想的诗"⑤。闻一多《风诗类钞》以诗中"为""造""庸"皆谓劳役之事，因此，诗旨为"苦于劳役而思死也"⑥。

诗共三章，依然是重章叠唱形式。每章首句之后的诗句都是以自己出生前后形势对比表达对现实的忧虑，"百罹""百忧""百凶"，突出了现世的悲切境况，"无吪""无觉""无聪"，则表现了内心的悲伤感受，寝食难安之情态确如朱熹言"君子不乐其生，而作此诗"。历代解诗者对此均无异议。而首句的兔和雉，朱熹认为，既可看作比，也可认为是兴。以之为比，意思是本来张开罗网逮兔，兔狡得以脱身，而雉则因耿介反落入网中，以兔的性阴狡和雉的性耿介来比喻小人致乱，而以巧计幸免，君子无辜，反而以忠直受祸。在那个正义被颠覆的时代里，君子的进取心不得不丧失，只有以尚寐无吪、无觉、无聪的苟且来面对，表达了对现实的绝望，更详尽地阐释了君子不乐的现实缘由。以之为兴，"以兔爰兴无为，以雉离兴百罹"⑦。从诗本义看，诗每章句都以

---

① 方玉润：《诗经原始》，中华书局1986年版，第197—198页。
② 傅斯年：《诗经讲义稿》，中国人民大学出版社2004年版，第64页。
③ 陈子展：《诗三百解题》，复旦大学出版社2001年版，第252页。
④ 高亨：《诗经今注》，上海古籍出版社1980年版，第101页。
⑤ 程俊英：《诗经译注》，上海古籍出版社1985年版，第130页。
⑥ 闻一多：《风诗类钞》，《闻一多全集》，湖北人民出版社1993年版，第91页。
⑦ 朱熹：《诗经集传》，上海古籍出版社1980年版，第31页。

对比的形式,抒发自己对现实境遇的无望而产生的无奈,这与朱熹"君子不乐其生"的阐释是一致的。因此说,比更符合诗义。

《兔爰》直接表达了诗人对社会今不如昔、社会衰落的不满。"有兔爰爰,雉离于罗",本应该在网中的兔悠闲自在的跑来跑去,而本该自由飞翔的雉却落进了网里。诗每章开头两句比喻当时社会的现状,兔和雉分别比喻得志小人和遭逢不幸的君子。其后通过"我生之初"社会的"尚无为""尚无造""尚无庸",与"我生之后"的"百罹""百忧""百凶"对比,表达对现实的不满。更悲怆的是,诗每句结尾的"尚寐无吪""尚寐无觉""尚寐无聪",其"不欲言、不欲见、不欲闻",表达了对比昔日盛世与眼前现实的失望而产生的无奈。《诗论》"不逢时"的概括可谓准确。其情感表述正如方玉润言"词意凄怆,声情激越",傅斯年也认为这是"《诗三百》中最悲愤之歌"。

(三)《葛藟》

《葛藟》:

> 绵绵葛藟,在河之浒。终远兄弟,谓他人父。谓他人父,亦莫我顾!
>
> 绵绵葛藟,在河之涘。终远兄弟,谓他人母。谓他人母,亦莫我有!
>
> 绵绵葛藟,在河之漘。终远兄弟,谓他人昆。谓他人昆,亦莫我闻!

《左传·文公七年》记载:"昭公将去群公子,乐豫曰:'不可。公族,公室之枝叶也,若去之,则本根无所庇荫矣。葛藟犹能庇其本根,故君子以为比,况国君乎?'此谚所谓'庇焉而纵寻斧焉'者也,必不可。君其图之!亲之以德,皆股肱也,谁敢携贰?若之何去之?'"① 这

---

① 《春秋左传正义》,《十三经注疏》,上海古籍出版社1997年版,第1845页。

是较早对《葛藟》诗的阐释。其后,《毛诗序》谓"刺平王":"《葛藟》,王族刺平王也。周室道衰,弃其九族焉。"郑《笺》曰:"九族者,据己上至高祖下及玄孙之亲。"① 此说没有充分的文献支持,过于附会。朱熹《集传》曰:"世衰民散,有去其乡里家族,而流离失所者,作此诗以自叹。言绵绵葛藟,则在河之浒矣。今乃终远兄弟,而谓他人为己父。己虽谓彼为父,而彼亦不我顾,则其穷也甚矣。"② 方玉润《诗经原始》承朱说,谓"民穷无所依也",且诗"沉痛语,不忍卒读"。③

近现代学者基本承继朱熹的观点而又各有发挥。傅斯年《诗经讲义稿》曰:"政衰世乱,人民流散,求寄生于人家,而人不收。"④ 陈子展《诗三百解题》曰:"当是一个无父无母、又已离开了兄弟的孤儿乞食之歌。"⑤ 程俊英《诗经译注》曰:"这是流亡他乡者求助不得的怨诗。……诗深刻地反映了富人们冷酷无情的嘴脸。"⑥ 还有学者甚至认为这是"中国最早的'哭嫁歌'"⑦。

诗三章均以"绵绵葛藟"起兴,同《黍离》一样,是以乐景写哀景的表现手法。葛藟,除了这首诗,《周南·樛木》有"南有樛木,葛藟萦之"。葛藟为藤类蔓生植物,有缠绕、攀附特点。"绵绵葛藟,在河之浒",是表现河边葛藤茂盛,绵绵不断。以生机勃勃的葛藟起兴,但后面表述的却是令人哀伤的事实。"终远兄弟,谓他人父""终远兄弟,谓他人母""终远兄弟,谓他人昆",从三个层面,表述了一个失去父母和兄弟的男子内心的悲凉、凄苦。其凄苦情状如方玉润言"沉痛语,不忍卒读",使人由衷地对诗中表现的流离之苦深表

---

① 《毛诗正义》,《十三经注疏》,上海古籍出版社1997年版,第332页。
② 朱熹:《诗经集传》,上海古籍出版社1980年版,第31页。
③ 方玉润:《诗经原始》,中华书局1986年版,第198—199页。
④ 傅斯年:《诗经讲义稿》,中国人民大学出版社2004年版,第64页。
⑤ 陈子展:《诗三百解题》,复旦大学出版社2001年版,第254页。
⑥ 程俊英:《诗经译注》,上海古籍出版社1985年版,第131页。
⑦ 黄新荣:《中国最早的"哭嫁歌"——〈诗经·王风·葛藟〉》,《华南农业大学学报》(社会科学版)2007年第2期。

同情。周王室势力的衰微导致的"世衰民散"是这一悲惨事件发生的主要原因。

《黍离》《兔爰》诗表述的由宗周王室衰败在贵族内心引发的忧伤，透露出一种穷途末路般的悲哀。尤其是其中的黍离之痛，与作者经历周王室兴衰变迁这个特殊政治环境相关，流露出了对东迁之后社会变迁和周天子政权衰落之社会现状的不满和怨愤。《葛藟》则表述了同样的社会背景下普通百姓的悲苦情状。三首诗所抒发的悲怆之情，的确"词意凄怆，声情激越"。周王朝的由盛转衰是这三首诗的产生背景，因此诗有相似的情感表达。

二　婚姻爱情诗

《王风》中的《君子于役》《扬之水》《中谷有蓷》《采葛》《大车》《丘中有麻》是表现周王室东迁之后的爱情婚姻诗。《王风》虽然产生于王室东迁之后，周王朝面临严重的政治危机，礼乐制度也不可避免地受到冲击，但作为王畿之诗，周代礼乐文化以及宗法制度对于婚姻家庭的重视依然在诗中得以体现，因此，《王风》10首诗，婚姻爱情诗就有6首。虽然与郑卫之诗产生于同一个地域，因其产生的动荡背景和周礼的约束，没有收录那些充满野性的自由奔放之诗，即使表现甜蜜、温馨的婚姻爱情题材，也充满了忧伤和幽怨。

（一）《君子于役》

《君子于役》：

> 君子于役，不知其期。曷至哉？鸡栖于埘，日之夕矣，羊牛下来。君子于役，如之何勿思！
>
> 君子于役，不日不月。曷其有佸？鸡栖于桀，日之夕矣，羊牛下括。君子于役，苟无饥渴？

这是《王风》中位列第二的诗。关于本诗诗旨，《毛诗序》曰：

"《君子于役》，刺平王也。君子行役无期度，大夫思其危难以风焉。"①序说将其视为"刺诗"当无异议，但直言"刺平王"并系之于大夫，且解读为"思其危"则显然与诗义不符。班彪《北征赋》有"日晻晻其将暮兮，睹牛羊之下来。寤旷怨之伤情兮，哀诗人之叹时"，将其归纳为"旷怨之伤情"，可谓得其旨意。朱熹《集传》从行役君子的室家角度解读，也更符合诗义："大夫久役于外，其室家思而赋之曰：'君子行役，不知其反还之期，且今亦何所至哉？鸡则栖于垝矣，日则夕矣，牛羊则下来矣。是则畜产出入，尚有旦暮之节。而行役之君子，乃无休息之时。使我如何而不思也哉？'"②《诗序辨说》又曰："此国人行役，而室家念之之辞。《序》说误矣。其曰'刺平王'，亦未有考。"③王先谦也认为《序》说有误，《诗三家义集疏》曰："据诗文鸡栖、日夕、牛羊下来，乃室家相思之情，无僚友托讽之意，所称'君子'，妻谓其夫，《序》说误也。"④方玉润《诗经原始》更明确的认为："妇人思夫远行无定也。……此诗言情写景，可谓真实朴至，宣圣虽欲删之，亦有所不忍也。又况夫妇远离，怀思不已，用情而得其正，即《诗》之所为教，又何必定求其人以实之，而后谓有关系作哉？"因此，他高度评价这首诗"傍晚怀人，真情真境，描写如画。晋、唐人田家诸诗，恐无此真实自然"。⑤

后世解诗者大都坚持这个思路。程俊英《诗经译注》："这是一位妇女思念她久役于外的丈夫的诗。这位农村妇女，在暮色苍茫之中，看到牛羊等禽畜回来休息，而自己的丈夫则归家无期，就更觉寂寞、孤独，不禁唱出了这首情景交融的动人诗篇。"⑥

毫无疑问，这是一首闺怨诗，以一位居家妇女的语气，表达了对

---

① 《毛诗正义》，《十三经注疏》，上海古籍出版社1997年版，第331页。
② 朱熹：《诗经集传》，上海古籍出版社1980年版，第30页。
③ 朱熹：《诗序辨说》，《朱子全书》第一册，上海古籍出版社、安徽教育出版社2002年版，第368—369页。
④ 王先谦：《诗三家义集疏》，中华书局2009年版，第318页。
⑤ 方玉润：《诗经原始》，中华书局1986年版，第192—193页。
⑥ 程俊英：《诗经译注》，上海古籍出版社1985年版，第124页。

久役在外迟迟不归的丈夫的思念之情。有学者将其归为战争徭役诗，当也无误。其所述时代显然是周东迁后。其时周天子王权下落，诸侯争霸，各诸侯国之间征伐兼并之事时有发生。《左传》记载，东周初年，与王畿有关的战争就有很多次：桓王二年（前718年）虢公伐晋、桓王十三年（前707年）兴兵伐郑、惠王二年（前675年）被燕、卫所伐、襄王三年（前649年）太叔带召戎内侵，以及襄王十六年（前636年）太叔带二次作乱，周襄王被逐外逃。在这样的现实情况下，周王室不得不为战争频繁派征徭役、兵役、劳役。这首诗朴实地表达了妻子对服役在外丈夫的思念之情和周王朝衰落后苦征劳役的社会现实。

《诗经》表现战争题材的诗，一方面表达了爱国主题，另一方面是表现远离家乡的征人与留守的妇人之间对彼此的牵挂和思念，这是思妇诗或闺怨诗产生的主要原因。班固《白虎通义·三军》曰："古者师出不逾时者，为怨思也。天道一时生，一时养。人者，天之贵物也。逾时则内有怨女，外有旷夫。"① 因此，"《三百篇》中，里巷歌谣，思妇劳人之吟咏居其半"，而且"情偶至而感，有所感而鸣，斯以为风人之旨"。②

诗共两章，以重章叠唱的形式，通过极平常的语句抓住日常生活细节，描述了傍晚农村的恬淡景象：傍晚夕阳西下时，"鸡栖于埘""羊牛下来"。面对这样的情景，因为"君子于役"，形单影只的女主人不由的产生了思念之情，诗以"不知其期""不日不月""曷至哉""苟无饥渴"等心理描写来表现她对丈夫的无限思念和牵挂。通过朴素的语言描绘傍晚景色，以鸡鸭、牛羊的返家，反衬思妇的寂寞、孤独，传神地表现了她的怀思之情，感人至深。恬淡中蕴含着凄苦，达到了情景交融的境界，是"一切景语皆情语"的艺术体现。这首情景交融的动人诗篇构成的黄昏怀人意象，产生了极强的艺术感染力。赵敏俐在他的

---

① 班固：《白虎通》，中华书局1985年版，第104页。
② 叶瑛：《文史通义校注》，中华书局2000年版，第640页。

《论〈诗经〉在中国文学史上的创作论意义》一文中,高度评价了《诗经》时代在诗歌艺术追求方面的成就:"《诗经》的创作正体现出这种美的意识的觉醒。它的创作已不再是原始人的自发天籁之音,而是在此基础上的艺术提炼和美的升华,在字词章法的各个方面无不渗透着诗人进行艺术美创造的心血。……《诗经》时代的诗人对于诗歌的创作技巧有了更多的掌握,对于那些合于美的规律的创作模式有了更好的认识。"[①] 他还总结说:"中国古代的文学审美观是在六经建立的过程中逐渐成为体系的。……早在'六经'的写作中,就已经有了审美意识的追求,这其中尤以《诗经》的写作最为明显。我们看《诗经》大小雅的创作,整齐的四言句式,严格的押韵规则,词语的雕琢绘饰,章法的细密安排,风格的典雅庄重,已经达到了那样的艺术高度,如果说这些诗在写作的过程中没有自觉的艺术美的追求,没有精心的艺术锤炼,是可能的吗?"[②]《君子于役》中成功运用的情景交融手法,正是赵敏俐所总结的《诗经》时代诗人掌握了更多的诗歌创作技巧之一。

《君子于役》以平实的语言、独特的黄昏意象、感人的情景交融手法,表现了哀怨的主题,开启了闺怨诗的先河。

(二)《扬之水》

> 扬之水,不流束薪。彼其之子,不与我戍申。怀哉怀哉!曷月予还归哉?
>
> 扬之水,不流束楚。彼其之子,不与我戍甫。怀哉怀哉!曷月予还归哉?
>
> 扬之水,不流束蒲。彼其之子,不与我戍许。怀哉怀哉!曷月予还归哉?

这首诗诗旨非常明确。《毛诗序》曰:"《扬之水》,刺平王也。不

---

① 赵敏俐:《论〈诗经〉在中国文学史上的创作论意义》,《东方论坛》1996 年第 2 期。
② 赵敏俐:《"魏晋文学自觉说"反思》,《中国社会科学》2005 年第 2 期。

抚其民，而远屯戍于母家，周人怨思焉。"《毛传》释"申""为姜姓之国，平王之舅"，甫、许，均为姜姓之国。郑《笺》曰："怨平王恩泽不行于民，而久令屯戍不得归，思其乡里之处者。言周人者，时诸侯亦有使人戍焉。平王母家申国，在陈、郑之南，迫近强楚，王室微弱而数见侵伐，王是以戍之。"① 朱熹《集传》曰："平王以申国近楚，数被侵伐，故遣畿内之民戍之。而戍者怨思，作此诗也。"并释"申，姜姓之国，平王之母家也，在今邓州信阳军之境"，"甫，即吕也，亦姜姓。""许，国名，亦姜姓。今颍昌府许昌县是也。"② 方玉润赞成毛序说《扬之水》戍卒怨，但反对《序》及《集传》"戍于母家"，认为诗明言戍申、戍甫、戍许。③

近现代学者也赞成此说。闻一多《风诗类钞》曰："戍士思归也。"诗中的"申，甫，许，皆姜姓国"。④ 陈子展《诗经直解》曰："《扬之水》，周平王遣戍于母家申国之士卒所作。诗义自明。当采自歌谣。……《序》与诗与史（《史记·周本纪》）皆合。"⑤ 程俊英《诗经译注》曰："这是一首戍卒思归的诗。平王东迁洛阳，南方楚国强大，有吞并小国的野心。申、吕、许三国距王畿甚近，唇齿相依，平王派兵戍守。可是，王都地小人稀，派去的兵士，没有一定期限调换；人民怨恨思归，就作了这首诗。"⑥

郑玄言申国情况属实，申国作为平王母家所在地，与楚国相邻，当时的确受强楚侵扰，平王遣兵戍守亦是正常。而第二章三章所言"甫""许"，郑玄和朱熹认为是姜姓之国，也受强楚侵扰，平王在东迁后亦派遣士兵戍守。扬之水《诗经别裁》对此进行了具体阐述："戍申、戍甫、戍许，本是固边之策，或曰王畿之民不当远戍，也不是没有道理，

---

① 《毛诗正义》，《十三经注疏》，上海古籍出版社1997年版，第331页。
② 朱熹：《诗经集传》，上海古籍出版社1980年版，第30页。
③ 方玉润：《诗经原始》，中华书局1986年版，第194页。
④ 闻一多：《风诗类钞》，《闻一多全集》，湖北人民出版社1993年版，第520—521页。
⑤ 陈子展：《诗经直解》，复旦大学出版社1983年版，第213页。
⑥ 程俊英：《诗经译注》，上海古籍出版社1985年版，第126页。

但怨声之出，关键似乎仍不在此，是国人对国事失望，对国君失掉信心，乃所以有从军之怨也。秉国者失去国人的信任，又如何可以号令天下。故也可以说，有《扬之水》之怨，而王室不能不微了。"①

以上所述，似乎与诗义颇和。但《孔子诗论》的被发现，对上述解读提出异议。第十七简曰："《汤（扬）之水》，兀（其）（爱）妇，悡（恨）。"②《国风》中总共有三首《扬之水》，分别出现在《王风》《郑风》《唐风》。马承源释"悡"为"恨"，认为这一简为三篇中的一篇，但没有明确是哪一篇。徐正英《上博简〈孔子诗论〉研究》认为"《扬之水》其爱妇悡（烈）"，释"悡"为"烈"，与马承源的解读不同。他还认为这一简阐述的应是《王风》中的《扬之水》，而且诗表达了戍卒对于妻子的强烈思念，而非之前诸家所认为的怨思。他认为，"对《扬之水》题旨的研究，几千年后还在外围打转，确实颇为遗憾。相比之下，程俊英的研究总算向《扬之水》的题旨贴近了一步。其《诗经注析》称：'这是一首戍卒思归的诗。'但可惜她没有把这个士兵'思归'的真正原因作为研究方向，再前进一步，而是在介绍了平王派兵戍守三小国的历史背景后，却又向传统研究方向走去，说：'可是王都地小人稀，派去的兵士到期不能回乡，大家怨恨思归，就作了这首诗。'其解'思归'的落脚点，仍回归到了'怨恨'不能归上。好在，程氏不再把不能归的原因算在平王'征调不均'账上，并接受朱熹说，将'彼其之子'解为'指作者所怀念的人'。因把'彼其之子'确认为是作者所深深怀念着的新婚妻子，而不是应该来接替守边的士卒，翻译全诗无法找出'怨恨'的诗句，这便与自己所立的'怨恨'主题想抵牾，于是程氏不得不借清人文融的误论把这首充满激情的诗歌的特点误定为'此诗艺术特点在于含蓄'。……其实，这位戍卒作者，抒发的本就不是怨恨戍边的感情，当然也就不可能从诗中看出这种感情，唯可就

---

① 扬之水：《诗经别裁》，江西教育出版社2000年版，第76页。
② 马承源：《上海博物馆藏战国楚竹书》（一），上海古籍出版社2001年版，第147页。李零、晁福林、廖群认为此处指《郑风·扬之水》，李学勤认为指《王风·扬之水》。

程俊英'戍卒思归'叩问：平王派兵守边防楚事关国家兴亡，是正义的事业，也是周民所应尽的义务，你为何思归？诗中明言：是因为太思念留在家中的深爱着的新婚妻子。就这么简单，诗意表达得非常直白，没有那么多的曲折。所谓怨不能归，是因征调不均，由征调不均，又怨到周平王戍边决策云云，都是历代研究者在诗歌之外延伸出来的义理之解，并非诗义本身。"①

崔述认为平王派兵戍守申、甫、许三地的目的并非《毛诗序》言"远屯戍于母家，周人怨思"，而是为了周王室安危："申与甫、许皆楚北出之冲；而申依山据险，尤为要地。楚不得申，则不能以凭陵中原，侵扰畿甸。……平王之世，楚益强而申渐弱，不能自固，故发王师以戍之耳；非以申为舅故而私之也。……平王之戍三国，非私之也。"② 因此，《毛诗序》所谓"刺"诗，当不确。因此，徐正英得出结论："孔子最早对《扬之水》诗意的讲解，'《扬之水》其爱妇烮（烈）'，即《扬之水》表达的是戍卒强烈的爱恋妻子的感情。其对《扬之水》题旨这一概况是多么准确而深刻。短短四字，可休止千年误论与纷争，功莫大焉。……其他两首《扬之水》内容相去甚远，不会是孔子言论所指之篇。"③

诗三章，依然采取重章叠唱形式，仅替换几个字。每章首句以"扬之水，不流束薪""扬之水，不流束楚""扬之水，不流束蒲"起兴。《诗经》中的薪、楚、蒲，不仅是起兴的名物，而且有特定的寓意。郑玄认为是喻女，吕祖谦认为"析薪者，以兴婚姻"④，闻一多通过更进一步的研究，认为："'扬之水，不流束薪'，盖水喻夫，薪喻妻。……析薪、析楚盖上世婚礼中实有之仪式，非泛泛举譬也。"⑤ 首句均以喻男女婚姻的名物起兴，则可知诗的旨意。后面的"彼其之子"

---

① 徐正英：《上博简〈孔子诗论〉研究》，中山大学博士后出站报告，2006年。
② 崔述：《读风偶识》，《崔东壁遗书》，上海古籍出版社1983年版，第551—552页。
③ 徐正英：《上博简〈孔子诗论〉研究》，中山大学博士后出站报告，2006年。
④ 吕祖谦：《吕氏家塾读诗记》，吉林出版集团2005年版。
⑤ 闻一多：《诗经通义》，《闻一多全集》，湖北人民出版社1993年版，第162页。

的身份归属，历代纷争不断，郑玄认为是"独处乡里"的人，朱熹则认为戍人"指其室家"，不同的解释将会直接影响对诗的解读。结合诗首句起兴所用表达婚姻的名物，朱熹的解读可以理解为戍卒思妇，而当时女子是不用服兵役的，因此，才有"彼其之子，不与我戍申"的事实，因为归期遥遥无期，又强烈思念妻子，因此发出"怀哉怀哉，曷月予还归哉"的慨叹。孔子论诗非常深入、细致，这一简简文，既归纳了诗的主旨，又指导我们细致体会《诗经》如何艺术的体现那个时代人们复杂而细腻的情感。

这首诗与《君子于役》表现了同样的思归主题，只是本诗从征夫角度表现，而《君子于役》表现了思妇的相思之情。何楷《诗经世本古义》卷十九曰："此诗（《扬之水》）当与《君子于役》合看，彼为思妇之辞，此为征夫之辞。"[①] 的确，徐正英通过对《孔子诗论》的解读，廓清了几千年对于这首诗的误读，还原了这首诗的诗义。前人所论，是附会了此诗位列《国风》之《王风》，而《王风》又是周王室势力衰微后东迁诗所致。

（三）《中谷有蓷》

《中谷有蓷》：

　　中谷有蓷，暵其乾矣。有女仳离，嘅其叹矣。嘅其叹矣，遇人之艰难矣。

　　中谷有蓷，暵其修矣。有女仳离，条其啸矣。条其啸矣，遇人之不淑矣。

　　中谷有蓷，暵其湿矣。有女仳离，啜其泣矣。啜其泣矣，何嗟及矣！

这首诗的诗旨争议虽然不大，但对诗发生背景的阐释有分歧。《毛

---

① 何楷：《诗经世本古义》，上海古籍出版社1985年版。

诗序》曰:"《中谷有蓷》,闵周也。夫妇日以衰薄,凶年饥馑,室家相弃耳。"孔颖达《正义》曰:"平王之时,民人夫妇之恩日日益以衰薄。虽薄,未至弃绝,遭遇凶年饥馑,遂室家相离弃耳。夫妇之重逢,遇凶年薄而相弃,是其风俗衰败,故作此诗以闵之。"① 朱熹虽然认同序说诗作产生于凶年饥馑的背景,但更强调妇人自述身世的悲叹之情,《集传》曰:"凶年饥馑,室家相弃,妇人览物起兴,而自述其悲叹之辞也。"② 以上都是给女子被弃加上一个说得过去的理由,那就是凶年饥馑。

方玉润《诗经原始》认同《毛诗序》"凶年饥馑,室家相弃"的背景,但批驳《毛诗序》"闵周"说是"小题大作",亦不赞成《集传》妇人自述其悲叹之辞,而认为是"闵嫠妇",且强调:"世之读《中谷有蓷》而无以动其悲悯之怀者,吾亦未知之何也已矣!"③

近现代学者则直接解读其为弃妇诗。傅斯年《诗经讲义稿》曰:"女子嫁人不淑之悲诗。"④ 高亨《诗经今注》曰:"妇人被丈夫遗弃,作此诗以自悼,或是有人作此诗以悼之。"⑤ 程俊英不仅认为是弃妇诗,而且强调了《毛诗序》和《集传》中所谓"荒年饥馑"的背景:"这是描写一位弃妇悲伤无告的诗。这位弃妇于荒年中,被丈夫遗弃了。"⑥

还是从对诗文本的分析入手来考察诗旨。诗共三章,每章首句以"中谷有蓷"起兴。《毛传》将"蓷"释为"鵻也"⑦,《集传》进行了更详尽的阐述:"蓷,鵻也。叶似萑,方茎白华,华生节闲,即今益母草也。"⑧ 这种植物生长在山谷中,一旦得水则病,逐渐失去生机,干枯,最后枯死。因此,郑《笺》认为这是"兴者,喻人居平之世,犹

---

① 《毛诗正义》,《十三经注疏》,上海古籍出版社1997年版,第331—332页。
② 朱熹:《诗经集传》,上海古籍出版社1980年版,第31页。
③ 方玉润:《诗经原始》,中华书局1986年版,第196页。
④ 傅斯年:《诗经讲义稿》,中国人民大学出版社2004年版,第64页。
⑤ 高亨:《诗经今注》,上海古籍出版社1980年版,第100页。
⑥ 程俊英:《诗经译注》,上海古籍出版社1985年版,第128页。
⑦ 《毛诗正义》,《十三经注疏》,上海古籍出版社1997年版,第332页。
⑧ 朱熹:《诗经集传》,上海古籍出版社1980年版,第31页。

雏之生于陆，自然也。遇衰乱凶年，犹雏之生谷中，得水则病将死。"①
郑玄关于兴的见解是正确的，但以之为遭遇"凶年饥馑""衰乱凶年"而室家被弃则显然证据不足。诗文本中并没有任何有关《序》说所谓"凶年饥馑"的踪迹。虽然朱熹释"不淑"为"古者死丧饥馑皆曰不淑"②，但因此认为是"凶年饥馑"导致女子被弃也牵强。

三章以益母草干枯起兴，表现益母草由枯干至枯焦再到枯萎的过程，与妇人发出的哀怨由嗟叹到呼号，再到泣不成声相契合。诗的语言也非常讲究，姚际恒《诗经通论》评价极为准确："干、修、湿，由浅及深，叹、啸、泣亦然。"③ 诗每章的最后一句，"遇人之艰难""遇人之不淑"和"何嗟及矣"，可谓是妇女遭遇薄情丈夫抛弃之后的觉醒和总结。尤其最后一句"何嗟及矣"，虽有妇女中年被弃的悲苦，但她并不怨天尤人，反而表现出了一些清醒和理智。

这是《诗经》中比较少见的以弃妇不怨为题材的诗作，这个人物形象的性格特征在《诗经》女性形象群体中是少见的。《诗经》中很多弃妇诗，如《邶风·谷风》《卫风·氓》《小雅·白华》塑造了因各种原因被抛弃的弃妇形象，表现了当时妇女作为弱势群体的婚姻家庭状况和社会地位，个性鲜明的弃妇形象也使《诗经》塑造的女性形象群体更加丰富多样。

(四)《采葛》

《采葛》：

> 彼采葛兮，一日不见，如三月兮。
>
> 彼采萧兮，一日不见，如三秋兮。
>
> 彼采艾兮，一日不见，如三岁兮。

---

① 《毛诗正义》，《十三经注疏》，上海古籍出版社1997年版，第332页。
② 朱熹：《诗经集传》，上海古籍出版社1980年版，第31页。
③ 姚际恒：《诗经通论》，中华书局1958年版，第96页。

这是《诗经》中一首用简洁、朴实的语言表达浓烈的相思之情的诗，清新、自然而又灵动。历来有关这首诗的诗旨也是众说纷纭。《毛诗序》曰："《采葛》，惧谗也。"郑《笺》曰："桓王之时，政事不明，臣无大小，使出者则为谗人所毁，故惧之。……以采葛喻臣，以小事使出。"① 马瑞辰认同此说："此诗采葛、采萧、采艾皆喻人主之信谗，下两句乃惧谗之意。"②

朱熹则标之以"淫奔"诗。《集传》曰："采葛所以为絺绤，盖淫奔者托以行也。故因以指其人，而言思念之深，未久而似久也。"③《诗序辨说》亦曰："此淫奔之诗，其篇与《大车》相属，其事与采唐、采葑、采麦相似，其词与《郑·子衿》正同，《序》说误矣。"④朱说的价值在于他确认这是一首表达男女情爱的诗，而非《毛诗序》所谓"惧谗"的政治诗。

姚际恒认为是怀友诗："《小序》谓'惧谗'，无据。且谓'一日不见于君，便如三月以至三岁'，夫人君远处深宫，而人臣各有职事，不得常见君者亦多矣；必欲日日见君，方免于谗，则人臣之不被谗者几何！岂为通论。《集传》谓'淫奔'，尤可恨。即谓妇人思夫，亦奚不可，何必淫奔！然终非义之正，当作怀友之诗可也。"⑤方玉润亦支持姚氏"怀友"说："此诗明明千古怀友佳章，自《集传》以为淫奔者所托，遂使天下后世士夫君子皆不敢有寄怀作也。不知此老何以好为刻薄之言若是！至《小序》谓'为惧谗'，尤不足与辩。"⑥

"惧谗"说的确难以理解，虽然姚氏评朱熹"淫奔"说"尤可恨"，但朱熹总算将其归为情诗一类，并有"以指其人，而言思念之深，未久而似久也"的解读。闻一多等学者也将其视为情诗："怀人也。采集

---

① 《毛诗正义》，《十三经注疏》，上海古籍出版社1997年版，第333页。
② 马瑞辰：《毛诗传笺通释》，《十三经清人注疏》，中华书局1998年版，第102页。
③ 朱熹：《诗经集传》，上海古籍出版社1980年版，第32页。
④ 朱熹：《诗序辨说》，《朱子全书》，上海古籍出版社、安徽教育出版社2002年版，第369页。
⑤ 姚际恒：《诗经通论》，中华书局1958年版，第98页。
⑥ 方玉润：《诗经原始》，中华书局1986年版，第199页。

皆女子事。此所怀者女，则怀之者男。"① 傅斯年《诗经讲义稿》："男女相思之歌。"② 高亨《诗经今注》："这是一首劳动人民的恋歌，它写男子对于采葛、采萧、采艾的女子，怀着无限的热爱。"③ 程俊英《诗经译注》："这是一首思念情人的诗。一个男子，对采葛织夏布，采蒿供祭祀，采艾治病的勤劳的姑娘无限爱慕，就唱出这首诗，表达了他的深情。"④ 陈子展却认为，诗"只是极言相思迫切一种情绪之比喻诗，徒具概念，羌无故实。徒具抽象之形式，而无具体之内容。不知诗人与所思念之人有何关系，无从指实思念何人，缘何思念，又何以一日不见、相思至于如此之迫切。"⑤

《孔子诗论》"《采葛》之爱妇"⑥说，引起对这首诗诗旨的新的思考。晁福林认为："可以肯定地说，它的主旨就是'爱妇'，具体说来，应当就是远戍的将士对于妻子的思念。在他的想象中，妻子正在采葛、采萧或采艾，总之是忙碌于家庭事务。他对于妻子的思念与日俱增，故而有'一日不见，如三月兮'之类的慨叹。"⑦ 其实，这样的解读并不会影响诗表达相思相爱的主旨，曰爱妇，晁福林谓男子对妻子的思念也未尝不可，只是将言情的人的身份定位为远戍的将士有些牵强。他以《王风》诸篇颇多久戍盼归主题来佐证："《诗·王风》诸篇颇多久戍盼归之主题，如《君子于役》写妻盼夫归，《扬之水》写久戍不归的怨恨，此篇写久戍将士思妇，都是此类作品。"⑧ 其实这也仅仅是晁先生推测的观点，诗中并无相关信息佐证。但是，诗从男子的角度表述对

---

① 闻一多：《风诗类钞》，《闻一多全集》，湖北人民出版社 1993 年版，第 520—521 页。
② 傅斯年：《诗经讲义稿》，中国人民大学出版社 2004 年版，第 64 页。
③ 高亨：《诗经今注》，上海古籍出版社 1980 年版，第 103 页。
④ 程俊英：《诗经译注》，上海古籍出版社 1985 年版，第 133 页。
⑤ 陈子展：《诗经直解》，复旦大学出版社 1983 年版，第 222 页。
⑥ 晁福林：《谈上博简〈诗论〉第 17 简与〈诗·采葛〉篇的若干问题》，《学术月刊》2005 年第 6 期。作者认为这一简为《王风·采葛》，释为"《采葛》之爱妇"。马承源先生则认为《采葛》为诗篇名，今本《诗经》未载。且"之爱妇"三字以下残缺，文义未全，与今本不能对照比核。
⑦ 同上。
⑧ 同上。

女子的思念之情是确切的,"彼采葛"的"彼"字可证,且他所思念的女子在从事的采葛、采萧、采艾等活动,在《诗经》中是有特定含义的。

《诗经》中很多采摘诗,这些诗不单纯记录古代妇女们从事劳动的过程和场景,出自原始宗教对人们心理活动的影响,这些活动均有特定的含义。在人类社会早期,由于对自然规律认知的不足,原始的宗教如巫术极大地影响着人们的思想,在平常简单的自然物象中,蕴含着原始宗教的心理积淀,因此,这些原本平常的自然物象就具有了深层含义。对于《诗经》中如此多的采摘植物的母题,叶舒宪认为,采摘植物"绝非穷人挖野菜用以维生糊口,而是与情爱、相思密切相关的爱情咒术用品。"[①] 他列举了《诗经》从《关雎》中的采荇菜,《采葛》中的采葛、采萧、采艾,到《小雅·采菽》中的采菽、采芹等采摘活动,"都可视为此种巫术性采摘活动的直接或间接反映。即使有时诗中采的母题已脱离了巫术信仰的背景而成为宗教活动的组成部分,如《采蘩》、《采薇》用于宗庙所示,但这一母题本身显然是因循着古老的巫术、咒术性采摘活动而来的。传统以为这一类采的母题都属于'劳者歌其事'的范畴。显然是难以自圆其说的。"[②] 关于《诗经》中的采摘研究,已有很多相关研究成果,不再赘述,仅就《采葛》诗进行一些探讨。

采葛、采萧、采艾都是女子从事的活动,诗的主人公思念的是一名女子无疑。以采葛为例,葛在周代是织造绨绤的原料,《诗经》很多诗中提及采葛,如《周南·葛覃》"葛之覃兮,施于中谷。维叶莫莫,是刈是濩",而且周代妇女采葛制衣是她们的分内之事。《墨子·非乐》曰:"农夫早出暮入,耕稼树艺,多聚菽粟,此其分事也,妇人夙兴夜寐,纺绩织纴,多治麻丝葛绪,捆布縿,此其分事也。"[③] 《礼记·昏

---

① 叶舒宪:《诗经的文化阐释》,陕西人民出版社 2005 年版,第 81 页。
② 同上书,第 84—85 页。
③ 《墨子校注》,《新编诸子集成》,中华书局 1993 年版,第 382 页。

义》讲女子要"明妇顺":"顺于舅姑,和于室人,而后当于夫,以成丝麻布帛之事,以审守委积盖藏。"① 从诗所抒发的情感分析,诗中二人的身份,应该是未婚的情人。但《孔子诗论》"《采葛》之爱妇"的解读给诗中男女主人公的身份到底是夫妻还是情人的确认带来困扰。徐正英解读简文,"说这是一首少年夫妻爱情的诗歌,诗中表达了丈夫对新婚妻子的深切爱恋之情"②。晁福林也认为是夫妻之情,且丈夫是远戍的将士。③ 孔子论诗,一向体现了儒家的情爱观、夫妇观,因此,是倾向夫妻之情的。且《诗论》中有两简出现了"爱妇",比较确定的《扬之水》,很明显是夫妻,将《采葛》中的男女解读为少年夫妻也似乎可信。但从诗义分析,为情人之爱更为合理。

简要分析如下:《诗经》中的爱情诗,按其题材,大致可分为恋爱诗和婚姻诗。婚姻诗所表现的夫妻之爱,多是合乎礼制的诗歌,包括新婚赞美诗、思妇诗,以及表现周人婚姻失和的弃妇诗等。新婚赞美诗,如《周南·桃夭》《召南·鹊巢》《鄘风·君子偕老》《郑风·女曰鸡鸣》《唐风·绸缪》,表现新娘子的美艳和对新婚生活的憧憬。思妇诗表现的夫妻婚后生活,如《周南·卷耳》《卫风·伯兮》《王风·君子于役》《秦风·晨风》等,表述因兵役、劳役等原因天各一方的夫妻之间的牵挂、思念,表达夫妻之间的深厚感情。弃妇诗也是婚姻诗的一个重要内容,如《卫风·氓》《王风·中谷有蓷》,表现了女子婚后被抛弃的不幸。《诗经》中恋爱诗将婚前恋爱过程中的种种世情百态——刻骨铭心、生死相依、至死不渝等甜蜜、苦恼、纠结情感生动、细腻的刻画出来。《召南·野有死麕》《郑风·溱洧》恋爱的欢愉,《郑风·风雨》男女幽会时的兴奋、欢欣,《郑风·野有蔓草》偶然邂逅带来的一见钟情,《召南·摽有梅》女子对爱情大胆、热烈的追求,《周南·汉

---

① 《礼记正义》,《十三经注疏》,上海古籍出版社1997年版,第1681页。
② 徐正英:《上博简〈孔子诗论〉研究》,中山大学博士后出站报告,2006年。
③ 晁福林:《谈上博简〈诗论〉第17简与〈诗·采葛〉篇的若干问题》,《学术月刊》2005年第6期。

广》明知不可求而追求的一腔相思和烦恼,《郑风·将仲子》相爱但得不到父母兄长许可的青年男女的担忧,《秦风·蒹葭》追求意中人而不得的深深惆怅,表现了恋爱中的苦恼,也有《鄘风·柏舟》少女为了爱情进行的激烈抗争,更有《王风·大车》中"谷则异室,死则同穴。谓予不信,有如曒日"的爱情誓言。《诗经》时代虽然距今已几千年,但《诗经》中的恋爱诗所表达出来的丰富、复杂的情感,基本上成为文学永恒的主题。"一日不见,如隔三秋"、"死生契阔,与子成说,执子之手,与子偕老""谷则异室,死则同穴",这些闪烁着人生智慧的诗句记录了周人对情感的深沉思考,不仅表达了那个时代人的情感追求,今天依然能代表现代人的情感诉求。

虽然有时候从诗义上并不能很明确地完全将二者区分开来,进行大致的划分还是有可能的。《采葛》中的情感表述出自陷入爱河的男子对心爱女子的思念更符合现实,徐正英之所以说出自少年夫妻,应该是他兼顾了孔子论诗"爱妇"说和诗表达热恋中的男子的相思之情而得出的折中结论,其实,还是将其归于恋爱诗更能展现这首诗的艺术魅力,而非孔子所言夫妻之爱。

诗三章,通过对心上人采摘行为的反复咏唱,用递进的辞语写出他对女子的相思,从一日不见如隔三日,到如隔三月,再到如隔三秋,其相思之深、之苦,如朱熹言"思念之深,未久而似久也",将一个男子对心爱的女子无比思念的心路历程刻画出来。《郑风·子衿》中也有"一日不见,如三月兮"的诗句,因此,不必要强加男子远戍将士的身份。

这首诗篇幅短小,但蕴含了丰富的内涵。诗阐发了对爱情的炽热追求,虽然笼罩着一种淡淡的忧伤。这与《王风》产生在中原地区有关。中原是产生了《卫风》《郑风》《陈风》等敢于追求美好爱情、人们对于青年男女之爱异常宽容的地方,这首诗出现在《王风》中,虽然格调与《黍离》不类,与那些热烈奔放的情诗相比,格调还是含蓄内敛的。

（五）《大车》

《大车》：

> 大车槛槛，毳衣如菼。岂不尔思？畏子不敢。
> 大车啍啍，毳衣如璊。岂不尔思？畏子不奔。
> "穀则异室，死则同穴。谓予不信，有如皦日！"

关于诗旨，《毛诗序》曰："刺周大夫也。礼义陵迟，男女淫奔，故陈古以刺今，大夫不能听男女之讼焉。"① 《集传》亦曰："周衰，大夫犹有能以刑政治其私邑者，故淫奔者畏而歌之如此。"但认为诗卒章是"约誓之辞"。② 王质《诗总闻》曰："妇人见贵人声势被服之盛，私心慕之。此必微时深有相涉，盛时不敢复论，似有望意，以其相忘也。"③

姚际恒毫不留情的批驳《毛诗序》小序、大序所言"颇为迂折"，《集传》论是"目睫之论"。④ 方玉润《诗经原始》也分析了《序》与《集传》的缺陷，认为是"征夫叹"："周衰世乱，征伐不一，周人从军，迄无宁岁。恐此生永无团聚之期，故念其室家而与之诀绝如此。然其情亦可惨矣！"⑤

近现代学者们大都认为这是一首爱情诗。傅斯年《诗经讲义稿》认为是"男女相爱，不敢同奔，矢以同死"⑥。高亨《诗经今注》曰："这首诗的主人公是个妇女。他们夫妻被迫离异，诗中写她和丈夫同车而行，她鼓励丈夫同她逃往别处，并自誓决不改嫁。"⑦ 程俊英《诗经译注》将其视为"女子热恋情人的诗"，"她对情人发出誓词，表示她

---

① 《毛诗正义》，《十三经注疏》，上海古籍出版社 1997 年版，第 333 页。
② 朱熹：《诗经集传》，上海古籍出版社 1980 年版，第 32 页。
③ 王质：《诗总闻》，《丛书集成初编》，中华书局 1985 年版，第 68 页。
④ 姚际恒：《诗经通论》，中华书局 1958 年版，第 98 页。
⑤ 方玉润：《诗经原始》，中华书局 1986 年版，第 200 页。
⑥ 傅斯年：《诗经讲义稿》，中国人民大学出版社 2004 年版，第 64 页。
⑦ 高亨：《诗经今注》，上海古籍出版社 1980 年版，第 104 页。

的爱是始终不渝的。与风诗中的其他恋歌，相比更加大胆而又矜持。"①

如何准确解读这首诗呢？诗中出现的"大车""毳衣"等名物是我们解读的突破口。因为周代车服之制，是礼制的重要内容。名物不仅有助于我们准确解读这首诗，而且有助于我们辨析前人论诗依据是否充分。

《毛传》是这样解读"大车"和"毳衣"的："大车，大夫之车。……毳衣，大夫之服。"并进行详细阐述："天子大夫四命，其出封五命，如子男之服。乘其大车，槛槛然服毳冕以决讼。"②朱熹亦持有同样观点："大车，大夫车。""毳衣，天子大夫之服。"③但姚际恒认为"大车"为"牛车"，"毳衣"为毛布衣，④是普通百姓的衣着。闻一多考证："大车即牛车。……疑《诗》之大车，亦商旅之车也。"⑤"古代使牛拉的，给商贾装货的车叫作大车。本篇的大车似乎就是这种车。"⑥关于毳衣，他认为是"非人所服之衣"："《传》谓大夫服毳衣，未闻其审。《笺》又以毳衣为毳冕，亦凿空之说。……《诗》之衣盖为车衣。"⑦如此，则明确了诗中主人公的身份，非《毛诗序》《集传》所谓"大夫"，而是商人。姚小鸥《论〈王风·大车〉》通过对《考工记》和《诗经》中出现"大车"诗的考证，更印证了这个观点："大车，是古代的一种运货车辆，并非载人的乘舆，更非大夫的专车。""毳衣不仅以兽毛制成，且是以运轴赶制的方式制成的一种毛毡类服装。……毳衣也当是一种较为低级的服装。""《诗经》中'子'字共出现45次，无一例可训为子男。单独成词时，'子'字最基本的用法之一是作为单数第二人称代词。女子往往以之称呼自己的丈夫或情人。"⑧如此，《毛诗

---

① 程俊英：《诗经译注》，上海古籍出版社1985年版，第134页。
② 《毛诗正义》，《十三经注疏》，上海古籍出版社1997年版，第333页。
③ 朱熹：《诗经集传》，上海古籍出版社1980年版，第32页。
④ 姚际恒：《诗经通论》，中华书局1958年版，第99页。
⑤ 闻一多：《诗经通义》，《闻一多全集》，湖北人民出版社1993年版，第187页。
⑥ 闻一多：《风诗类钞》，《闻一多全集》，湖北人民出版社1993年版，第464页。
⑦ 闻一多：《诗经通义》，《闻一多全集》，湖北人民出版社1993年版，第187—188页。
⑧ 姚小鸥：《论〈王风·大车〉》，《东北师大学报》1989年第2期。

序》说这首诗是"刺周大夫",说他不敢信守诺言当不确。

诗共三章,可以很清晰地看出这是女主人公面对心爱的男子发出的爱的誓言,表明了对爱情的坚定和至死不渝。据此,将其归于爱情诗一类没有疑问,正如程俊英所言,"这是一首女子热恋情人的诗"。①

诗中男女主人公身份的确认也是我们解读这首诗的关键。姚小鸥认为,作为抒情主体的女主人公肯定是东周的国人女子,而男主人公的社会身份,从诗中描述的场景分析,是商人无疑。而商人在周代具有独立的(有时还相当优越的)经济地位,但其社会地位,相对国人贵族而言,是次等居民。诗所表现的是女主人公爱上一位商人,但男子畏惧社会上森严的等级制度,对于女子的爱则畏首畏尾,裹足不前。②

从女主人公对于男子的"不敢""不奔",尤其卒章的誓言可以看出,女主人公对男子爱的极为深切。因此,对他的迟疑或者退缩,她用誓言表白自己的决心,以期打动对方。女主人公对爱的决绝,既让人感动,也让人感觉悲哀。

因此,对这首诗,《毛诗序》所谓"刺周大夫"、《集传》所谓"淫奔者畏而歌"以及方玉润所谓"征夫叹"等说法,皆不确,高亨认为二人为夫妻被迫离异的解读也不确,程俊英的解读符合诗义,就是一首表现女子对爱情的执着和决绝的诗。她发出的"榖则异室,死则同穴。谓予不信,有如曒日"爱情誓言,与《邶风·击鼓》中的"死生契阔,与子成说。执子之手,与子偕老",可谓开启了后世文学中对爱情山盟海誓的滥觞,至死不渝的爱情、海枯石烂的誓言千古传诵。

(六)《丘中有麻》

《丘中有麻》:

> 丘中有麻,彼留子嗟。彼留子嗟,将其来施。
> 丘中有麦,彼留子国。彼留子国,将其来食。

---

① 程俊英:《诗经译注》,上海古籍出版社1985年版,第134页。
② 姚小鸥:《论〈王风·大车〉》,《东北师大学报》1989年第2期。

> 丘中有李,彼留之子。彼留之子,贻我佩玖。

关于这首诗的诗旨,有以《毛诗序》为代表的"思贤"说和以朱熹为代表的爱情说。《毛诗序》曰:"思贤也。庄王不明,贤人放逐,国人思之而作是诗也。"孔颖达《正义》认为,"留,大夫氏。子嗟,字也。""子国是子嗟之父,俱是贤人。"① 姚际恒《诗经通论》赞成《毛诗序》观点:"《小序》谓'思贤',可从。"② 王先谦《诗三家义集疏》"三家无异义"③。吴闿生《诗义会通》亦曰:"《序》之不可信者,大率皆悬疑之辞,一望知其无据。且其牵合附会亦皆有为而然,非逞臆妄撰者比。至此篇'留氏'之子,《毛传》既实指其人,且谓'子国'为'子嗟'父,必有所据而言,岂能鉴空造作以欺后世。果尔,安得令人生信,且何以为经学大师乎?此不必致疑者也。……《小序》思贤之说,不可废也。"④ 陈子展也认可《序》说:"《丘中有麻》,指有麻及有麦有李之丘野,彼刘子磋与刘子国、刘氏之子、祖孙父子三世耕种于其间,其人可思可敬已。诗义不过如此。《序》说思贤可不谓误。若谓庄王不明,贤人放逐,盖出古史古义,今无可考。"⑤。

朱熹反对《毛诗》"思贤说",依然将之归为"淫奔之词",《诗序辨说》曰:"此亦淫奔者之词,其篇上属《大车》,而语意不庄,非望贤之意。《序》亦误矣。"⑥ 朱氏所谓淫奔之诗,尤其释卒章"之子"指首章、次章的子嗟、子国,被后儒诟病。王夫之《诗经稗疏》曰:"《集传》谓妇人望其所私,疑有麻之丘复有与之私而留之者。乃一日之中,分望二男子,而留之者非麦田则李下,此三家村淫媪,何足当风

---

① 《毛诗正义》,《十三经注疏》,上海古籍出版社1997年版,第334页。
② 姚际恒:《诗经通论》,中华书局1958年版,第99页。
③ 王先谦:《诗三家义集疏》,中华书局2009年版,第332页。
④ 吴闿生:《诗义会通》,中华书局1962年版,第58—59页。
⑤ 陈子展:《诗经直解》,复旦大学出版社1983年版,第228页。
⑥ 朱熹:《诗序辨说》,《朱子全书》,上海古籍出版社、安徽教育出版社2002年版,第369页。

俗之贞淫而采之为风乎？正使千秋后闷哜不已。"① 但释首章所谓"妇人望其所与私者而不来"，把它划归情诗的范围还是确切的。

方玉润既不赞成《序》说，亦反对朱说，认为《丘中有麻》是"招贤偕隐"："《小序》谓'思贤'，毛、郑因之。……惟《集传》反其所言，以为'妇人望其所与私者'之词，殊觉可异……《丘中有麻》可以绩而衣，有麦可以种而食，并有李可以相馈遗，其乐孰甚焉？尔亦将有意其来以就食而互相为礼耶？似此训释，又非思贤，乃招贤以共隐耳。周衰，贤人放废，或越在他邦，或尚留本国，故互相招集，退处丘园以自乐，所谓桃花源尚在人间者是也。"②

近现代学者们大都认为《丘中有麻》是一首爱情诗。傅斯年《诗经讲义稿》谓之"男女约期之辞"③。闻一多通过解读诗中的字句也认为这是一首爱情诗，释诗中的"施"为"行雨为隐语，意谓交合。施义亦然"④，"贻我佩玖"为"合欢以后，男赠女以佩玉"⑤。程俊英《诗经译注》曰："这是一首女子叙述她和情人定情过程的诗。"⑥ 袁梅《诗经译注》更详尽解读诗中主人公的行为："这个性格泼辣的女子，满怀痴情，热切地盼望与爱人相会。她希望与所爱的人结为良缘。"⑦

诗虽然篇幅比较短小，只三章，章四句，但由于诗中出现的一些词句的无解，给后人解读诗旨带来困扰。如诗中的"留""子嗟""子国""之子"的解释。《毛传》以为"留"是姓氏，"子嗟""子国"为字，且子国是子嗟之父，皆贤人。但是并没有充足的证据表明有这样的贤者存在。孔颖达对《传》所谓"子国，子嗟父"也只能这样猜测："毛时书籍犹多，或有所据，未详毛氏何以知之。"⑧ 朱熹《集传》指出

---

① 王夫之：《诗经稗疏》，《船山全书》，岳麓书社1996年版，第70页。
② 方玉润：《诗经原始》，中华书局1986年版，第201—202页。
③ 傅斯年：《诗经讲义稿》，中国人民大学出版社2004年版，第64页。
④ 闻一多：《诗经通义》，《闻一多全集》，湖北人民出版社1993年版，第190页。
⑤ 闻一多：《风诗类钞》，《闻一多全集》，湖北人民出版社1993年版，第462页。
⑥ 程俊英：《诗经译注》，上海古籍出版社1985年版，第135页。
⑦ 袁梅：《诗经译注》，上海古籍出版社1985年版，第237页。
⑧ 《毛诗正义》，《十三经注疏》，上海古籍出版社1997年版，第334页。

"子嗟""子国"都是男子的名字,"之子"指前二人,"留"释为动词,留住。这样的解读导致了王夫之对于他所言妇人私会两个男子荒谬观点的批判。姚际恒也解读"留"为"留住之留",但认为"子嗟"、"子国"非人名,后面的字只同助辞,是为了"趁韵"。① 闻一多则引易顺鼎解释"留即刘字":"古刘姓之字只作镏,此省作留,即《左传》之留子。春秋时王国有刘子毅、刘子挚、刘子卷、刘子盆。此称留子嗟、留子国,殆即其家世也。"②

对于诗中这些字句的解读可谓众说纷纭,但都不能自圆其说。刘精盛《〈诗经·王风·丘中有麻〉质疑》虽然对包括上面讨论的问题进行了比较详尽的考释,也没有得出令人信服的结论,实在是诗留给我们的疑惑太多。但他认为,可将子嗟、子国作一人看,之所以出现这种情况,是诗人写作时信手拈来作为美男的代称或情人的代称,与历史上的真实人物并无多少关联。③ 因此,姚际恒的做法值得借鉴,"此等处不必强解",若"欲执泥求解,是自惑也"④。但从以上的分析可以看出,《毛诗序》所谓"思贤"说、方玉润"招贤偕隐"说均不确。那就从对诗本义的分析入手反向探讨所谓的情诗说。

诗共三章,复沓形式。三章首句以"丘中有麻""丘中有麦""丘中有李"起兴,起兴的名物均为北方常见的农作物和植物,通过田园风光的描述,既引起下文,"麻"的种子可食,为谷物的一种,均含有收获的含义,也有寓意男女双方的爱情瓜熟蒂落之义。诗首章、次章后面诗句,从字面上看并没有男女相爱的含义,但卒章的"贻我佩玖"则很明显了。《诗经》时代,男女之间互相投掷、赠送礼物,有表白爱情的含义,如《卫风·木瓜》"投我以木瓜,报之以琼琚"、《郑风·溱洧》"维士与女,伊其相谑,赠之以勺药"。本诗的"彼留之子,贻我

---

① 姚际恒:《诗经通论》,中华书局 1958 年版,第 99 页。
② 闻一多:《诗经通义》,《闻一多全集》,湖北人民出版社 1993 年版,第 190 页。
③ 刘精盛:《〈诗经·王风·丘中有麻〉质疑》,《湖南人文科技学院学报》2006 年第 2 期。
④ 姚际恒:《诗经通论》,中华书局 1958 年版,第 99 页。

佩玖"也有这样的含义，叫子嗟或子国的男子向女子赠送黑色的玉石礼物，表示他们之间彼此情投意合。闻一多从民俗学角度对诗中"施""食"的阐释，更佐证了这一层含义。他认为，"施""食物"都是表示性交的隐语："行雨为隐语，意谓交合。施义亦然。"①"食"，他也认为"宿非食时，宿食谓床笫之事，是朝饥为情欲之饥。"②且"将其来施""将其来食""贻我佩玖"，这三个行为也存在内在逻辑性，暗含着彼此之间交往程度的加深，到最后，男子赠女子佩玖则喻示着水到渠成。毫无疑问，《丘中有麻》就是一首情诗。

从《王风》共 10 首诗，婚恋诗就有 6 首的数量看，婚恋诗占了很大比重。从内容上看，前三首是表现符合周礼规定性的表现周代婚姻生活的诗，分别是思妇、征夫互相思念，以及表现夫妇失和的弃妇诗，后三首则表现了受原始婚俗影响的恋爱诗。

诗中所表现出的有违周礼的大胆泼辣、离经叛道行为，充满了原始的欲望和野性的活力。周代礼乐制度制约、规定着周人生活的方方面面，使之呈现为中正平和，但上古原始婚恋习俗至春秋时代在中原地区依然存在，表现为仲春之月会男女、祭高禖、游观等以春社为核心的活动。《周礼·地官·媒氏》曰："媒氏掌万民之判……中春之月，令会男女。于是时也，奔者不禁。若无故而不用令者，罚之。司男女之无夫家者而会之。"③其时，"会男女""男女相属而观"等为周礼所禁止的行为都是被允许的，有文献记载可证。《汉书·地理志》曰："河内本殷之旧都……卫地有桑间濮上之阻，男女亦亟聚会，声色生焉，故俗称郑卫之音。"④《国语·郑语》曰："谢、郑之间，其冢君侈骄，其民怠沓其君，而未及周德。"⑤《礼记·乐记》曰："郑卫之音，乱世之音也，

---

① 闻一多：《诗经通义》，《闻一多全集》，湖北人民出版社 1993 年版，第 190 页。
② 同上书，第 25 页。
③ 《周礼注疏》，《十三经注疏》，上海古籍出版社 1997 年版，第 732 页。
④ 班固：《汉书》，中华书局 1962 年版，第 1620 页。
⑤ 《国语》，上海古籍出版社 1982 年版，第 514—515 页。

比于慢矣。桑间濮上之音，亡国之音也。"① 这些与周礼相悖的原始婚俗的存在，给了春秋时期殷商故地的中原地区婚恋歌的生存空间。产生于这样的土壤中的《王风》也自然带有这种影响痕迹，相比较而言，《卫风》《郑风》中的恋爱诗更加狂野和无拘无束，作为王畿之诗的《王风》则相对含蓄。

三 其他

《王风》10首诗中，按其内容，9首能大致划归以上两类，而位列第三的《君子阳阳》所表现出的情怀与以上分类均不符。为了客观起见，将其单列一类。

《君子阳阳》：

> 君子阳阳，左执簧，右招我由房。其乐只且！
> 君子陶陶，左执翿，右招我由敖。其乐只且！

对于这首诗的诗旨，也有争议。《毛诗序》曰："《君子阳阳》，闵周也。君子遭乱，相招为禄仕，全身远害而已。"②

而大多数解诗者还是能够从诗本义出发，释其为乐舞诗，只是在此基础上，各自阐述自己的观点。朱熹《集传》曰："此诗疑亦前篇（《君子于役》）妇人所作。盖其夫既归，不以行役为苦，而安于贫贱以自乐，其家人又识其意而深叹美之，皆可谓贤矣。"③ 傅斯年亦谓"室家和乐之诗"④。袁梅《诗经译注》曰："此女子看到了身为舞师的爱人，聚首言欢，心花怒放，其乐无极。"⑤

方玉润《诗经原始》则认为是"贤者自乐仕于伶官"，曰："盖三

---

① 《礼记正义》，《十三经注疏》，上海古籍出版社1997年版，第1528页。
② 《毛诗正义》，《十三经注疏》，上海古籍出版社1997年版，第331页。
③ 朱熹：《诗经集传》，上海古籍出版社1980年版，第31页。
④ 傅斯年：《诗经讲义稿》，中国人民大学出版社2004年版，第64页。
⑤ 袁梅：《诗经译注》，上海古籍出版社1985年版，第225页。

代贤人君子,多隐仕于伶官,以其得节礼乐,可以陶情淑性而收和乐之功。故或处一房之中,或侍邀游之际,无不扬扬自得,陶陶斯咏,有以自乐。其乐而何害其为贤也耶?"①

姚际恒《诗经通论》认为就是表现了当时乐必用诗的一个普通场景,根本没有《毛诗序》和《集传》所谓的复杂深层含义:"《大序》谓'君子遭乱,相招为禄仕',此据'招'之一字为说,臆测也。《集传》谓'疑亦前篇妇人所作',此据'房'之一字为说,更鄙而稚。大抵乐必用诗,故作乐者亦作诗以摹写之;然其人其事不可考矣。"②

程俊英的解读带有阶级论的成分:"这是描写舞师和乐工共同歌舞的诗。东周王国衰微,苟安在洛阳周围五六百里的地方,但照样设有专职的乐工和歌舞伎,以供统治阶级的享乐。"③

《孔子诗论》第25简"《肠肠》小人"④简文,又增加了解读这首诗的难度。

还是从对诗本义入手解读这首诗。诗共两章,典型的复沓结构。诗中"君子"⑤"我"的含义应无异议,君子就是奏乐跳舞的人,"我"则是诗的作者,受他邀请一起舞蹈的人。阳阳、陶陶,为和乐开怀的样子。簧,应该是乐器,翿,是跳舞时舞者所持羽旄之类的道具。分歧比较大的是对"由房""由敖"的阐释。《毛诗正义》释"由房"的"由"为动词,"用也。国君有房中之乐。"⑥朱熹释"由为从也",也

---

① 方玉润:《诗经原始》,中华书局1986年版,第193—194页。
② 姚际恒:《诗经通论》,中华书局1958年版,第94页。
③ 程俊英:《诗经译注》,上海古籍出版社1985年版,第125页。
④ 马承源(马承源《孔子诗论》,《上海博物馆藏战国楚竹书》,上海古籍出版社2001年版,第155页)、晁福林(晁福林《从上博简〈诗论〉第25简看孔子的天命观——附论〈诗〉之成书的一个问题》,《学术月刊》2006年第12期)认为是评论《大雅·荡》,李学勤(李学勤《〈诗论〉与〈诗〉》,《清华简帛研究》第二辑,清华大学思想文化研究所2002年版)、李零(李零《上博楚简校读记》,中国人民大学出版社2007年版)、黄怀信(黄怀信《上海博物馆藏战国楚竹书〈诗论〉释义》,社会科学文献出版社2004年版)、徐正英(徐正英《上博简〈孔子诗论〉第二十五简新论》,《河北师范大学学报》2011年第1期)等则认为是《王风·君子阳阳》。
⑤ 君子一词的含义及演变考证详见陈冬梅《〈诗经〉"君子"含义的演变及君子风范的文学表现》,《东岳论丛》2013年第11期。
⑥ 《毛诗正义》,《十三经注疏》,上海古籍出版社1997年版,第331页。

是动词,"房,东房"。"敖,舞位。"① 姚际恒释"房""疑即房中之乐","敖字未详"②。马瑞辰考前所谓"房为房中之乐"不确,因为"惟房中之乐古未有单称'房'者。"通过训下句"由敖",他认为"由""游"古声通用,"敖"为"敖游"之敖,"由敖"犹游邀也。"由房"与"由敖"亦当同义,皆为相招为游戏耳。③ 闻一多考证:"由盖即笙歌《由庚》、《由仪》之由。"而"房"与"敖"皆乐名,"由房"和"由敖"犹舞房舞敖。④ 马瑞辰和闻一多的考证思路和结论更合理。

不仅如此,诗中男子鼓簧执羽而舞的场面,与《邶风·简兮》"左手执籥,右手秉翟"、《陈风·宛丘》"坎其击鼓,宛丘之下。无冬无夏,值其鹭羽。坎其击缶,宛丘之道。无冬无夏,值其鹭翿"的舞蹈场面非常相似。周代羽舞,多用于祭祀和燕飨,《周礼·舞师》曰:"(舞师)教羽舞,帅而舞四方之祭祀。"⑤《周礼·籥师》亦曰:"籥师掌教国子舞羽、龡籥。祭祀,则鼓羽龡之舞。"⑥

整体来看,这首诗表现的应该是歌舞欢乐的场景,尤其舞蹈的人的和乐自得形象栩栩如生。但诗两章最后"其乐只且"还是给这种欢快的格调蒙上一丝阴影,强调今朝有酒今朝醉的无奈感。《毛诗序》所谓"君子遭乱,相招为禄仕,全身远害"、朱熹所谓妇人和戍归丈夫"安于贫贱以自乐"、方玉润"贤者自乐仕于伶官"等显而易见是附会。只是不确定这是祭祀还是宴飨仪式上的歌舞活动。

至于《孔子诗论》第 25 简"《肠肠》小人",前面注释已经讲到,有学者认为是评论《大雅·荡》,也有认为是评论《王风·君子阳阳》。徐正英认为,孔子用"小人"评论《君子阳阳》,是表现诗中小人似的轻狂之态。但孔子此评并不是对诗义作出的概括和揭示,而是从自己立

---

① 朱熹:《诗经集传》,上海古籍出版社 1980 年版,第 30 页。
② 姚际恒:《诗经通论》,中华书局 1958 年版,第 94 页。
③ 马瑞辰:《毛诗传笺通释》,《十三经清人注疏》,中华书局 1998 年版,第 232 页。
④ 闻一多:《诗经通义》,《闻一多全集》,湖北人民出版社 1993 年版,第 178—179 页。
⑤ 《周礼注疏》,《十三经注疏》,上海古籍出版社 1997 年版,第 721 页。
⑥ 同上书,第 801 页。

场上发表的对作品某一方面深切感受。① 诗中称鼓簧跳舞的人为"君子",而孔子却系之为"小人"。那么,如何理解"小人"就成了争议的焦点。

其实,"小人"的概念和"君子"一样,并不仅仅具有现代意义上的道德褒贬之意,从相关的文献资料可以看出,春秋中期之前的"君子""小人"概念,指代统治者与被统治者这两大不同等级的社会人群。到春秋中后期,"君子""小人"才开始有了所谓道德褒贬含义的转变。但同时,这两个词的传统含义也并未完全消失,存在两种含义并存的现象,直到战国之后,道德层面上的词义固定下来。两种词义并存的现象在《论语》中有很多。如"唯女子与小人难养也",很多人将小人解读为道德品质低下的人。其实不然,孔子这里的小人指的是身处社会底层的民众,他们与女子一样属于弱势群体,并没有任何指责或者轻视的意思。

诗中将鼓簧舞羽的男子称为君子,周代,在祭祀或燕飨仪式上,由乐官掌管歌唱和舞蹈,专司舞蹈的乐官称为旄人。因此,诗中的君子既不是贵族,也没有任何道德评价的含义,就是对男子的称呼。而且,周代礼乐制度有"刑不上大夫、礼不下庶人"的规定,乐舞等活动是贵族专利,与底层民众无关。因此,无论表示地位等级,还是道德含义,小人都无法与这首诗产生任何的交集。

从诗本义分析,孔子这一简与《君子阳阳》无关,当是对《大雅·荡》的评论,《荡》中明确出现了"小人"的内容,而且具有道德评价的含义。以魏源的阐释为例。魏源《诗序集义》曰:"幽、厉之恶,莫大于用小人。幽王所用,皆佞幸柔恶之人;厉王所用,皆强御掊克刚恶之人。四章'炰烋'、'敛怨',刺荣公(厉王宠信臣子)专利于内,掊克之臣也。六章'内奰'、外覃,刺虢公长父(厉王宠信臣子)主兵于外,强御之臣也。厉恶类纣,故屡托殷商以陈刺。"② 就此而言,此简

---

① 徐正英:《上博简〈孔子诗论〉第二十五简新论》,《河北师范大学学报》2011年第1期。
② 魏源:《诗古微》,《魏源全集》,岳麓书社2004年版,第662—663页。

无关《君子阳阳》,而是对《荡》的阐释。

总之,《王风》中第一类诗歌,甚至第二类中的一部分,均展现了一幅周王室由盛转衰、礼崩乐坏之后所谓的"风衰俗怨"。这些诗"记录着王朝制度从废弛、败坏,到最终崩溃瓦解的沉痛的历史沧桑,记录着有见地的世人在王朝走向溃败时,对未来的忧患,以及他们试图起弊振衰的努力;记录着王朝的覆灭中人世的痛苦,及其愈来愈烈的愤激之情"[①]。

虽然《王风》与"二南"同为周王室之诗,但由于时代的变迁,两者还是产生了巨大的差异。傅斯年的观点颇具代表性:"《王风》与二《南》不同者,二《南》虽涉东周之初,犹是西周之遗风,所以并不是乱世之音;《王风》则在东迁之后,疆土日蹙,民生日困,所以全是些乱离的话。"[②] 的确,《王风》中的诗很多展现了"风衰俗怨"的现实场景。这种特定的风格是《王风》产生的时代背景影响的结果,李白《古风》写下"三季分战国,七雄成乱麻。王风何怨怒,世道终纷拏"的诗句,可谓深得《王风》诗旨。中原地区是殷商故地,受周代礼乐文化的影响和制约较少,多婚恋诗,且婚恋诗充满了野性,因此,产生于同一地域的《王风》也多婚恋诗,因其受周代礼乐文化的影响,相比较郑卫之诗,情感表达含蓄内敛,但与受周代礼乐文化影响更深刻的"二南"诗相比,则又显得大胆坦率。

第四节 《王风》题材风格、人物形象塑造、名物特色辨析

春秋时期,周王室势力的衰微和诸侯国的强大导致了剧烈的社会变革。这个时期,产生了一个诗歌创作的高潮,涌现大量富有强烈的批判

[①] 李山:《诗经的文化精神》,东方出版社1997年版,第106页。
[②] 傅斯年:《诗经讲义稿》,中国人民大学出版社2004年版,第64页。

精神和忧患意识的诗歌。注重抒发个人情怀与感受的风诗的创作，呈现蓬勃发展的势头。《毛诗序》总结了当时的创作境况："王道衰，礼仪废，政教失，国异政，家殊俗而变风变雅作。"这些充满悲怆之感的乱世之音抒发了特定历史境况下诗人的真实情感。这种情感在《王风》的题材风格、人物形象塑造和名物等方面都有鲜明体现。

一 《王风》"风衰俗怨"的题材风格

诗歌的题材是诗歌所选取的素材，这些素材既是诗歌内容的重要组成部分，也因其对所表现的社会生活和社会现象的直观体现，带有鲜明的时代特征和地域风格。因此，探讨《王风》的题材风格，能够帮助我们理解《王风》的地域风格特征。

（一）表现家国离乱的主题

《诗经》中所表现出来的情感富有多样性，这与诗创作的背景密切相关。"变风变雅"虽然是汉儒创立的经学术语，因其解诗形式的机械受到后人诟病，但这个术语很准确地揭示了当时的创作境况。在变风变雅的时代，由于政局的变化，也就是周王室影响力下降的现实，风雅的情感基调明显异于风雅正经，发生了明显的精神逆转，诗中多是凝重、悲怆和激愤的歌唱，忧患、哀伤成为此时的情感基调，而不是之前的温柔敦厚、平和雍容。而且，这种情感，既有个人的政治失意带来的对于身世之伤的愤慨，更多的则是对国家、民众前途命运的忧虑。刘熙载《艺概·诗概》曰："大雅之变，具忧世之怀，小雅之变，多忧生之意。"[①] 朱东润认为，"吾常译《诗》三百五篇之作而窥作者之用心，大抵言乐者少而言忧者多，欢娱之趣易穷而忧伤之情无极。"[②] 高尔泰也指出："诗三百篇，绝大部分是悲愤愁怨之作，欢乐的声音是很少的。"[③] 李金坤

[①] （清）刘熙载著，袁津琥注：《艺概注稿》，中华书局2009年版。
[②] 朱东润：《诗三百篇探故》，上海古籍出版社1981年版，第127页。
[③] 高尔泰：《论美》，甘肃人民出版社1982年版，第259页。

认为"《诗经》为一部忧患之书"①。

西周覆灭，面对"礼乐征伐自诸侯出"的无情现实，经历昔兴今衰剧变的有忧患意识的人的内心只能用激愤之情来表现，因此，在变风那里，家国忧思不可避免地变成了亡国之痛。王朝的衰落，周人心灵深处充满了无尽的哀怨和无可奈何。《王风》10首诗中有三首明确表达了王畿之人内心的哀怨、悲愤、失落与无奈。

《黍离》中贵族面对昔盛今衰的沧海桑田之变发出的叹息令人感慨万千，《毛诗序》所谓"周大夫……闵周室之颠覆，彷徨不忍去，而作是诗"的观点道出了历经变迁的人的内心世界，曾经辉煌的王室宗庙宫室变成了眼前的残垣断壁，触目惊心的现实激起了深沉的亡国之痛。聂石樵曰："诗中三言悠悠苍天，此何人哉。说明其怨之深，恨之切也。"②扬之水《诗经别裁》也认为："关于《黍离》，似乎不必再说太多的话，停留在诗人心弦上的哀伤早已作为一个象征而成为永恒的悲怆。"③将失国之悲、兴亡之感借助满眼葱郁的黍离营造出来的黍离意象，蕴含了深厚的美学内涵，成为后世失国之痛的专有名词。

《兔爰》中作者以第一人称的语气，以"有兔爰爰，雉离于罗"起兴，含蓄的揭示当时的社会现状。而"我生之初，尚无为；我生之后，逢此百罹。尚寐无吪"，通过对比，将诗人对社会今不如昔、政治昏乱、社会衰落的失望表达出来，但其抒发的对现实的无奈才是最凄怆、悲凉的。方玉润以"词意凄怆，声情激越"来评价这首诗，这首诗也的确是《诗三百》中最悲愤之歌。

《葛藟》虽然其诗旨有争论，但从"谓他人父，亦莫我顾""谓他人母，亦莫我有""谓他人昆，亦莫我闻"所表现出的毫无怜悯之心的世态炎凉，让人痛彻心扉。不由人不思考造成这一悲惨状况的根源，《毛诗序》所谓"周室道衰"、朱熹所谓"世衰民散"是也。

---

① 李金坤：《〈诗经〉忧患意识原论》，《江苏大学学报》（社会科学版）2006年第6期。
② 聂石樵：《先秦两汉文学史稿》先秦卷，北京师范大学出版社1994年版。
③ 扬之水：《诗经别裁》，江西教育出版社2000年版，第70页。

诗在表述清醒的东周贵族们对王室衰微导致的今不如昔、政局混乱局面产生忧虑的同时，也抒发了面对这种局面的绝望和无奈。因此说，《王风》所表现出的悲怆，是其异于其他风诗的主要特色。正所谓"亡国之音哀以思，其民困"。

（二）表现婚姻恋爱的主题

《国风》多言男女事的观点在周代已经开始流行。荀子曰："《国风》之好色也。"① 婚姻作为一种社会现象和文化形态，必然要体现当时的文化心理。"二南"和《王风》作为周王室王畿之诗，诗均涉婚恋题材。但由于其地域、时代的差异，在表现相同的题材时，其关注点和表现内容显示出了明显差别。

周代礼乐文化赋予婚姻神圣职责。《礼记·昏义》曰："男女有别而后夫妇有义，夫妇有义而后父子有亲，父子有亲而后君臣有正。故曰：婚礼者，礼之本也。"② 周人视"男女有别，夫妇有义"婚姻制度为礼的根本内容和外在表现。《王风》虽然产生在"礼乐征伐自诸侯出"的时代，但由于文化的稳定性和传承性，周代礼乐文化在《王风》婚姻诗中依然有所体现。只是这类婚姻诗多以战争徭役为背景，因此，很多人将其划归为战争徭役诗。

《诗经》中战争诗的表现手法呈现出多样化。袁行霈《中国文学史》这样描述："《诗经》中有些战争诗，从正面描写了天子、诸侯的武功，表现了强烈的自豪感，充满乐观精神。……更多的战争诗表现出对战争的厌倦和对和平的向往，充满忧伤的情绪。……《诗经》中的战争徭役诗，不仅写战争和徭役的承担者征夫士卒的痛苦，还有以战争、徭役为背景，写夫妻离散的思妇哀歌。"③ 这些诗歌基本不正面描写战争场面，而是从远离家乡的普通士兵和家中的妇人各自的角度来表现他们的遭遇和想法，表达对于战争的厌倦和对于家乡的思念。《诗

---

① 北京大学《荀子》注释组：《荀子新注》，中华书局1979年版，第465页。
② 《礼记正义》，《十三经注疏》，上海古籍出版社1997年版，第1681页。
③ 袁行霈：《中国文学史》，高等教育出版社1999年版，第67—69页。

经》中的思妇诗或闺怨诗开启了我国诗歌史上思妇诗和闺怨诗的先河。

周王室东迁之后依然战争不断，沉重的兵役、徭役迫使青壮男子奔波在外，留守的妻子陷入无穷无尽的思念。《王风》中的《君子于役》和《扬之水》均属于这种类型的诗，从思妇和征夫的角度表达了对彼此的思念，形象阐释周礼所强调的"夫妇有义"。

《君子于役》用朴素的白描手法、朴实的口语化语言，描绘了思妇日暮时分由眼前的鸡鸭牛羊归家的平静安宁中，触动了对于行役在外的丈夫的思念。《周南·卷耳》《小雅·采绿》也是同样类型的诗。《扬之水》中的征人常年戍守申、甫、许不知归期，不能与妻子团聚。"怀哉怀哉，曷月乎还归哉"的反复咏唱，既表达了征夫对妻子的思念，也有盼归而不能的哀怨。扬之水将诗中戍人之怨与国家衰微联系起来："戍申、戍甫、戍许，本是固边之策，或曰王畿之民不当远戍，也不是没有道理，但怨声之出，关键似乎仍不在此，是国人对国事失望，对国君失掉信心，乃所以有从军之怨也。秉国者失去国人的信任，又如何可以号令天下。故也可以说，有《扬之水》之怨，而王室不能不微了。"①

在《王风》表现婚姻家庭生活题材的诗中，还有一类表现家庭失和的弃妇诗。《中谷有蓷》表现一位遭丈夫遗弃的妇女的不幸遭遇，抒发了她的悲伤和哀怨。诗以山谷中干枯的益母草起兴，既象征了被弃女子的容貌之憔悴，也暗示着弃妇面临的生活遭遇。

《王风》婚恋诗中，还有一些以青年男女恋爱为题材的恋爱诗。因其产生于殷商故地的中原，其诗深受中原文化的影响，青年男女能够坦率、大胆的追求自由的爱情。在周礼的规定性之内，人们的婚恋行为要受到礼的规范和制约。但是，中原地区存在的上古原始婚恋习俗，如仲春之月会男女、祭高禖、游观等，虽然与周礼所强调的"以媒相交""以礼相合"要求相悖，但依然存在于周代社会，并绵延至

---

① 扬之水：《诗经别裁》，江西教育出版社2000年版，第76页。

春秋时代，尤其在中原地区顽强生存。《墨子·明鬼》曰："燕之有祖，当齐之社稷，宋之有桑林，楚之有云梦也，此男女之所属而观也！"① 从《周礼·媒氏》"媒氏掌万民之判……中春之月，令会男女。于是时也，奔者不禁"② 到《礼记·月令》"仲春之月，……玄鸟至，至之日，以太牢祭高禖，天子亲往"③，可以看出风俗对周礼的影响或渗透。

　　但是由于《王风》出自周王室王畿之地，此时虽然周代礼乐文化受到严重冲击，但礼乐文化的影响力依然存在，其对于《王风》的熏染还是显而易见的，因此，《王风》中的恋爱诗的题材和产生地虽然与郑卫之诗一致，二者还是显示出了非常明显的区别。正如法国学者葛兰言所言："诗歌被苦心创作出来却又不含任何道德寓意，这样的诗歌是绝不可能在《周南》、《召南》甚至《王风》中找到的，因为这些诗歌都是在王畿内收集的。……《诗经》被涂上了一层道德色彩；尽管诗歌本身和在对诗歌的详细解释过程中遇到的困难很难调和起来，这种道德主义的解释却仍然一直延续下来。"④ 这层所谓的"道德色彩"就是周代礼乐文化的影响所致。的确，《王风》中的恋爱诗所表现出的青年男女对于爱情的态度远不如《郑风》《卫风》的野性、泼辣、热情、奔放。

　　《采葛》《大车》《丘中有麻》三首所谓"男悦女之辞"或"女惑男之语"，从男女不同角度表述了对爱情的渴望。《采葛》用递进的手法表达了热恋中的男子对意中人的思念之情，如季札所言"思而不惧"。《大车》则表现了一个女子大胆追求爱情的执着态度。面对男子的迟疑，女子发出了"榖则异室，死则同穴"的誓言，双方对于爱情的态度形成鲜明对比。女主人公对爱的誓言与汉乐府《上邪》"上邪！我欲与君相知，长命无绝衰。山无棱，江水为竭，冬雷震震，夏雨雪，

---

① 《墨子校注》，《新编诸子集成》，中华书局1993年版，第338页。
② 《周礼正义》，《十三经注疏》，上海古籍出版社1997年版，第733页。
③ 《礼记正义》，《十三经注疏》，上海古籍出版社1997年版，第1361页。
④ [法]葛兰言：《古代中国的节庆与歌谣》，赵丙祥、张宏明译，广西师范大学出版社2005年版，第70页。

天地合,乃敢与君绝"有异曲同工之妙,为表达对爱情的忠贞,敢于指天为誓。《丘中有麻》表现了热恋中的女主人公急切盼望与心上人幽会的心情。

这些婚恋诗,尤其是恋爱诗,可以看出,《诗经》用诗表现青年男女之间的爱情,在当时是极为寻常的事情。朱熹虽然将其视为"淫奔之诗",也道出了其婚恋诗的本质。

《王风》大多咏叹周王室东迁之后政权的衰落和社会地位的变迁给诗人内心带来的冲击和失落。题材的多样性使得情感的表现非常丰富,有国忧,有离思,有弃怨,更有"一日不见如三月兮"的思念和"生不同室、死亦同穴"的决绝相许。尤其是抒发国势衰微对人们内心影响情感变化,多是乱世的哀怨之情。这是《王风》在题材风格上表现出的典型特征。

二 《王风》塑造的众多人物形象

在题材多样化的前提下,《王风》也塑造了数量众多、性格鲜明的人物形象。

(一)《王风》中的男性形象

《王风》10首诗塑造了多样化的男子形象,一类是富有忧患意识的士大夫形象,另一类是婚恋诗中的男子形象。根据具体内容,又分为重情重义、温柔缱绻好男人形象和背信弃义、薄情寡义的负心汉形象。

1.《王风》中富有忧患意识的士大夫形象

《诗经》所塑造的众多鲜明的人物形象中,士大夫形象已经表现出某种特定的文化精神,这种精神是后代士阶层文化特质的滥觞。虽然在《诗经》时代,"士"与"大夫"尚未连用,分别代表两种不同的贵族群体,其中士是最底层的,大夫是相对级别高一些的贵族。关于"士",《说文解字》曰:"士,事也。"[①] 段玉裁《说文解字注》曰:

[①] 许慎:《说文解字》,中华书局1963年版,第14页。

"凡能事其事者称士。"并征引班固《白虎通》曰:"通古今,辩然不,谓之士。"① 可见当时的士,不仅有职位,而且有学识。孙作云认为,"周人对于自由人有一个特殊的称号,就是叫做'士'。'士'是有土地者的称号。……凡自由民皆可称为'士'。'士'是自由民的代名词。"② 这个群体在春秋时期的政治舞台上发挥了重要作用。本文将士大夫作为一个名词使用。

《王风》中塑造了一类富有忧患意识的士大夫形象,这与《王风》产生于东西周交替的时代背景密切相关。面临周室衰微、朝纲废弛、社会动荡、政治黑暗,各种矛盾激化,灾难频繁的国势溃退的局面,在对国运盛衰的忧思和对自身前途命运的忧患中,一些有识之士的主体意识大大增强,郁积在心的激愤被激发出来,他们悯时丧乱,忧世忧生,以诗来针砭时政,感叹身世遭遇。《诗经》中那些被称为"变风""变雅"的诗作,大都表述了这样的内容。

《黍离》《兔爰》就塑造了这类有忧患意识的士大夫形象。《黍离》充分展现了抒情主人公的内心世界,这一位见宗周故国宗庙宫室成为残垣断壁,长满茂盛的禾黍,顿生悯怀周王室衰亡悲情,彷徨不忍离去,对故国充满了深切关怀和无限依恋的周大夫。《魏风·园有桃》也是一首表达同样情感的伤时忧国之作。诗中"不知我者,谓我士也骄""心之忧矣,其谁知之!其谁知之!盖亦勿思"的咏叹与《黍离》"知我者谓我心忧,不知我者谓我何求。悠悠苍天,此何人哉"的长歌当哭可谓如出一辙,其忧思不由让人潸然泪下。"黍离"成为感伤国衰时变的经典意象。

《兔爰》诗人通过"有兔爰爰,雉离于罗"起兴,表述着对当时小人当道社会现实的不满,其后通过对比流露出世事变迁带来的悲凉,可谓词意凄怆,声情激越,所表现出的伤感、悲观与《黍离》相类,傅

---

① 段玉裁:《说文解字注》,上海古籍出版社1981年版,第20页。
② 孙作云:《诗经与周代社会研究》,中华书局1979年版,第117—118页。

斯年谓"此《诗三百》中最悲愤之歌"①。比兴和对比的运用，塑造了一个关注现实，具有使命感和责任感但对现实无可奈何的士大夫形象。他内心的郁结是东周时期特殊的政治现状造成的，在表述其忧国忧民情怀的同时，更有一种凝重、庄严的崇高感。

2. 恋歌中男性情人形象

与《国风》诗中男性形象身上充满的原始生命力和阳刚之气以及野性美不同，《王风》中的男性情人形象温情而谦和。

《王风》塑造的热恋中的男子形象，可谓一往情深。《采葛》三章直白地表现了短暂的分离对热恋中的情人的折磨。陷入爱河的男子和心爱的女子短暂的分别，在他焦灼的思念中，如"三月""三秋"，竟至于"三岁"般漫长，可谓度日如年。这种夸张的手法将男子对恋人的思念之切、爱恋之浓生动地描绘出来，形象地塑造一位陷入爱河不能自拔的痴情男子形象。

同样面对爱情，《大车》一诗塑造的则是一位对爱情畏首畏尾、迟疑不决的男性形象。在爱情面前，他既不如诗中女子的果敢决绝，也没有《野有死麕》中吉士的大胆鲁莽、《郑风·将仲子》仲子执意越墙与姑娘约会的迫不及待。从前面对《大车》诗旨的考证可以发现，诗中的大车、毳衣等名物表明这个男子是周代社会地位较为低下的商人，而女子是当时地位相对高的国人。从诗中"不敢""不奔"的诗句分析，似乎是地位的悬殊导致了男子的迟疑。其实，从诗句看，男子虽然驾着牛车、穿着普通的御寒衣物，但在女子心中，却有着不同的感觉。"毳衣如菼"的"菼"是初生的芦苇，鲜亮、充满生机；"毳衣如璊"的"璊"是赤色美玉，古人有"君子比德如玉"之说。因此，对于情人的迟疑，女子勇敢地发出与他生死与共的爱情誓言。但似乎男子不敢逾越这种限制，默默地驾着牛车远去了。《大车》中的男子面对爱情的退缩，实际上体现了周礼的规定性在日常生活中的渗透。

---

① 傅斯年：《诗经讲义稿》，中国人民大学出版社2004年版，第64页。

3. 婚姻中的男子形象

《王风》还塑造了一类进入婚姻角色后的男性形象。一种是能"执子之手，与之偕老"的重情重义的男子，另一种则是"二三其德"寡情寡义的负心汉形象。

如前所言，很多学者将《王风》中的《君子于役》和《扬之水》划归为战争徭役诗。其实，战争徭役是这两首诗产生的背景，从其内容或诗本义考察，则表现了当时周人的婚姻家庭生活。因此，诗塑造了身处婚姻中的男女人物形象。

《诗经》中塑造的婚姻中的男性形象，与恋爱中的男子情绪跌宕起伏不同，进入婚姻之后的男子形象则大多温柔、执着，体现出一种对于婚姻的忠诚和对妻子的关爱。周人认为婚姻是"将和二姓之好，上以事宗庙，而下以继后世"①，要有"父母之命，媒妁之言"才名正言顺，婚前根本谈不上所谓的夫妻感情。但毫无疑问，在礼的规定性之下，理想的婚姻状态是"夫妇有义"。《诗经》婚姻诗中塑造了很多这样重情重义的丈夫形象。《邶风·击鼓》中表达战士之间生死与共誓约的"死生契阔，与子成说。执子之手，与子偕老"，被用来形容夫妻情深。《郑风·女曰鸡鸣》"与子偕老，琴瑟在御，莫不静好"，表现了夫妻之间的情投意合，展示了周代普通人和谐温馨的家庭生活。

周代由于战争，壮年男子不得不离家服役，而家中的妻子对丈夫的思念和期盼，构成了思妇诗哀婉凄怆的格调。在这些征夫戍卒身上，同样寄寓着对妻子和家乡的思念之情。从两个不同的角度塑造的思妇和思夫形象，在表达战争带给他们的痛苦思念的同时，也将对战争的谴责委婉表露出来。他们承担着丈夫和战士的双重身份，《扬之水》通过久戍在外的征夫抒发对妻子的思念，塑造了一位对国、对家均有情有义的思夫形象。

负心汉的形象。由于当时社会男性拥有社会话语权和经济支配权，

---

① 《礼记正义》，《十三经注疏》，上海古籍出版社1997年版，第1680页。

在婚姻中处于强势地位，出现了很多违背周礼的不和谐现象，比如丈夫对妻子的始乱终弃，催生了《诗经》弃妇诗的出现。《中谷有蓷》的抒情主人公就是这样的形象。因其以女子自诉的口吻，叙述自己在婚姻生活中被丈夫抛弃的经历，着力塑造了弃妇的形象，但与之对应的负心汉的形象也同样鲜活，不过，其形象的生动传神远不如《卫风·氓》中"二三其德"的氓。

(二)《王风》中的女性形象

《王风》中的女性形象，也可以分为两种类型，一是思妇、弃妇形象，二是恋女形象。

1. 思妇、弃妇形象

《君子于役》中的女子面对夕阳下山、牛羊牧归的场景，触动了她对行役在外的丈夫的思念。天色晚了，鸡鸭牛羊都回家了，可是她的丈夫却不能回家，只能将思念化为祝愿，期望丈夫在外"苟无饥渴"，将思妇的温存体贴表现出来。

这首诗文字极其朴素，没有过多的艺术手法，用白描手法塑造了一位傍晚怀人的思妇形象。其独到之处在于借景抒情，寓情于景，用朴实的语言，描述了农村傍晚常见的牛羊下山、鸡进窝场景，在这日暮黄昏之时，妻子触景生情，不由生发了对久役在外丈夫的思念。诗不仅塑造了鲜明的人物形象，而且描画了一幅极具画面感的傍晚思妇怀人图画。《周南·卷耳》《小雅·采绿》也塑造了这类思妇形象。

周人重视婚姻，但周礼对人和社会的制约是有限度的，因此，产生了与"夫妇有义"相悖的弃妇。《中谷有蓷》塑造了一位遭丈夫离弃的弃妇形象。诗用山谷中枯萎的益母草作意象，比喻因年老色衰而被弃的妇女。"嘅其叹矣""条其歗矣""啜其泣矣"，以递进的形式揭示了弃妇的伤心、哀怨。可以说，周代婚姻中女性卑微从属的地位导致了她们被遗弃的命运。这类弃妇诗中，《卫风·氓》是最有代表性、艺术成就最高的诗，塑造了一位具有反抗性格的女子形象。这样的诗的价值体现了那个时代女性自我意识的初步觉醒，对于她们身上的勤劳持家、善良温婉的美德予以褒扬，同时也对负心男子的不道德行为进行批判。

2. 恋女形象

古往今来，就恋爱过程而言，多是男子扮演主动追求者，女子是被动接受的一方，但从《诗经》表现出来的情况，则有所不同，女子为了爱情，会成为爱情追求者的角色，大胆地追求、捍卫自己的爱情。

《大车》中的"女求男"情节，塑造了一个坠入情网不能自拔、勇于大胆追求爱情的痴情女子形象。为了爱情，她放下了矜持，抛开了双方社会地位的差异，想和心爱的人私奔，但没有得到男子的回应。男子的犹豫迟疑与女主人公"穀则异室，死则同穴"的决绝形成鲜明对比，主人公勇敢追求爱情的形象可谓鲜明生动。

《王风》中的人物形象既是抒情的主体，也是周人情感、生活的真实写照，所体现出的精神风貌，体现着东西周交替之际社会变革以及中原地域文化对周人的审美追求和价值判断的深刻影响。

三 《王风》名物展示的"风衰俗怨"的周人生活场景

任何文学作品都是时代的产物，深受时代和地域的影响和制约，不自觉地带有那个时代和地域的印记。作为《诗经》显著特点的名物，也记录着那个时代的文化精神。诗人在选择名物时，深受他所处环境对名物的认知影响。在对农作物、植物、家禽鸟兽等自然名物的描写中，能够很明显地感受到周人对农业的夸赞及与大自然的和谐共处，是周人重农思想的反映。而在涉及车马、服饰等人工名物中，则渗透着周礼的规定性。

（一）《王风》中的自然名物

《王风》共10首诗，除了《君子阳阳》，每一首诗中都出现了自然名物。其中，农作物、草木类：《黍离》之黍、稷，《扬之水》之薪、楚、蒲，《中谷有蓷》之蓷，《葛藟》之葛藟，《采葛》之葛、萧、艾，《丘中有麻》之麻、麦、李，《大车》之菼；畜禽类：《君子于役》之鸡、羊、牛，《兔爰》之兔、雉。如此众多的自然名物的出现，难怪孔子要发出学《诗》能够"多识于鸟兽草木之名"① 的慨叹。《王风》中的自然名物，除了《大车》和《君子于役》两首诗，其他的大都出现在诗每章开头的比兴句中，符合《诗经》中比兴物多用草木鸟兽之类名物充当的特征。据统计，"毛诗标兴共116处，其中有95处用草木鸟兽起兴。如果我们再把眼界放宽一些，毛诗标兴句用的几乎都是自然名物。"② 清人汪师韩《诗学纂闻》也有"且夫诗尚比兴，必傍通鸟兽草木之名"③。对于用来起兴的名物，诗人多选取日常生活中熟悉、常见的，不仅仅起到引起下文的作用，而且，诗人往往会选取名物的某个特征，而这个特征恰与诗人所要表达的情感相契合，或者名物触发了诗人的内心情感，名物参与了诗的意境的创造。如《黍离》以茂盛的黍、稷苗起兴，昔日繁华的宫室已为残垣断壁，长满了生机勃勃的黍稷。用乐景表达诗人内心沉痛的故国之思，不由人不唏嘘慨叹，可谓"情随物生"。《君子于役》中的思妇傍晚由眼前暮归的鸡、羊、牛，触发了对行役在外的丈夫的思念和牵挂。这些具有象征意义的名物因为诗义被赋予了深厚而独特的审美内涵，成为后世的经典意象。

《王风》出现的自然名物种类非常丰富，既有农作物，有禽畜类，还有诸如葛藟、艾、萧、蓷等草木类。从其属性看，这些名物大都与农业有关。之所以会出现这种状况，依然是周人以农为本思想的形象体现。为了生存，周人要掌握农作物的特性，以便根据农时节气，安排生产。在当时，采集、捕鱼、狩猎等活动是作为农业的补充而存在，因此，周人对于数量如此众多的草木虫鱼的特性以及生存环境都有充分了解。周代以农为本的立国之策，不仅农民对与农作物有关的草木鸟兽特性非常熟悉，即使地位较高的贵族也同样对农业知识有深入了解，贵为天子的周王每年都要亲自参与劳动。《礼记·月令》曰："天子亲载耒

---

① 《论语注疏》，《十三经注疏》，上海古籍出版社1997年版，第2525页。
② 吕华亮：《诗经名物与诗经成就》，博士学位论文，山东大学，2008年。
③ （清）汪师韩：《诗学纂闻》，《清诗话》，上海古籍出版社1999年版，第440页。

耜，措之于参保介之御间，帅三公九卿诸侯大夫，躬亲帝藉。天子三推，三公五推，卿诸侯九推。"① 《礼记·祭统》亦曰："是故天子亲耕于南郊，以供齐盛。王后蚕于北郊，以供纯服。诸侯耕于东郊，以供齐盛。夫人蚕于北郊，以供冕服。"② 从《诗经》中那些出自贵族之手的农事诗便可见出当时贵族们对农业生产以及环境的熟悉，如《周颂·载芟》"载芟载柞，其耕泽泽。千耦其耘，徂隰徂畛，侯主侯伯，侯亚侯旅""有略其耜，俶载南亩，播厥百谷。实函斯活，驿驿其达"。

《王风》对于庄稼名物的选择和使用，对其物性的掌握和了解，是周人以农为本观念的延续。因北方有大致相同的种植习惯，因此各地的地域性并不是特别明显。但因有些名物参与了诗的意境的创造，而具有了独特的审美内涵，成为后世具有特定美学意义的经典意象。

（二）《王风》中的人工名物

周代礼乐文化是适应周代宗法等级制度产生的，用来规范周人的日常生活秩序，因此，大到祭祀、战争，小到出行、穿戴、饮食、娱乐等，都有严格、具体的规定，其实质是为了确保和维护等级秩序的长治久安。产生在礼乐文化背景下的《诗经》中所再现的周人祭祀、战争、宴饮、农事、婚姻等，都体现着周礼的规定性。其中的人工名物，被礼家称为"名物度数"，这些"名物度数"的作用是"将等级差别见之于举行礼典时所使用宫室、衣服、器皿及其装饰上，从其大小、多寡、高下、华素上显示其尊卑贵贱"③。《诗经》中的人工名物都承担着周礼的规定性。

从前面论"二南"诗的人工名物可以发现，"二南"婚恋诗歌数量众多，其中出现的与婚姻、婚礼等有关的人工名物不仅种类众多，而且都体现了周礼的规定性。《王风》中的人工名物也具有这个特点，是对周礼的集中体现，但因其诗歌题材、诗歌数量所限，更重要的是由于

---

① 《礼记正义》，《十三经注疏》，上海古籍出版社1997年版，第2003页。
② 同上书，第1603页。
③ 沈文倬：《宗周礼乐文明考论》，浙江大学出版社2001年版，第5页。

《王风》产生于周代礼乐文化受到严重冲击的年代,"礼乐征伐自诸侯出"的违礼行径代替了"礼乐征伐自天子出",因此,《王风》中出现的人工名物不仅数量少,而且所体现的礼的规定性已经大打折扣,但所体现的礼的等级性依然存在。

《王风》中人工名物主要有《君子阳阳》之簧、翿,《大车》之大车、毳衣,《丘中有麻》之佩玖等,涉及了乐器、车马、服饰等,都是"社会中人身份与等级的鲜明标志"①。

周代的乐器具有礼的规定性,其使用场合、规格、数量、排列等都有严格的规定。祭祀或燕飨仪式上,由乐官掌管歌唱和舞蹈,司职舞蹈的乐官称为旄人。从周代礼乐制度赋予乐器的等级性来看,《君子阳阳》描述的是旄人左手拿笙管、右手执用五彩羽毛做成的扇子在典礼仪式上歌舞的场面。簧是周代典乐体系中的管乐器,本来是笙这种乐器中可以自由振动的部件,《尔雅·释乐》曰:"簧者,笙管之中金薄鍱也。笙管必有簧,故谓笙为簧。"②《毛传》释簧"笙也"。翿是歌舞时所持的用五彩野鸡羽毛做成的扇形舞蹈道具,诗中的男子先是手持笙管吹奏"由房"等笙乐,后来手持羽毛彩扇跳其欢快的舞曲。从诗中提供的信息可以判断这是在宴飨而非祭祀仪式上的歌舞场面。结尾"其乐只且"表达出的今朝有酒今朝醉的无奈感,透露出了周王室东迁给贵族们精神上带来的伤感和忧怨。

周代的服饰、车马也具有礼的规定性,服饰的样式、颜色有着严格的高低、贵贱、尊卑之分,不同等级的人要穿戴与其身份地位相应的不同质地、不同色彩的衣服和佩饰,所谓"分贵贱、别等威"。身份地位不同的人出行时车马的规格、数量也有明确规定。《诗经》中所反映的有关服饰、车马的诗,是周代服饰、车马礼制的艺术体现。《大车》中的"大车""毳衣"就具有这样的特征,也成为后世解读诗旨的依据。"大车""毳衣",《毛传》是这样解读的:"大车,大夫之车。""毳衣,

---

① 扬之水:《诗经名物新证》,北京古籍出版社2000年版,第335页。
② 《尔雅注疏》,《十三经注疏》,上海古籍出版社1997年版,第2601页。

大夫之服。"并详细解释这样解读的依据:"天子大夫四命,其出封五命,如子男之服。乘其大车,槛槛然服毳冕以决讼。"① 朱熹亦有同样观点。② 但姚际恒则认为"大车"为"牛车","毳衣"为毛布衣,③ 是普通百姓的衣着。但他并没有具体阐述如此解读的依据。闻一多考证,大车并非大夫之车,而是"古代使牛拉的,给商贾装货的车叫作大车。本篇(《大车》)的大车似乎就是这种车"④。关于毳衣,他认为是"非人所服之衣",而是车衣。姚小鸥则根据《考工记》的记载,认为"大车"是古代一种运货车辆,并非载人的乘舆,更非大夫的专车。"毳衣"是以兽毛制成的一种毛毡类服装,是较为低级的服装。⑤(详细内容见前面诗旨辨析。)由此,我们能够确认以《毛诗》为代表的"刺周大夫"论是不准确的。而且,据此,我们还能够判断诗中男子的商人身份,因为当时商人不高的社会地位,使得他不敢回应女子的爱,即使面对女方表达了誓死不渝的誓言之后。对名物的准确理解,是我们准确解读诗旨的重要依据。

诗中出现的这些人工名物,不只是充当诗人情感抒发的载体,而且,周礼的规定性在名物身上依然能够体现出来。

总之,《王风》中的自然名物和人工名物身上,依然渗透着周人农耕文化和礼乐文化的影响,虽然其产生于东西周交替之际社会动荡、礼乐文化受到冲击的时代。相对于"二南",礼乐文化的影响明显减弱。

四 《王风》对后世诗歌的影响

《王风》诗多抒发东迁之后民人离散的"闵周"之情,季札有"思而不惧"之论,《毛诗大序》将其定义为以怨刺为主要特征的"变风",李白也发出"王风何怨怨"的慨叹。《王风》体现出的"风衰俗怨"是

---

① 《毛诗正义》,《十三经注疏》,上海古籍出版社1997年版,第333页。
② 朱熹:《诗经集传》,上海古籍出版社1980年版,第32页。
③ 姚际恒:《诗经通论》,中华书局1958年版,第99页。
④ 闻一多:《风诗类钞》,《闻一多全集》,湖北人民出版社1993年版,第464页。
⑤ 姚小鸥:《论〈王风·大车〉》,《东北师大学报》1989年第2期。

其异于其他风诗的显著特征，是孔子"诗可以怨"诗学理论的体现。正因为如此，包括《王风》在内的变风变雅诗树立的批判现实的传统对我国后世诗歌主题和文学理论都产生了深远影响。其中，《王风》抒发的悲怆、苍凉的情感以及由此营造的"黍离意象"和"黄昏怀人意象"，以其独特的内涵形成对后世产生深远影响的美学范式。下面简要分析两个出自《王风》的经典意象。

黍离意象：

方玉润称《黍离》为"凭吊诗中绝唱"[1]，诗所蕴含的忧国情怀和悲怆的伤感情绪，使"黍离"成了感伤国衰时变的经典意象，故宫禾黍也成为亡国之痛的代名词。它所具有的特定美学内涵，深深地感染了后代诗人，他们在感慨历史盛衰兴废、感叹自己伤感愁绪时，多引用此诗诗句或化用诗意。方玉润说："此专以描摹虚神擅长，凭吊诗中绝唱也。唐人刘沧、许浑怀古诸诗，往迹袭其音响。"[2] 其实这种"黍离"之悲，最直接的影响者是四百余年后的屈原。面对楚国由盛转衰、朝政昏聩的现实，"黍离"之悲在他心中升华为"离骚"之恨。《离骚》中表现出的他对理想的上下追寻、对黑暗现实的抗争，以及对宗国难以割舍的"离骚"之恨，上承并超越了《诗经》"黍离"之悲对现实的无奈，具有更震撼人心的魅力。

"黍离"意象在后世文学作品中屡屡出现。有的是诗中直接使用"黍离"意象，如曹植《情诗》"游者叹黍离，处者歌式微"、向秀《思旧赋》"叹黍离之愍周兮，悲麦秀于殷墟"、陆机《辨亡论》"夫然，故能保其社稷而固其土宇。麦秀无悲殷之思，黍离无愍周之感矣"、张元干《贺新郎》"怅秋风、连营画角，故宫离黍"等。有的则化用《黍离》诗句或"黍离"意象，如唐代诗人许浑直接化用《黍离》诗句：《金陵怀古》"松楸远近千官冢，禾黍高低六代宫"、《姑苏怀古》"宫馆余基辍棹过，黍苗无限独悲歌"、《登洛阳故城》"禾黍离离半野

---

[1] 方玉润：《诗经原始》，中华书局1986年版，第192页。
[2] 同上。

蒿，昔人城此岂知劳？"杜甫表现安史之乱的《哀江头》"少陵野老吞声哭，春日潜行曲江曲。江头宫殿锁千门，细柳新蒲为谁绿"，也是化用"黍离"意象，被称为《王风·黍离》的"异代同调"①；宋末诗人谢翱《过杭州故宫二首》是南宋灭亡后凭吊杭州故宫废址所作："禾黍何人为守阍？落花台殿黯销魂。"姜夔的《扬州慢·淮左名都》抒发宋金易代之痛，序中有"千岩老人以为有《黍离》之悲也"。

这种悲怆难言、不为人所理解的情感表达的基础，是周王室因国势衰微被迫东迁所致。这首诗的价值不仅在于它表达了对西周衰亡的哀叹，而且在于它创造的"黍离"意象，其对忧患之情的表达赋予的独特审美意蕴，对后世诗歌影响深远。

黄昏怀人意象：

《君子于役》用简洁语言描绘了一幅恬淡的农村暮归图，还是一幅凄楚的黄昏怀人图。诗通过情景交融的艺术手法营造的黄昏怀人意象，蕴含着独特的审美内涵，在我国诗歌史上产生深远影响。方玉润《诗经原始》曰："傍晚怀人，真情真景，描写如画。晋、唐人田家诸诗，恐无此真实自然。"②清人许瑶光《雪门诗草》之《再读〈诗经〉四十二首》准确解读了《君子于役》："鸡栖于桀下牛羊，饥渴萦怀对夕阳。已启唐人闺怨句，最难消遣是昏黄。"其中"已启唐人闺怨句"，是对其在中国诗歌史上的开创性地位进行的高度评价，"最难消遣是昏黄"也敏锐地捕捉到了这首诗的诗眼。钱锺书《管锥篇》对这首诗的诗旨也有精确归纳："暝色最惹思妇的愁绪"，并列举白居易《闺妇》、司马相如《长门赋》、吕温《药师如来绣像赞》、潘岳《寡妇赋》、韩偓《夕阳》、赵德麟《清平乐》之后得出结论："取景造境，亦《君子于役》之遗意。"③中外诗文皆不约而同地描绘这一相思的典型时刻。④除

---

① 曾亚兰：《〈诗经·黍离〉与杜甫〈哀江头〉异代同调说》，《杜甫研究学刊》2007年第1期。
② 方玉润：《诗经原始》，中华书局1986年版，第193页。
③ 钱锺书：《管锥篇》，中华书局1999年版，第100—102页。
④ 同上书，第397页。

了钱锺书列举的诗句,这种黄昏意象在词人那里得到更淋漓尽致的接受和发挥。温庭筠的《梦江南》:"梳洗罢,独倚望江楼。过尽千帆皆不是,斜晖脉脉水悠悠。肠断白蘋洲。"李清照《声声慢》"梧桐更兼细雨,到黄昏,点点滴滴。这次第,怎一个愁字了得!"用梧桐、蒙蒙细雨、黄昏几个意象,将主人公的寂寞、冷清、孤独形象阐释出来。马致远的《秋思》"夕阳西下,断肠人在天涯"可谓将这种愁绪发挥到了极致。

小　结

《王风》表现的是周王室历经西周后期国势衰微致东迁之后的境况。从号令天下到受制于诸侯,巨大的反差使贵族们内心产生了困顿和挣扎。王室东迁之初的飘零局势是《王风》产生的背景。因此,诗的主旨、题材选择、人物形象塑造等方面明显地体现了家国乱离的时代特征,在"风衰俗怨"背景下产生的诗呈现出"思而不惧"的风格特征。尤其是其中的婚恋诗,因其东迁后地处殷商故地的中原,其婚恋诗自然受到殷商婚俗的影响,青年男女能够坦率、大胆地追求自由的爱情。面对风俗对周礼的影响或渗透,周礼采取"以礼导俗"的做法,将原始婚俗进行"合礼化"处理,原始婚俗的活力和生命力得到充分表现,正是季札所谓的"思而不惧"。虽然《王风》产生于王室政治势力衰微和礼崩乐坏的背景下,但周代礼乐文化的影响依然在《王风》中有很明显的体现,但与产生于西周中期礼乐文化兴盛时期的"二南"诗相比,礼乐文化的影响明显减弱。

《王风》诗的题材风格对后世诗歌产生了重要影响,尤其诗营造的黍离意象和傍晚怀人意象所蕴含的独特审美内涵,成为后世表达兴亡之感和怀人的专有名词。

总　　论

　　不同的地域空间，不仅有不同的自然地理因素，也有迥然不同的人文地理因素，两种因素共同影响并制约着生活在这块土地上的人的经济文化生活，使文学也呈现出鲜明的地域色彩。那些极具鲜明地域特征的作品，其实并不是诗人的有意为之，而是因为他们生活的自然与人文的环境，受到这些具有地域特色的各种因素的影响，不自觉地在作品中将这种地域特色体现出来。也就是说，自然地理因素和人文社会因素是导致包括《国风》在内的文学作品地域风格特征两大要素。以《豳风》、"二南"、《王风》为代表的十五国风的地域风格的形成就是如此。

　　《豳风》、"二南"、《王风》四地风诗所在地域的自然地理因素对诗歌地域风格的形成和影响是显而易见的。当不同地域的气候、水土、植被、草木、鸟兽等标志性地理要素成为诗歌的表现对象，在诗中得以直观体现时，自然形成诗歌独特的地域风格，这是构成其地域风格的基本要素。但以精神文化、制度文化、民风民俗为主的人文地理因素对四地风诗地域风格形成起到了决定性作用。最直观的是《诗经》中的自然和人工名物。这些取自周人日常生活，包括河流、植被、草木、鸟兽在内的自然名物成为诗歌的表现对象，成为诗人抒发情感的载体而具有了特定的美学内涵，使得每一地风诗展示出了独特的风格。如《豳风》多有与农业有关的农作物、草木等自然名物，并且名物寄托着诗人的情怀，如《豳风·东山》描述征人回忆"果臝之实，亦施于宇。伊威在室，蠨蛸在户。町疃鹿场，熠燿宵行""有敦瓜苦，烝在栗薪"，征人脑海中这几种农村中常见的名物，营造的是家乡的宁静与美好，寄托着征人对故乡和亲人的思念。"二南"中多出现与婚恋有关用来起兴的草木虫鱼等名物，如雎鸠、桃花、螽斯等，充满了青春少女对爱情的美好憧憬和周人对婚姻的重视。而《王风》在表现与豳诗和"二南"同样的婚恋和农事题材时，也出现黍、稷、楚、蒲、葛等自然名物，但因为《王风》多抒发西周覆灭给周人带来的忧怨乱离和无奈情感，诗中的自然名物被赋予了特定的情感内涵，由此营造的黍离之悲成为后世表达兴亡之感的专有名词。而那些被赋予了礼的规定性的人工名物，在物性之外还承载着深厚的文化内涵，如"二南"中的钟鼓、车马，《豳风》中代表主人公身份地位的服饰，《王风》中的簧等乐器，不仅真实地展示了周人生活场景，而且表达了周礼在周人生活中的规定性。这些名物，不论自然名物还是人工名物，都体现了周人以农为本思想和礼乐文明的深刻影响。

  自然地理环境会影响风诗地域风格的形成，不同地域的风诗自不必言，即使地域相近的风诗，其地域风格也会表现出显著差异。"二南"与豳地相去不远，自然地理环境非常相似，"二南"诗多婚恋诗题材，明显是受周代礼乐文化深刻影响的结果；《豳风》多农事诗、战争诗，显示豳地作为周人发祥地对农业的重视，是周人以农为本观念的体现。多战争诗，是周人所谓"国之大事，在祀与戎"观念的影响。当然，产生于不同地域的风诗即使表现同样的题材，也有显著不同。四地风诗均涉及的婚恋题材，《豳风》表现为"勤而不怨"，"二南"则表现为"乐而不淫"。产生于殷商故地，受殷商原始婚恋习俗影响的《王风》，其婚恋诗更是呈现出另外的风貌，其地域风格的差异显而易见。四地风诗各自呈现出的不同风貌，是产生地域不同的民族文化、制度礼仪、民风民俗等的内在的人文社会因素决定的。

  这几地风诗有一个共同的地方，从其产生地域看，或出自周人故地，或出自王畿之地，均属王室之诗，而其他风诗均为诸侯之诗。周人以农为本的思想、以血缘关系为纽带的宗法制度以及周代主流文化的礼乐文化等社会因素均对它们产生影响。这些已经渗透到周人政治和社会生活的各个方面的因素，在诗中刻下了不可磨灭的烙印。因此这几地风诗均有共同的农事和婚恋题材，是对周人重农思想、宗法制度和礼乐文化的诗意表现。

地域内的自然地理和人文地理因素空间因素对诗歌风格的形成产生重要影响。除此之外，时间因素的影响也是不可忽视的。四地风诗均为周王室之诗，共同的受到周人重农思想和礼乐文化的深刻影响，但《豳风》产生于西周初期，"二南"产生于西周中期礼乐文化兴盛时期，而《王风》产生于礼乐文化受到严重冲击、礼崩乐坏的背景之下，各自表现出了正中平和、温柔敦厚和风衰俗怨的风格。体现在题材内容、人物形象塑造等方面，周人立国之初和东迁前后战争不断，因此《豳风》和《王风》多战争诗，由此《豳风》塑造了以周公为代表的英雄人物形象和思归的征夫形象，《王风》中的《君子于役》和《扬之水》等诗，从思妇和行役之人的视角体现了战争给民众带来的痛苦和灾难。西周中期国势稳定，因此产生于此时的"二南"多是符合礼的规定性的婚恋诗，塑造了一大批符合礼制的理想人物形象。这是地域空间因素和时间因素共同影响的结果。

主要参考文献

(按书名拼音字母顺序排列)

杨义:《重绘中国文学地图——杨义学术讲演集》,中国社会科学出版社 2003 年版。

(汉)何休注,(唐)徐彦疏:《春秋公羊传注疏》,《十三经注疏》,上海古籍出版社 1997 年版。

(晋)杜预注,(唐)孔颖达等正义:《春秋左传正义》,《十三经注疏》,上海古籍出版社 1997 年版。

(清)崔述:《崔东壁遗书》,上海古籍出版社 1983 年版。

(明)余继登:《典故纪闻》,中华书局 1997 年版。

(宋)程颢、程颐:《二程集》,中华书局 1981 年版。

严家炎:《二十世纪中国文学与区域文化丛书》,湖南教育出版社 1995 年版。

(晋)郭璞注,(宋)刑昺疏:《尔雅注疏》,《十三经注疏》,上海古籍出版社 1997 年版。

(汉)扬雄:《方言》,四部丛刊初编影印宋庆元庚申刊本。

傅斯年著,欧阳哲生主编:《傅斯年全集》,湖南教育出版社 2003 年版。

刘晓东等校点:《古本竹书纪年》,《二十五别史》,齐鲁书社 2000 年版。

[法]葛兰言:《古代中国的节庆与歌谣》,赵丙祥、张宏明译,广西师范大学出版社 2005 年版。

顾颉刚:《古籍考辨丛刊》,社会科学文献出版社 2010 年版。

顾颉刚：《古史辨》第三册，上海古籍出版社 1982 年版。

钱穆：《古史地理论丛》，（台北）东大图书股份有限公司 1982 年版。

杨宽：《古史新探》，中华书局 1965 年版。

耿振东：《管子译注》，上海三联书店 2014 年版。

王国维：《观堂集林》，中华书局 1959 年版。

钱锺书：《管锥编》，中华书局 1999 年版。

钱穆：《国史大纲》，商务印书馆 1994 年版。

胡适：《国学季刊发刊宣言》，《现代中国学术阅读文选》，1934 年。

上海师范学院古籍整理组校点：《国语》，上海古籍出版社 1982 年版。

（汉）班固撰，（唐）颜师古注：《汉书》，中华书局 1962 年版。

史念海：《河山集》，生活·读书·新知三联书店 1981 年版。

郭沫若：《甲骨文字研究》，大东书局印本 1921 年版。

（清）皮锡瑞：《经学通论》，中华书局 1954 年版。

王钧林、周海生译注：《孔丛子》，中华书局 2009 年版。

（汉）郑玄注，（唐）孔颖达等正义：《礼记正义》，《十三经注疏》，上海古籍出版社 1997 年版。

马银琴：《两周诗史》，社会科学文献出版社 2006 年版。

中共中央马克思列宁斯大林著作编译局：《列宁全集》，人民出版社 1963 年版。

（先秦）吕不韦著，（汉）高诱注：《吕氏春秋》，上海书店 1992 年版。

陈奇猷校释：《吕氏春秋新校释》，上海古籍出版社 2002 年版。

（魏）何晏等注，（宋）邢昺疏：《论语注释》，《十三经注疏》，上海古籍出版社 1997 年版。

（三国）陆玑：《毛诗草木鸟兽虫鱼疏》，《续修四库全书本》，上海古籍出版社 2002 年版。

（清）胡承珙撰，郭全芝校点：《毛诗后笺》，黄山书社 1999 年版。

（清）陈启源：《毛诗稽古编》，上海古籍出版社 1987 年版。

（汉）郑玄笺，（唐）孔颖达等正义：《毛诗正义》，《十三经注疏》，上海古籍出版社1997年版。

（清）马瑞辰：《毛诗传笺通释》，《十三经清人注疏》，中华书局1981年版。

（汉）赵岐注，（宋）孙奭疏：《孟子注疏》，《十三经注疏》，上海古籍出版社1997年版。

吴毓江撰，孙启治点校：《墨子校注》，《新编诸子集成》，中华书局1993年版。

（清）钱谦益：《钱牧斋全集》，上海古籍出版社2003年版。

李学勤主编：《清华大学藏战国竹简》，上海文艺出版（集团）有限公司、中西书局2010年版。

郭沫若：《青铜时代》，科学出版社1957年版。

（清）顾炎武著，黄汝成集释，栾保群、吕宗力校点：《日知录集释》，上海古籍出版社2006年版。

《山东文献集成》，山东大学出版社2006年版。

马承源：《上海博物馆藏战国楚竹书》（一），上海古籍出版社2001年版。

（汉）孔安国传，（唐）孔颖达等正义：《尚书正义》，《十三经注疏》，上海古籍出版社1997年版。

（宋）欧阳修：《诗本义》，世界书局1985年版。

（宋）郑樵著，顾颉刚辑点：《诗辨妄》，朴社1933年版。

（宋）王应麟著，张保见校注：《诗地理考校注》，四川大学出版社2009年版。

王洲明：《诗赋论稿》，山东大学出版社2006年版。

（清）魏源：《诗古微》，《魏源全集》，岳麓书社2004年版。

（汉）司马迁撰，（宋）裴骃集解，（唐）司马贞索隐，（唐）张守节正义：《史记》，中华书局2008年版。

（宋）苏辙：《诗集传》，《续修四库全书本》第56册，上海古籍出版社2002年版。

（明）王夫之：《诗经稗疏》，《船山全书》，岳麓书社1996年版。

扬之水：《诗经别裁》，江西教育出版社2000年版。

叶舒宪：《诗经的文化阐述——中国诗歌的发生研究》，陕西人民出版社2005年版。

李山：《诗经的文化精神》，东方出版社1997年版。

（宋）朱熹：《诗经集传》，上海古籍出版社1987年版。

傅斯年：《诗经讲义稿》，中国人民大学出版社2004年版。

高亨：《诗经今注》，上海古籍出版社1980年版。

郭晋稀：《诗经蠡测》，巴蜀书社2006年版。

张西堂：《诗经六论》，商务印书馆1957年版。

扬之水：《诗经名物新证》，北京古籍出版社2000年版。

（明）何楷：《诗经世本古义》，台湾商务印书馆影印文渊阁四库全书本，上海古籍出版社1985年版。

（清）姚际恒著，顾颉刚标点：《诗经通论》，中华书局1958年版。

聂石樵主编，雒三桂、李山注释：《诗经新注》，齐鲁书社2006年版。

余冠英：《诗经选》，人民文学出版社1957年版。

蒋立甫：《诗经选注》，北京出版社1981年版。

洪湛侯：《诗经学史》，中华书局2004年版。

谢无量：《诗经研究》，商务印书馆1924年版。

夏传才：《诗经研究史概要》，万卷楼图书有限公司1993年版。

程俊英：《诗经译注》，上海古籍出版社1985年版。

袁梅：《诗经译注》，齐鲁书社1985年版。

孙作云：《诗经与周代社会研究》，中华书局1979年版。

（清）方玉润撰，李先耕校点：《诗经原始》，中华书局1986年版。

［日］青木正儿：《诗经章法独是》，《支那文学艺术考》，东京弘文堂书房版1942年版。

陈子展：《诗经直解》，复旦大学出版社1983年版。

程俊英、蒋见元：《诗经注析》，中华书局1991年版。

（清）陈奂：《诗毛氏传疏》，商务印书馆1933年版。

（清）牟庭：《诗切》，齐鲁书社 1983 年版。

陈子展：《诗三百解题》，复旦大学出版社 2001 年版。

朱东润：《诗三百篇探故》，上海古籍出版社 1981 年版。

（清）王先谦撰，吴格点校：《诗三家义集疏》，中华书局 2009 年版。

（宋）朱熹：《诗序辨说》，《朱子全书》，上海古籍出版社、安徽教育出版社 2002 年版。

（清）吴闿生：《诗义会通》，中华书局 1962 年版。

（宋）王质：《诗总闻》，《丛书集成初编》，中华书局 1985 年版。

（北魏）郦道元：《水经注》，时代文艺出版社 2001 年版。

（汉）许慎：《说文解字》，中华书局 1963 年版。

（清）段玉裁：《说文解字注》，上海古籍出版社 1981 年版。

（宋）朱熹：《四书章句集注》，中华书局 1983 年版。

孙作云：《孙作云文集》，河南大学出版社 2003 年版。

[美] 罗伯特·F. 墨菲：《文化和社会人类学引论》，王卓君、吕基译，商务印书馆 1991 年版。

（清）章学诚著，叶瑛校注：《文史通义校注》，中华书局 1985 年版。

闻一多：《闻一多全集》，湖北人民出版社 1993 年版。

翦伯赞：《先秦史》，北京大学出版社 1990 年版。

吕思勉：《先秦史》，中国友谊出版公司 2009 年版。

董治安：《先秦文献与先秦文学》，齐鲁书社 1994 年版。

北京大学中国文学史教研室选注：《先秦文学史参考资料》，中华书局 1978 年版。

赵东栓：《先秦哲学思想与文艺美学观念》，吉林人民出版社 2005 年版。

梁启超：《先秦政治思想史》，中华书局 1986 年版。

徐中舒：《徐中舒历史论文选辑》，中华书局 1998 年版。

北京大学《荀子》注释组：《荀子新注》，中华书局 1979 年版。

（清）刘熙载著，袁津琥注：《艺概注稿》，中华书局 2009 年版。

（汉）郑玄注，（唐）贾公彦疏：《仪礼注疏》，《十三经注疏》，上海古籍出版社 1997 年版。

黄怀信：《逸周书校补注译》，三秦出版社 2006 年版。

［法］丹纳著，曾令先、李群编译：《艺术哲学》，重庆出版社 2006 年版。

唐兰：《殷虚文字记》，中华书局 1981 年版。

蒋宝德、李鑫生主编：《中国地域文化》，山东美术出版社 1997 年版。

陈绍棣：《中国风俗通史》，上海文艺出版社 2003 年版。

李学勤：《中国古代文明与国家形成研究》，云南人民出版社 1998 年版。

傅璇琮、蒋寅总主编：《中国古代文学通论》，辽宁人民出版社 2005 年版。

王育民：《中国历史地理概论》，人民教育出版社 1987 年版。

蓝勇：《中国历史地理学》，高等教育出版社 2011 年版。

谭其骧：《中国历史地图集》，中国地图出版社 1982 年版。

卫聚贤：《中国民族的来源》，《古史研究》，商务印书馆 1934 年版。

陆侃如、冯沅君：《中国诗史》，百花文艺出版社 1999 年版。

钱穆：《中国文化史导论》，商务印书馆 1994 年版。

袁行霈：《中国文学概论》，高等教育出版社 1990 年版。

袁行霈：《中国文学史》，高等教育出版社 1999 年版。

陆侃如、冯沅君：《中国文学史简编》，作家出版社 1957 年版。

游国恩：《中国文学史讲义》，天津古籍出版社 2005 年版。

章培恒、骆玉明：《中国文学史新著》，复旦大学出版社 2007 年版。

王昆吾：《中国早期艺术与宗教》，东方出版中心 1998 年版。

（汉）郑玄注，（唐）贾公彦疏：《周礼注疏》，《十三经注疏》，上海古籍出版社 1997 年版。

檀作文：《朱熹诗经学研究》，学苑出版社 2003 年版。

（宋）朱熹著，朱杰人、严佐之、刘永翔等编译：《朱子全书》，上海古籍出版社、安徽教育出版社 2002 年版。

庄子著，孙通海译注：《庄子》，中华书局 2007 年版。

沈文倬：《宗周礼乐文明考论》，浙江大学出版社 2001 年版。

杨向奎：《宗周社会与礼乐文明》，人民出版社 1992 年版。